晚風像火燒雲一樣掠過

大時代的小城故事 *1940-2015*

馬文海
Wenhai Ma 著

凡是過去，皆為序章。

——威廉・莎士比亞（William Shakespeare）《暴風雨》

作者引言 Foreword

我的前本書《在這迷人的晚上》，和這本書《晚風像火燒雲一樣掠過》，都是在手機上寫成的。這樣，我的寫作就可以隨時隨地，包括吃飯時，等電梯時，或坐在馬桶上。這使我的零碎時間得以不錯的利用。

我書中的故事來自我自己的經歷和感受。我從中國的大北方出發，此後的大半時間在外國度過。已經過去的經歷，也同樣「像火燒雲一樣」，在不經意間，就不經意地「掠過」了。然而，這些經歷都令人難忘，令人忍不住要把它們寫下來。

至於故事中的「戲劇性」和「音樂性」，如果有的話，則也是來自我自己的經歷和感受。比如我幾十年來在劇場中無數次的排練和演出，臺上燈光下的故事，大概影響到了我對場景、氣氛以及人物面貌的注意和描寫。

田納西・威廉斯（Tennessee Williams）戲劇中的「藍調」爵士樂，他所營造的有些曖昧、有些迷離的氣氛，莎士比亞（William Shakespeare）戲劇中語言的「詩歌性」和「通俗性」，讓・日奈（Jean Genet）戲劇中的「合理荒誕性」，大概對我都有些影響。

如果我的講述中還有「繪畫性」的因素，比如對於「畫面」和「色彩」的描寫，還有對於細節的追求，也是出於職業中的經驗。對於這樣的描寫，遇到不夠滿意和不夠真實之處，我就會仔細推敲和找尋，絕不將其放過。

講述故事的過程是一個愉快的過程，就像是在欣賞一齣好的戲劇，一場好的音樂，和一幅好的繪畫一樣。

講述故事的同時，也使我有機會去認識歷史，這過程就像歇洛克·福爾摩斯和赫爾克里·波洛抽絲剝繭般尋求真相的過程一樣，令人享樂其中。

但是，涉及到的「歷史」則無法還原。所能夠做到的，只能是使之儘量靠近。

願我的讀者們也能分享到我的感受。

我還有許多的故事要講：中國的、美國的、香港的、新加坡的，還有想像中的……我覺得這些故事都會很有趣。

非常感謝齊志全先生，他向我提供了不少我故事中的細節，也多次作為書中的人物之一，出現在故事之中。

非常感謝秀威資訊所提供的空間。在如此浮躁的當今，他們的認真和執著令人欽佩。

二〇一八年

目次

第一章 摩登 The Modern Era

「康德七年」，民國廿九年，西元一九四〇年

在「摩登」這兩個字初次傳進城裡的時候，對於它們到底是甚麼意思，抑或是甚麼東西，曾在城裡引起過疑問。

這也和「幽默」二字初次傳進城裡的時候一樣，人們開始在字面上去琢磨，說，「幽默幽默，幽而默之」，卻又無以自圓其說，直到有一天，人們在畫報上見到林語堂先生的照相，曉得了他就是這種說法的祖師爺，見到他那戴了圓溜溜的金絲腳眼鏡，寬廣的腦門兒，和他那可掬的笑容，才恍然大悟，說，「噢，原來這就是幽默呀。」

至於「摩登」二字，也與「幽默」有異曲同工之妙。人們初時無以準確理解這二字的用意，說「摩登摩登，摩而登之」，便聯想到很是時興很是昂貴的腳踏車「自転車」，或曰「自由車」，特別是那前面的電燈，稱「摩電燈」，因而得到一種模糊不清的概念，猜想這「摩登」二字大抵就是「摩燈」，也就是指「摩電燈」這一類的「科學發明」罷。

然而，晚近的一個禮拜日夜晚，在國光路「義和源」糧棧和南門樓對面「天主教啟明校」的操場上，人們見到「天主堂」的西洋人瑞士神甫高輔文飄著一把雪白的鬍子，給城裡的人們放映電影《摩登

時代》，見到美國人卓別林氏，那圓頂禮帽和一撮小黑鬍子，還有那雙尺碼過長的破皮鞋子，一躥一躥地在前面的白布上跑來跑去，就說喔，原來這就是「摩登時代」，這就是「摩登」呀。

後來，人們對於「摩登」二字有了更近一步的理解。人們先是見了「慶和長」藥局和「世一長」藥局裡擺著的期刊雜誌，五光十色的諸如《女性滿洲》、《鳳凰》、《淑女之友》、《窗前草》、《滿洲映畫》、《餘霞》、《漪瀾》、《樺光》、《新天地》、《新青年》、《健康滿洲》和《奉天教育》，封面上的女郎們各個沉魚落雁，閉月羞花，驚為天人，紳士們則各個溫文爾雅，面如冠玉，風流倜儻，淑女紳士們各個衣著打扮舉手投足無不帶來一種前所未見的清新和綺麗，令人眼睛為之一亮，便不禁把目光轉移到城中的淑女紳士們身上。發覺對這「摩登」二字的最好詮釋，原來就遠在天邊，近在眼前矣。

城裡監督府邸大名鼎鼎的張監督就是這樣的第一摩登紳士：「密斯脫摩登」。

張監督高個頭，高腦門，高鼻樑上架了金絲腳眼鏡，留了修剪整齊的髭鬚。他禮帽下的頭髮，向後梳理得一絲不苟。他的洋服襟上簪了鮮花，手上戴了雪白的手套，右手拿了根黑漆鑲金「士的」，又叫「文明棍」。他的禮帽做工精良，質料冬夏有別，冬季是黑色毛呢，夏季是白色絲葛，帽冠上繞著黑裡透亮的緞帶，無論春夏秋冬一年四季，無論著洋裝中山裝長衫馬褂，他的「士的」文明棍和紳士禮帽從不離身。他的淺色洋服是在大上海「和昌」洋服店訂做的。他的白色絲葛禮帽是大不列顛購進的。他的白幫黑頭漆皮鞋是義大利進口的。他當年在《新民國》期刊封皮露面的這身裝扮，就成了城裡紳士們「摩登」的楷模和「進步」的標誌。

而城裡的「八小姐」則無愧是第一「摩登小姐」了。「八小姐」是張監督的千金。張監督的府邸座落在城東，人稱「張監督的房子」，是城中最顯赫的住處。這房子「前出廊牙後出廈，串枝過梗兩紗窗」，就如那「東南拐」大戲園戲文中唱的那樣，也有了「摩登」的意思了。

比起監督大人本身，他的千金，名媛八小姐「密斯張」就更是城裡的一面櫥窗，一個象徵和一段傳奇。「張監督」這三個字，在城裡是權威的代名詞。「權威」二字是抽象的，是不可捉摸的。「八小姐」這三個字卻是不同。她是「摩登」的代名詞，而這樣的「摩登」卻是一面鏡子，映攝了這座城在這個特別時代的特別風景。

八小姐的摩登，來自於新式學堂裡教授的英文歷史地理遊藝書道音樂體育美勞，來自於琴房裡指尖輕快敲過的鋼琴鍵盤和柔婉滑過的梵阿玲琴弦，來自於大都市的繁華似錦，來自於留聲機大喇叭裡纏綿慵懶的爵士樂調，來自於「慶和長」藥局和「世一長」藥局架子上擺著的花花綠綠的時尚雜誌，來自於省城龍江電影院歌舞升平的「東洋映畫」和「滿洲映畫」，來自於那監督府邸的錦衣玉食和閒情逸致。

八小姐是美麗的。她的美麗，來自於她的生母監督大人的三姨太的美貌。但有一點是可以肯定的，那就是八小姐的「美麗」和三姨太的「美貌」有所不同。三姨太的美貌，是梳妝鏡前的，是麻將桌上的，是四輪馬車玻璃棚下的，是「東南拐」大戲園幽暗曖昧的包廂裡的，是「昌記」大煙館煙燈閃爍迷離的光亮中的，是理髮店「義順記」電燙機下的，是「公福祥」綢緞莊量身訂製的小開衩中開衩大開衩改良旗袍包裹中的，是耳環項鍊手鐲戒指胸針手套披肩圍巾髮卡一應俱全的點綴下的，是三寸高跟鞋踏出忽疾忽緩的探戈舞步下的。

而八小姐的美麗，則是輕脂淡彩，素顏若水，是來自《影壇畫報》封面女郎的，是「三槍牌」自転車太陽眼鏡後面的，是「哈德門」、「金磚」香煙繚繞的雲霧中的，是「登喜路」打火機俏皮的火苗裡的，是騎馬裝游泳裝荷葉袖蕾絲邊鉤針衫呢子大衣蓓蕾帽變幻無窮的流光溢彩中的，是拉菲古堡乾紅葡萄酒夕陽餘暉般的陸離光影中的。

八小姐的身材是欣長伶巧的，她的臉龐是清麗秀雅的，她的嘴唇是玲瓏紅潤的，她的鼻子是挺直精緻的，她的眼睛是晶瑩明澈的，她的笑容是甜美明亮的，她的聲音是煽動人心的，她的活力是洋溢奔放的，她的熱情是屬於春天和夏天的，她的冷漠是屬於秋天和冬天的，她的任性是即來即逝無以預料的，她的張揚是俏皮活潑油然而生的。

八小姐的生命是灑脫精彩繁花似錦的，是隨心所欲真切飄渺的，是抒情詩般悠揚絢麗的，是只屬於這個特別時代的特別瞬間的。她的品性像是劃過藍天的鴿哨，像是沾在花瓣上的露珠，卻都是難以捕捉難以描述的。

八小姐的溫婉是倔強的，她的含蓄是率直的，她的內斂是張揚的，她的新主張新主義是幼稚可笑的。

八小姐的摩登，是城裡前無古人的，八小姐的美麗，是城裡後無來者的。她的摩登和美麗融合了，就成了城裡當仁不讓的第一「摩登女郎」。

八小姐這樣「摩登女郎」的光彩，已經遠遠超過了那些五光十色的期刊雜誌「封面女郎」，而在城裡掀起了一陣陣的喧鬧。它漂浮不安，變幻無常，充滿誘惑，驚世駭俗，令人費解，令人無所適從。它釋放出來的現代的、新型的、異質的誘惑既令人陶醉，又令人心神不寧。

城裡的人們，無論是男人女人大人小孩貧富貴賤，都無不以能有幸一睹八小姐的芳容倩影為時尚和榮耀的快事。八小姐的一舉一動，更是人們街頭巷尾茶餘飯後的談資話料。任何人在任何時候任何地方若碰巧遇上那或四輪馬車或自転車上芬芳四溢光彩奪目的八小姐，都會情不自禁地忘卻春天的風沙夏天的炎熱秋天的落葉冬天的嚴寒，而停下腳步，像是見到自天而降的鳳凰孔雀五彩斑斕的金絲鳥一般地定了睛，屏了氣，愣了神，繼而就竊竊私語起有關八小姐的種種話題：八小姐剛剛去了江省，八小姐剛剛去了新京，八小姐剛剛去了瀋陽，八小姐剛剛去了上海，八小姐剛剛去了東京，八小姐又燙了頭，八小姐又添了無線電，八小姐又置了衣，八小姐又談了戀愛。

作為「摩登女郎」的八小姐和她的夥伴們是有特色的一群。她們進洋學堂，接受洋式教育。她們身穿制服，或衣身齊腹的淺色短襖，配以自然下垂至膝下的深色長裙，洋襪皮鞋，她們會說英文，會談鋼琴或腳踏風琴，也懂得如何吃西餐，如何用刀叉。她們受了「新文化」的感動，自我意識逐漸覺醒，開始追求獨立、平等和個人解放，像這個時代的大多年輕女性一樣，「走出了家門，走向了社會」。於是，她們的代表人物八小姐張敏忠遂走出了這監督府邸，在「大西門」裡「中央大街」路南上坡的「中央國民優等學校」即「中央校」當上了「先生」。

「中央校」本由「友仁」、「輔仁」和「吉慶」三校合併而成。班級的排序分別為「忠」、「孝」、「仁」、「愛」。比如「國民級班」就叫「國一忠」，其中「孝」字為女班。「優級班」則叫「優一仁」、「優一愛」，所設課程除了「國語」，也就是漢文，還有日文和少量的英文、算學、自然、地理、修身、國史、書道、圖畫、唱歌、體育。「國史」課從滿族先人肅慎、靺鞨、契丹的遼、女真的金、努爾哈赤的後金、皇太極的清講到「滿洲國」的建立。每天早晨舉行朝會，唱日本國歌和「滿洲國歌」。此外，還組成了一個「軍樂隊」，每天下午四點整，軍樂聲就準時響了起來，是在說：「下課了，放學回家吧。」

「八小姐」是「國一忠」班的班主任，也教音樂和美勞。她穿短裙，和孩子們踢足球，投籃球。她紮圍裙戴套袖，和孩子們演劇唱歌，在實驗室整理自然標本。她和她的夥伴們有著自己的執拗和任性，甚至不乏「驕傲張揚」和「專橫跋扈」，卻絕對談不上有「獨立的自由思想」。她的不拘一格，她的不守常規，她的不蔓不枝，她的不經世故，她的不知凡幾，她的不按君臣，令孩子們和她親近，也不必稱她「八小姐」或Miss Chang，而直呼其名Mindy，並認定她是他們最理想最完美的「張先生」。

當然，城裡的「摩登」，並非張監督府上和八小姐獨擁的專利。這樣的「摩登」還出現在城的各個角落，出現在英美寫真館，義順記理髮店，福合軒大酒樓，公福祥貿易局，泰發祥百貨店，德順東下雜貨，大滿洲大銀行，東南拐大戲園，窯子街煙花巷，以及火車站票房子。在這些去處，每每見得到淑女紳士太太小姐們，或洋裝旗袍西服革履，或中西合璧土洋結合，在朦朧的布景前，在理髮師的剃刀下，在推杯換盞的喧鬧中，映襯伴隨著櫥窗裡的呢絨綢緞，穿衣鏡裡的笑臉相迎，算盤上的劈啪聲響，大門口的商牌招幌，舞臺上的哀絲豪竹，紅燈下的脂粉飄香，以及由遠至近的汽笛長鳴，皆盡顯這城裡淋漓的「摩登」和盡致的「現代」。

毋寧質疑，這樣的「摩登」和「現代」，還包括自來水鋼筆和金絲腳眼鏡，這兩樣是城裡的洋行高級職員，甚至「布衣紳士」們的必備之物，是身份的標誌和象徵。而年輕女子的配飾，還多了一條白絲巾：陰丹士林布衫，脖子上絲巾散散鬆鬆圍上一圈，這就不止「摩登」，甚至有了些「五•四青年」的味道了。

這大街上的來往行人，官紳商賈文人墨客戴禮帽、氈帽、絨帽、穿長衫。庶民多不戴帽，穿長衫或短衫。農夫或行商走販冬天多戴皮帽氈帽或猴帽，穿棉袍和抿襠褲。也有不少人穿「協和服」戴「戰鬥帽」，看上去就不知算不算「摩登」了。

這是一個陽光燦爛的早晨。中央校「王」字形校舍最後一排靠近操場的音樂教室裡，八小姐「張先生」Mindy坐在教室前深棕色的風琴後，她身穿白色紗衣，配以抹茶綠長裙，清新雅緻。她腳穿精巧的半高跟鞋，輕緩地踩踏在風琴的踏板上，雙手也同樣輕緩地按在黑白相間的鍵盤上，她和著鍵盤上的琴聲，和著孩子們，一起輕緩地唱起了愛爾蘭民歌《往事難忘》。她先帶孩子們用英文唱，孩子們的英文不好，卻也能依樣畫樣。接著，再用「國文」唱，孩子們遂覺得還是英文更順口。這歌聲旋律優美，略帶心傷，透過開著的窗，在前面的操場上空迴盪：

Tell me the tales
That to me were so dear,
Long, long ago,
Long, long ago;
Sing me the songs,
I delighted to hear,
Long, long ago,
Long ago.
Now you are come,
All my grief is removed,
Let me forget
That so long you have roved,
Let me believe
That you love as you loved,
Long, long ago,
Long ago.

對我說那些故事我最甜蜜

往事難忘，往事難忘
向我唱那些歌兒我最歡喜
往事難忘，不能忘
當你歸來我就不再悲傷
願我忘懷你背我久流浪
我深信你愛我依然一樣
往事難忘，不能忘

上體育課的學生們嬉笑打鬧在窗外不遠處的操場上。

操場很大，被一圈榆樹圍繞了，透過窗，看得到籃球架子和遠處的榆樹。籃球架子被陽光照亮，榆樹葉子被微風吹拂，操場上高高豎著兩個旗桿，飄揚著的日本膏藥旗和紅藍白黑滿地黃「滿洲國國旗」。

體育課老師趙先生也是「摩登」的打扮：他穿了短衫短褲和球鞋，快過膝的洋線襪子是雪白的。他頭上戴了黃呢略帽「戰鬥帽」，有幾分像「大西門」外「西大營」日本關東軍守備隊的門崗。他頸子上掛了哨子，不時地吹著，發出驢子鳴叫般的聲響。

那木頭籃球架子高大而結實，把「初級班」孩子們的身影映襯得有些瘦小。孩子們雖然都剃了禿瓢，大多已經長成了平頭。他們校服上的銅扣閃著光亮。九歲的韓秀義個兒小，喜歡寫寫畫畫。八歲的張萬金個兒高，是跛子。他得過小兒麻痹，從小就拐拉著腿，打起藍球來卻很靈活。

然而，少年不知愁滋味，孩子們對外面的世界一無所知。他們都是「大同元年」之後生人，並不知道

「滿洲國」以外還有個中華民國。他們學日本話，見到老師就鞠躬行禮，一邊脫口說聲「歐哈悠」。他們甚至並不知道這是日本話，而是說得和「吃飯了嗎」，「吃完了」一樣地自然而然和心不在焉。他們連那首並不明白是甚麼意思的「國歌」，「神光開宇宙，表裡山河壯皇猷」也早已經唱得滾瓜爛熟了。

他們完全使用「滿洲國」的課程和教材。他們的日本老師告訴他們的多半是「九・一八之後東北人民生活變得更好了」，「日本是友邦」，「盟邦」，「日滿不可分」，「滿洲國是王道樂土」，「現世樂園」，「滿洲建國以後王道光明照耀大地」，「王道之光普照全球」，「日華滿協助天下太平」，「日滿攜手，萬民歡欣」，「日本兵對我們很慈愛」，要「虔心誠意地崇拜日本天皇和滿洲國皇帝陛下」，等等內容。「國民道德」課中，內容則包括要做「中堅國民」，盡「學生本分」，要「報恩感謝」，以及「皇帝即位」，「民族協和」，「日滿親善」，「惟神之道」，「八紘一宇」，「大東亞共榮圈」等等等等，並以「滿洲國」的幸福，對比中華民國的黑暗。他們家裡的老人們和親戚朋友們都說自己是中國人，孩子們卻說自己是「滿州國人」。

剛剛下過一場小雨，地面上還留著斑斑水跡。他們拍打傳遞投擲那籃球，泥土沾在身上手上也不在乎。

太陽出來了，陽光和煦而燦爛，卻並不炎熱，似乎並不情願把地上的水跡曬乾。太陽照在校舍的牆上，「王」字形的校舍塗了一層土黃色，陽光下有些扎眼。彩虹也出來了，是淡淡的一條弧線，色彩並不斑斕。孩子們停止了嬉耍，抱住了籃球，看那彩虹。張萬金跛著腳跑了過來。他伸出手，指向那彩虹，說：「出槓了！」韓秀義制止了他說：「槓是神仙的，不能指。」張萬金就馬上把手縮了回去。

操場周圍那些斜著扭著的榆樹枝幹被微風吹拂，輕輕地搖曳著，好像是在回應著教室裡的歌聲，歲月靜好，往者已矣，往事難忘。

往事真地是難以忘懷的。

張監督府邸書房的那架自鳴鐘，兩側那寓意虛度年華的小人兒頻頻搖首，那鍍金的鐘擺滴滴答答地把時光擺過。一本厚厚的洋黃曆紅綠二色，相間成文，註以中文二十四節氣和英文禮拜日月年，一頁一頁，匆匆忙忙地把歲月撕下。

八小姐張敏忠出生那年，身居要職的張監督已經兒女繞膝，八小姐張敏忠卻是張監督和三姨太所生。摩登的張監督和美貌的三姨太生出的女兒自然也是摩登和美麗的結晶。張敏忠本名叫「張民中」，取「民國」和「中華」之意，自然也是張監督的傑作。至於她的洋文名Mindy則源自英倫，是拉丁文Melinda的縮寫，意為甜美sweet，堪稱是徹頭徹尾的「摩登」了。張監督的期盼果然成真，Mindy三個月左右就擡頭踢腿，可以坐起來了。五個月的時候，開始有了力氣，會翻身了。到了六個月就能爬了。過了一小段時間，她就能慢慢地站立起來，蹣跚學步了。一歲多些，就能獨立走路了。兩歲前後，走路跑路都沒有問題了。到了十五歲，她就在這庭院深深的「張監督的房子」裡院子裡出落成了集「甜蜜」和「美麗」於一身的婷婷玉立的少女。如今的張敏忠Mindy，已經二十一歲，在城裡是絕無僅有首屈一指的的名媛淑女了。

這城和它的中華民國，在民國二十一年，即西元一九三二年，突然間隨著清末廢帝愛新覺羅・溥儀的「執政」，變成了怪誕不經的「滿洲國」。張監督摘下了胸前的青天白日勳章，瑞士神甫高輔文改名叫「高輔滿」，張民中也變成了「張敏忠」。一夜之間，他們和這城的百姓一樣，變成了「大滿洲國國民」。那飄揚在中央大街政府機構門前的國旗「青天白日滿地紅」變成了「紅藍白黑滿地黃」。「知命之年」的張監督雖依然摩登，他和他府邸裡的家眷們雖仍然錦衣玉食，卻已經開始「門庭冷落車馬稀，老大嫁作商人婦」了。學富五車滿腹經綸博古通今躊躇滿志的張監督無法認同這「大滿洲國」。他無以解憂，便拿起了煙槍，慢慢地把這「難忘的往事」，燒沒在「福壽膏」的繚繞煙霧之中。

此後，張監督的家眷族人們也相繼跌落進那玄幻奇異的虛擬世界而無以自拔，終了逃不脫千金散盡萬貫擲空而一貧如洗一文不名的結局。後來聽說八小姐張敏忠竟然學會了編織炕蓆和茓子賣錢糊口，最後又去了江省，張府的家人也人去樓空，不知所終，只留下了那繁華落盡的「張監督的房子」，和那聽不見了的歌聲「往事難忘，不能忘」。

八小姐張敏忠和她同時代的名媛佳麗淑女閨秀們，在這個動盪不安的異態時空裡，她們的日子雖然陸離而荒誕，其中也不乏令人心馳神往的寧靜安和。她們追隨著她們的旖旎風光，她們的命運也常常不免是一念天堂一念地獄，時代的變遷與朝代的更迭，使她們成就不了那永遠的摩登和永遠的美麗。終究有一天，她們的「摩登時代」被拋在了歷史的後面，而成為永遠的傳奇。

第二章 光復了 The Collapse of Manchukuo

「康德十二年」，民國三十四年，西元一九四五年

光復了。

這是城裡的一件大事。

只是這城裡城外並沒有槍聲大作，街裡巷外也聽不到甚麼大的動靜。夜空中雖然不時有子彈滑過，卻只是像流星和不經意的呼哨，並不喧鬧張揚。

光復了就是「滿洲國」垮臺了，就是「皇帝陛下」愛新覺羅・溥儀宣讀了《滿洲國皇帝退位詔書》，宣布「滿洲國政府」解散了。光復了就是學校裡不必向「皇帝陛下」的畫像鞠躬，百姓們不用害怕警察半夜砸門查戶口抽勞工和「勤勞奉仕」了。曇花一現的「滿洲國」以其最怪誕的幻象之姿誕生，又以其最慘烈的現實之態覆滅了。

日本人走了，國旗更換了，除此之外，人們似乎無動於衷，既沒有鞭炮齊鳴，也沒有鑼鼓喧天，更不見五彩繽紛的煙火照亮東鹼泡子的上空。政權和武裝還掌握在昔日「維持會」殘餘的手中，城裡的人們保持著沉默，保持著冷靜。這城就好像風和日麗時的東鹼泡子一樣，沒有漣漪，沒有聲響。

街上的行人也像往常一樣地走著。他們偶爾也會停下來，擡頭觀望打量商舖店門外飄揚著的旗子，

覺得非常新奇。昨天的「紅藍白黑滿地黃」，換成了今天的「青天白日滿地紅」。人們說，這才是咱們的國旗，中華民國國旗。這旗子斜插在牆上，偶爾被風吹動時才看得真切。果然，鮮紅的底子上，展開了一片青天、一輪白日和滿地彤紅。

有人開口說，這青白紅三色乃象徵自由、平等、博愛之精神。有人就問，自由、平等和博愛又是甚麼？那人便說，自由就是你有大米飯你就吃，不犯法。平等就是你也別多吃，我也別少吃，大夥均著吃。說到博愛，大概是說你吃大米飯，別人吃不起大米飯，你就施捨給他們一些。至於再深一層的意思，他就說不出來了。

然而對於大多的少年人，他們在「滿洲國」出生，本來只曉得自己是「滿洲國人」，對於中華民國，還有這「青天白日滿地紅」的國旗，都是完全陌生，甚至是見所未見，聞所未聞。

街面上的這些國旗是幾家商舖出資在省城齊齊哈爾訂印的。旗桿是現成的，早在「大同元年」時就有規定，每家商舖門口必得裝有旗桿。一下子換上了中華民國國旗，說「我是中華民國國民」，令人一下還轉不過彎來，緩不過神來，拗不過勁來。

「滿洲國」垮臺的惡兆早就頻頻顯現出來了：一天日本人的一架雙翼飛機掉下栽在了北門外鐵道東的小崗上；一天鐵路北道叉上兩輛火車相撞脫軌；一天幾個「國高」學生擅越城牆，和大西門警察分駐所的警察打了起來，砸了派出所的玻璃；一個無風無雨的大晌午，城公署門前飄揚著的「國旗」突然間掉落下來，正巧被經過的蒙古勒勒車「草上飛」踐踏輾壓而過，還拉上了不少糞蛋子，把「城公署」副參事官皆川富之函的豬肚子臉由藍汪汪的老鱉蓋色兒，氣成了綠唧唧的蓋蓋蟲色兒，最後就氣成了紫薇薇的的蝲蝲蛄背色兒……

一列載著蘇聯紅軍和軍火的列車進站了。

好奇的百姓們湊到近前，目不轉睛地看著一節節車廂緩緩地開過。長長的平板車上載著各種長筒大炮和巨大的坦克。依靠在坦克大炮旁邊的年輕戰士，他們個個都灰頭土臉，渾身落了厚厚的一層黃塵，只露出兩隻眼睛。有人拉起了手風琴，吹起了口琴。那聲音很好聽，卻被車輪和鐵軌的撞擊聲所吞沒了。

圍觀的百姓中有膽子大些的就向蘇軍揮手。他們有的繃著臉不做回應，有的咧開嘴嘻嘻地笑了，露出一口白牙。

也有的小商販打開了箱子，把冰棍，切糕，香瓜向他們扔去，他們接住了就高喊「薩巴希巴」，舌頭打起都嚕又喊：「哈拉燒！」

一趟列車漸漸遠去，又一趟列車接踵而來。車上同樣地裝了蘇軍和軍火，鳴著長笛，捲起漫天的黃塵……

蘇聯紅軍進了城，在垂死的日本關東軍身上踩上最後一腳。接著，蘇軍成立了衛戍司令部，接管了一切，「無政府狀態」過去了。慢慢地，光復慶祝也變得明朗化了，公開化了。

大街上偶爾還見得到零星的日本人，他們或拉下帽簷，或低著頭，或躬著腰，不聲不響地匆匆走過，流露出掩蓋不住的不甘和無奈。他們從前穿洋服，細紋布襖，留著小鬍子，後來穿「協和服」，也留著小鬍子，最後他們全都換上了當地「再生布」縫製的黑棉襖，小鬍子就刮掉了，結果，中國人和日本人在表面上就不好區分。這樣的魚目混珠，無非是不願意暴露他們的身份，而讓別人以為他們也是中國人，他們眼中的「支那人」。

蘇軍發覺了日本人的心計，就把他們管制起來，規定他們不論穿戴甚麼，胸前必須佩戴一塊白布做的胸牌，寫上他們的日本名字。

人們常常看到這些日本人靠著牆根曬太陽，一面脫下衣服抓蝨子。他們抓了蝨子就咧一下嘴，用兩隻拇指的指甲一擠，「嘎吧」一響，把蝨子擠出了鮮血，其實是自己的血。

只有一個日本女子，路過公福祥綢緞莊，瞥見門上的「青天白日滿地紅」，遂用手敲打牆面而過，流露出無以形容的鄙夷和神傷。

城裡的日本店鋪高木商店，旅館禦旅館，妓院松茂里，還有日本小學，建國神社，城公署和日滿親睦會都相繼關閉了。

國光西一道街上，高木吉藏的買賣「高木商店」，早就在這風雨飄搖的日子裡每況愈下，日暮途窮。一個月前，他終於關閉了他的鋪面，結束了他那噩夢般的「開拓」之旅，和他的兒子翔太，隨著一百三十萬日本人，跌跌撞撞倉皇狼狽地撤離了這片「王道樂土」而打道回府，回歸老家東瀛了。他把他的妻子佳乃永遠地留在了這片被他們「開拓」了的土地上。就在上個月，佳乃在省城齊齊哈爾和另外兩個日本婦女因反抗蘇軍強暴而集體服毒自殺，高木連佳乃的屍首都沒有機會見到。

臨行前，高木吉藏把一條手杖和一個鐵盤子，送給了王鐵生，大十街路東「福生合」洋鐵鋪的掌櫃。

除了為高木打過幾件洋鐵器，福生合和高木商店在生意上並無大的往來。高木誇讚兩個「王桑」的手藝，說這些不是洋鐵器，卻是「藝術之品」。偶爾，王鐵生和胞弟王樹林也和高木喝上幾次燒酒和清酒。年輕的王掌櫃和年紀略長的高木用不太熟練的「滿洲話」和日本話聊過些閒嗑，也就是些雞毛蒜皮天南地北和日東月西。

無論是燒酒還是清酒，他們都喝得矜持而節制。酒後的「高木君」會唱上一曲東瀛民謠助興。「王桑」不大喜歡這些民謠的曲調，它們過於悲涼，聽起來總有點「瘆得慌」。

在高木的年紀，拄著個烏木手杖其實有點為時過早。這手杖的上端鑲了個光亮的牛角疙瘩，除了底頭有點開裂，不失為一根不錯的文明棍。而那錫盤子則是高木商店櫃臺上裝零錢鎳幣用的。錫盤子上鐫刻了海水山崖松樹飛鶴，托著一個小黑盒子，襯在淺黃色打鄒的絨布上。

王鐵生連忙表示感謝，並說不敢當不敢當。待高木再三堅持相贈，並彎腰頻頻鞠躬施禮時，王鐵生才用雙手接取，也躬身施禮致謝，又送了高木一隻打酒用的洋鐵提勺和漏斗，是他親手精心打製的。手杖鐵盤和提勺漏斗，算是他們街比一場之紀念。高木也深深躬身施禮。擡起頭時，他那溜圓的金絲腳眼鏡在夕陽的光照下閃爍，流露出許多的神傷。

這時的王鐵生剛滿二十一歲，不但精明幹練，還識文斷字，甚至滿腹經綸，這也是他父親的遺願。父親在他九歲時病故，臨終前交待了，要想方設法送兒子進學堂，學會唸書寫字。而這唸書的學費和用度，小腳的寡母無論如何也籌措不出。所幸鎮賚嘎什根李家姨夫慷慨解囊相助，王鐵生才唸完了「輔仁小學」，後來的「中央兩級小學校」。

此後，因家境困難，王鐵生就學了洋鐵手藝。不久，積了些銀錢娶妻成家後，他便拉著胞弟王樹林開了個舖子，取名「福生合」，經營自製的家用洋鐵用品和五金雜貨。福生合賺不來大錢，買賣上卻還過得去。下晚飯時，哥倆兒還能打上四兩散酒，盛在一隻小錫酒壺裡溫上。小錫壺是弟弟王樹林親手打造的，兩個三角一短一長扣在一起，中間是一個小細脖，錚光瓦亮，精巧而實用。就著嫂嫂備的一碟炒花生米和一盤炒土豆絲，哥倆兒捏著三錢裝的酒盅，「滋啦」一聲，哥哥大口，弟弟小口，呷一口酒，「哈」地噓出一口氣，表示對這奇妙液體的由衷讚嘆，再吃一口菜，海闊天空無邊無際地嘮起嗑來，一天的疲勞和煩惱就煙消雲散。逢興致極好的時候，嫂嫂就再加上一盤炒豆芽菜和一個咸鴨子兒，土豆絲中也見得些許油渣「油索拉」，就很是奢華的享受了。

王鐵生的另一個嗜好就是藏書。他在大十街小樂天飯店後院的府上，一個自製的書架已經擠得滿滿登登了。買書要實用且實惠，來不得半點的張揚和糜費。《康熙字典》是漢字寶典，收了四萬七千零三十五字，說文解字取名對仗家居出行時時刻刻分分秒秒必不可少。《笑話一百種》收了一百種笑話，要你笑得合不攏嘴喘不過氣捧不住腹挺不直腰，每天說上一個，說完了再從頭開始，一年三百六十五天，天天有笑話，就如同天天「滋啦」一聲，喝上一兩溫好的燒酒那樣舒坦和愜意。

不過，王家和這城裡的住民們一樣，他們的日子，也在這動盪之中飄搖不定，惴惴不安了。

投降後的關東軍臨走時放了把火，燒了火車站的票房子，燒了守備隊的西大營，燒了物資庫。日本人乘火車沿平齊鐵路撤退。待火車剛剛通過哈爾葛的嫩江橋，一架日本的飛機便扔下炸彈，炸毀了一個鋼筋水泥大橋墩子。「治安維持會」攏槍拉炮拜廟殺豬祭祀求保佑，隨後試炮示威，卻只連發射了兩回啞巴炮，終了垂頭喪氣掃興而歸了……

就在一年前，日本人還「征派」了幾十輛大車，裝了洋灰和木料，從火車站運到乾德門山。沒幾日，就搭建了草棚圍起了鐵絲網，這一帶就成了禁區。一天夜裡，一列往北開去的悶罐停在車站，由日本人押下一批衣衫襤褸的人群，揹著鋪蓋捲往北走去。聽說他們是從河北抓來的勞工，是去乾德門山修「飛機窩」的。不料二戰戰事吃緊，沒等飛機窩開工，日本人就投降逃跑了，勞工一哄而散了，飛機窩的物資也被周圍的百姓「撿洋撈」拉走了。

這期間還發生了另一件事，就是以往那曾「神聖不可侵犯」的日本神社被周圍的民眾搗毀了。

神社建在北門裡法院和馬家菜園子附近，有一條花崗岩鋪的石頭臺階，通向神社前的一塊空地，中間的路上還立了幾個木頭架子叫「鳥居」，形同「開」字去了「門」，卻沒有甚麼鳥居住在其間。神社是用純木搭建的，格子窗的白紙糊在裡面。據說那裡面藏著寶劍和樹葉，卻從未有人見過它們的模樣。祭祀的時候，日本人面向神社立正排列在前，畢恭畢敬地敬禮升旗。一個戴黑帽子的日本老和尚拿著白紙條紮的蠅甩子，東一甩，西一甩，好像這樣一甩，就會把周圍嗡嗡作響的蠅子蜂子蚊子撲燈蛾子通通甩跑甩掉趕盡趕絕一樣。

神社被搗毀了。那裡面並沒有甚麼像樣的東西。興許是日本人帶走了傳說中法力無邊的寶劍和莫測高深的樹葉，這不禁令人有些失望。很快地，民眾就把那些木頭槓子木頭桿子木頭板子木頭條子拉回家，蓋了倉房，墊了茅廁，搭了豬圈，架了雞窩。

不過，城裡仍見得到這兒那兒留下的痕跡，是「滿洲國」、「大同」和「康德」年間的痕跡。那是幾處東洋房屋，曾經的城公署，興農合作社，電話局，滿洲中央銀行，火車站的水塔，日本守備隊西大營和東大營，還有這兒那兒的山牆上，靛青色打底，大白漆料塗寫的長方體大字「仁丹」。

中央校的「王」字形校舍並不是東洋式樣，「王」字卻代表了「王道樂土」。如今，這「王道」落得個「王」八羔子，背「道」而馳，「樂土」落得個「樂」盡哀生，「土」崩瓦解。紅藍白黑滿地黃的揚揚「國旗」落地，「滿洲國」的十四年壽命就這樣完結了。

被日本人燒塌了的物資庫囤著的大量軍服，軍鞋，軍靴，軍毛衣毛褲和大張的高級軍用牛皮，引起了人們一陣陣亂糟糟的「撿洋撈」哄搶，那是城裡的小市民，他們是社會的底層，與日本人有過接觸，受過他們的壓迫。日本人走了，他們深深地吸了一口氣，又慢慢地呼了出來，說：「王八犢子，昆邦哇，薩喲那拉。」

隨之而來的是光復市場的開業，出售那些搶出來的「洋撈」，一時間，城裡忽地出現了一陣有些詭異有些奇幻的繁榮。

人們的身上都「軍人化」和「東洋化」了。有穿了破爛長衫披了黃呢大氅的；有穿了黃呢馬褲登了老頭鞋的；有穿了抿襠褲套了軍靴的；有穿了黑呢警服摘了肩章領章的；有穿了對襟襖戴了略帽戰鬥帽的；有裹了張牛皮紮了條皮帶扣了頂氈帽頭翹著耳搧子的；有穿了翻毛皮襖踏了木屐踢垃板的；有梳了麻花辮腰後繫了和服腰帶包的；有腳上穿了氈疙瘩脖上繫了花領帶嘴裡叼了煙袋管的；有學了日本人躬著腰行著禮又抱著拳的；有穿了協和服說著歐哈悠又說嘎哈你去哪嘎噠的……彷彿一夜之間，那些潰了的關東軍逃了的日本人又衣冠不整蓬頭垢面地回來了。

緊接著，日本人賣出的家具和日用品也充斥了市場。這些東西曾經擺在幾個日本生意人的櫃上和府上。如今，四塊蘇聯紅軍票就能買到一把上好的東洋躺椅，三塊現大洋就能買到四扇東洋屏風，兩塊「滿洲國幣」就能買到一坪東洋榻榻米。只不過這些東西並不實用，買了不多久，躺椅就改做了板櫈子，屏風就改做了碗架子，榻榻米就乾脆拆開燒火做飯烀豬食了。

唯有日本產的「自転車」是好東西。這時花上十塊紅軍票就能買到原本要三十塊「滿洲國幣」的「宮田輕便」或「富士加重」。於是，騎了自転車穿了軍人服東洋裝的紳士們就登著車兜著風響著鈴，沿著正陽街從喬家爐騎到電燈工廠，再從中央洋井騎到火車站票房子，不時地和路遇的熟人打著招呼：「歐哈悠，吃完飯兒了嗎？」一邊還介紹著：「吆西，這原本兩袋煙的路，咱這一袋煙的功夫就蹓完了！」

鐵路附近還出現了超大的軍車，那是美國造的十輪卡，那山一般架勢，海一般的威風，一下子就把日本的小車比成了倭瓜土豆蝲蝲蛄蓋蓋蟲了。人們遠遠地站著觀望，沒有人知道是甚麼人在開著那車，要開到哪裡去，車上裝的又是甚麼。人們便議論著，說這美國人就是厲害。你看人家那原子彈，一下子就把他媽小日本兒揍趴下了。有人接著說了，活該他媽小日本兒！美國人咋不多扔幾顆那種彈吶？又有人接著說了，那種彈，原子彈……我這有管東洋原子筆，扔過去咋樣？那人就回答說，人家那原子彈好比是大象，你那原子筆好比是跳蚤，哦不，跳蚤也比不上，跳蚤的汗毛吧。你看，原子彈一扔，那日本人就乖乖兒地投了降了，啥條件也沒講啊！有人又問，那蘇聯老毛子吶？有人答道，那蘇聯老毛子沒出多大血！「滿洲國」成立那年，他老毛子還不是承認了嗎？那老毛子刮了咱們的血，可蝎虎了吶。有人就罵了：雞巴老毛子，也不是好餅。

鐵路「洮昂線」沿線的住民們，還眼睜睜地見到滿裝重工業設備的列車，晝夜不停地往北駛下去。人們說這是「戰利品」，老毛子在把它拉往北再往北，也就是蘇聯史太林那嘎達。人們嘟囔著，說這千真萬確是咱自己的財產吶，理所當然地該歸於咱們家，咋回事往他們那嘎達拉？

隨著這一切的變更，原本在哈爾濱新京奉天營口經營的四大香煙株式會社也隨之倒閉。往日的駱駝牌天壇牌吉祥牌協和牌洋煙捲很快就不見了蹤影。抽煙的人們就又抽起了旱煙「蛤蟆頭」。蛤蟆頭又衝又辣，抽起來也挺不錯。抽這煙的人從煙笸籮或煙荷包裡取了乾煙葉子，捏碎了，裝在煙鍋子裡，或灑在紙上捲了，捲成個喇叭筒子，舔上唾沫黏了，把大的一頭一擰，火鐮或「取燈兒」點了，吸進一口「雲」，再吐出一片「霧」，雲霧繚繞之間，悠悠歲月中的苦辣酸甜喜怒哀樂就盡隨之煙消雲散了。

稀稀落落的槍聲仍不絕於耳，那是蘇軍老毛子和流失在民間的流槍散彈，似乎在漫無目標地遊蕩著，一面在提醒著這裡的百姓，說這世道的更迭，時代的變遷，還遠遠沒有結束吶。

第三章
天亮了 It Is Dawn

民國三十五年，西元一九四六年

這些天街頭巷尾不斷地傳出消息，說是「八路軍」要來了，這引發了人們的惶恐和不安，還勾起了人們的猜疑和好奇。這些年，各式各樣的兵和軍紛至沓來，像西下窪子上空的火燒雲一樣不停地追逐變幻著，他們記得的就有東北軍、關東軍、「滿洲國兵」、蘇聯老毛子紅軍、東北義勇軍、人民自治軍、抗日聯軍，還有那數不過來的鬍子強盜土匪綹子，卻獨獨沒聽說過八路軍。這八路軍又是哪一路的軍吶？

這一天是正月十一。昨天夜裡曾「劈劈啪啪」響起過幾陣槍聲。在過去的半年中，槍聲就不時地就出現在這城周邊的上空。

東鹼泡子的水面已經凍得結結實實的了。冰上的葦子還沒有被完全割光，稀疏的葦花子在寒風中搖擺，太陽還沒有從冰面上跳出來，這座城還沉睡在渾渾噩噩的黑夜之中。

有幾個早起挑水的漢子來到正陽街上，不禁嚇了一大跳。他們聽到了嘰哩哇啦的說話聲。這聲音不大，也聽不懂。莫非是日本人又回來了？再看馬路兩旁躺了不少當兵的，他們破衣爛衫，橫躺豎臥，抱著槍，蜷著腿，正在「呼呼」地打著鼾，睡著覺吶。他們的眉毛鬍子上結了白霜，嘴裡呼出一團團呵氣。想想這些日子裡的傳聞，這些人就一定是八路軍的兵了。

正陽街的中段，南段和北段大多店鋪的門窗前和洋溝板子上，都躺著這樣的兵。

太陽慢慢地照亮了路西店鋪子前的門臉。義順記理髮店斜對面公福祥的正門臉被罩了一抹紅色的暖光。公福祥是城裡最大的綢緞莊，它那曼圓形的女兒牆上掛著一塊黑底金字的匾額，上面凹刻了「公福祥」三個大字，在陽光下閃著光亮。

公福祥左鄰的是馬家床子德順東，那門臉上沿齊刷刷的女兒牆上書寫了黑色的大楷：下雜用品，五金電料，這是城裡最大的一家下雜貨買賣。

這兩家鋪面前的八路軍最多。洋溝板子上躺滿了，有的乾脆就睡在窗前的水缸和火油桶旁。這些水缸和油桶本是風沙天潑水壓塵用的，火油桶上的「亞細亞火油」和「美孚行火油」印字還依稀可辨。

不一會兒，這些八路軍就都醒了。他們早就準備了安民告示，本來還在馬背上馱著呢。他們每走到一個地方，就把那告示貼出來。

第一張安民告示就貼在「協和會」對面聖公會和獸醫所的門口，接著，又貼在了七個城門口和主要街道商鋪的牆上。城門口早就沒了警察分駐所的「黃狗子」，他們曾經被叫做「皇帝陛下的警察官」，如今，這些警察官們已經隨著「滿洲國」的垮臺而死的死逃的逃或不知所終了。

待馬路兩旁的店鋪子都開了板兒，大街小巷都醒過來的時候，這些告示前面就聚集了一些圍觀的民眾，八路軍們就操著他們的四川話山東話河南話河北話湖南話湖北話和不知道甚麼地方的話磕磕吧吧笨笨拉拉地把那告示唸了出來。

民眾大多目不識丁，雖然聽不太懂八路軍的話，經旁邊識文斷字者的釋義，大意還算是知道了。這告示寫得很有文采，很有水平，像詩，像詞，像李白，像杜甫，像四六句，也像順口溜：

……
我為人民軍隊
只求主義實行
……
對於商界同胞
買賣尤為公平
……
士兵如有騷擾
准其捆送來營
……
務望各安生業
特此鄭重聲明
……
右喻通知　切切此佈
中華民國三十五年二月十二日
新四軍三師八旅二十四團第二、四連……

告示的署名是「團長王良泰，副團長王羽平，政委于應川」。

有的八路軍還上了房頂，借著紙殼捲成的喇叭筒大聲呼喊：「老鄉！你們別害怕，我們是八路軍！大夥都出來吧！現在解放了！」

於是就有膽兒大的好信兒的，他們先是鳥兒雀兒地推開門探風，或在當院趴了牆頭向外觀望。他們發現這些八路軍並不是傳聞中的紅鬍子，沒有要搶要奪的意思，就想，他們興許就是過路的散兵游勇，無甚大害吧。

人們終於看清了八路軍的裝扮，卻看不明朗。

他們的衣帽都是土布的，很粗糙，多處打了補丁。有的就相當襤褸，露出了棉花，連原本的顏色都辨認不出了。也有穿了狗皮襖或套了狗皮坎肩的，式樣就參差不齊，卻都是黑乎乎的。他們都打了綁腿，用布帶或是狗皮。他們的鞋子和百姓的差不多，老頭鞋，氈疙瘩。穿「革履」的也有，車老闆子穿的牛皮靰鞡就是了。他們的左胳膊上戴了「新四軍」或「八路」臂章，有的卻標了「N4A」的字樣。他們的帽子前都釘了兩顆釦子，人們猜不出，那又是啥意思吶？

出來看熱鬧的人多了起來。

這些兵說他們是八路軍，有人卻說他們實際上是新四軍。有人說新四軍就是八路軍，有人說八路軍就是土八路，也有人說不管是八路軍新四軍還是土八路，都是國民革命軍，也就是「國軍」。更有人說，八路軍也罷，新四軍也罷，其實他們更是「共軍」。那麼，共軍又是甚麼軍吶？是不是蘇俄「共產共妻」的布爾什維克赤黨紅軍吶？這讓他們想起不久前的蘇聯老毛子紅軍，他們雖然揍了日本鬼子，卻也曾在這馬路上一手拎燒雞一手拎燒酒，一面尋找「馬達母」，幹了不少壞勾當。眼下看到的也是這樣的軍嗎？這不禁令人起了一身不大不小的雞皮疙瘩。

講話的八路軍多了起來。

他們的話還是聽不大懂。有人說他們講的話像豆腐社的張侉子，是四川話。有人說他們講的話像掃鹼的謝大個子，是山東話。有人說他們講的話像掏大糞的李洛陽，是河南話，有人說他們講的話哪嘎達也不像啊，那是啥話呐？總之，他們是從遙遠的關裡來的。他們大概是在大後半夜，當人們已經熟睡時，並沒有費甚麼力氣，就悄麼聲地進了城。

看他們不像是鬍子，槍都在懷裡抱著，也沒有要和誰過不去的樣子，更沒有要他們「共產共妻」的跡象，懸著的心也就放下了。

這時有知書達禮人士發表了見解曰：「八路軍之到來者，乃早有預備預謀也。」一說他們大老早就曾派人偵察過，跟城裡的開明人士通過話，透過氣哩。福合軒大飯店的房主蒙漢翻譯「鄔通事」，還有算卦的趙三爺就算得上開明人士，八路軍來之前也和他們有過聯繫，打過招呼，他們有一定的號召力和影響力。他們曾走出門來，向周圍的店鋪和路上的行人招呼，說八路軍乃國民革命軍之第八路軍，乃受國民政府軍事委員會統轄之中華民國軍隊，說他們是為窮苦人打天下的，是為人民大眾服務的，你們無須害怕。

街上的店鋪子一個個把門打開了，好奇地說這八路軍幹啥呐？有人看見這些八路軍用洋鐵皮飯盒打了涼水，接過來咕嘟咕嘟就喝。有膽大的就從屋子裡端了開水說給他們喝點熱呼的。水是用泥盆子或二大碗盛著的，冒著熱氣。那些八路軍接過水，像是很有滋味似地喝下去。有的從懷裡掏出一塊苞米麵饃，就著水啃了起來，再用襖袖子擦擦嘴，有的說這水好喝啊，有的說這天真冷啊。也有的掏出了煙袋鍋子，吧嗒吧嗒嘴，一鍋子煙葉「蛤蟆頭」幾下子就抽完了，再用襖袖子擦擦嘴說，這煙趕勁。

馬家床子德順東下雜貨舖門前，站了大掌櫃馬德雲的長公子馬龍漢，是個剛滿二十歲的學生。他很早就起來了，受了這氣氛的感染，拿出了他的梵阿玲小提琴，調好了弦，站定了，迎著早晨的太陽，斯斯文文地拉上了一曲《桃李迎春》：

……

桃花紅，紅艷艷
多光彩
李花白，白皚皚
誰也不能賽
蜂飛來，蝶飛來
把花採
常常惹動詩人愛
那麼更開懷
……

馬龍漢早在瀋陽盛京學校讀書的時候就會拉這曲子了。他本想再拉上一曲《漁舟唱晚》，卻發覺手指都快凍得伸不開了。他把手放在嘴邊哈著氣，卻發覺腳都凍得快要麻了。他在凍得結結實實的地面上跺了一陣腳，還是凍得不行。

一個孩子拿出個毽子踢了起來，叫「踢倩兒」。另一個孩子拿出個陀螺抽了起來，叫「抽老牛」。「倩兒」是用銅大錢馬鬃毛紮的，「老牛」是用木頭塊子削的，都是不花錢自己做的玩具。

見到孩子們玩得滿頭大汗，馬龍漢靈機一動，收起梵阿鈴回到馬家床子德順東，轉回身時，手裡已經拿回了一個物件。孩子們忙圍上前去，見那物件像風箏又不是風箏，像飯碗又不是飯碗，倒更像是兩個大陀螺，用一個木軸連在了一起。有個孩子認出了喊道：「是門嗡！」馬龍漢笑了，說：「也叫空竹。」

他慢條斯理地張開兩條木棍，扯出一根五尺長的棉線繩，在那陀螺中間的木軸上繞了兩圈，不經意間「呼」地一下就把那陀螺蕩了起來。他熟練地搖著，拉著，抖著，彷彿在接著拉他的《桃李迎春》。那陀螺和線繩像磁鐵一樣地相互吸引著，開始發出「嗡嗡」的聲響，忽緊、忽慢、忽高、忽低，聽著並不喧鬧，卻令人愉快。

一個八路軍湊了過來，驚詫地說：「傢伙雷子！是悶葫蘆嗎！」又一個八路軍也湊了過來，驚詫地說：「胡敲咧！不賴！」還有一個八路軍大老遠就喊了起來：「對頭，響簧！」孩子們聽不懂這些話，就互相看看，說：「啥話呀？」

那陀螺像沾了靈性一般，飛過來，飛過去，一會兒像一隻家雀兒，一會兒像一隻蜜蜂，一會兒又像一隻鷂鷹，直衝藍天，突地又折斷了翅膀，緩緩地掉落……孩子們剛要喊叫，馬龍漢卻並不慌忙，他兩手把那線繩一拉，舉起，那陀螺便旋轉著，嗚叫著，從從容容，穩穩當當地落在了線繩上。

他凍麻了的手和腳緩解了過來，他寬大的額頭上甚至開始冒出了汗珠。

圍著的小孩子們看著，看著，各個流出了清鼻涕，一邊用襖袖子揩拭著，一邊也偷偷地瞥著圍過來的八路軍兵。有一個兵看起來只有十五六歲的模樣，抱著和他差不多一樣高的槍。小孩子們看看他，又看看他抱著的槍。這少年兵就讓幾個小孩子們摸了一下他的槍把子和槍筒，說：「摸吧，摸吧。這是漢陽造。」小孩子們就怯生生地把手伸了過去，那槍是冰涼冰涼的。一個男孩的手剛剛沾過了大鼻涕，去摸那槍時就被粘在槍筒上了。他使勁掙脫，竟沾破了手指，於是就大哭了起來。少年兵就說：「莫哭，莫哭，吐上口唾沫就好咧。」

八路軍的兵們都紛紛取出些乾糧吃了。

隨後，有一個八路軍在街頭教路人唱歌，他穿得稍微整齊一些，還戴了眼鏡。他說：「父老鄉親們啊，咱們來唱一隻歌子吧！」沒等父老鄉親們說「中」還是「不中」，他就開始了領唱。他的雙手在空中揮著、舞著、劃著、搖著，好像沒有甚麼章法，每唱完一句，就點一下頭，用他那不知是甚麼地方的口音，鼓勵著周圍的人，說：「預備齊：大家唱！」

大家就跟著他唱：

解放區的天是明朗的天
解放區的人民好喜歡
民主政府愛人民呀
共產黨的恩情說不完
呀呼嗨嗨伊咳呀嗨
呀呼嗨呼嗨
呀呼嗨嗨嗨
呀呼嗨嗨伊咳呀嗨

那些小孩子們也跟著唱了起來。他們反覆地唱「呀呼嗨呼嗨」，不肯停下，覺得這很有意思。也有壓根兒就不唱而只嘎吧嘴的，他們卻不時地「哧嘍」一聲抽著鼻涕，一邊「哧哧」地笑著。

過了一陣，八路軍又組織些人在大街上扭起了秧歌。這些人大多是學校的學生，男的女的都有。他們在棉衣外面套上了鮮豔的襖褲，顯得滑稽而臃腫。他們都擦了紅臉蛋，腰間繫著大紅大綠的彩綢，用手抓著彩綢的兩頭，走起路來搖搖晃晃，扭扭捏捏，羞羞答答。他們的前後都跟著民眾，每人手中揮動著一面紙做的小旗，是八路軍發的，三角形，紅的綠的黃的粉的各色都有。吹鼓手吹吹打打，一時間城裡熱熱鬧鬧，就像是鬧元宵趕廟會一般。

有人跟在左右興奮地奔跑著，也有人吹著口琴給唱歌的伴奏，卻因為音量太小而被吵雜聲覆蓋了。人們擡頭看看天空，天空果真是明明朗朗的，一絲兒雲也沒有。

人們只聽說是「光復了」，卻從來沒有聽過又是「解放了」。

「啥是解放了？」有人問。

「解放了就是天亮了。」那戴眼鏡的八路軍就這樣答。

那人又問：「那天亮了是甚麼吶？」

想了一下，戴眼鏡的就答了句：「天亮了就是解放了。」又想了一下，覺得沒說明白，就往上推了下眼鏡，補充說：「就是人民當家做主了。」

那人還是不明白，就問：「那啥叫人民吶？」

戴眼鏡的說：「大家都是人民。你是人民，他是人民，我是人民。」

那人更糊塗了：「啊呀，那不是亂了套嗎？還是你來當人民吧。」又叨咕了一句：「天亮了，解放了……」。

戴眼鏡的看講不通，就不再說話，而哼起了「呀呼嗨呼嗨」。

這時，馬路東估衣舖「大興祥」的趙掌櫃剛好湊了過來，他聽懂了這話裡的意思。

旁邊的有識之士就主動對那人做了進一步的解釋說：「天亮了，解放了，就是改朝了，換代了。」

於是，這座城從此就由共產黨八路軍的民主政府接管了，是改朝換代了，是天亮了，解放了。

第四章 王大屁股 Wang the Big Ass

公元一九五九年

城南小十街再往南還有一條十字街，也就是小小十街，它的西南角有一條巷子，據說叫「忍讓胡同」，這大抵是「滿洲國」也就是舊社會留下來的叫法。不過這不太重要，因為無論是舊社會還是新社會，都沒有人記得它在城中的準確方位，也沒有人把路標印在牆上。把這條巷子叫做「忍讓胡同」，一半是出於後人的推算，另一半是因為這一帶住民們隱忍謙讓的品性。

在「忍讓胡同」的拐角，也就是提籃叫賣燻炮肉的「大李和」隔壁，住著一對夫婦，那男人叫王家駒，外號叫「王大屁股」，長得方頭大臉，濃眉大眼。他四肢發達，比例均稱，體格健壯，和這「王大屁股」的綽號並無關聯。

王家駒雖說是「滿洲國」火車站扛麻袋扛交行的「力巴」出身，卻唸過些詩文斷得些文字也打得些算盤，是扛交行這一行中的文雅之人。「詩文」是指他在言語之間夾雜的戲詞以及偶爾引出的四六句和順口溜。「斷字」是指他識得些文字，寫得出姓名，描得來紋樣圖形。「算盤」則指他能計劃家裡的柴米，盤算著過日子的用度罷了。他講起話來也有點文，比如說到「我」，他就大多以「在下」來表示，說「在下如何如何」，「在下囊中蹦子兒皆無」，「在下再來碗苞米碴子如何」，「在下改日到府上拜訪如何」，「在下寒舍恭候如何」。

王大屁股愛聽「無線電」，管它叫「戲匣子」。戲匣子本是奢侈之物，人們對它卻並不陌生，因為在正陽街路東義順記理髮店門口的牆上，就掛著一臺。只不過這一臺是美國入口兩波段的「詹妮絲」，每時每刻唱的是單單的馬連良。

後來「滿洲國」政府為了強化宣傳，曾廉價出售過功率不高的「四燈無線電」，王大屁股就擁有一臺，當然，播放的內容多半是「王道樂土，日滿親善，五族和諧」。

光復了，百姓們就用這戲匣子來收聽中央政府的聲音。這時聽得最多的是「以德報怨」。國府電臺的功率很大，遠遠的南京城聽起來猶如就在眼前。

八路軍的民主政府雖然算是建立了，根基卻不穩固，自己既沒有電臺，也不曉得無線電戲匣子為何物。他們說，這東西放出的聲音聽起來就不對勁，便視其為怪物。於是就想出了對付它的唯一辦法，那就是沒收了事。

說到沒收，總歸得有個像樣的理由。於是，理由就是「那東西不好」，「是地主資本家的玩意兒」，便勒令限期上交，由民主政府「代為保管」，並許諾說等將來用的時候再還給你們。王大屁股的那臺就到指定地點「自動上交」了，並請政府「代為保管」。

於是，無線電戲匣子就在城裡消失了。取而代之的是有線廣播，就是一個喇叭外面扣了個木頭匣子，掛在牆上，叫「廣播匣子」。廣播匣子有兩條線，一條從廣播站通過來，一條從喇叭上通到地下，要時不時地澆水。不過，有這種廣播匣子的人家不多，算得上奢侈品，還輪不到忍讓胡同這樣的貧民窟。王大屁股的「府上」，這時連電燈都沒有。

他把他的「府上」，也就是「王府」說成「寒舍」是一種自嘲。他的寒舍只是一間土房，連著大李和那地窨子般的「李府」。雖然他「王府」的屋頂比「李府」的屋頂高出了一巴掌有餘，入室時卻仍要下去三個臺階，「夏則巢居，冬則穴處」，像是赫哲人的「胡日布」，狹小而憋屈。

他扛交行之餘脫土坯叉土牆撿磚頭子打草葦子，經過不懈的努力，硬是給自己接出了一間屋「道廈子」，做了他的廚房「外屋地」。後來，他又在道廈子門前搭出一個木架子。不久，架子上就爬滿了綠葉，纏滿了綠藤，長出幾條翠綠綠的絲瓜和幾個亮光光的葫蘆。

王家駒娶了媳婦。那媳婦，按他自己的話來說，那「娘子」，「乃鄉下查乾西胡臺人氏」，長得大屁股大胸脯，一看就知道是個能生能產的好娘們兒。

娶親那天，他在院子裡備了一斤喜糖，擺了兩桌喜酒，燃了三掛鞭炮，放了四個「二踢腳」，貼了五個雙囍字，給這街坊六鄰七舍也沾上了不少的喜慶之氣。新郎倌王家駒戴了禮帽，穿了長袍，套了馬褂，挎了紅綢帶，繫了大紅花。新娘子「查乾西胡臺氏」，把那袖口領口加了套花貼邊的蒙古長袍撐得圓圓鼓鼓的，令他十分歡喜。他遲遲不肯掃去落在院子裡那紅彤彤的鞭炮紙屑，說是讓那喜慶之氣多留些日子。

王家駒很看重過日子這回事，而且過起日子來，算得上是一把好手。他在院子裡開墾了一小塊園子，種了些菜蔬和花草。他和他的娘子查乾西胡臺氏把那豆角、倭瓜、茄子、柿子、酥子、掃帚梅、玻璃翠、小鳳仙、月季、海棠都澆灌伺候得綠的綠、黃的黃、紫的紫、紅的紅，十分好看。夏天的傍晚，他們時常把飯桌子放在院子裡，一邊吃著苞米碴子蕓豆粥配小蔥蘸大醬，一邊看著頭頂上泛紅的天空，一邊還聞著院子裡飄出的菜蔬花草的清香。

院子的角落，有一個醬缸，上面蒙了塊白布，繫了個紅布浪蕩，四個角墜了螺絲疙瘩，罩上了蓋簾，最後扣了個大草帽，草帽尖上用一小塊油布縫了個防雨的頂子。

有一天下午火車站交行沒活兒，王家駒蹲在院子裡，用暗紅色的油漆油著那張舊炕桌子。那桶裡的漆剩下個底兒，他覺得乾掉是「白瞎了」，於是就突發奇想，找了管毛筆，蘸了那漆，細緻地在那醬缸上描畫出了鼻子眼睛和嘴巴耳朵，要畫成楊柳青年畫兒上的「大胖小子」。查乾西胡臺氏一邊烀著豬食，一邊瞥著這「大胖小子」，不時地給予一些「技術指導」，還呲呲地笑著。

這事在「忍讓胡同」和鄰里間傳播開來，也引發了周圍孩子們極大的興致。他們便時常趴在門口，從那木板門的縫隙中向裡面張望。只見那暗綠色的大胖小子，頭上戴了頂大草帽，似笑非笑，似哭非哭，一臉的茫然和無奈。而且，他那畫技也算是一般。他把那兩隻眼睛，畫得一隻大些，一隻小些。眼睛上的眉毛，畫得一邊高些，一邊低些。那嘴角，也畫得一頭上翹，一頭下垂。總而言之，那模樣有點令人啼笑皆非。

孩子們就揣測那大臉到底是誰。有的說，那是「哪吒三太子」。有的說，那是「小李廣花容」。還有大人說，那是原來「城公署」的日本人副參事官皆川富之函。鄰里們討論了幾輪之後，覺得這三個假設都不成立：哪吒的嘴應該沒有這麼大，李廣的眉毛要比這個濃。這些當然都是以戲臺上的扮相為依據來比較的。至於日本人皆川富之函，見過的人不多，但記得他是長了「豬肚子臉」，與「王府」醬缸上這個還有些距離。

孩子中有一個膽小的女孩叫胖丫，看那水缸的模樣，覺得像是傳說中的山神或者水怪甚麼的，看著看著，就害怕得抽泣起來。一旁的男孩們不失時機地模仿了消防局「塔樓子」鬼魂般撕心裂肺的火警警報聲，把胖丫嚇得嚎啕大哭。可是，過了一日，胖丫還是忍不住和那些男孩們透過那「王府」的門縫向裡觀望。

扛交行「力巴」是計件工，按車皮算錢。只要你有力氣又肯出力，這一行的收入就頗為可觀。王大屁股是二者兼有之：他像牛一樣地強健，馬一樣地驃悍，有使不完的氣力，用不盡的勁頭。他能把一麻袋糧食拉住一個角兒，一猛勁「嗖」地一下甩到肩膀上。這使他成為一個真正的、無敵的力巴。在火車站貨臺，這樣的力巴六個人一組，裝車卸車，從早幹到晚，活兒多了多幹，一天最多能裝卸三個車皮，計一百多噸。背扛百十斤重的麻袋踩了跳板上上下下，無冬歷夏，全身都被大汗濕透。不過，一個月下來，賺得到常人兩個半月的錢，這令鄰里們羨慕不已。

收工後回家，王家駒就少不了要把這一天的臭汗臭泥洗去。

這年的盛夏，這對夫婦就常常在院子裡放上一個大木盆，裡面盛滿了水，曬上一天，曬熱了。下晚飯後，趁夜色昏暗月光迷離的時分，這對夫婦就關起院門，脫得上下無條線，在院子當中洗起澡來。

過了些日子，那劈哩啪啦的水聲，被院外的孩子們聽到，就引發了他們的好奇心。他們湊向前去，扒著門縫，向院子裡張望。那兩扇木板子門並不嚴實，於是這對夫婦洗屁股的月光之浴和鴛鴦戲水，就被這幾個小孩子們一覽無餘，盡收眼底。特別是看到這二人的大屁股，在月光下白花花地閃爍，夫婦二人還互相打些胰子，相互撩撥嬉耍，這令孩子們眼界大開。這些孩子們不諳世事，這滑稽的一幕不禁令他們嘖嘖稱奇。於是，他們便商量了，悄聲說了句「一，二」，齊聲大喊：「大屁股！王大屁股！」遂一溜煙似地跑了，一邊跑一邊繼續喊道：「大屁股！王大屁股！」

還逗留在巷子裡的鄰里們聽到這動靜，急忙湊了過來，也扒到那門縫觀望。不料，那一對夫婦大驚失色後，飛也似地溜進了屋子，關上了房門，空留下一盆水在月光下搖曳，哪裡還有甚麼「大屁股」的蹤影？

這些大人們便責怪孩子們過早地打草驚蛇，白瞎了後面更精彩的重頭好戲。同時，他們雖未曾真正見到這傳說中的屁股，卻堅信自己是接近見到看到瞧到了，是「掌握了第一手資料」，且大可發揮他們的想像力和創造力了。於是，他們就添油加醋添枝加葉地把這一奇聞傳播開來。於是，王家駒和查乾西胡臺氏的外號「王大屁股」就不脛而走，不翼而飛。

不過，從此以後，王大屁股們雖然也仍然在白日裡曬上一盆水，到了下晚飯後，卻把那盆水搬進道廈子裡，雖聽得到撩水之聲，卻見不到戲水之人，更觀不到那白花花的屁股。這不但令人失望，令人惋惜，還令人生出一些懊惱。於是，那些趴門縫的大人們就慫恿趴門縫的孩子們：「喊吧，喊吧。來，一，二：」孩子們就呼喊了起來：「大屁股，快出來！大屁股，快出來！王大屁股快出來！」

王大屁股伉儷卻不肯露面。

其實，真正的大屁股只是王家駒的娘子查乾西胡臺氏而已。至於王家駒他本人的屁股，卻並沒有甚麼獨到之處，但人們還是一概而論，把他們雙雙叫了「王大屁股」。從此，這四個字就成了他們的代名詞。

對於這綽號，這對夫婦不但不在意，還有幾分得意。男王大屁股對女王大屁股說：「哈哈好啊，娘子就給在下生養些個王小屁股如何？」女王大屁股說：「嗯吶。屁股大才能生養。俺額娘就屁股大，生了俺男女六個。」男王大屁股一聽就樂了，說：「嗯吶。娘子也給在下生養六個如何？」

不多久，「滿洲國」垮臺了，蘇聯紅軍來了又走了，光復了，青天白日旗掛了幾天又落了，「八路軍」來了不走了且掌管政權了，天亮了，解放了，翻身了的勞動人民王大屁股則仍然是王大屁股。只不過，王大屁股從火車站去了糧庫，也就是過去的日本守衛隊「西大營」，幹的同樣是扛麻袋扛交行的裝卸工「力巴」。

除了洗澡這一愛好之外，王大屁股夫婦也繼承了北方人的豪放性格和對酒的特別鍾愛。

特別是扛了一天或一夜麻袋下工後，王大屁股就差遣他的娘子查乾西胡臺氏到街口「老胖頭」的小鋪打上二兩散裝白酒，坐在炕桌前的小櫈子上夫妻對酌。那炕桌的紅漆鮮豔而光亮，是他不久前在院子裡油漆過的那張，也因此得了「王大屁股」這樣的綽號。

他們喝酒的時候，把那三錢裝的小酒盅，用大拇指和食指捏著，中指托底，無名指和小指向外伸開，動作十分優雅。他們略微低下頭，把那酒盅送到嘴邊，「嗞啦」一聲，一口小酒下肚，再夾上一筷子豬油炒土豆絲兒，或者摳出一小塊鹹雞子兒鹹蘿蔔條，慢慢地咀嚼，細細地品味，再捏起那酒盅，「嗞啦」一聲，又一口小酒下肚，便感到十分地舒心。王大屁股喝得多點，查乾西胡臺氏喝得少點，卻都很盡興。

手頭寬裕的時候，他們就從隔壁大李和的提籃裡買上一塊燻炮肉，也就是燻野兔子肉，那就得多喝上一壺酒，多品一番這日子的滋味。

查乾西胡臺氏跟王大屁股嘮嗑聊天，聊東鹼泡子的葦子，聊南山崗子的豬菜，聊西下洼子的黃豆，聊北城門外的蒿草，聊圈裡的豬和架上的鴨，聊天上的玉皇和海底的龍王，聊雞零狗碎和飲食男女，也聊外頭這火燒雲般變幻莫測的人間世界。

待王大屁股們各吃了三大碗苞米碴子蕓豆粥配小蔥蘸大醬，再裝了一煙袋鍋子土煙「蛤蟆頭」，深深吸入，再緩緩吐出，噴在院子的上空，看著那煙霧把眼前的景物過濾得有些模糊，他們感到一天的疲勞在散去，便十分地愜意和滿足。

果不其然，王大屁股的娘子查乾西胡臺氏正如鄰里們預言和自己應允的那樣，是個能生能產的好娘們兒。她接連不斷地生孩子，每年生一個。到了第六個年頭，已經生了六個，而且都是小子，就是兒子。憑他王大屁股的文化，他原本給這前三個起了不錯的響當當的名字，叫王英俊、王英傑、王英豪。

無奈查乾西胡臺氏生產的速度之快，令王大屁股的起名進程有些應接不暇，於是索性把他們編列了號碼，叫了「小名」，分別是王大一、王大二、王大三、王大四、王大五和王大六。而周圍的鄰里們就按「有其父必有其子」的原則，分別把他們叫做王一屁股、王二屁股、王三屁股、王四屁股、王五屁股，最後叫王六屁股。這些「屁股們」在這個院子裡出生，在這個院子裡長大，他們在爹娘王大屁股們的帶領下，為這一年四季的穿衣吃飯柴米油鹽而忙碌奔波著。他們去東鹼泡子掃鹼土，去南山崗子攞豬菜，去西下窪子撿豆子，去北城門外打柴火。

這院子裡養了豬雞鴨鵝。豬養了兩頭，每日餵煮熟的豬菜，淘米的泔水，長大後一頭賣給牲畜收購站，大約賣得到百十元錢，另一頭殺了，一半零賣給鄰里們，一半凍在院子裡的水缸中自己慢慢吃。查乾西胡臺氏把那肥肉煉成豬油，藏在罈子甕子裡。改善伙食的時候，比如「五一勞動節」和「十一國慶節」，就用罈子裡的豬油拌高粱米飯，也用這豬油燉茄子豆角，加上些大醬，外加一個鹹雞子兒，就著苞米碴子蕓豆粥，就會把府上的全家人吃得笑逐顏開，歡天喜地。至於過年，那就要隆重地把凍在缸裡的豬肉拿出來一塊，美美地吃上一回豬肉燉粉條子和淨肉餡餃子。這時，府上全家人就悶著頭，埋著臉，只聽得「欻欻」的咀嚼聲和「呼呼」的喘氣聲，應和著窗外不時傳出的鞭炮和「二踢腳」聲，就是過年的聲音了。

雞養了一群，公的打鳴，母的下蛋。鴨養了兩隻，不打鳴，只下蛋。鵝養了一隻，卻還是隻小鵝，既不會打鳴也不會下蛋。牠們都和睦相處，各盡其職。

「屁股們」多了起來，「王府」的一間房裝不下了，王大屁股就在道廈子裡加了鋪炕，和查乾西胡臺氏搬了過去。他把灶臺砌在了道廈子外面，上面加了個棚頂，成了屋外的「外屋地」，也照樣煮苞米碴子貼大餅子烀豬食。六個小屁股們一順水地睡在原先的炕上，炕頭是王一屁股，炕梢是王六屁股。

小屁股們各個都蔫淘蔫壞，一個比一個能捅簍子：

王一屁股春天時紮八卦放風箏，在這一帶的屋頂上挨家走動，踩漏了大李和家的房蓋，撞倒了趙剃頭家的煙筒。他挨了大李和的一腳，挨了趙剃頭的一巴掌。

王二屁股夏天時佈陷阱，崴了楊鋸鍋子的腳脖子，磕了劉大鬍子的腿肚子。他挨了楊鋸鍋子的兩脖溜子，挨了劉大鬍子的兩煙袋鍋子。

王三屁股秋天時偷香瓜，用鐵絲做了個鉤子，從車上鉤了三個香瓜，被那瓜農追上抓住，左屁股上挨了三鞋底子，右屁股上挨了三鞭桿子。

王四屁股冬天時做了彈弓打家雀兒，家雀兒沒打著，打碎了趙錢孫李四家的玻璃窗子，被這四家的老爺們兒老娘們兒各罵了四四一十六句王八犢子和小兔羔子。

王五屁股和王六屁股還小，卻後來居上，技高一籌。他們把院前鄭鞋拔子家的後牆當成了撒尿的便桶，無論春夏秋冬，刮風下雨，逢尿必滋在那牆上，還滋在同一個地方。其他的幾個小屁股和周圍的孩子們見這有趣，就一一前往效法。那土牆經不住這輪番的攻擊，竟被滋出一個大豁口子。鄭鞋拔子氣得把臉拉長，酷似個大鞋拔子。他把大小屁股和方圓幾條街的王八犢子小兔羔子們罵了千遍萬遍，末了，強烈要求王大屁股把王小屁股們「家法伺候」，並在三天內把那牆填平補好。

王大屁股非但不惱，還哈哈大笑起來，說：「王八犢子，小兔羔子，有其父必有其子啊。在下的犬子各個尿性，尿性啊，尿性，奈他如何？」

待到王一屁股長到十歲王二屁股長到九歲王三屁股長到八歲時，王大屁股就已經過了不惑之年。這時，他就差遣這三個小屁股們輪流去老胖頭的小舖打酒了。

這些小屁股們慢慢長大，耳濡目染，潛移默化，他們對於上一代屁股們喝酒的傳統也產生了興趣進行了效仿。他們先是在大屁股們的酒盅上嗅那味道，皺了一下眉，撇了一下嘴。繼而，伸出舌頭舔一下蟲，咧一下嘴。下次，就舔一下酒，不皺眉也不咧嘴了。再下次，就啜一小口，舒一下眉。再再下次，就「嗞啦」一聲，一口小酒就下了肚，夾上一塊鹹蘿蔔條，也感到了舒心和愜意。久而久之，小屁股們的酒量也都在實踐中得以發揚光大。或者按王大屁股的話說，這是「有其父必有其子，革命傳統代代傳。尿性！」

然而，王二屁股和王三屁股卻不幸相繼夭折了。那是在「三年自然災害」時期。

那一年，毛主席號召全國人民要破除迷信，解放思想，要發揚敢想敢說敢幹的精神，在各條戰線各行各業掀起「大躍進」的高潮，要「大辦特辦」，要「大規模」，要「大煉鋼鐵大辦鐵路大辦萬豬場萬雞山」，工業產品產量要「十年內超過英國，十五年內趕上美國」。

這樣的各條戰線各行各業自然也包括了「扛麻袋」。這時，連王大屁股這樣老實巴交的人，也像被打了雞血填了炸藥一樣地充滿了豪情，充滿了鬥志。他在大會上表了決心，說「在下要大扛麻袋，大扛糧食」，「在下要為這大躍進添磚加瓦」，「在下要放上它幾顆衛星」，「在下要在十五年內超英趕美」。

照例，這場大躍進運動仍是由「動員」、「誓師」和「會戰」組成。動員大會在劉大鬍子的茶館舉行。劉大鬍子茶館前懸著的那把茶壺隨風搖動著，那顆柳樹的枝條上掛了些紅紙條子，寫著獻鐵煉鋼人的姓名，也隨風搖動著。這些獻鐵煉鋼人就坐在茶館裡的桌子旁，聆聽土工程師王同志王三面描繪了從大躍進邁入共產主義的美好遠景。他原本叫王三寶，卻硬是改成了「王三面」，說是要歌頌「總路線、大躍進、人民公社三面紅旗」。他的演講生動活潑，吸引了每一個聽眾：

「好，共產主義。我就從衣食住行這四方面說起吧。第一，穿得好。穿，花色品種齊全，而不是清一色的黑藍灰。任挑任選，一切要求都可滿足。」

這時，王三面鄙夷地瞥了一眼四周那些黑不黑藍不藍灰不灰的「人民服」，說：「將來，普通服裝僅作為工作服使用，下班後，人們就換上呢絨綢緞羊毛制服外加嗶嘰大氅。當人民公社都養了狐狸，那時的外套就都是狐狸皮的了。」

「第二，吃得好。吃，不僅僅是填飽肚子，而要講究營養，就是有肉雞魚蛋，還會有更精美的食物如猴頭燕窩龍蝦熊掌，都是按需供給。」王三面嚥了下口水，接著說，彷彿吞下了一隻熊掌。

「第三，住得好。住，房屋都會達到現代城市的標準。現代是甚麼？是人民公社。想想吧，在屋子的北廂有供暖設備，南廂有供冷設備。人們都住在高樓裡，不用說，裡面有電燈電話自來水無線電和電視機。」王三面看了看窗外爛歪歪的趴趴房，清了下喉嚨。

「第四，行得好。行，除了跑步選手外，旅客和行人都有交通工具，飛機航班就像天上的家雀兒，你起我落，飛往全國各地，各村各寨。每個省都有飛機場，每個地方都能造飛機，每個人都會開飛機。等著吧，這一天不遠了！」王三面說。

他揚起了手，還要說下去，卻被劉大鬍子打斷：「傢伙雷子。和龍王爺打交道！那茶水兒怎麼辦？」

王三面瞪了他一眼，學了他的口氣，說：「傢伙雷子。那時水龍頭往左一擰，茶水就嘩嘩流進你的碗裡了。你就當了水軍師，龍王爺，管那總閘。」

這話把劉大鬍子逗樂了，說，「傢伙雷子，和龍王爺打交道！敢情還是人民公社好啊。」

王大屁股關心本行：「在下問了，那扛麻袋扛交行的咋辦？」

王三面笑答：「那還不好辦？叼車，老叼啊！那時，你們就不扛麻袋不上跳板了，你們就舒舒服服地按著電鈕，叼著煙捲兒，聽著戲匣子，看著那老叼幹活了。」說著，王三面順勢擡起了眼，揚起了手，彷彿那力大無窮的老叼就在眼前晃動一樣。又說：「至於洗澡嗎，你就不用曬那涼水了。家家有澡堂，刻刻有熱水，你們那臭屁股也沒人看得到了。」場內哄堂大笑，王大屁股也有點抹不開了。

「酒吶？要喝酒又該咋辦？」剃頭棚的理髮師小酒壺胡仲久問。

王三面的眼睛亮了：「啊，這位同志的問題很好。酒，茅臺，西鳳，杜康，富裕老窖，塔子城老窖，要啥有啥。你水龍頭向右一擰，那酒就嘩嘩地流出來了，你就別再甚麼壺中酒瓶中酒小酒壺了，按需分配，可勁造！」他端起桌上的茶水，一揚脖搊了進去，擦擦嘴，彷彿那就是上好的茅臺，頭等的西鳳。又四周看了一圈，說，「嗯？就這樣！」

這一番話說得大家心服口服，就熱烈地鼓起了掌來，連劉大鬍子的大黃狗「水黃子」也興奮得狂吠不已。

架不住王三面耐心細緻的政治思想工作，小小十街周邊的住民們，大李和、趙剃頭、楊鋸鍋子、劉大鬍子、鄭鞋拔子、老胖頭、鄒啞吧、石大糞、老西子、李洛陽、史瘸子，張侉子、魏山東、劉大吃、周馬車、黃鐵匠、王大白話、邵大舌頭，還有些說不出名兒來的趙錢孫李，無一例外，都被動員了起來。

王大屁股的道廈子外屋地改造成了「煉鋼爐」。沒有煤，就燒蒿子桿葦子穗苞米秸瓜子皮刮屁股棍揩屁股紙。門口砌起的大煙筒，咕嘟咕嘟地冒著黑煙。門兩旁貼了大紅紙對子，一邊八個字，上聯說：「大煉鋼鐵，遍地開花」，下聯說：「以鋼為鋼，超英趕美」，有了不少「大躍進」的氣象。「王府」上鐵器無多，王大屁股先是把院子裡的二齒子糞叉子鋪襯撓子鎗刀子上繳當廢鐵煉了，又把泥板子爐鉤子鐵錐子洋釘子也上繳煉了，最後想起蒙醬缸那塊白花其布皮子上拴著的幾個大螺絲疙瘩，就也解下來上繳煉了。末了，完不成指標，終還是揭下了灶臺上那口八印大鐵鍋，砸了，也煉了。

這時的口號是「跑步進入共產主義」，甚至像傳說中的原子彈爆炸倒計時那樣，要準時到何年何月何日何時何分何秒。這樣刻不容緩的日程不禁令人興奮令人激動令人頭腦發熱令人心血沸騰令人「嗖」地一下原地彈跳起來，向著全世界大吼一聲：「喝令三山五嶽開道，我來了！」

同時，「共產主義公社大食堂」也在城裡雨後春筍般「呼洋呼洋」地冒了出來。這是要「削弱家庭私有觀念」，是有著「共產主義因素萌芽的新事物」。於是，王家和家家戶戶都響應政府的號召，上繳了糧食，柴草和碗筷。吃飯的時間一到，炊事員老張便掄起鐵鎚敲響掛在門口的鐵鐘，敲出來「噹——噹——噹」三個音響，代表「開——飯——啦」三個夢幻般的呼號，令全街巷的男女老幼欣喜若狂，手舞足蹈。

他們蜂擁進「公社大食堂」，食堂的門兩旁也貼了大紅紙對子，一邊是十個字，上聯說：「生活集體化，食堂如我家」，下聯說：「吃飯不花錢，努力搞生產」，這話聽起來比戲臺上的戲文還中聽中意。於是，他們敞開肚皮吃飯，甩開膀子喝湯。他們吃的是苞米碴子、高粱米飯、貼大餅子、烀土豆子、燉白菜蘿蔔，雖然一點肉星都沒有，卻是「各盡所能，按需分配」，管飽管夠。王大屁股和他的工友們吃平時一倍以上的糧食，也扛平時一倍以上的麻袋。他們吃得扛得歡天喜地，笑逐顏開，又摩拳擦掌，躍躍欲試，要在十五年內「超英趕美」。他們確信，那妙不可言的「共產主義」會照著那預定的時間，分秒不差地光臨到祖國大地。

然而好景不長。不出幾個月，大食堂就入不敷出，不堪重負，日漸式微了。飯桌上的正經糧食很快隱退，最後，一口八印大鐵鍋的水裡就只能放進一把米，撒上一把鹽，熬出的粥清可見底，把人喝得昏天黑地，頭暈目眩。去大食堂吃飯的窮酸文人饑腸轆轆，卻還是強打精神，吟出首打油詩調侃：

數米碴成一鍋粥
鼻風吹得浪悠悠

過了一陣，糧食就換成了米麩和穀糠。又過了一陣，大食堂解散了，黃了。王家吃飯又回到了「府上」的道廈子外屋地廚房。然而，這時公私兩界都已吃空吃盡，家家的飯桌子上都只剩了橡子麵麩子粉摻榆樹葉子的窩窩頭和蘿蔔湯。又過了不久，改吃了菜團子。再過了一陣子，連這些也沒了，只剩了灰菜葉子加鹽和刷鍋水。

糧本上供應每人三兩豆油，二斤白麵，粗糧定量不等。王大屁股是重體力勞動，四十三斤，學生每月二十八斤。老婆是婦女，二十七斤，這些早就提前吃光用盡了。王大屁股把那刷鍋水倒進酒盅，撒了幾粒糖精，用筷子攪了一下，和一家屁股們乾杯調侃：「原漿刷鍋酒，鹹中帶甜，在下把它娘的乾了如何？」他仍然用大拇指和食指捏了酒盅，中指托底，無名指和小指向外伸開，把那酒盅送到嘴邊，「嗞啦」一聲，刷鍋水進了肚。他的老婆孩子們也都學了他的樣喝了這刷鍋水，說，「還真是鹹中帶甜呀。」

糖精雖然是化學物，卻是個好東西。再苦的日子，加上了這東西，就會像歌中唱的那樣，我們的生活就變得幸福了，愉快了。糖精不但放在水裡喝，也放在飯裡吃。無論是高粱米飯，高粱米糠，還是蕎麥麩子、灰菜梗子、苞米瓤子、榆樹葉子，加了這妙不可言的糖精，一下子就都變甜了。

很快地，他們連吃糖精喝糖精的興致和氣力也沒有了。王大屁股和王小屁股們都餓得沒有了屁股，且通身水腫起來，是因為吃野菜中了毒，連屎都拉不下來了。

查乾西胡臺氏鄉下的親戚們有時會接濟一些吃食，可很快地，親戚們也自顧不暇，無力以助了。

查乾西胡臺氏的屁股和胸脯也餓得乾癟了下去。她跟大李和的老婆趙剃頭的老婆魏破爛的老婆搭油罐車到鎮賚鄉下嘎什根換了幾次糧，用的是兔子皮剃頭刀哈拉巴，還有幾件鐵器譬如剪子鉗子鏟子錐子在大煉鋼鐵時得以倖免，算是硬貨。再就是木梳攏子包袱皮子針線板子細麻繩子襪底托子，這些東西太不起眼，換不了多少苞米粒子，她就把結婚時的耳鉗子手鐲子，還有那身袖口領口加了套花貼邊的蒙古袍子都一股腦拿去換了吃食。

糧食吃完了。一天，查乾西胡臺氏眼見六個小屁股們饑餓難當而偷了大李和的提籃，找尋遺留在籃子底的肉渣子花椒粒子吃，就對王大屁股說：「守著糧食庫，就不能想法子踅摸點吃食？」

王大屁股一拍腦袋恍然大悟，說是啊，近水樓臺先得月，向陽花木易為春啊。我是得踅摸踅摸了。於是，他踅摸著偷了糧庫的苞米粒子，裝進套袖筒子，兩頭用繩繫了，綁在褲襠裡，回去煮了全家吃。他這樣做了三回，到了第四回，就被政工組的劉幹事看出了端倪。劉幹事去茅樓拉屎，見走在前面的王大屁股東張西望，神色有些異樣，又見到他那屁股晃動著，大得不合比例，就悄聲尾隨了上去，躲在角落觀看。見王大屁股解開褲帶撒尿，暴露出那苞米袋子，就大喊一聲：「哪裡逃！好你個大屁股，鬧了歸其是個假的。」王大屁股尿了一半，提起褲子就跑，逃出了劉幹事的視線。

劉幹事也嚴重營養不良，沒了氣力追趕，這事也就不了了之了。王大屁股卻沒再得手偷竊苞米。而且沒幾日，糧庫的邊兒也沾不上了。糧庫吃空了，沒有了庫存。裝完了最後一車皮援助幾內亞的大米和援助阿爾巴尼亞的小麥，他們就沒甚麼活幹，沒甚麼裝糧食的麻袋可扛了。幾內亞「堅決反帝」，阿爾巴尼亞在「社會主義陣營」，大米小麥就流水般地支援他們了。這令王大屁股百思不得其解：「在下也反帝，在下也在社會主義陣營，咋就不給俺也發上一袋米一袋麵吶？」他說這話的時候聲音不高，沒人聽見。

過了幾日，他餓腸轆轆，連罵幾內亞和阿爾巴尼亞的氣力都沒有了。他和府上屁股們的「尿性」也蕩然無存，他們連洗澡洗臉都免去了。

院子裡的豬雞鴨鵝早沒了吃食，牠們自己也早就變成了吃食而被消化掉，差不多連骨頭都給嚼了嚥了。園子裡的豆角倭瓜茄子柿子，連秧帶根都化作了盤中餐胃中液。那些掃帚梅玻璃翠月季紅都不綠不黃不紫不紅而蔫了痿了。醬缸裡的大醬早就吃完了。那上面描畫的「大胖小子」也因日曬雨淋而失去了原本的表情和光澤。面對著這曠世的大饑荒，這「大胖小子」抑或「哪吒三太子」，「小李廣花容」，「皆川富之函」也洩了氣了，敗了興了。

王大三即王三屁股先死了。王大二即王二屁股兩個星期後也死了。他們一半是因為饑餓，一半是因為中毒。剩下的幾個屁股們好歹活了下來，卻也各個水腫，各個的臉都綠了。

隔壁的大李和得了中風，嘴也歪了。他那臉顯得有些扭曲，下巴顯得更長了。他和他的老婆，還有三男三女六個孩子倒是奇蹟般地活了過來。沒有了野兔和山雞去燻炮，沒有了地瓜和土豆去焚烤，他無事可做，無錢可賺，丟了職，失了業，一家人連西北風都喝不上了。無奈，他還是設法弄了個玻璃匣子，弄了些鮮貨水果，到茶館大車店去叫賣，卻連本錢都賺不回來。他慢慢發現那玻璃匣子裡的水果總是在第二天早上少了幾個。追問之下，知道是他十五歲的大姑娘和十四歲的二姑娘偷著分給身下的孩子們吃了。他哀嘆了一陣，也不責備，卻躬著腰，拎起那玻璃匣子，走出了他的「府上」，直起他那高大的身軀，看著天空，喊了句：「香——水梨！」這聲音在「忍讓胡同」前後迴響，低沉而渾厚，凝重而悠邈，像是從地獄的底層發出來的一般。

「忍讓胡同」一帶的住民們還有好幾個在這三年自然災害中死去了。劉大鬍子的老婆劉二孀子在郊外農田邊挖野菜，被看青的公社社員誤當作偷竊賊，給從後面削了一大棒子，無聲無息地死了。不久後，他的兒子得水子生生給餓死了。劉大鬍子自己則魔怔了，終了，死在了他的茶館，那曾經的大躍進運動動員大會會場。

那日，人們在劉大鬍子的茶館發現他歪歪斜斜地靠在一張八仙桌子邊兒上，張了嘴巴子，淌了哈喇子，似乎在唱著甚麼曲兒。他的大狗水黃子先是頑強地活了些日子，到後來，牠還是被人抓住，給吃掉了。

王大屁股和查乾西胡臺氏也頑強地活了下來。他們帶了餘下的四個小屁股們度過了這漫長的「三年自然災害」。他們沒有去質問王三面，去追討那妙不可言的「共產主義」的「衣食住行」。王三面的老婆徐大腳也在饑餓中死去了。他想改個名，至少改回到他原來的「王三寶」，試了幾次，卻沒有人理會他，他大概就注定是「王三面」了。

「忍讓胡同」安靜了下來，不再有大人或孩子們去呼喊「王大屁股」和「王小屁股」了，直到許多年以後。

第五章

和暖的陽光照耀著我們 In the Warmth of the Sun

公元一九六三年

殺豬的這一天，彷彿像過年一般地熱鬧。

誰家殺了豬，誰家就能吃上一頓噴噴香的豬肉，吃得大汗淋灕，痛痛快快，就好比是誰家的園子久旱下了場甘雨，誰家娶了媳婦在洞房點起了花燭，誰家的兒子當了兵、入了黨、提了幹、轉了業、升了官、發了財，就差燃一掛鞭炮，點兩個二踢腳，放三個躥天猴，喝四盅塔子城老窖了。

這天殺豬的這家姓張，住在南頭小十街再過去，小小十街路西，往南數第二個大門洞裡的一個大雜院裡。

張家七口人，就是張家的老爺們兒「張大尿壺」、張家的老娘們張大尿壺的老婆、張大尿壺的老娘張老太太，還有三個閨女一個兒子。此外，就是圈裡的兩頭豬、院裡的一條狗和院外的一群雞了。

張大尿壺在酒廠當工人。「滿洲國」時，他在田家燒鍋「福原德」當夥計，不但學會了釀酒，還學會了喝酒。他能喝酒又想克制，就到洋鐵舖找楊鐵匠打了個尿壺盛酒，說是讓自己記得那裡面裝的是尿，不能多喝，卻還是管不住自己，尤其是在愁苦煩悶時，他把那半斤裝的一尿壺酒全部喝光，醉了就開始哭哭啼啼。

解放後公私合營，田家燒鍋歸了公，改叫了「人民酒廠」，張大尿壺變成了技術工人。

五八年大躍進，領導上動員他把那尿壺獻了煉鐵，他不幹。他撒了個謊說：「別介別介，我得等到實現了共產主義，那時候，我就用這壺盛滿了酒，喝它個一醉方休。」領導說：「好！不過我得糾正你一下。到了共產主義呀，酒是按需分配，管夠造。那時，你那尿壺也派不上啥個用場！你想想，共產主義了，樓上樓下，電燈電話，喝酒也隨時隨地！你把那電鈕一按，嘩啦啦就流在你的洋灰墩子裡。你喝他個一醉方休，兩醉方休也不在話下！茅房吶？肯定也設在樓上！你對著那現代化尿池子，嘩啦啦一呲，那尿就順著大鐵管子，嘩啦啦自動流了下去，直接流到公社的苞米地。尿多肥多糧高產，畝產十萬斤輕而易舉呀。待等到那苞米秧子嘩啦啦地躥起來，自動化機器一過，嘩啦啦那苞米粒子就裝在了麻袋裡啦！」

領導的這番話把張大尿壺打動了。不料正待他要把他的尿壺獻出來練鐵時，那練鐵鍋爐卻和公社食堂一塊倒閉了，關門了。鍋爐沒了柴火，食堂斷了糧米，嚴峻的日子來到了。

城裡和鄉下都鬧起了大饑荒，他的兩個小兒子活了不到一歲，竟先後餓死。一家人飯都吃不上，酒廠也斷了造酒的糧食，就更別說喝酒了，於是裝酒的尿壺終於回到了它原始的功能，做了名副其實的尿壺。張大尿壺從此戒了酒，而他的外號雖然不太文雅，卻一直保留了下來。

人民酒廠的「人民」，從上到下，從辦公室的書記主任到大門口的更倌門衛，各個都能喝個半斤八兩。張大尿壺卻還是沒撿起喝酒的愛好。人們說你人在酒廠又不喝酒，虧吃大了。他說我那尿壺都裝了尿了，還能再裝酒？

不過，終還是「近水樓臺先得月」。張大尿壺常常能花上一角五分錢，買到上尖兩土籃子內部處理的酒糟。酒糟就是釀酒剩下來的高粱玉米渣滓，是上好的豬飼料，豬愛吃，吃了長膘。這個大門洞裡養豬的人家也時常能借上他的光，不時地接過張粉紅色的酒糟票，挑回兩土籃子熱氣騰騰的酒糟，一路散發著酒氣，激起了周圍豬們的強烈食慾。豬們搖著尾巴，嗷嗷地叫著，都指望這美餐能降臨到牠們的名下。

張家的豬常吃得上這樣的酒糟，長得就不免像幹部大院的幹部們一樣，有些紅光滿面，精神煥發了。

到了十一月霜降時分，張家的豬就長到了三百來斤。按七五扣，出肉在二百二十斤左右，刨去請人吃肉和自家留著過年的下水，也就是五臟和豬血，剩下的賣七角錢一斤，能賣錢的盡量賣，這豬能得一百五十元，頂得上他小半年的工資。張大尿壺說，這豬該殺了。

頭天後晌，院裡院外的兩口大缸就裝滿了水。張大尿壺一連氣挑了十挑，大珠和二珠分四次擡了兩挑。三珠和小貴子太小，就不讓他們挑。這一帶水不缺，挖地三丈多就能見到水了。井是笨井，搖軲轆把。搖水的桶是柳樹條編的，叫柳鍋。水搖上來，坐清了，慢慢倒在水桶裡，倒滿了，多出的水再沖回去。水有點混，有點鹼味。洋井倒是有，最近的畢家井沿在飯店「小樂天」的後院，有點遠，還得花錢，人也多。他們就吃這笨井水，已經習慣了。

大清早，張大尿壺就卸下了門板，架在兩條板櫈上。院子裡的爐子上坐了口八印大鐵鍋，燒著滿滿一鍋水，騰騰地冒著白煙。

張家老太太和老娘們兒把那頭養肥了的豬哄進院子，關上院門，在破臉盆子裡盛了豬食，還加了兩把苞米麵和三把酒糟，算是囚犯赴刑前的「斷頭飯」，嘴裏一面喚著：「啦——啦啦，啦啦啦，啦——啦啦啦。」又有點悲傷地加上一句：「改善伙食咯。」

那是頭大黑豬。

殺豬前須先空槽，就是殺豬的前一天不喂食。餓了一天一夜，這會兒這豬本應奮不顧身迫不及待鏗嗤鏗嗤地大快朵頤，可是，牠卻通人性般地感到了末日的來臨，斷然拒絕這斷頭飯的誘惑，不吃也不喝。張老太太雙手合十，默默地念叨著：「阿彌陀佛，罪過呀，罪過。」但是，這豬的末日畢竟是來臨了。

張老太太把斷頭飯轉送給圈裡的小豬，小豬喜出望外地大口吃了起來，吃一口揚一次脖子，向張老太太致意。老太太嘆了口氣，又說了句：「阿彌陀佛，下回投胎轉世，托生個別的甚麼吧。哪怕是托生個木頭板櫈，讓人坐，讓人騎，都比讓人給殺了宰了強啊。」

按慣例，張大尿壺請來了專門殺豬的李聾子，又在鄰里間請了幾個壯漢幫手。

殺豬的李聾子住在城南頭的南半截。

李聾子當然也有名字，人們卻只知道他叫李聾子，但這毫不影響他的名望。「李聾子」這三個字已經是家喻戶曉，婦孺皆知，甚至有點如雷貫耳了。

李聾子的名望不僅得自於他會殺豬，也得自於他會賣肉，更得自於他賣肉時常說的一句話：「沙！二斤搭拉頭兒，老叔我再給你搭疙瘩油兒！」他是個啞脖子，說話時不時發出「沙沙」的聲響，像是嘴裡含了口沙子。

這一天，李聾子穿戴整齊，就是說黑褲黑褂，是他的禮服。他前胸穿著皮圍裙直拖腳面，褲角袖口各捲起半尺半寸半分又半厘，不多不少，恰到好處。

逢殺豬日，李聾子就不吃早飯，等著下午這一頓好酒好肉好飯。二十年前，李聾子開始學這殺豬手藝，圖的大半就是這個。

那豬被壯漢們追著，趕著，呼嗤呼嗤地喘著氣。

李聾子站在空洞的門框中。地上放了他的帆布搭子，裝著他的刀具。門框的一邊掛了串紅辣椒，另一邊掛了串大蒜頭，襯托著他的大禿頭和大紅臉。他的連毛鬍子黑白參半，向兩邊翹著，這使他看起來像是畫上「殺豬的祖師爺」張飛。他不時地向壯漢們發出指令：

「沙！抓前蹄，別撒手！」

「沙！捆後腳，打活釦！」

關鍵時刻，他親自出馬。果然是李聾子，名不虛傳，要幹甚麼一下子就幹好了。

張家老娘們往爐裡添了把柴。

張家老太太往鍋裡加了瓢水。

十歲的大珠九歲的二珠和八歲的三珠嚇得躲在醬缸後，大氣都不敢出，卻定睛看著。

七歲的小貴子跟著壯漢們跑著，興奮得滿頭大汗。

他們都穿著黑棉襖，早就掉了色，灰不唧唧的，破破爛爛的，襖袖子和脖領子都掛了一層油泥，奇異地閃著光亮。

大黃狗跟著小貴子跑，一聲迭一聲地吠著。

雞們驚得劈哩啪啦地飛，掀起了陣陣塵土。

院牆外圍了一圈看熱鬧的鄰里。

壯漢們七手八腳，把那豬抓住按倒，擡到案子上。牠死命地掙扎著，發出絕望的狂叫和哀嚎。待漢子們把那豬制伏，讓出了空位，李聾子就不緊不慢地走過來，一條腿跪在豬身上，一隻手扳住豬下巴，用力向後搬直突顯的咽喉，另一隻手握著一把尖刀，說出一句話來：「豬羊本是一刀菜，我來殺你別見怪。沙！」是說給豬聽，也是說給自己聽。

正說著，就一刀扎下，順向直捅那豬的心臟，然後將刀翻轉一下再拔出來，一聲地獄般的慘叫，鮮血隨刀噴湧而出，流在下邊的盆子裡。那豬嚎著，叫著，抽搐著，血不停地流淌，盆裡咕嘟嘟地冒著血泡。豬叫的聲音漸漸地小了，弱了，終於停止了掙扎，沒有了聲音，動也不動了。

李聾子拍了拍巴掌，接過張大尿壺遞過來的煙袋，抽了一口，伸出五個指頭，說出了他的預言：「五指膘，賣個好價錢吧。沙！」

說完這話，就給這豬吹了氣，褪了毛，刮了皮，解了肉，伸手在那肉上一劃拉，果真五指膘。灌了血腸，又抽了袋煙，輪到了下一個「日程」：賣肉。李聾子管殺豬的幾個步驟叫「日程」，這源自於前幾年大躍進時的大煉鋼鐵。那時土工程師王同志王三面就曾把大煉鋼鐵的步驟宣布為「三個日程」，結果到了熄火開爐門「收取勝利成果」這「第三日程」時，發現鄰里們好不容易湊齊的那些鐵器，就是些鍋勺盆鏟洋釘子螺絲帽，甚至李聾子的兩把殺豬刀，竟煉成了一小塊黑呼呼的鐵疙瘩，驚詫之餘，不免有點失落，說王工程師的「日程對，效果不夠理想」。從此，李聾子就沿用了「日程」這一新生名詞。不過，李聾子殺豬的日程卻是日程對，效果也好，效果出奇地理想。

李聾子站在街邊的案子旁，臉上堆著笑。

案子還是那塊門板。門板上擺了兩大條豬肉，開了膛，叫「白條子」。白條子上案前先卸下頭和蹄，大砍刀劈開脊骨，剔刀割開皮肉，最後一分為二。分割時，刀鋒略斜，分開的豬肉成斜面，看上去顯得膘厚。

李聾子的秤鉤上掛著一塊肉，骨肉搭配，肥瘦相間。他左手拎著第二根提鈕，右手調整著那秤桿子的平衡，讓那吊著秤砣的細繩壓在二斤稍稍偏裡的星花子上。

買肉的婦人見那秤桿子搭拉著頭，就說：「叔你給秤高點唄！」

李聾子便應道：「行，高點，高點，說高點，就高點，再高點。沙！」嘴上這麼說著，一面騰出手來，刀子輕輕劃下一小塊肥肉，夾在那搭拉頭的二斤裡，案子下抽出一根馬蓮草，把肉紮了，打了個結，遞給那婦人，接著，就說出了這句著名的話來：「沙！好咧。二斤搭拉頭兒，老叔我再給你搭疙瘩油兒！」

周圍的人都知道他要說出這句話，哄地一下笑了起來。

那婦人見這「疙瘩油」白花花嫩綽綽，像是塊融化了的關東糖，像是塊燉熟了的大豆腐，若把它耗了油，不但能炒盤上好的土豆絲，還能剩下顆香噴噴的油渣「油索拉」，便掏出皺巴巴的一元四角人民幣，交給收錢的張大尿壺，拎起肉，一路看著，挺滿意地走了。

差不多整個大門洞裡的男女老少都聚集過來了。買肉的、賣呆的、想買肉又沒錢買的、不買肉又不甘心的、瞧熱鬧的、看笑話的、說俏皮話的，烏烏泱泱把案子圍了個水泄不通。

孩子們追著，跑著，鬧著，嚷著，學著李聾子的口氣：「二斤搭拉頭兒，老叔我再給你搭疙瘩油兒！」又大聲加了一句：「沙！沙沙！」

這時，李聾子就有點人來瘋起來。他的刀法可生了得，他幹活的麻利沙愣勁誰人能比？你說要二斤，他就「啪擦」一聲響，刀落秤起，拎起一看，一斤九兩八錢，二斤搭拉頭，加上那二錢疙瘩油，就不多不少，正好二斤。這不禁令人嘖嘖稱奇，肅然起敬，買主滿意，他自己滿意，張大尿壺也滿意。

李聾子的聾，是稍稍有點聾，不是特別聾。遇到那些挑肥揀瘦的，吹毛求疵的和說三道四的，他就不予理睬，臉上露出幾分不屑，或者索性就真「聾」了起來。

他雖然是個啞脖子，說話聲音沙啞，卻並不妨礙他說話，他的嗑兒多，不停地說，越說越多。

他光著頭，紅著臉，一邊用手拍那豬肉，發出「啪啪」的聲響，像是一位老首長拍著一位老部下的肩膀，一邊讚美謳歌這豬肉的美妙和不可思議：

「沙！快來看吶快來買！你看這肉，多新鮮，多嫩綽！這哪是肉啊？這不就是鮮花嗎？你看這膘，多厚實！五指有餘，小六指！這哪是膘啊？這明明就是大豆腐！自從盤古開天地，三皇五帝到如今，你打著燈籠找，你睜大眼睛尋，你找不到啊尋不著！沙！」

又拍了拍那豬頭，那豬的眼睛睜著，嘴巴咧著，像是在憨憨地笑。李聾子愈發興奮了起來：「沙！你看這豬頭，有多富態，豬八戒豬悟能也趕不上牠這俊模樣！沙！你看這耳朵，像不像龍王爺的大蒲扇？沙！後丘，屁股，看這後丘，這哪是後丘，哪是屁股啊？這不就是一座小山丘？這不就是乾德門山嗎？沙！蹄子，這哪是豬蹄子啊？這不就是熊掌嗎？啊？最好是紅燒，放點紅糖和料酒，紅燒熊掌，沙！再喝上二兩燒酒，神仙吶！」瞥了一眼張大尿壺，逗了個悶子：「可別用那尿壺喝！」周圍的人哄堂大笑，張大尿壺也笑了。

李聾子又拍了幾下那豬肉，繼續說：「沙！再看看這塊肉，不就是一鍋豬肉燉粉條子？這塊，不就是一盤鍋包肉？這！這是一盤溜肉段。沙！這塊，看看吧！回去放鍋裡，一會兒就能耗出一罈子板油，少說三斤，多說三斤三兩，比供應的三兩多出了一大塊，夠你全家吃一年。沙！沙！」

張大尿壺和李聾子的這個年代是一個英雄輩出、物資匱乏的年代。糧米鋪每人每月供給一斤白麵，二十七斤粗糧，豆油和豬肉憑票供應各三兩，卻多半無貨兌現。最後，連肉票都停發了。若用李聾子這板油炒上一盤土豆絲或土豆片，間或摻雜了幾塊油渣「油索拉」，那豈不是大大地改善了伙食，吃得滿嘴流油，紅光滿面，像那幹部大院的幹部，像那電影院門前宣傳畫上的洪常青？

他叫住一個老漢：「沙！老哥，看這塊肉，不肥不瘦，跟你那腮幫子一模一樣，回去來個木須肉，一下就能把你那腮幫子撐起來。」

又叫住一個小孩：「沙！小孩，你來看看，這是甚麼？一個大蹄膀！讓你爹買回去，讓你娘給你烀了，蘸了醬油和蒜汁，你那個頭兒一下子就躥上來。沙！」

他口若懸河，唾沫星子橫飛，把大人小孩都逗得哈哈大笑。

「老叔你給我約一斤，肥的多點，不要骨頭啊。」擠上來的是大門洞那邊齊家的三小子齊志全。

「沙！一斤？」李聾子愣了一下：「沙！一斤哪夠吃？你家十口人，也就是一人吃上一口。來二斤吧，一人吃兩口！沙！」遂舉起大砍刀，刀落秤起，一塊豬肉已經掛在秤鉤子上，一斤九兩八錢。

「老叔那啥，我就有七毛錢吶！一斤！一斤！」齊家三小子有點急了。

李聾子晃了晃他那禿頭，天靈蓋上正落著一隻蒼蠅：「沙！僧多粥少啊。沙！一斤就一斤。肥多瘦少，骨頭也就是一丟丟。」說著刀落秤起，九兩九錢豬肉已經掛在了秤鉤子上。

「老叔你給秤高點唄。那……那秤還搭拉著頭兒！」齊家三小子說。齊家三小子今年十一歲，唸小學二年級，雖然前幾年頓頓吃糠嚥菜吃「榆樹錢」，乾瘦乾瘦，卻因跟著評劇團的武生「小山東」邵齡華習武，個頭居然躥了起來。他早就知道了李聾子的名氣，要淨意逗他說出那句名言來。

果不其然，李聾子的砍刀在白條子上輕輕劃過，一小塊肥肉就切下，夾在那坨肉中，抽出一根馬蓮草，紮了，打了個結，遞給齊家三小子，說：「沙！好咧。一斤搭拉頭兒——」

沒等這句話說完，旁邊的幾個孩子，滿倉子、滿喜子、鄭五子、袁六子、丁拐子、二驢子，張家的小貴子，王家的來小子，李家的胖丫子，趙家的淑花子，還有不知誰家的小君小雲和小蘭，都不約而同地接了下去：

「老叔我再給你搭疙瘩油兒！」

還不忘加上句：

「沙！沙沙！沙沙沙！」

圍著的男女老少爆發出一陣鋪天蓋地的笑聲。

李聾子也大笑了起了，他望著四周，臉興奮得通紅：「沙！好咧，搭疙瘩油兒！」他認得齊家三小子。上個月，三小子的爹齊大畫匠還給他畫過棺材吶。李聾子殺豬掙了點錢，先把自己的壽材預備下了。他進去試過，不大不小，正合適。他對棺材頭上套色彩繪的「牡丹富貴」和「海水江牙」格外中意，就再一次拍打著案上的豬肉，像當年王三面唱《社會主義好》打拍子那樣，拍出了抑揚頓挫和輕重緩急。他拍著拍著，忽然間靈感大作，詩興大發，竟脫口說出一首打油詩來：

高秤頭兒
搭疙瘩油兒
拎回府
上了樓兒
炒盤菜兒
燙壺酒兒
齊畫匠
坐炕頭兒
滋啦一聲喝一口兒
喝一口兒，再一口兒
一口兒一口不停口兒

一醉方休解千愁兒
沙！沙！沙沙！

齊家三小子聽出了神。他覺得這一帶茶館裡的說書先生都沒他李聾子說得好。沒等他緩過神來，人群中已經爆發了一陣暴風驟雨般的掌聲，大黃狗也一聲迭一聲地叫了起來，雞也咕咕咯咯地叫了起來。李聾子又從案子下的盆子裡抽出根豬尾巴，塞進齊家三小子的手中，說：「沙！這尾巴是主家給我的獎賞，我轉送給府上下酒，告訴你爹齊大畫匠，那棺材頭我滿意，沙！」

孩子們愈發興奮了。不知是誰起的頭，他們唱起了《娃哈哈》，先是那些女孩子們，大珠、二珠、三珠、胖丫子、淑花子、小君、小雲、小蘭，她們唱得認真，也唱得好聽。

唱了沒幾句，男孩子們也加了進來。他們唱著唱著，就不好好唱了。他們故意唱得走調，故意唱得不合群，不合拍，但還是唱得熱烈而歡快，就好像他們剛剛吃到了香噴噴的豬肉和大米飯一樣：

我們的祖國是花園
花園裡花朵真鮮艷
和暖的陽光照耀著我們
每個人臉上都笑開顏
娃哈哈啊娃哈哈啊
每個人臉上都笑開顏
娃哈哈啊娃哈哈啊

每個人臉上都笑開顏

……

李聾子繼續招呼著生意，一個多時辰的功夫，晌午一過，案子上的肉就通通賣完，連不好賣的部位都痛快地搭配賣掉。張大尿壺又裝了一袋煙遞過來。

李聾子用刀背刮了刮案板，圍裙上擦了下手，滿意地吐了口痰，說了聲：「沙！打道回府去。」於是，用秤砣敲了下砍刀，發出「噹」的一聲響，又搖晃著秤桿子，彷彿在搖晃著張飛的丈八蛇矛，他鳴金收兵了。李聾子把每個豬蹄子上的一截骨頭剃乾淨，給了大珠二珠三珠。她們說這是「嘎拉哈」，欻子兒玩的，說這一面是「針」，這一面是「曼」，這一面是「背」，這一面是「坑」，一邊口中唸了起來：「捂一花，亮一花，不夠十個給人家。」她們要把嘎啦哈染上顏色，湊到一起玩。

李聾子還把豬尿泡留下來，讓小貴子往裡面吹氣，吹得它鼓得不能再鼓，用細繩紮緊，說你就把它當球踢，沙！

張大尿壺理好了那一沓子人民幣和一堆「銅子兒」，老婆幫他數了三遍，如李聾子所言，正好一百五十元。這時，張大尿壺就從一大堆零零碎碎的人民幣中選拔出五張體面些的一元票，讓那開拖拉機的女子圖像朝上，雙手遞到李聾子的手中，說一聲他老叔你受累了，意思是「這是殺豬費五元。」

這時，屋裡已經放了炕桌，擺了碗筷，上了菜，燙了酒，該進行今天的「最後日程」，就是吃豬肉了。

菜是「殺豬菜」，就是把五花肉，血腸和酸菜放在一起，燉成了一大鍋。飯是撈高粱米乾飯。白麵過於金貴，饅頭只蒸了一屜，鹼大了，有點發黃，客人們每人只能吃一個，留下一個給老太太。張老太太是山東人，愛吃饅頭，去年攢了一小袋子白麵，放在櫃子裡，還時常用飯勺子在麵袋子裡懟鼓，說懟實誠了，看著心裡也實誠。她捨不得吃，也不給別人吃，甚至也不給別人看。過了一陣，發現那麵全捂了，霉了，這才想起來吃。蒸了饅頭，小孩們吃了一口，就吐了出來。大人們吃了一口，也要吐出來，皺了皺眉，捨不得扔，到底還是嚥了下去，最後捂了霉了的一袋子麵還是全吃進了肚子。

至於大米，就更不用說，連它的味道都已經忘記了。張家用這樣的硬菜硬飯來招待李聾子和幫忙的壯漢們，還請來了兩位德高望重的鄰里，木匠王四爺和瓦匠黃五爺。

按李聾子的指導，張家老娘們兒把這道菜做得鹹了點，酸了點，麻了點，辣了點，就變得非常可口，非常下飯。

果然，每個人都吃了滿滿一二大碗殺豬菜和兩二大碗高粱米飯，喝了三兩「塔子城老窖」，打了一連串飽嗝。他們還喝了好幾壺紅茶水，抽了好幾袋葉子煙，各個都汗流浹背，笑逐顏開，心滿意足，又無數次地讚美謳歌了這豬肉的美妙和不可思議，說，到了明年這個時候，圈裡的那頭豬也準會長成這個膘了。

張大尿壺雖然是以茶代酒，卻也跟著讚美謳歌這豬肉，說，明天我就再抓頭小豬回來養著，兩頭豬一起養是個攀比，上食，長得快。

孩子們不讓上桌，就只能遠遠觀望著桌上的酒肉。陣陣的肉香不時飄過，孩子們饞得心急如焚，垂涎欲滴。

李聾子吃得十分滿意。他的臉和鬍子像剛剛在油罈子裡浸過了一般地滋潤而光亮。他見小貴子眼巴巴地盯著桌上的酒肉，抽著鼻子，就招呼他過來，讓他張開嘴，夾了一塊亮晶晶油汪汪又厚又肥的大肉塊子送了進去。他拍了拍小貴子的肚子，說：「小……子跟……我學殺豬吧，沙！」小貴子的肚子漲得鼓鼓的，卻仍然十分饑餓，因為大清早吃了兩個窩窩頭一碗蘿蔔湯後，晌午就只喝了一二大碗苞米麵糊塗湯，稀溜溜的，像喝了白開水一樣，一半已經尿了出去，另一半還留在肚子裡。

大肉塊子把小貴子的肥幫子撐得像李聾子給他的那個豬尿泡，他滿嘴流著豬油，「嗚嗚」地咕噥了幾下，卻說不出話來。

說著，李聾子，壯漢，還有王四爺和黃五爺都斜斜歪歪地站起身來告辭了。

臨走，李聾子把豬後腿的一塊大骨頭要了去，管這叫「哈拉巴」，他說，等晾乾了，我就用錐子在它的左右鑽上眼，拴上小繩，繩頭上繫幾個銅大錢，搖起來就會叮叮咚咚響，說待下回大躍進吃不上飯時，我就搖著它要飯去。沙！

李聾子有點喝高。他說這話時，舌頭都有些發硬發癱發緊了。但是他說：「沙！我沒……醉。我還……能殺一……頭豬。不信就試……試。沙！」

外人都走了，大珠二珠三珠小貴子丟下嘎啦哈和豬尿泡，以迅雷烈風般的速度躥了過去，迫不及待地吃起了桌子上的剩菜剩飯，如狼吞，似虎嚥。他們把那油呼呼的湯也喝了。油湯又鮮又濃，他們好久沒喝過這樣的湯了。早晨的蘿蔔湯清湯寡水，上面漂著幾個油花。小貴子用筷子把它們小心地挪動了，聚在一起，就變成了一個圓溜溜的大油點，他說看，太陽掉進水裡了，大珠二珠三珠笑話他，說那明晃晃的太陽正在東邊天上掛著吶。

待張老娘們和張老太太趕來時，鍋裡盤裡已被席捲一空。她們屋裡屋外，忙活了大半天，還沒吃上一塊肉一口飯吶，

張大尿壺憋了尿，送客回來的路上，就忙不迭地抓起他的大尿壺，躲到外屋地牆旮旯，「嘩啦啦」地一陣響，把一大泡尿和一天的疲勞都澆在了那大尿壺裡。

第六章

好像早晨八、九點鐘的太陽 As Young As the Morning Sun

公元一九六六年

1

這一年，韓援朝十五歲。

他是總司令，是「捍聯總」的總司令。

「捍聯總」的全稱叫「井岡山捍衛毛主席革命聯合總指揮部」，是城裡三所中學的聯合造反組織，這時已經很有些規模，很有些影響，很有些戰鬥力了。

韓援朝和他的戰友們在地圖上從這座城到北京劃了條直線，第二天，就舉著紅旗，唱著戰歌，沿著這條線徒步「長征」走向北京城，進行革命大串聯。他們一路跋涉，花了近兩個月的時間，終於見到了「日夜思念的偉大領袖毛主席和他的親密戰友林副主席」。

這已經是今年夏天以來毛主席第五次接見紅衛兵了。這是毛主席他老人家對紅衛兵和造反派的最大關懷、最大支持、最大鼓舞和最大鞭策。這一終生難忘的日子是公元一九六六年十月十八日，星期二。

午後十二時五〇分，雄壯的《東方紅》樂曲響徹在天安門廣場萬里無雲的上空。燦爛的陽光下，毛主席、林副主席、周總理乘敞篷汽車，後面跟隨著其他中央領導的車隊，從人民大會堂東門出發，經過旗如海、歌如潮的廣場，沿著十里長安街，而後沿著建國門外大街緩緩駛去，一百五十萬紅衛兵席地而坐，接受了毛主席的檢閱和接見。

韓援朝和他「捍聯總」的戰友們靠在金水橋旁的華表下，遠遠地注視著毛主席他老人家。身材魁偉的毛主席身穿草綠色軍裝，紅光滿面，神采奕奕，精神煥發。他雖然也微笑著，臉上卻透出明顯的疲憊和凝重。他握著閃亮的扶手架，不時地揮動著手臂。緊跟著他的敞篷汽車上，站立著的林副主席瘦削單薄，卻也神色自若，面露微笑，不時地揮動著手中的《毛主席語錄》。

此起彼伏的歡呼聲和著飄揚著的紅旗、揮動著的紅寶書，連成了一片喧騰激盪的紅色海洋：

「毛主席，萬歲！毛主席，萬歲！！」

這響徹寰宇般的聲音令人心潮澎湃，熱血沸騰。

也有人不時地拖長了聲音，以更高亢的聲調撕心裂肺般地呼喊，閃電般地劃過廣場的上空：

「毛——主——席——萬——歲！！！」

和周圍的所有人一樣，韓援朝和他的戰友們也歡呼著。他們的眼睛濕潤了，喉嚨嘶啞了，神情麻木了，他們激動得熱淚盈眶，如醉如癡。

韓援朝不敢相信自己的眼睛：這就是千百次在畫報上報紙上銀幕上看到的毛主席和林副主席嗎？這

是太陽般的形象！眼前這一切如夢如幻，似假似真，有點像他遙遠家鄉的「東鹼泡子」，那早晨蘆葦蕩上漂浮的晨霧，時隱時現的陽光令人目眩神迷，令人莫名地激動和興奮。

當夜，韓援朝回到了在東城區工人俱樂部的「革命大串聯紅衛兵接待站」。

他們被安排在一個很大的廳裡，比一個籃球場還大，但是沒有籃球架和其他的甚麼，牆壁上也沒有玻璃鏡子，地面是水泥的，鋪滿了草蓆子，看來也不是舞蹈排練廳。

韓援朝對面的牆上掛了一幅巨大的油畫，旁邊的題字是「跟著毛主席在大風大浪中鍛鍊成長」。畫中的毛主席神采飛揚地站在一艘快艇的甲板上，顯然是剛剛暢游了長江。他穿了白色的浴袍，右手有力地揚起。他被一群微笑著的游泳健兒們簇擁著，有男有女，都被太陽曬得黝黑健壯。近景那個少女穿著短褲和褪了色的軍衣，腰間緊緊紮著腰帶，戴了紅衛兵袖標和毛主席像章。後面還有一個少女穿了泳裝，健美的身材凸凹有致，不禁令人浮想聯翩。

和這裡所有見到毛主席的紅衛兵們一道，在哄鬧的人群中，韓援朝領到了一份免費的晚餐：四個煮雞蛋，四兩紅燒肉和一斤饅頭。

對於韓援朝來說，雞蛋饅頭雖然並不陌生，卻是一年中難得的「伙食改善」。他盤腿坐在地上，看著擺在飯盒蓋上的這四個大饅頭，圓敦敦的，胖乎乎的，便覺得十分饑餓。他抓起一個，三兩口就消滅掉了。而那紅燒肉，他卻是從來都沒有吃過。他掏出一把摺疊刀，袖口上擦了兩下，扎進飯盒最上面那紅撲撲油汪汪的肉塊。這肉塊亮晶晶顫巍巍地抖動著，冒著熱氣。

他把這肉塊放進嘴裡，先是抿到了肉皮，就用牙齒輕輕往下縱切，下面一層是肥肉，卻肥而不膩，再下面一層是瘦肉，然後下面又是一層肥肉，緊跟著又是一層瘦肉，肥瘦層次分明，又不見鋒稜。紅燒肉肉質滑嫩，入口即化，香味濃鬱，有一股糖香和燒烤一樣的肉香，真是美妙無比。他又吃了一個饅頭，再吃了個雞蛋，蘸了肉湯，把這場盛宴大餐吃得風捲殘雲，乾淨徹底。

韓援朝的肚子撐得鼓鼓的。他伸了伸手臂，感到通身有著使不完的力氣，有著釋不盡的能量。他來到了自來水龍頭下，接了一桶冷水。昏暗中，他脫得只剩了條褲衩，遂抓了一條又舊又髒的毛巾，先是洗頭，再搓洗雙臂，搓洗前胸，搓洗後背，搓洗雙腿，又搓洗下體。他反覆地搓洗，很快就感到了一種莫名的亢奮和激動。他搓著搓著，越搓越快。忽然間，一股熱流從下體中溢出，那是一種從未有過的難以言喻的痛快淋漓和不可思議的歡暢之至……

韓援朝並不知道發生了甚麼。他有點疲倦，卻渴望著下一場大雨。他拎起那一桶冷水，「嘩」地一下澆在頭上。

回到住處，也就是那個比籃球場還大的房間裡，見到鋪滿蓆子的地面上已經擠滿了人，或坐或躺：有人在聊天，有人在看書，有人在做筆記，有人在打撲克，有人在吹口琴，更有人在慷慨陳詞地辯論。汙濁的空氣中散發著一股汗臭腳臭和廁所臭的混合味道，不禁令人暈眩。韓援朝做出了一個重大的決定，他宣布：為了表達誓死捍衛毛主席和林副主席的決心，從此刻起，他的名字改成「韓東彪」，就是「捍衛毛澤東和林彪」！

工人俱樂部門前的廣播喇叭中，傳出一個女子的聲音，卻並不溫柔，有些像男人：

「歡迎紅衛兵小將們！你們是毛主席的客人！你們不遠萬里，來到世界革命的心臟北京。你們辛苦了！向你們致以崇高的無產階級革命敬禮！革命無罪，造反有理！」

然後，喇叭裡又傳出了毛主席語錄歌：

馬克思主義的道理千頭萬緒，歸根結底，就是一句話：「造反有理」，「造反有理」。根據這個道理，於是就反抗，就鬥爭，就幹社會主義。

這歌聲高昂激烈，像是一列奔馳中的火車，一往無前，一日千里。由毛主席親手點燃親自領導的這場史無前例的無產階級文化大革命烈火正以排山倒海之勢，雷霆萬鈞之力蔓延著，風起雲湧，轟轟烈烈，如火如荼，勢不可當，轉瞬間，便從北京的天安門廣場燃燒到神州大地的每一個角落。

2

韓援朝，現在的「韓東彪」出生在這座偏遠的北方的城。

這一年的開始，也和城裡以往的每一個新年開始的時候一樣，平淡、平凡、平靜、尋常。

到了深冬，這裡的天就必定是乾冷乾冷的。這時馬路上還沒有鋪「臭油子」瀝青。石子和泥沙鋪的路面，路兩旁「洋溝」裡的積水，還有堆在洋溝旁樹下的積雪，全都凍得結結實實。走在馬路上，就等於是走在結了冰的「東鹼泡子」上，要時刻保持著均衡，每一步都要小心地踏下去，才不至於滑倒。車輛也是小心地行著。卡車、馬車、牛車、驢車，還有自行車，人拉車，也都本能地多了幾分謹慎。

這城的天空，依然有時晴朗，有時陰晦。或晴或陰，都多半保持著單調的藍灰色調，像是一塊大得無邊無際的玻璃，上了一層霜，灰濛濛的，又和周圍的景物凍結在一起了。

傍晚時分，火車站盡頭的天空上，沒有了夏天時常見的火燒雲。傍晚和夜之間沒有過度，天在突然間就一下子完全黑了下來。白日間本來就不多的車輛，這時就幾乎沒有了。行人也不多了，三三兩兩的，屈指便可數得過來。

店鋪子也打烊了，或者按這裡的習慣說法，就是「關板兒了」。店鋪窗子編列了號碼的柵板，一塊塊地豎著裝在窗戶外面，而後，橫著再加一條鐵桿子，加一把鎖，一天的作工完了，「關」起來了。

一戶戶的人家吃了晚飯，女人們洗了碗，打理完了家務，男人們抽完了煙，聽完了廣播新聞，那掛在牆上的廣播匣子就響起了「滴滴滴滴……嘟」的報時聲：

「剛才最後一響，是北京時間二十一點整。」

接著，是一個女廣播員溫和的、卻程式化的聲音：

「聽眾同志們，今天全天廣播節目播送完了，同志們再會。」

然後，就播放例行的廣東音樂《步步高》。那音樂像是專為這一時刻量體裁衣而配的一樣，聽起來有些慵懶，有些纏綿，有些不經意的督促，也喚起了人們的睡意。於是，晚上九點鐘的《步步高》，就成了全城人們每一天的「休止符」，一句例行的結束語。這座北方的城天黑得早，人們也就早早地睡去了。

這一年開春不久後，每晚九點鐘的《步步高》卻突然被《國際歌》所取代。《國際歌》卻是激昂、雄渾和壯烈的。

從此，在平時八點鐘的「新聞聯播」節目中，開始傳出中央人民廣播電臺對《海瑞罷官》，「三家村」和《燕山夜話》的批判。然後，《國際歌》便在這城的上空迴響，消失在濃重的夜色之中。

早晨七點鐘，這新的一天，則是從廣播匣子裡傳出的《東方紅》開始的。這首幾近成為「國歌」的陝北民歌，也被表現得激昂、雄渾，卻增添了許多的莊嚴、神聖和頌揚：

東方紅
太陽升
中國出了個毛澤東
他為人民謀幸福
呼兒嗨喲
他是人民大救星
他為人民謀幸福
呼兒嗨喲
他是人民大救星

昨夜的《國際歌》中宣布了「從來就沒有甚麼救世主，也不靠神仙皇帝」後，翌日清晨就「呼兒嗨喲」，頌揚起了人民的大救星。城裡並沒有人提出疑問，因為夜間播出的《國際歌》，是只有樂曲而不配歌詞的。就這樣，《國際歌》和《東方紅》每天都會照例迴旋響徹在這城的上空和家家戶戶。人們的每一日，始於《東方紅》，止於《國際歌》，晝夜遞嬗，週而復始。

近一年來，北京上海的主要報刊上幾乎天天發表社論或評論，其標題和氣勢令人怵目驚心：

《評新編歷史劇「海瑞罷官」》
《評「三家村」》
《觸及人們靈魂的大革命》

《歡呼北大的一張大字報》

《奪取資產階級霸佔的史學陣地》

《毛澤東思想的新勝利》

《撕掉資產階級自由、平等、博愛的遮羞布》

《做無產階級革命派，還是做資產階級保皇派？》

《我們是舊世界的批判者》

《放手發動群眾，徹底打倒反革命黑幫》

等等等等，連篇累牘，絡繹不絕……其密度，其頻率，令人感到如置身於槍林彈雨刀光劍影之中。

這一年從這時起就變得越來越不平淡、不平凡、不平靜和不尋常了。人們看到了一種閃爍在遠處的奇異的光芒，它令人激動、令人神往、令人興奮狂躁、令人躍躍欲試和欲罷不能。

六月，《人民日報》發表社論，號召革命群眾起來「橫掃一切牛鬼蛇神」。

七月，中共中央和國務院發出通知，決定「今年起，高等學校招生，取消考試，採取推荐與選拔相結合的辦法」。

八月，毛主席的《炮打司令部——我的一張大字報》發表。不久後，《關於無產階級文化大革命的決定》即「十六條」，通過了「林彪同志為毛主席的接班人」的決議，確定了林副統帥的地位，並由江青同志代理中央文化革命小組組長。此間，毛主席在天安門城樓和天安門廣場先後八次總共接見了一千二百萬紅衛兵，紅衛兵運動迅速遍及全國。

十二月，全國各地組織遊行，公開喊出打倒劉少奇，打倒鄧小平的口號，於是，毛主席發動的

「史無前例的無產階級文化大革命」烈火，就在神州大地上迅猛異常地燃燒起來，愈燒愈烈，大有燎原之勢。

這座北方的城，雖然與北京城相隔千山萬水，人們卻同樣激情無比地、亦步亦趨地追隨著毛主席、林副主席，和他們的親密戰友江青、張春橋、姚文元等同志的步伐，開始了那一段荒誕、怪異、扭曲、愚鈍、瘋狂、兇橫的歲月。這座歷朝歷代與世無爭的城和城裡的人們，和全國的人們一樣，像被打了雞血，在集體發瘋，在集體亢奮。城裡瀰漫著一派恐怖和肅殺之氣。

觸目驚心的對人的尊嚴的踐踏，下跪、噴氣式、陰陽頭、掛破鞋、羞辱、毒打、虐殺，強者對弱者的施暴和欺凌，這時已經成了家常便飯。父子反目、夫妻告密、以鄰為壑、人人自危，在這泯滅人性的瘋狂中，已經沒有人可以信任任何人，已經沒有人期待被同類當作人來對待。

人們們也常常聽到去外地「串聯」回來的人帶回的新聞。這新聞有時還真地有些聳人聽聞。

比如說到某地的一對「資本家」老夫婦被紅衛兵打得半死，又強迫他們的兒子去打。上中學的兒子用啞鈴砸碎了父親的頭，自己也瘋了。在某街上，一群男紅衛兵用鐵鍊子和皮腰帶，把一個「資本家太太」打得鮮血淋灕。一個女紅衛兵又在她的肚子上蹦來蹦去，直到把「資本家太太」活活踩死。一個本來該是溫柔善良的少女竟變得如此殘暴，令人無法想像這時代毀滅人性的力量竟是如此強大。在震驚某地的某事件中，某地附近的一個「地主婆」，其實只是獨身一人的孤寡老婦，被一群紅衛兵將開水從脖領灌下去，直到皮肉已經燙熟了還不肯罷手，幾天後扔在屋裡的屍體爬滿了蛆蟲。

此間南方某地屠殺「黑五類」的事件無論其規模還是手段都令人髮指。那些從河流上漂流下來的，用鐵絲連在一起的一家三代人的屍體，讓人不忍目睹，讓人徹底地迷惑了，讓人「不知今夕是何年」了。這是一齣群體走向荒誕、群體走向瘋狂，是一組史無前例的、劃時代的、悲壯的交響史詩。

街道上不斷有隊伍人流走過：有遊街示眾的，押著「走資派」、「反動學術權威」、「歷史反革命份子」、「國民黨殘渣餘孽」和形形色色的「地富反壞右牛鬼蛇神」，在羞辱和狼狽中走過人群。紅衛兵身穿綠軍裝，袖帶紅袖標，騎著自行車，不時往懷中一摸，單手上揚，紅紅綠綠的傳單就從天而降。孩子們興高采烈地追逐在後面搶著、撿著，像贏得了玻璃球彈珠一樣地興奮。有演講的，口若懸河，慷慨陳詞。有兩派造反戰鬥隊觀念不一而辯論爭執導致大打出手，又按江青同志的指示「文攻武衛」，拳腳棍棒磚頭瓦塊皮帶繩索短兵相接的。人們動輒舌槍唇劍，動輒反目為仇，動輒施殘洩暴。舉國上下，幾近人人是被害者，也是加害者……

「舊世界」被砸爛了，「新世界」被建立了，連街道也改名了。中央街現在是「紅衛路」，紅衛兵之路。正陽街現在是「東風路」，東風壓倒西風之路。原來的「坤順街」在解放後丟了名字，現在則叫了「建設路」，建設共產主義之路。

學校也改名了。實驗小學現在是「育紅小學」，培育紅色革命接班人之小學。「東鹼泡子」現在是「紅太陽湖」，太陽就從那裡升起。附近的「耕讀中學」現在是「衛東中學」，毛澤東的「東」。第一中學現在是「工農中學」，培養工人農民之中學。第二中學現在是「五七中學」，走毛主席「五七道路」之中學。

飯店也改名了。小樂天包子鋪現在是「紅旗包子鋪」，紅旗飄飄之包子鋪。原來的「同樂天」在文革前叫了「合作飯店」，現在是「艷陽天」，俗稱「紹大舌頭飯店」，只是因為那裡有個解放前的堂倌「跑堂的」外號叫「紹大舌頭」。毛主席說，革命不是請客吃飯，「樂天」是反動的資產階級生活方式，它此刻被艷麗的陽光通天地照亮了。

店舖子也改名了。原來的泰發祥在文革前叫了「公私合營百貨商店」，現在叫「向陽百貨商店」，因為它面向每天東鹼泡子上升起的一輪鮮紅的太陽。原來的公福祥在文革前叫了「百貨商店」，現在叫「東方紅百貨商店」，因為它在「東風路」上，也被東鹼泡子上鮮紅的太陽照亮。德順東五金下雜貨在文革前叫了「生產資料商店」，現在是「立新商店」，破舊立新之商店。慶和長藥局，現在是「立新藥店」，它也與德順東一樣地破舊立新了。

人也改名了。這改名的熱潮是從毛主席第一次接見紅衛兵時開始的。那一天，一個紅衛兵給毛主席戴上了「紅衛兵」袖標，毛主席問了她的姓名，說了句：「要武嗎！」那紅衛兵就改名叫了「宋要武」。

於是，舉國上下便紛紛掀起了更改名字的熱潮，「東」和「彪」就成了最神聖的文字。改叫東彪衛東向東敬東頌東思東愛東的，改叫衛彪向彪敬彪頌彪思彪愛彪的實在太多。「韓東彪」的同學中就有艾東彪，魏東彪，鍾東彪，包東彪，他們恨不得把祖傳的姓氏都改成「愛」、「衛」、「忠」、「保」……他們連自己都說不清記不住自己到底是甚麼東還是甚麼彪了。

張相儒現在是「張向東」，就是「心向毛澤東」。王洪喜現在是「王紅衛」，也就是「紅衛兵」。「李學嫻」現在是「李學彪」，就是要學習林彪同志，緊跟毛主席。「趙曉蘭」則到了極致，叫了「趙辦」，諧了毛主席指示我「照辦」的音。唯有蔣姓的人有些難度，無論是把老子蔣翔泓更名為「蔣向紅」或是把兒子蔣戈銘更名為「蔣革命」，終脫不掉「蔣」字的干係。所幸有紅衛兵亮出了大膽而驚人的觀點和見解，那就是：要「蔣家王朝」滅亡，向紅色政權投降。而「蔣革命」，即「將革命」，也即「將革命進行到底」。這樣，對「蔣」字也就有了一個烙有時代印記的解釋，於是，「老蔣」和「小蔣」就成了「蔣向紅」和「蔣革命」，如同解放了臺灣了。

有個叫莫耀宗的老師，出身於小商人家庭，造反派說你這名字十分反動，是光資本家的宗，耀資本家的祖，必須立即改掉！莫耀宗申辯說：「不錯，我的祖父和父親都是「中資產」，但我姓莫，叫莫耀宗，意思是莫要榮耀我那資產階級的祖宗呀。

另一個地主家庭出身的職工叫姚念祖，紅衛兵出於同樣的理由也要他改名。他卻說：我祖父是貧農，父親是貧雇農，我三歲的時候，父親因生計艱難，把我賣給現在這個地主父親，我這「念祖」的名字想念的是原先遙遠的貧農和貧雇農的祖，而不是現在這個地主父親的祖！結果這兩個人改名的事就不了了之了。

高大偉岸的毛主席塑像在城裡拔地而起，毛主席目不轉睛晝夜不停地注視著這城裡人們和他們的一舉一動一言一行。

街巷的每一處可以寫字的地方，甚至每一輛汽車自行車前架著的木牌上都書了毛主席語錄叫「最高指示」。每一個人胸前都佩戴了毛主席像章，每一個人手裡都高擎著《毛主席語錄》，造出了一片鋪天蓋地的紅彤彤的「紅色海洋」。

每一個機關，每一個企事業單位、駐軍、學校、生產隊直至每一個家庭，都莊嚴地懸掛了毛主席畫像，擺放了毛主席塑像，都在窗上貼了紅心形的剪紙，中間剪出的字是「忠」、「公」、「群」、「用」。每一個居委會都雷打不動地堅持每天的早請示晚匯報，並無數次地朗誦毛主席語錄，「敬祝毛主席萬壽無疆！萬壽無疆！！萬壽無疆！！！」和「敬祝林副主席身體健康！永遠健康！！」無論辦甚麼事，都要先對答毛主席語錄，像對口令對暗號對黑話一樣。

不久後，這樣的「敬祝毛主席萬壽無疆，敬祝林副主席永遠健康」就發展成了每天早午晚飯前的「三敬三祝」，且常常做得變本加厲，無以復加。比如在廠裡幹活的工人和田裡種地的農民，藉口「擡頭望見北斗星，心中想念毛澤東」，便閒也敬祝，忙也敬祝，最多時每天達七八次，卻不厭其煩，樂此不疲，甚至故意拖延時間，說「只有狠抓革命，才能猛促生產」，因為這樣一來，歇工的時間便以「革命的名義」，堂而皇之地增加和延長了。

史無前例、空前絕後、爭奇鬥艷、光怪陸離。這造反有理的紅色海洋紅色風暴紅色恐怖，像孫悟空掀翻了王母娘娘的蟠桃盛宴，那些山珍海味瓊漿玉液仙桃仙果突地鋪天蓋地沒頭沒臉地砸在神州大地上，砸進了風平浪靜的東鹼泡子，激起了千層巨浪萬丈狂瀾，再鋪天蓋地沒頭沒臉地摔在這座城的大地上……

3

「紅衛路」和「東風路」交叉的丁字路口，曾經的「中央洋井」前面，高高架起的高音大喇叭裡傳出了節奏輕快，旋律優美的歌聲：

金色的太陽，
升起在東方，
光芒萬丈。
東風萬里鮮花開放，
紅旗像大海洋。
偉大的導師，
英明的領袖，

敬愛的毛主席，
革命人民心中的太陽，
心中的紅太陽。
萬歲毛主席！
萬歲毛主席！
萬歲，萬歲，萬歲，萬歲，萬萬歲，
萬歲萬歲毛主席！

廣播喇叭的後面，巍巍聳立起一幅毛主席頭像，畫板巨大，擋住了整整一個街口，擋住了凌亂醜陋的菜市場。這畫與其說是用油彩畫的，不如說是用油畫刀堆出來的。毛主席的嘴微張著，眼睛瞇成了一條線。他紅光滿面，意氣風發，鬥志昂揚。他前額的頭髮被微風吹起，卻並不顯得凌亂。背景上亂雲飛渡，紅旗如潮……剛勁有力的新魏碑體書寫著他一生的信條：

與天奮鬥，其樂無窮！與地奮鬥，其樂無窮！

「大字報」成了人們生活的主要內容。大字報雖然主要是「造反派」和「保皇派」間的辯論和爭鬥，但各自都聲稱自己是「無產階級司令部」的「革命派」，各自都是要「用鮮血和生命捍衛毛主席的革命路線」。

「東風路」和「紅衛路」這時都被大字報和大字標語妝點了。這些店鋪的牆上窗上門上，還有馬路兩旁的宣傳欄上，電線桿上，店鋪內外橫七豎八拉起的繩子上，都貼滿了掛滿了大字標語，漫畫和大字報，密密麻麻，層層疊疊，鋪天蓋地，雜亂無章，一張貼出，不久就被另一張覆蓋。未被覆蓋的，只有這兒那兒的毛主席像，那是天安門前懸掛的毛主席「標準像」和毛主席戴軍帽的側面木刻像。

大字報的內容千頭萬緒，千奇百怪，五花八門，盤根錯節，令人目不暇給，莫衷一是，無所適從：

大字報

官官相為　不執行黨的政策的……

……

大字報

酒廠謝……在六四年前後一段時間在賬上一系列所提的……為……百元……

……

抗議書

……

汪德威　希趕快交代出真實情況：

「十六條」指出，「當前開展的無產階級文化大革命，是一場觸及人們靈魂的大革命……」作為一個共產黨員來說，既要敢於革他人的命，更要敢於革自己的命，這樣才能算得上一個真正的共產黨員。那麼，我們請汪德威同志認真考慮下面一個問題：

根據……等人檢舉和其他一些材料多方面證明，你曾加入過偽三青團。這是事實嗎？希望趕快用大字報向革命職工答覆。

……

臭資本家史經綸

你應該清醒！清醒！！

混入工人階級隊伍內部達十五年之久的史經綸，必需老老實實交代罪惡的剝削史，立即滾出工人階級隊伍！

在無產階級文化大革命中，這個臭資本家史經綸一貫堅持反動立場，大耍反革命兩面派，竟公開勾結右派份子張…家屬進行特務活動，在幕後挑動群眾鬥群眾，瘋狂地破壞無產階級文化大革命，今日起必須老實交待你的罪惡活動！

……

看…俊民的反黨言論

……

早已森嚴壁壘，更加眾志成城…

勒令：右派份子許靈均，限你二十四小時內在場部報到。過期不到，小心砸爛狗頭！

紅衛兵造反總司令部

……

江青同志講話：「當階級敵人向我們進攻的時候，我們手無寸鐵，怎麼行呢？誰要對我武鬥，我一定要自衛，我一定還擊。」

……

宋碩、陸平、彭珮雲在文化革命中究竟幹些甚麼？

立刻行動起來，在：徹底鬧革命

……

言辭激烈的大字報大半被言辭更激烈的大字標語所覆蓋了。這些大字報和大字標語儘管大多已殘缺不全，其張張頁頁上噴射出的火藥味卻直沁五臟，字裡行間爆發出的殺傷力卻直搗六腑，有如你死我活刀光劍影血肉橫飛的戰場，令人不寒而慄，膽戰心驚：

……

無產階級文化大革命萬歲！

打倒中國的赫魯雪夫！

徹底鏟除《修養》這本大毒草！

砸爛舊世界，建立新世界！

橫掃一切牛鬼蛇神，搗毀「三家村」和一切分店！

還我「紅色暴動：：」

：：廟小妖風大，池淺王八多：：

歷史宣判：：

：：主持公道：：

最最強烈抗議：：：

：：原形畢露：：

把資產階級代表人物……亞明揪出來，鬥臭，鬥倒，鬥垮！
揭開王……在……的醜惡嘴臉！
緊跟毛主席在大風大浪中前進！
……者聯合起來，向資產階級反動路線……
沿著毛主席開闢的革命航道奮勇前進！
注意啊！同志……一個……要出籠了！
向革命小將學習！向革命小將致敬！
堅決支持……同志的一切革命行動！
向被打傷的……同志致以最親切的慰問！
……暴行
……我自巋然不動……
誓死捍衛黨中央！誓死捍衛毛主席！
誰反對中央文革小組就砸爛他的狗頭！
誰敢反對毛主席就把他打翻在地再踏上千萬隻腳讓他永世不得翻身！
打倒反革命份子王……！火燒階級異己份子李……！油炸右派份子張……！
敵人不投降，就讓他滅亡！
捨得一身剮，敢把皇帝拉下馬！
徹底粉碎資產階級反動路線的新反撲！
在路線鬥爭上沒有調和的餘地！

……歡迎向真理投降！

無產階級革命派大聯合，奪走資本主義道路當權派的權！

文攻武衛，以血還血！

……

這情景這世面是真正的史無前例，絕無僅有……

間或也見得到「大躍進」時期殘留著寫在牆上的標語口號，多半被覆蓋了，露出來的隻言片語彷彿是遠古時代的遺跡：

高舉總路線……

大躍進……

……

據大字報上說，北京的紅衛兵曾提出過一個大膽的倡議，就是把「西紅柿」改稱「東紅柿」，把交通信號燈「綠燈行紅燈停」的規矩顛倒過來。紅色代表革命，代表造反，紅色才代表「前行」吶。

也有人貼了大字報反駁，說「西紅柿」就是要西方也要變紅，以達到「世界一片紅」。至於「紅燈停綠燈行」可以理解為「紅色警戒」和「紅色恐怖」。紅色，就是高於一切的權威，紅燈象徵無產階級專政，在這樣的專政面前，天王老子也要停下來等候命令。

但是，這樣的問題並沒有討論爭辯多久就不了了之了。這裡的人們習慣了把「西紅柿」叫「洋柿子」或「柿子」，跟「東方紅」或「西方紅」並無關係。而交通燈吶，在城裡壓根就沒有安裝過，城裡的交通是民主自由的和隨心所欲，絕對不受絲毫限制。

有大字報又說了，周總理認為，若變成「紅燈行綠燈停」會引起交通混亂。終於，紅衛兵們就決定把這個紅綠燈的問題留給北京的紅衛兵和周總理去討論好了。

又有瀋陽的紅衛兵說「瀋陽」二字有「審判太陽」之嫌，而「太陽就是共產黨」，「太陽就是毛澤東」，便主張將「瀋陽市」改為「升陽市」。還有人說祖國的首都北京是偉大領袖毛主席居住的地方，配得上時代最響亮的名字「東方紅市」。據說這事得周總理批准，周總理太忙，這事也就不了了之了。

還有，聽說安徽的黃梅戲劇團被造反派改名為「紅梅戲劇團」，這不禁令人驚嘆，令人茅塞頓開，令人大拍腦門說，哎呀，這一字之差何等奇妙！黃梅變成了紅梅，黃色變成了紅色，「紅岩上紅梅開，千里冰霜腳下踩」，我怎麼就沒想到吶？

在「紅衛路」與「東風路」交叉的路口，「太陽升副食品商店」的前面，一大堆人在圍觀一張大字報，批判聲討「回力牌」球鞋，算得上是一篇檄文了。檄文的題目是《隱藏在鞋底的反動玄機》，並配了一張圖畫，是「回力牌」球鞋鞋底的模印。

這引起了人們的極大興趣。一位站在前面的解放軍仔細看了那圖畫說：「看這花紋有多惡毒。」圍觀的民眾也湊近前去，仔細觀察，先是看不出甚麼名堂，經那解放軍的指點，終於隱約看出，那鞋底從鞋尖到腳跟處的壓花紋樣，竟是「毛主席」三個字。人們越看越覺得是這麼回事兒，於是就驚駭了，就抽進一口冷氣，就發出一身熱汗來。原來解放十七年以來，這聞不見硝煙看不見戰火的階級鬥爭，竟然是如此驚心動魄，扣人心弦。這真是和反特電影《徐秋影案件》和《寂靜的群山》中的情節很像哩。與此同時，也感慨地說，「還是解放軍同志的覺悟高啊。」

人們不禁把目光投向周圍的鞋子。可惜沒有人穿「回力牌」球鞋。這鞋子太貴，又極其緊俏，城裡很少有人穿得起。

突然間，住在「小十街」的紅衛兵「張大鼻涕」有了新的發現，他瞥見不遠處跑過來「育紅小學」的體育老師劉老師。劉老師終年穿著一雙「回力」在城裡的幾條街上跑步，今天恰恰又穿了「回力」經過這裡，就一下子被張大鼻涕發現了。

「你站著別動！」張大鼻涕喊道。

「喔？」劉老師一愣，一時間丈二和尚摸不著頭腦。

「劉老師，立刻脫下你腳上的回力。」張大鼻涕擤了一次鼻涕，吐了一次痰，勒令道，又指向那大字報。

劉老師湊上前去看那大字報。不看則已，一看則嚇得幾乎暈倒：「喔？這還得了！」又拍了一下自己的腦門說：「怎能將毛主席他老人家踩在腳下？我上了階級敵人的當了。」想到自己腳上這可怕的回力牌球鞋，竟然踩著「毛主席」，把這城的東西南北，裡裡外外踏了個千百度。他猶豫片刻，還是解開了鞋帶，把回力脫了下來，一手拎一隻，光著腳，萬分沮喪地離開了人群。

看著劉老師的背影，人們還是生出了一個懸念，那就是：他要怎樣地處理他的回力？穿著，是踩了毛主席，扔掉了，那不就是扔掉了毛主席？

「紅衛路」和「東風路」空前地熱鬧著。幾條街道的轉角處，電線桿子上架上了高音喇叭。每到有毛主席的「最新指示」，「兩報一刊」的社論發表，或是有王力關鋒戚本禹的署名文章發表時，這些廣播喇叭裡就會反覆播放。毛主席的「最新指示」從來都像春雷一般橫空出世，自天而降，突如其來，響徹在神舟大地的四面八方，匯成一股巨大無比的潮流，其勢如百川歸海，一瀉千里，不可阻擋。

這廣播喇叭中也間或播放革命歌曲、毛主席語錄歌、毛主席詩詞歌和革命樣板戲。全城的人們都聚集在馬路上，這城便像在盛大的節日裡赴盛大的宴會一樣喧囂沸騰。

馬路上忽然間有「紅宣隊」就是「紅衛兵宣傳隊」走過，停下。十幾二十個紅衛兵，踏步在曾經的公福祥綢緞莊和德順東五金下雜貨前，先是一個擎旗子的紅衛兵上場，將手中的紅旗「嘩啦啦啦」揮舞了幾回，十幾個挎著手風琴的紅衛兵先拉了遍前奏，約二十個身穿褪色舊軍裝，臂帶紅袖標，胸前佩戴毛主席像章的紅衛兵們，手握《毛主席語錄》，流行於神州大地的「忠字舞」開始了。

這次的「忠字舞」表演的是《大海航行靠舵手，幹革命靠毛澤東思想》，是按林副主席的題詞編創的。這樣的「忠字舞」表達的是對毛主席的「三忠於四無限」，即「忠於毛主席、忠於毛澤東思想、忠於毛主席的無產階級革命路線；對毛主席要無限熱愛、無限信仰、無限崇拜、無限忠誠」。

只見這二十個紅衛兵在手風琴的伴奏下，或跺腳、或挺胸、或揚臂、或攥拳、或屈膝、或弓腿、或昂首、或起跳、或若有所思、或凝神遠望。在表現「大海」波瀾的時候，二十個人上下左右起伏搖動，擎旗者將旗順勢抖動翻滾，營造出狂風巨浪中航行的一艘艦艇，在毛澤東思想的指引下，力挽狂瀾、所向披靡、攻無不克、戰無不勝。

「忠字舞」把這音樂反覆了兩遍，動作標準、整齊、嚴謹、機械、生硬、呆板，是大型音樂舞蹈史詩《東方紅》的模式。照例，「忠字舞」完畢，紅衛兵們就齊刷刷地揮動著《毛主席語錄》喊道：

「革命無罪！造反有理！革命無罪！造反有理！」

「忠字舞」令人記起了從前在城裡逢婚喪嫁娶紅白喜事時的樂班，只不過現在已經被「砸爛」了，不再有「夏大胖子」的「三級跳大桿」和他鼓圓了腮醞足了氣從喬家爐到北門外不斷線地吹出來的「天上人間」和「千里送京娘」。現在，嫁娶時互贈的「彩禮」是紅寶書《毛澤東選集》四卷。「追悼會」

時要宣讀毛主席語錄說，「村上的人死了，開個追悼會。用這樣的方法，寄託我們的哀思，使整個人民團結起來」。「破四舊，立四新」，忠字舞把樂班也一股腦地取而代之了。

用來貼大字報的漿糊是白麵熬的。白麵是配給限量供應，要每個月底在「改善伙食」的時候，才能吃上一回那香噴噴的白麵饅頭，或者家裡「來且了」就是「來客人了」，這樣的「細糧」才上得了桌面，配得上「炒土豆絲兒」這樣的「硬菜」。這白麵漿糊散著熱氣，透著麥香，是豬玀們做夢也吃不到的美味，這就吸引了牠們不可遏止的胃口和慾念。豬玀們紛紛走向街頭，進軍大字報，牠們也要「自己動手，豐衣足食」了，

對於人類，撕毀大字報就要被揪鬥批判，按「現行反革命」懲治。可是對於豬玀們卻不然。牠們即非「造反派」，亦非「保皇派」，更不屬於「人民」的範疇，牠們是「豬民」，是注定了要在今冬或明春被宰割被吃掉的。於是，對於這些「反革命」的豬玀們，紅衛兵們就只好摘下腰間的皮帶，抽上牠們一頓，牠們就「哇哩哇啦」地哭著叫著嚎著鬧著抗議著，像歌詞中所唱的帝國主義和一切反動派們一樣，「夾著尾巴逃跑了」。

韓援朝，現在的「韓東彪」，這時恰巧帶了一隊紅衛兵向這條街走了過來。這條街原本叫「國光街」，是當年顯赫的「滙豐源」所在地。滙豐源燒鍋，現在的「人民酒廠」，這一帶也被大字報覆蓋得密不透風了。

韓東彪揹著一個鼓鼓囊囊的書包，胳膊下夾了張疊起來的紅紙。這紅紙上宣布的是一條「天大的喜訊」，是他和他的「捍聯總」戰友們從北京帶回來的。聽新聞說，葉劍英同志在一次接見紅衛兵的時候，宣布了這個天大的喜訊。韓東彪和他的戰友們毅然作出決定：立即乘火車返回，將這一特大喜訊傳遞給家鄉的人民，以鼓舞造反派戰友們的戰鬥士氣，把無產階級文化大革命推向一個新的高潮。

火車晚點，「捍聯總」只好在白城子下車，又連夜扒車上了油罐，抵達城裡後馬不停蹄，徑直從火車站直奔「人民酒廠」。

韓東彪奪過了一個造反派手提的漿糊桶，連那充當刷子的苕帚都省去了，乾脆把那一桶漿糊潑在牆上，再把那張紅紙展開，牆上一按，雙手一抹，三下五除二就把《特大喜訊》貼了起來。

然後，他戲劇性地、史詩般地、頂天立地、英姿勃勃地站在《特大喜訊》的前面高聲宣布：

「紅衛兵戰友們，造反派同志們：讓我們來分享這最最幸福最激動人心的好消息吧！」

聚集著的人群中爆發出一陣興奮而熱烈的騷動和掌聲。這條具有爆炸性的新聞立即引來幾百人的圍觀和注意：

最最幸福最激動人心的

好消息

北京消息：最近經北京醫學界檢查了毛主席的身體，從毛主席的健康身體可以斷言，我們最最敬愛的領袖毛主席能長壽到一百四十歲到一百五十幾以上！這是全中國人民和全世界人民的最大幸福！這是我們革命事業必定勝利的根本保證！我們敬祝毛主席萬壽無疆！

偉大的導師

偉大的領袖

偉大的統帥

偉大的舵手

毛主席萬歲！萬歲！！萬萬歲！！！

毛澤東思想紅宣兵「烈火」戰鬥團
毛澤東思想紅宣兵「紅全球」戰鬥團　翻印

今天這一《特大喜訊》，是「北京三〇一醫院各科專家研究的成果」。這個令人震撼的成果，令全國人民，無論造反派還是保皇派，全部歡騰雀躍，欣喜若狂，紛紛走向街頭，燃放鞭炮，敲響鑼鼓，熱烈慶祝。

捍聯總也「劈哩啪啦」地燃放了鞭炮，敲響了鑼鼓。韓東彪肩上落了鞭炮的碎屑，像是一個英雄的肩上落了戰場上的彈片和炮灰。他那還帶著稚氣的臉上洋溢著青春的活力和朝氣，「好像早晨八九點鐘的太陽」。他大聲地，一遍遍地誦讀這《特大喜訊》，又帶頭高呼口號：

「毛主席萬歲！萬歲！！萬萬歲！！！」

圍觀的人群遂跟著高呼：

「毛主席萬歲！萬歲！！萬萬歲！！！」

一遍遍地、聲嘶力竭地，韓東彪就像幾天前在天安門廣場時那樣地呼喊。他口乾舌燥，喉嚨嘶啞，便差使他的戰友們以造反派的名義從「人民酒廠」要了一隻盛了白酒的扁方形塑料提桶，「咕咚咚」倒了滿滿一茶缸子，又「咕咚咚」喝了幾大口，用手背擦了擦嘴，再傳給他周圍的戰友們。

然後，他和他的戰友們在臺階上站立了，整了整腰帶，舉起《毛主席語錄》，高聲朗誦毛主席詩詞《滿江紅・和郭沫若同志》：

……

多少事，從來急；
天地轉，光陰迫。
一萬年太久，只爭朝夕。
四海翻騰雲水怒，五洲震蕩風雷激。
要掃除一切害人蟲，全無敵。

揹了手風琴的副司令張繼烈拉起了《祝福毛主席萬壽無疆》。韓東彪揚起雙手指揮，示意圍觀的群眾合唱，「人民酒廠」前便響起了熱烈的歌聲：

敬愛的毛主席，
我們心中的紅太陽。
敬愛的毛主席，
我們心中的紅太陽。
我們有多少貼心的話兒要對您講，
我們有多少熱情的歌兒要給您唱。

哎！
千萬顆紅心在激烈地跳動，
千萬張笑臉迎著紅太陽，
我們衷心祝福您老人家萬壽無疆，
萬壽無疆，萬壽無疆！

正當韓東彪和他的戰友們唱到高潮，伸出雙手，左腿前曲，仰望天空，做出「衷心祝福」的造型的一瞬，一隻半大的豬玀竟不知甚麼時候溜了過來擠進了人群。

這豬玀大概早已餓得饑腸轆轆，忍無可忍。牠老遠聞到這美妙的白麵漿糊，便不顧一切地鑽進人群，瞄準了這不可多得的盛宴，看好了這千載難逢的良機，熟練地擡起前腳，撐在牆上，咬住那「特大喜訊」的一角，頭一歪，眼一瞪，「嘩」地一聲，把它撕了下來，嘴巴交錯了幾下，沒等魏東彪和造反派們緩過神來，就把那紙和後面厚厚的漿糊吞了下去，牠的嘴角上揚，冒著漿糊的熱氣。然而，牠意猶未盡，又貪婪地舔食著牆上殘留的漿糊，像是在舔一個盤子。這饕餮之徒一邊昂起頭顱，咧開嘴，「哼哼」地叫了兩聲，像是在嘲諷他們失敗和炫耀自己的勝利。

「捍聯總」的紅衛兵們驚愕了。韓東彪大吼了一聲：「大膽反革命！」便解下腰間的皮帶，瘋狂地向那豬玀抽去。那豬玀狡猾地躥來躥去，躲過了每一次鞭韃，一邊仍然「哼哼」地嘲諷著，炫耀著。

韓東彪全然地失去了耐性。他「呼」地一下衝上去，抓住那豬玀，騎到牠的身上，一手抓住牠的的耳朵，一手攥緊了拳頭，像景陽崗「武松打虎」一樣，狠命地、瘋狂地、雨點般地向那豬玀的頭上眼睛上砸去。那豬玀掙扎著，狂叫著，嘴裡泛著白沫子。

韓東彪一手仍死命地抓著豬玀的耳朵，一手卻從口袋中掏出他的摺疊刀，那是他幾天前在北京紅衛兵接待站吃紅燒肉時的餐具。他用牙齒把刀子咬出，再「刷」地一下扎進豬玀的脖頸，深紅色的血漿頓時猛烈地噴湧出來，正正地濺了他一臉，一身。那豬玀瘋狂地慘烈地大叫起來。

周圍的人們看得瞠目結舌……

好像被魔鬼附體了一般，韓東彪氣急敗壞，抽出刀子，再次連連地向豬玀的眼睛上、頸子上狂刺。豬玀的眼睛瞎了，開始咬住韓東彪的手。韓東彪掰開豬玀的嘴，使足了氣力，再次把刀刺向豬玀的頸部。

那豬玀倒下了，狂叫著，哀嚎著，痙攣地抖動著。韓東彪不罷手地揮舞著刀子，一刀一刀地，終於把那豬玀的頭顱活生生地割了下來，重重地摔在地上。

在場的人們看得呆住了。魏東彪也呆住了。他坐在血泊中，通身差不多被鮮血淋透了。他的造反派戰友們驅散了人群，把那隻豬玀的屍體滾進了一旁的「洋溝」。那豬玀的頭顱立在血泊中，血從雙眼中和脖頸中流出，嘴巴仍然無力地蠕動著。

人群中忽地躥出一個瘦小汙穢的漢子，他揹了個柳條花筐，頭上戴了一頂同樣汙穢的、歪扭著帽簷的人民帽。人們認出了：是「小王發」，城裡最善於撿瘟豬頭死狗死貓吃的「徹頭徹尾的無產者」。

說時遲，那時快，小王發抓起那血糊糊的豬頭，猛地扔到他的花筐子裡，揹起，狡猾地咧開了嘴，朝韓東彪瞥了一眼，佯作沒事似地哼起了革命樣板戲《紅燈記》：

提籃小賣唉唉唉唉唉唉唉，拾啊煤啊渣，

擔水嗯嗯嗯嗯劈啊柴，全啊啊啊啊靠噢啊她。

……

人們開始議論起他來：

「這小子把樣板戲唱成二人轉了！」

「我看像王二姐思夫。」

「這小子的老婆又懷上了。」

「這小子昨晚把他老婆折騰了十多回！」

「你咋知道地？聽房了是不是？」

「瞅著了。他還點了燈吶！那娘們兒殺豬般地叫喚！」

「這豬頭可便宜了這小子！」

「免費豬頭肉，好豬頭肉啊！」

「這小子只配吃死貓死狗瘟豬頭！」

人們開始向小王發扔土坷垃，卻都被他巧妙地躲過了。

小王發繼續唱著。他的聲音從容鎮定，一面卻疾步奔走，又不時地回頭看上一眼，忽地，他以迅雷不及掩耳的速度逃出了人們的視線，消失在小胡同裡了。

韓東彪看了看地上的身上的血跡，呆了片刻，忽然覺得一陣噁心，遂「哇」地一聲嘔吐了起來。他不停地吐，彷彿要把五臟六腑甚至把那四個煮雞蛋四兩紅燒肉和一斤饅頭都通通地吐出來。

他突然笑了，「嘿嘿」地，然後就狂笑了起來，笑了很久。繼而他哀哀地唱了起來，聽不清唱的是甚麼，像是《國際歌》，像是《東方紅》，也像是《步步高》，其實甚麼都不是。

他的造反派戰友們把他那滿身汙血，腥臭難當的上衣和帽子扒了下來，一股腦地扔到了「洋溝」裡。他赤著膊，傻傻地半張著嘴，流出汙穢的口水。他胸前仍然掛著的那個癟了的、被鮮血染紅了的軍用書包，晃動著。那上面的五角星已經難以辨認。

他抓起散落在地上的傳單，踉蹌地站了起來，歇斯底里地把它們向空中撒去。那些傳單是他去首都北京「大串聯」所獲的戰果。於是，那其中的戰報、揭發、宣言、勒令、條例、喜訊、通知、緊急呼籲、最後通牒、告全國同胞書，等等等等，就在空中散開，紅的、黃的、藍的、綠的、粉的、白的……他已經眩暈了，他看到這些五彩繽紛的紙片像是一片片雲彩向他壓來。他閉上了眼睛。

圍觀的人也被這飛揚的傳單所驚愕了，有人伸手去抓，有人嫌惡地避開了，有人擡頭看著它們，在空中盤旋著，透過正午時分那白色的、明晃晃的太陽，它們便給滙豐源「人民酒廠」的上空，加添了一些繽紛和絢麗。它們轉著、飄著、遲遲不肯落下。

4

人們忽然想起那被滾到洋溝裡的無頭死豬，醒悟到這可是天上掉下來的分文不取一個子兒不花的免費大餐啊，腦中立刻勾畫出九九八十一種豬肉的烹製方案，遂一哄而起，一擁而上，你爭我奪，互不相讓，說：

「這豬歸我了！」

「這豬歸我了！！」

「我先看見的！」

「我先想到的！！」

「我先說我要的！」

「我先想我要的！！」

……於是就開始了這場「轟轟烈烈、史無前例」的奪豬之戰……

難解難分之際，忽聽到霹靂一聲大吼：

「都給我住手！」

原來是那豬玀的主人找上門來，那是豆腐社搬豆腐盤子的工人階級王老四。

王老四人高馬大，臉被連毛鬍子遮住了大半邊，看起來如同凶神惡煞一般。他一腳踩住丟在地上的摺疊刀，一手揪住韓東彪的耳朵，搖晃了幾下，伸出蒲扇般大小的手掌，「啪」地一聲，給了他一個不大不小的「耳雷子」，把「韓東彪」徹底地打回了「韓援朝」。最後，王老四咳了口痰，又「啪」地一聲，吐在腳前汙穢的地上，惡狠狠地罵了一句：「我操你八輩祖宗！」就扒開眾人，拎起那死豬，扛在肩上，滴著血，說：「我找你老子算帳去！」便徑直找到「氈棉社」韓會計韓宗銘那兒去當面理論。

韓會計這會兒吃了晌午飯睡了晌午覺，正趕回來上班，剛剛把自行車停了，就被王老四攔住，劈頭蓋臉地罵了個狗血噴頭，並死活要求理賠，說：「你他媽的要麼給錢，要麼還我活豬，比這頭只能大不能小！」

韓宗銘一邊詛咒了韓援朝，一邊說：「要錢沒有，要豬也沒有，要雞有一隻，雞是老母雞，下不出蛋了。要命有一條，那就是我，比你那豬只大不小。要不你就把我領了去養？」

見韓宗銘耍賴，王老四無奈，一把奪過他的自行車說：「今天先用你這破車抵押了吧！下晚把雞送過來！你是個臭老頭子，沒人要！」他又罵了一通，絕了韓家祖宗三代，後架上駝了那死豬就走。

韓宗銘說：「老子這車除了鈴不響哪兒都響，今兒個就算我倒了血霉，讓他媽鬍子給搶了。」

王老四得理不饒人，又把那韓東彪的八代祖宗上下幾百年統統重新絕了一遍。韓宗銘冷笑道：「你願意絕誰就絕誰，那是你的自由！」一邊卻獨自嘟囔著：「你絕的是韓東彪，我兒子是韓援朝。你絕誰家八輩祖宗跟我有個屁關係？」

事實上也正是這樣。韓東彪這名字並沒有叫上多久，就被人們遺忘了，就和韓宗銘沒有關係了。慢慢地，人們就失去了對他的興趣。

紅衛兵「捍聯總」總司令韓東彪坐在血泊中，被滿街人當成瘋子傻子呆子一樣地圍觀。他痴呆了一陣子，失語了一陣子，失憶了一陣子。他把見到毛主席林副主席的光榮和吃到四個煮雞蛋四兩紅燒肉一斤饅頭的幸福一股腦兒地忘在了九霄雲外。

韓宗銘被王老四臭罵了一頓，搭上了一輛除了鈴不響哪兒都響的自行車和一隻不下蛋的老母雞。他從氈棉社趕了過來，見到他的兒子通身是血失魂落魄的狼狽相，便罵了一句「操你媽的」，遂從匯豐源「人民酒廠」打來一桶冷水，「嘩」地一下澆在他的頭上，韓東彪忽地激靈了一下，他清醒了。

韓東彪發了高燒。他在家裡蒙著棉被連睡了三天三夜，醒來後就不再是「總司令」了。「捍聯總」的「總司令」已經被張繼烈取代。他的戰友們說，「革命自有後來人」，「長江後浪推前浪」，「一萬年太久，只爭朝夕」。「捍聯總」要繼續高舉造反有理的大旗乘勝前進。

韓會計尋思了一下說：「得躲開點了。」他讓老伴把他的二兒子，十二歲的韓向東和三兒子，九歲的韓學彪送到鄉下哈拉趕吐他二舅家，那裡就相對清淨了些。韓會計又尋思了一下，唸了毛主席詩詞說：「一萬年太久，只爭朝夕。」

人們對韓東彪的戰友們，還有對「捍聯總」甚至整個的「紅衛兵」都失去了興趣。他的名字「韓東彪」，現在聽起來既不可敬，又不可愛，剛剛年滿十五歲的韓東彪就這樣被「時代的列車」所拋棄了。

他的原名「韓援朝」也是追趕時代的產物。那是公元一九五一年，「抗美援朝」正進行得轟轟烈烈。那時前院的王家也添了一子，起名「王抗美」。待那天吃下晚飯時，未來「韓援朝」的老子韓宗銘喝了兩盅小酒，擦了兩下嘴巴，作出了一個決定，就對老婆說，「韓援朝，就是這個名了。」老婆不悅，說：「這算啥名？不如叫個韓長順韓富貴韓有財甚麼的，圖個吉利。」韓宗銘說：「老娘們兒懂個啥？這叫緊跟形勢。」說著，又喝了兩盅酒，擦了兩下嘴巴，說：「他抗美，我援朝，抗美援朝，打敗美國野心狼，咱捐金銀捐飛機沒有，捐個名，順應潮流，算是靠近組織，爭取進步！」於是，韓援朝就這麼誕生了。

「韓東彪摺疊刀斬豬頭事件」給韓援朝留下的終生紀念，就是從此以後他再也吃不得豬肉了。不管桌上擺著的是類似見到毛主席當晚的免費紅燒肉盛宴，還是難得一見的年夜飯豬肉燉粉條，他眼前浮現的都是那被他殘暴殺死的「反革命」豬玀，牠那被切割下來的頭顱座落在大街上，眼睛裡流著血，嘴巴在抽搐著。從此，即便是遠遠地聞到豬肉的味道，他都要嘔吐出來。

韓東彪抓起了他老子韓會計的算盤子，毫無目的地撥打了一天一夜。他不怎麼關心「捍聯總」、「造反有理」和「毛主席能活到一百五十歲」的事情了。

他和幾個過去的「戰友們」聚集在一起，每人抱了一件樂器，「嗚嗚呀呀」地合奏些甚麼樂曲，先是「東方紅」，再是「國際歌」，還有「步步高」。他學會了捲煙、抽煙和吐煙圈，抽的是「蛤蟆頭」。他慢慢地變成了一個「逍遙派」。

「捍聯總」和城裡所有各幫各派的戰鬥隊造反團司令部一樣，詆毀了一大批觀念，摧毀了一大批思想，燒毀了一大批書籍，撕毀了一大批字畫，搗毀了一大批古董，揪鬥了一大批走資派和牛鬼蛇神，批判了無數次劉少奇鄧小平，進行了無數次文攻武衛，砸爛了一切公、檢、法……最後，「工人階級必須領導一切」，「革命領導幹部代表、革命造反派代表和人民解放軍當地駐軍代表實行三結合」，在一遍遍熱烈無比的慶祝儀式歌曲口號中和一片片響徹雲霄的鞭炮鑼鼓中，「革命委員會」成立了，無產階級終於取得了奪權鬥爭的最後勝利。這時，曾經叱吒風雲縱橫天下的「紅衛兵小將們」就無可奈何地退出了「歷史的舞臺」而大剎車靠邊站了。「捍聯總」也終於不捍而倒，不戰而潰，「紅衛兵」也不紅不衛，偃旗息鼓，樹倒猢猻散，不了了之了。

兩年後的公元一九六八年十二月，街心的廣播喇叭中又一次傳來了最高指示，是紅衛兵們曾經「用鮮血和生命」捍衛過的毛主席的聲音：

「農村是一個廣闊天地，在那裡是可以大有作為的。」

「知識青年到農村去，接受貧下中農的再教育，很有必要。」

於是，那曾經震撼全中國，轟動全世界的紅衛兵運動遂悄然結束，取而代之的，又是一場史無前例的、轟轟烈烈的、經久不衰的知識青年上山下鄉運動。

剛剛下了場大雨，天和地都被雨水洗了個痛快。「綜合服務樓」前紅旗招展，十幾輛卡車上擠滿了曾經的紅衛兵造反派們和青年學生們。

韓援朝也擠在他們之中，戴著大紅花，揹著行李捲，去奔赴時代賦予他們的另一個戰場，「到農村去，到邊疆去，到祖國最需要的地方去」，去接受貧下中農的再教育，去廣闊的天地中「滾上一身泥巴，煉就一顆紅心」。

太陽出來了，剛才的陰霾和晦暗忽地不見了蹤影，不知從甚麼時候，天已經晴朗且明亮了起來。雨後的陽光並不炎熱，韓援朝卻覺得有些刺眼。西下窪子的上空突然出現了一片片的雲，漸漸變暖，變紅，變成牛羊雞犬，變成橫刀立馬馳騁江湖的鬍子綹子，變成歌如海、旗如潮、人頭攢動的天安門廣場，像一團團的火焰，在空中嬉戲幻化追逐燃燒著。

十幾輛滿載著知識青年的卡車興沖沖地開動了。「山上」和「鄉下」並不遙遠，一時半時就會趕到。卡車是「黃河牌」，本地的汽車廠生產。汽車廠叫「新生汽車廠」，實際上的勞改工廠。這卡車通身噴了草綠色的油漆，寬厚的大膠皮輪子壓過泥濘的路面，濺起一片片泥漿。

被雨水澆灌過的道路泥濘不堪，混沌無形。路面上留下了車馬行人踩壓過的痕跡和腳印，積了一汪汪雨水，像一面破碎的鏡子殘片，把火燒雲的絢麗和燦爛支離破碎地映照在水面上。天空上的雲和積水中的雲漸漸連成一片，同脈同息，沒有疆界，沒有吵嚷，沒有紛爭。絢麗燦爛也罷，泥濘破碎也罷，有的只是相濡以沫般的無限依戀。

天上和地上的火燒雲都漸漸暗了下來，愈發顯得泥濘了。

韓援朝突然感到了一種莫名的興奮，他覺得他應該到農村去，到那個更廣闊些的天地中去。那裡有一種甚麼在吸引著他，他已經感覺到了那裡的味道，那是江水和土地的味道。他甚至有一些莫名的渴望，他說不清他究竟在渴望著甚麼。他大概是在渴望著一種改變。他同時也感到了一種釋放和解脫，雖然他還是說不清他究竟釋放和解脫了甚麼。

有一點他清楚，他已經不再是「韓東彪」，甚至連「韓援朝」都不是了。他知道他從此就徹底地告別了這場長達兩年的，混混沌沌渾渾噩噩懵懵懂懂的，卻充滿了刺激充滿了誘惑充滿了冒險的「造反有理」的盛宴。

他們和他的戰友們雖然曾是早晨八、九點鐘的太陽，卻過早地燃燒過早地照耀過早地西下了。他們更像是夏天傍晚的火燒雲一樣，在「西下窪子」上空或羊或馬地變幻追逐了一陣，就煙消雲散了，無影無蹤了。

第七章

「十六字令」The Poet and His Poem

公元一九六六年

「紅衛路」和「東風路」交接的丁字路口，這時也和以往任何一個時代一樣，仍然是全城最具凝聚力的「政治文化經濟中心」，也就是人們喜歡「棲堆兒」的地方。

「政治」，是指街邊那個高音喇叭，每天播放著毛主席的最高指示和最新指示，還有兩報一刊的最新社論和最新評論員文章，是「無產階級司令部」的聲音。

「文化」，是指這裡原本的二人轉戲園子，叫藝術劇院，卻早在幾年前就被拆除了，時下，那裡高高地架起了一幅毛主席像。

「經濟」，是指城裡最大的綢緞莊貿易局「公福祥」，在解放初被「公私合營」，現在叫了「東方紅百貨商店」。

「東方紅百貨商店」不僅代表了城裡的經濟中心，同時也體現了「政治」和「文化」的功能。

這三種功能都體現在對毛澤東思想的活學活用上。人們響應林副主席的號召，「讀毛主席的書，聽毛主席的話，照毛主席的指示辦事」，因為毛主席的書是革命的寶，「一天不讀問題多，兩天不讀走下坡，三天不讀沒法活」。人們在努力地避免著這樣「問題多，走下坡，沒法活」的險情發生。他們要

「把對毛主席的忠誠融化在血液中，銘刻在腦海裡，落實在行動上」，這樣，才能做到「服從毛主席要服從到盲從的地步，相信毛主席要相信到迷信的地步」。

幾個月以來，毛主席發動的文化大革命烈火已經遍地燃燒，人們的激情和狂熱也盡被點燃，並像夏天傍晚的火燒雲，任性而肆意地追逐變幻著。「東方紅百貨商店」也跟著這漫天燃燒的火燒雲，在這沸騰的紅彤彤的大時代中不能自已了。

像所有的店舖子一樣，人們來「東方紅百貨商店」，無論說甚麼話，只要一開口，就必須要先說一句「毛主席語錄」，然後再說要買的物，要辦的事，俗稱「對語錄」或者「打語錄仗」，就像楊子榮打入匪窟進山門，和八大金剛座山雕對黑話一樣地令人有些興奮，有些緊張，令人有些啼笑皆非，卻欲罷不能。

這一天，「東方紅百貨商店」裡悶熱無比。橫七豎八縱橫交錯的繩子上掛滿了大字報，從棚頂垂到地面，把營業大廳分隔得如同迷宮一般。櫃臺和貨架子上的「商品」倒是擺了一些，數目和種類卻屈指可數。

玻璃窗上也貼滿了大字報，透過外面的光照，顯得奇異而陸離。只有天窗沒有被大字報覆蓋，看得見沒有一絲雲的天空。商店裡的人不多，一些在看大字報，一些在閒逛，真正買東西的人卻寥寥無幾。有兩個五六歲的小孩在玩「抓特務」。他們在大字報中躥來躥去，帶起了一陣清風，吹起了大字報的紙張，發出了嘩啦啦的響聲，也煽出了一陣墨汁的味道，像是戰場上硝煙的味道。

文化用品櫃檯後站了營業員王詩晨，又因他平時愛寫上些打油詩和「四六句」，得了外號叫「王詩人」。他不久前改了名叫「王詩東」，意思是「以詩詞謳歌毛澤東」。他三十不到，體態有些虛胖，膚色有些發白。此刻，他趴在櫃臺上，正在一本售貨小票上作詩填詞吶。

近些天來，文化用品組已經差不多變成了「大字報用品供應站」。學校停課了，除了造反派前來買寫大字報的筆墨紙張和印傳單的鋼板蠟紙油墨，就沒有甚麼別人前來光顧，他閒得有些「五脊六獸」了。

這時走過來一高一矮兩個紅衛兵。他們臂戴紅袖標，胸配毛主席像章，是十五六歲模樣的少年，看起來還有些稚嫩和青澀。

王詩東仍然埋頭在他的小票上，他在填一首詞「十六字令」。他是「詩詞愛好者」，而此刻，他正是在「以詩詞謳歌毛澤東」吶。

王詩東的姓名中雖然至少有三分之一的「詩意」，眼下這區區的十六個字兒，可是要字字斟酌，字字推敲啊。

高個頭紅衛兵先開了口，開場白是一句毛主席語錄：「關心群眾生活」，接著就進入正題：「同志，給我拿隻鋼筆。」

王詩東一怔，終於有人問起大字報用品以外的東西了。但也馬上意識到了這是要「對語錄」的「打語錄仗」。「這我不怕」，他心裡說。他已經積累了足夠的經驗，此刻，完全能夠像揚子榮對黑話一樣面無懼色，對答如流：

「為人民服務。你買哪一種？」

矮個頭紅衛兵說：「我們都是來自五湖四海。多拿幾隻讓我們挑挑。」

鋼筆是貴重物品，不像西瓜角瓜旱黃瓜，不讓挑。王詩東就說：「反對自由主義。不讓挑，買哪隻拿哪隻。」

高個頭紅衛兵說：「我們的責任是向人民負責。你得多拿幾種讓我們挑挑。」

鋼筆其實就只有「英雄」和「金星」兩種。王詩東本可以拿出這兩種，讓他們挑挑也無妨，但又想起了楊子榮，便決計要舌戰座山雕和八大金剛，於是便說：「在路線問題上沒有調和的餘地。說不挑就是不能挑。」

高矮紅衛兵互相對望了，齊聲說：「凡是敵人反對的，我們就要擁護。咋地就不讓挑？」

王詩東腦中閃現出了那個「矛與盾」的故事，決計要以子之矛，攻子之盾，便說：「凡是敵人擁護的，我們就要反對。不咋地。不讓挑就是不讓挑。」

高紅衛兵寸土不讓：「注意工作方法。有你這樣賣東西的嗎？」

王詩東今天的感覺相當不錯：「一切權力歸農會。愛買就買，不買拉倒。」

矮紅衛兵不甘示弱：「打倒土豪劣紳。你這是甚麼工作態度？」

王詩東來勁了：「友誼，還是侵略。怎麼，你們想打架？」

高矮紅衛兵齊聲說：「凡是反動的東西，你不打，他就不倒。你以為我們怕你？」

旁邊走過來劉主任劉亞新。劉亞新解放前是做小買賣的，公私合營時當過私方代表。他愛和稀泥，愛息事寧人。見到戰爭一觸即發，就急忙上前調解：「哎哎哎，團結，批評，團結。大家有話好好說。」

王詩東興致不減，說：「將革命進行到底。我看你到底怎麼樣？」

高紅衛兵說：「人若犯我，我必犯人。我不信你當個營業員就有甚麼了不起。」

劉主任見雙方都不肯停戰，便勸高矮紅衛兵們一走了之：「敵進我退。我看你們就先走吧，明天再買。」

高矮紅衛兵其實並不是真地來買鋼筆，而只是來「活學活用」，實地演習他們掌握的「毛澤東思想」罷了。聽了，就順勢下了臺階，轉身而去。他們對視了，點了一下頭，邊走邊說了最後一句毛主席語錄：「別了，司徒雷登。」又加了一句自己的咒語：「他媽的。」

王詩東如得勝的將軍一樣立即回敬道：「一切反動派都是紙老虎。」末了，也加了一句：「他媽的。」說完，他「噗嗤」一聲，笑了。他說的「他媽的」這三個字，並沒有不良之意，這只是他的口頭禪，大意跟蘇聯人說「哈拉燒」或者日本鬼子說「吆西」沒有兩樣。

王詩東很快就把適才「對語錄」和「打語錄仗」的唇槍舌劍拋在了九霄雲外，又埋頭專注他的「十六字令」了。

他擡頭望了望天窗，發現天空仍然是瓦藍瓦藍的，如同被水洗過了一般。陽光透過天窗，把幾條斜長的亮斑投在眼前的大字報上，十分好看。他忽然覺得來了靈感，便飛也似地在小票上完成了那「十六字令」的創作。他四處望了望，並不見有甚麼人在注意他的存在，就清了清嗓子，把那創作唸了出來：

《十六字令・大字報》

妙

滿堂遍掛大字報

驀舉首

絢爛陽光照

王詩東感到相當滿意：這十六個字可是字字珠璣，擲地有聲呀。

大字報中奔跑的兩個孩子都相繼跌了跤，一個「哇哇」地大哭起來，說：「我不是特務！」另一個也跟著「哇哇」地大哭起來，說：「我也不是特務！」

「嗐，都別哭了，你們兩個誰也不是特務。」王詩東的喊聲引起了兩個孩子的注意。他們止住了哭，詫異地看著王詩東。他們注意到他的胖臉上泛起了一陣紅光，嘴角向上咧去，顯得十分滑稽。看著看著，他們明白了，伸手指向了他，說：「他才是特務！」王詩東聽罷，「噗嗤」一聲笑了，說：「正是，我就是特務。特務特務，特殊任務。我的特殊任務是寫詩咧！哈哈哈哈……」

忽然間，大字報後又躥出六七個少年，十歲左右的樣子。比起這兩個「捉特務」的孩子，他們要更具「戰鬥力」，他們是「紅小兵」。他們每人手裡握了一根柳條子，任性而肆意地追逐打鬧著。他們玩的遊戲是「打倒反革命」。他們推著、搡著、跑著、喊著、跳著，對著語錄，打著語錄仗：

「階級鬥爭，一抓就靈。你是反革命！」

「誰是我們的敵人，誰是我們的朋友……你才是反革命！」

「金猴奮起千鈞棒，你爸是走資派！」

「玉宇澄清萬里埃。你爺是資本家！」

「團結緊張嚴肅活潑。你媽是破鞋！」

「分田分地真忙。你姥爺是地主！」

「與天鬥，其樂無窮。與地鬥，其樂無窮。與人鬥，其樂無窮，打倒反革命！打倒走資派！打倒資本家！」

「造反有理。打倒破鞋！打倒地主！」

喊著喊著，他們真地把對方當作了萬惡不赦的反革命走資派資本家破鞋地主，他們揮起了拳頭，輪起了柳條，向對方打去，被打的就躲在大字報的後面，聲嘶力竭地咒罵著。

一個鼻子被打出血來的孩子不覺間抓住了一張大字報並向後退去，「呼」地一下，他扯斷了繩子，一排掛著的大字報便呼呼啦啦紛紛揚揚地掉落下來……

王詩東慌忙喊來了劉主任，劉主任喊來了高大倔子和小蔣鳳山，高大倔子喊來了大氣卵子，小蔣鳳山喊來了大蔣鳳山，這些人身強體壯，幾分鐘就把這些少年「反革命」制伏了。旁邊圍觀的人都鼓起掌來。

忽然間，王詩東想起了中共中央八屆十一中全會通過的《中國共產黨中央委員會關於無產階級文化大革命的決定》，也就是《十六條》，便又一次靈感大作，詩性大發，遂想「咱這會兒來一個獨出心裁獨樹一幟獨辟蹊徑的千古絕作，那就是直截了當地用這「十六條」每一條的第一個字，湊在一起，作上它一個「十六字令」，管它和不和仄押不押韻，管它合不合情合不合理。

於是，他望著牆上的「十六條」，讀道：

一、社會主義革命的新階段……

二、主流和曲折……

三、「敢」字當頭，放手發動群眾……

他飛快地抄寫了十六個字，作出了下面的《十六字令·十六條》：

社

主敢讓堅正警幹

文教報
關同抓部毛

果真，這十六個字不但字字珠璣，擲地有聲，且石破天驚，震天動地，更天馬行空，無拘無束，讀起來像密碼，像天書，像暗語，像黑話，玄乎其玄，神乎其神，莫名其妙，不知所以。王詩東反覆把這「十六字令」唸了幾遍，有些哭笑不得，有些匪夷所思。他的嘴角抽搐了幾下，終於忍俊不禁，放聲大笑了起來。

他的笑聲卻被門外的喧鬧吞沒了。高音喇叭裡傳來了毛主席第五次接見紅衛兵的喜訊。「紅衛路」和「東風路」上又傳來熱烈慶祝的鑼鼓鞭炮聲，外面的世界又洶湧澎湃地騷動了起來。

在丁字路口原來「藝術劇院」的舊址前，那幅巨大的畫板上，巨人般的毛主席身穿草綠色軍裝，滿面紅光，右手緊握飽蘸紅墨的戰筆，左臂向前奮力揮出，五指張開，高瞻遠矚。背景上紅旗招展，人頭攢動，文化大革命的紅衛兵和造反大軍一往無前，所向披靡，橫掃蕩滌著這過去十七年乃至上下五千年的汙泥濁水，與這眼前的人群和喧囂融合在一起，是一片紅色的、沸騰的海洋……

第八章
沉睡的罈子 The Buried Jar

公元一九六八年

這天，從城北頭清真寺一帶傳出了一條不大不小卻令人驚詫的新聞。

一個叫刁德子的漢子在西北隅新發胡同馬家菜園子的院牆邊挖樹根子，挖著挖著，就挖出了一個大肚罈子。

罈子上扣著的飯碗已經破碎，罈子裡積著水，淤著泥，滿滿地塞了甚麼東西。刁德子期待著裡面藏了金銀財寶，就小心翼翼地掏，費了好大的勁，掏出來一團亂糟糟的衣服，裡面竟包著一把手槍。揭開一看，好不容易認出那衣服是一套黑色警服，差不多爛成灰了。這吸引了一群人前來觀看。有人仔細看了殘存的肩章，發現了中央附著的一條金色縱線和上綴的兩顆梅花五星，辨認出這是「滿洲國」警尉的制服。那把手槍，雖說裝在了皮質槍套裡，外型看得出是「滿洲國」警察佩戴的短嘴匣子，卻已經鏽跡斑斑了。

刁德子好事，罈子裡雖然沒有金銀財寶，卻有「階級鬥爭」。這令他興奮得連放了好幾個響亮的屁。他迫不及待地把他的發現宣揚開來。一傳十，十傳百，到了下晚飯的時候，半個城的人就都知道了。

除了好事，刁德子還好吹牛，為此，他還差點丟了腦袋。

有一次他和人喝酒，喝到「酒逢知己千杯少」的時候，就說：「不是吹牛，俺也是個幹過大事的人。」旁邊的人罵他：「扯王八犢子！你要是不吹牛，天底下就沒有人吹牛了。」刁德子說：「不說不知道，說出來嚇一跳。那時日本人抓共黨，找到了俺，要俺給他們帶路，俺就把他們帶到八路軍那裡，一看八路的一個連都在那歇著吶，日本人就把八路軍全部給滅了，賞給了俺五百大光洋。」刁德子注意到了周圍人的異樣眼光，就愈發得意，呷了口酒，接著說：「那五百大光洋，白花花，響當當，沉甸甸，花不完吶。可俺還是花了，花了整一年！咋花地吶？說來也不難啊，人都說花錢容易掙錢難嗎！俺用這五百大洋吃喝玩樂，逛窯子！過了一年神仙般的日子！」這話當時並沒有人信，只當它是個屁都不如的酒後吹牛罷了。

這時文革了，有人忽地記起這樁事，說這可是大事，你老刁頭血債累累啊，就揭發檢舉了他。組織上搞他的外調，去了五六趟，也沒調出個子午卯酉。後來專案組余主任拍了下腦門，一下子緩過神來，說不對呀，那時候這地方沒有八路軍，八路軍直到光復後才打進來接管政權呀。余主任便給刁德子施加壓力，說黨的政策你曉得不曉得？你要是算鐔子沖殼子，啥子後果你曉不曉得？刁德子聽不懂余主任的四川話，問啥是算鐔子沖殼子？余主任樂意回答這個問題，說：「用你們的話說，就是扯王八犢子。」又說：「我看你這就是扯王八犢子！我來問你，八路軍一個連有多少人？」刁德子答不上來，胡謅了說：「一千人？」余主任說：「龜兒子扯王八犢子。我再來問你，你那時在啥子地方見到八路軍了？」刁德子想了一陣說：「小學校操場，放電影那大白布上啊！」余主任說：「龜兒子扯王八犢子。我來告訴你，八路軍的一個連有一百二十多人，你幹了這事，槍斃一百二十回都不夠。」刁德子最後承認了他實際上沒帶過日本人，更沒見過八路軍，是那天喝酒喝高了吹牛逼，把電影裡的事安在自己身上了。專案組一看這是瞎浪費功夫，是扯王八犢子，就把刁德子交給群眾批鬥了十幾回，後來，群眾對他失去了興趣，這事也就拉倒了。

造反派們雖說知道刁德子愛吹牛，卻還是覺得這事嚴重，有點聳人聽聞，像是小說電影裡地主資本家特務間諜反革命的變天帳，就差了一句老地主崔老昆在《槐樹莊》裡的戲文：「萬寶孫兒記住：民國三十六年十月初三，貧農團成群結夥闖進咱家，搶走文書，拉走牲口，分走糧食……」可是，誰知道那罈子裡的變天賬是不是已然轉移，或者已然爛得沒了影兒吶？

這事兒牽動了造反派們階級鬥爭的神經，甚至驚動了公安局，連當兵的都來了。

樹是馬家菜園子的樹，牆是馬家菜園子的牆。在馬家菜園子的樹下牆根挖出了裝了槍的罈子，理所當然要查對馬家菜園子的人。

馬家是個大戶。早在民國十八年也就是西元一九二九年，從遼寧新民逃荒過來的馬家兄弟為了生存，開了個以自編鐵絲笊籬耗子籠子兼銷下雜貨為起步的攤床，薄利多銷，經營紅火。哥兒幾個一邊招呼著買賣，一邊編著笊籬，手練得飛快。

馬家的買賣正號叫「德順東」，也稱「馬家床子」。後來買賣漸漸做大，做得風生水起，做成了城裡最大的下雜貨，除了賣笊籬耗子籠子，賣鍋碗瓢盆，還賣鉤桿鐵尺、鋤鏟鐮耙、下雜用品、五金電料、洋火洋蠟、水缸水桶胃大羅。買賣做得好時，府上的香胰子都用的是東洋入口貨。

馬家人住在城北馬家菜園子。馬家菜園子圍了院牆，沿牆種著一圈楊樹和榆樹。進大門影壁牆後一排七間青磚大屋，加上兩邊各一間耳房，住了馬家床子家族幾股四代人。光復後的一個早晨，九十二歲的老祖太爺馬成順從院子裡摟楊樹葉子回來，在門口跌了一跤，就再也沒有爬起來。

馬家請來了「亞洲照相館」的攝影師傅，聚集了族人，撐著老祖太爺，拍了最後一張全家福留念，午後兩時許，老祖太爺在平靜中與世長辭了。

民國三十五年，馬家床子分了家。那會兒櫃上還有點金條和銀元，哥兒幾個就分了。這一年八路軍進城，在一片片「解放區的天是明朗的天」的歌聲中天亮了，解放了，按老百姓們的話說，就是改朝了，換代了。舊社會，像是清明節焚燒後的紙錢，變成了一片片灰燼，輕飄飄地被吹上了天空，再忽悠悠地隨風而去了。

後來，馬家床子就被「公私合營」了。

大掌櫃馬德雲本來就膽小，公私合營社會主義來了，聽說做買賣是資本主義就害怕了，乾脆退下來種起了園子。

有一天，來了一夥「官家的人」，要伐園子周圍的樹充公，領頭的是委主任，積極份子馬文魁的老婆。大掌櫃馬德雲嚇得躲在耳房裡不敢出來，德雲奶奶就跪下來給他們磕頭，說俺們就這點東西了，求求你們，可別再收了。這時突然飛來一群老鴰，黑壓壓地落在公家人的腳下，「呱呱」地叫個不停，令人心裡發麻。委主任心想這可不吉利，就說起來吧老嫂子，我們再跟組織上研究研究去，就不了了之了。

對於公私合營社會主義改造他們並不情願。和全國上下的工商業主們一樣，他們「白天敲鑼打鼓報喜，慶祝社會主義改造完成，晚上抱頭痛哭」，哀嚎幾代人的積累被一朝剝奪。他們本是有股份的，卻都被迫交了公。他們脫下了西裝革履長袍馬褂，換上了人民裝勞動布工作服解放鞋。

馬家床子德順東改叫了「生產資料站」，「床子」就不再是馬家的了。馬家的掌櫃們很快就變成了「資產階級」，變成了被革命被改造的對象。他們在昔日那些毛頭夥計街邊混混地痞無賴面前點頭哈腰，低三下四。他們掙起了固定工資，吃起了大鍋飯，漸漸地食不果腹，捉襟見肘，每況愈下。到了大躍進那年，他們還是把各自分到不多的金銀拿到銀行，換成了人民幣，買了高價糧，才免於斷炊逃荒，甚至餓死。

大掌櫃馬德雲種了一陣子菜，幾年後就去世了。他那天喝了點小酒，走起路來有點頭重腳輕，從外面園子回到屋子，一個不留神，一腳絆在灶坑裡，摔倒了，就沒有再爬起來。院子外面正轟轟烈烈地進行著文化大革命，這一跤使他躲過了這場史無前例的劫難。

文化大革命鬧得越來越兇，越來越不可思議了。

「生產資料站」也被造反派們破了舊，立了新，改叫了「立新商店」。

「立新商店」現在輪上了「黃羅鍋子」黃芳榮掌權。

黃羅鍋子現在是革委會黃主任，馬家床子的二掌櫃馬德豐管他叫「小官兒」。小官兒黃羅鍋子其實並不羅鍋，就是老貓貓著腰，這使他看起來個頭不高，像是個永遠在鞠躬行禮在說「請多多關照」的日本人。「滿洲國」那會兒的黃羅鍋子本是個閑散雜人，土改時發動群眾，他第一個響應，算是個「土改幹部」，挺有些資格，過去的事他知道得不少。

立新商店的張富張老頭在櫃上吊死了。人們說他是被逼死的。他本是鄉下的地主，「滿洲國」興旺那陣來到城裡做買賣，後來就成了「地主兼資本家」。紅衛兵抄他的家，翻出了一把手槍。他交代不清這手槍的來龍去脈，又有人說他有命案，那就愈發嚴重起來。他沒路可走，只好「自絕於人民」，一死了之。

會計楊連弟也自絕於人民畏罪自殺了。他是吃耗子藥毒死的，死前並沒有被逼迫的跡象。人們說他的死是個謎。或許他預感到了甚麼，就有了自知之明，便主動地、自覺地、不聲不響地離開了這個他無法招架的世界。楊連弟從前是馬家床子的夥計，但也是個小股東，算是有資產的私方人士，階級成份被劃成了「小資產」。

楊連弟曾說起過他們在公私合營時有個摺子，並特地在死前偷蔫兒地給了馬家床子的馬四爺馬德祥，說這個你留著，將來你用這摺，能從政府那要點錢回來。

馬四爺馬德祥和二哥二掌櫃馬德豐被圈起來隔離審查了兩冬。隔離審查就是在單位住著「軟禁」，寫交代材料。他們自己湊合著弄飯吃，由小官兒黃羅鍋子看著。

二掌櫃馬德豐愛吃餃子，他有時就包上些改善伙食。他包的餃子是豬肉大蔥餡。煮餃子時，那香味就飄散在屋子裡院子裡，把小官兒黃羅鍋子饞得直流哈喇子，一邊說，老馬頭這餃子味兒可真正啊。他等著二掌櫃在這時邀請他，說上一句，啊，你也嘗嘗吧，不料二掌櫃偏偏就不說這句話。二掌櫃性情耿直而倔強，他看不慣小官兒黃羅鍋子那副小人得志的嘴臉，心裡說，我穿西裝革履在馬家床子跑貨那陣子，你還啥也不是吶。

二掌櫃馬德豐和馬四爺馬德祥被圈被鬥並沒甚麼具體因由。若說有，那就是因了「階級鬥爭」。這時，「階級鬥爭」這四個字掛在了嘴邊，要「年年講，月月講」。馬家的成份是「中資產」，屬於資產階級，屬於被改造的對象，是要「天天講，時時講，分分講，秒秒講」的。

馬四爺過得越來越落魄了。

他的「府上」在中央街和正陽街相交的「丁」字路口後院，挨著菜市場。那裡曾經有過藝術劇院和中央洋井。別人的房子都是坐北朝南，他的房子卻是坐南朝北。這房子低矮，潮濕，陰暗，是個地窩子，與其說是個「府上」，還不如說是個「府下」，或者說是個「地府」。它本是個做鞋的作坊，後來成了「王羅圈」存放羅圈和破爛的倉庫。再後來，王羅圈把這地窩子讓給了馬四爺。王羅圈是馬四爺的長公子馬龍義的老丈人，也就是馬四爺的親家。

小官兒黃羅鍋子對馬家床子的人心存芥蒂，對二掌櫃不請他吃餃子耿耿於懷。不過，二掌櫃就是不買他的賬，「不捋他那份鬍子」。

黃羅鍋子還有一個外號叫「黃四塊」，來歷不怎麼光彩。

那年，他被派到了好新屯搞「社教」搞「四清」，也就是搞「社會主義教育」，搞「清工分、清賬目、清倉庫、清財物」以及後來的「清思想、清政治、清組織、清經濟」，就變成了搞「八清」。

好新屯原本叫「白廟子」，是因為那裡曾有過一座像模像樣的白帝廟，供奉了劉備關羽張飛和諸葛亮。八路軍進城那年，貧農會破除了迷信，解放了思想，把廟給拆了，拆了個片瓦不留，把像給砸了，砸了個片甲不剩。有村民就說了，那劉備關羽張飛諸葛亮，要真有本事真是神仙，咋它就沒顯個靈，做個法，把那拆廟的給嚇到高粱地裡拉屎去？還是八路軍厲害，不信那個邪，說那封建迷信的東西，沒啥可惜的。於是，白帝廟就徹底地在這片土地上消失，「白廟子」也改叫了「好新」，最後，變成了「又好又新的人民公社」。

黃羅鍋子那時的名聲就不好。他不但壞得透了腔，還壞得冒了水，用本地的話來說，他是「茅樓裡扔炸彈，激起民糞」了。

等到「四清」經過了「發動」和「試點」，進入到「鋪開」和「深入」階段時，他跟小學校的積極份子劉老師搞起了破鞋。劉老師在學校住宿，他就天天半夜時溜出屋門，貓貓著腰前去幽會，第二天清早再貓貓著腰溜回去。這事被學生們發現了，就合計著要作弄他一番。

學生們抽了個冷子，在白天就把劉老師門上的木頭板子揭開又虛掩了，在夜裡躲起來守候。

傍夜裡十一點整，黃羅鍋子那貓貓著腰的身影就出現了。學生們屏住了呼吸，看著黃羅鍋子貼著窗玻璃輕輕地敲打，長三下，短兩下，反覆了一次。之後，裡面有了動靜，門開了，那身影就飛快地閃了進去。

學生們像捉特務一樣，緊張得大氣都不敢出。等了片刻，帶頭的喊了聲：「敲鐘！」守在鐵鐘旁的學生就猛地輪起鐵鎚，「噹噹噹噹」敲得震天動地。屋子裡的劉老師慌忙問這大半夜的不上課，敲鐘是幹啥？黃羅鍋子正在興頭上，就說沒事，是防空演習吧，一面迫不及待地上炕要「解決個人問題」。學生們蜂擁衝到門口，前面的一個一腳把門踹開，按亮了手電筒，見到赤條條的黃羅鍋子和劉老師，忽然間不知所措，竟嚇得尿了褲子。

周圍聞聲趕來的村民們興奮地吵鬧著，扭打著被捉了姦的黃羅鍋子和劉老師，綁了他們的手拉出去遊街。黃羅鍋子和劉老師赤了腳，脖子上掛的草繩吊了兩隻鞋。劉老師搭拉著頭，羞愧難當，無地自容，黃羅鍋子卻厚顏無恥，理直氣壯。他咧著嘴，不時地滋出一口唾沫，還顯露出幾分得意。村裡的狗吠連成了一片，誰家的大叫驢子也扯了脖子，「嗚哇嗚哇」地嗚叫起來，聲音中充滿了渴望與神傷，不禁令人若有所思若有所想。村民們興高采烈地看著這難得一見的景象，說這可比早先白帝廟的廟會要帶勁得多得多了。

黃羅鍋子犯了這樣嚴重的作風問題錯誤，組織上就批評教育他。第一把手徐書記質問他說：「你他媽的黨性哪裡去了？」他拍拍胸脯回答：「我他媽地黨性它還在這呀。這點雞巴事算個屁！我給錢，給了她四塊錢吶！三大紀律八項注意說買賣價錢要公平，公買公賣不許逞霸道，我可是買賣公平地呀。」

也算黃羅鍋子時運不濟，撞到了風口浪尖上。這次的「社教」和「四清」，雖然沒有明確說明要進行「社會主義生活作風」的教育以及「清理搞破鞋」，但搞破鞋無論如何也算不得是社會主義的道德行為，理當接受「社會主義教育」。至於「清思想、清政治、清組織」這三項，他的「思想」和「政治」肯定在當被組織上清理之列。

這時有個說法叫「擡破車」，意思是你如果不是好車，就得罷官撤職。徐書記就愛說「擡破車」這三個字。

徐書記說：「媽了個巴子，擡破車。組織上派你來搞社教搞四清，你倒好，搞起了破鞋，反倒成了被教育被清理的對象。你辜負了人民辜負了黨。媽了個巴子，擡破車。」

於是就開了群眾大會，會上要黃羅鍋子檢討，無奈他敷衍了事，避重就輕。徐書記向左右的領導班子使了個眼色，搖了下頭，遂開始講話，說：「有些幹部不稱職，媽了個巴子，他們擡破車。破車擋道，影響相當不好，不適合做革命工作。這樣的車，就得給他媽擡下去，擡破車！你們說是不是啊？」下邊的群眾就喊叫了起來：「是！」徐書記又問：「那剛才講話的人，他是不是破車呢？」群眾就回答說：「是！」徐書記對黃羅鍋子說：「媽了個巴子，那你就下去吧！擡破車！」黃羅鍋子嘟囔著說下去就下去，他沒把這事當會事兒，心想這算甚麼屁事兒吶？我給了四塊錢啊。

但是，組織上還是吊銷了他的黨籍，給他留黨查看一年。

無奈他屢教不改，不多久，他又和別的老娘們兒搞上了破鞋。再後來整黨時，群眾又把他的事就給折騰出來，他還提四塊錢的事。這次組織上不再和他討論「四塊錢」和「買賣公平」，而是直接開除了他的黨籍。

他被發配到生產資料站，做了個跑站員，趕起了驢車進貨。他上老了火，嘴裡起了大泡，門牙也掉了一顆，他想我這輩子是栽在女人身上了。

豈料「山重水復疑無路，柳暗花明又一村」。文化大革命開始，他立刻參加了造反團，不但造了生產資料站的反，還特意找到了當年開除他黨籍的幾個人，串聯了周圍的造反派，尋機把他們揪了出來，給他們剃了陰陽頭，坐了噴氣式，跪了玻璃碴，畫了大花臉，戴了大高帽，掛了大破鞋，抽了大皮帶，搧了大耳雷，抄了家，踢了腿，捆了手，遊了街，把造反的花樣和當年受的屈辱讓他們也享受了一番。他這樣一搞，竟然恢復了黨籍，當上了主任，加上了工資，抽起了大重九，喝起了二鍋頭，他又揚脖起來了。

黃羅鍋子王四塊如今是響當當的造反派，專門管制收拾被公私合營進來的這些舊社會的商人。他始終看著這幫人，盯著老馬家。他巴不得這些過去比他過得好的人現在比他差，而且時時走厄運，刻刻倒血霉。

這時，文化大革命雖然已經進入到了第三個年頭，一個又一個的高潮仍然此起彼伏，愈演愈烈，其勢仍然如火如荼，如狂風驟雨，如山洪暴發，如電閃雷鳴，如飛流直下，如齊天大聖孫悟空東海龍宮抽掉了定海神針金箍棒，又一路打到天宮玉皇大帝的凌霄寶殿，推翻了王母娘娘蟠桃盛宴的珍饈美味和瓊漿玉液，把世界攪得個天翻地覆，人仰馬翻⋯⋯

這城裡也經歷了齊天大聖孫悟空的大作大鬧。

黃羅鍋子也鬧得如魚得水，游刃有餘。他很有階級鬥爭的觀念，很有路線鬥爭的覺悟。他東奔西跑，上躥下跳，整天介像吸食了鴉片煙一樣地亢奮，忙活得不可開交，連家都不回了。在馬家菜園子挖出了罈子，罈子裡裝了偽滿警尉的警服和手槍，這下子可把他樂得歡了脫，他巴不得馬家床子的人再次走厄運倒血霉吶。

黃羅鍋子於是就貓貓著腰，倒背著手，煞有介事地做了一番講演。他有點口才，講起話來甚至還有點風趣：

「同志們吶，偉大地領袖毛主席教導我們說吶：在拿槍地敵人吶，被消滅以後，不拿槍地敵人吶，他依然存在吶。他們必然地要和我們作拚死地鬥爭，我們決不可以輕視這些敵人吶。」

他打了個嘹亮的飽嗝，像是一聲鳥叫，又「不唧」一聲，從牙縫中滋出了一口唾沫，滋得老遠。他貓貓著腰，接著說：

「同志們吶，毛主席英明啊，毛主席偉大啊，毛主席是神仙啊。毛主席連這個不起眼地馬家床子都注意到了。毛主席連馬家床子埋罈子這事都預見到了。你們看看，這不拿槍地敵人吶，他雖說不拿槍，可他把槍藏起來了，藏在罈子裡呀，他是要變天要反攻倒算啊。同志們吶，這可是你死我活地階級鬥爭啊。」

圍觀的群眾就喊：「哎呀，可不是咋地，這可是真槍啊，馬家床子得算是拿真槍地敵人吶。」又有人說了：「不見得吧，人家馬家床子的人老實巴交，是忠厚人家，可仁義吶。那把破槍又算個啥？不能動不動就說人家是敵人吶。」

大掌櫃馬德雲嚇得腿肚子攥筋，二掌櫃馬德豐嚇得手指頭發抖，馬四爺馬德祥嚇得腳後跟發麻。他們囁囁嚅嚅，終於說出了廿二年前的一段往事。

民國三十四年，西元一九四五年八月十五日，日本人投降，「滿洲國」垮臺，這城歷經了前所未有的無政府狀態。然而，曾經的「滿洲國」官吏們竟一個沒跑，也並沒有人心惶惶，無所適從，甚至像上面甚麼地方有通知似地繼續上班維護社會穩定。他們在中央洋井旁邊的一處門市房前掛了塊大木牌，上書「中央直轄派出所」，他們在「堅守崗位，忠於職守，等待接收」。日本人的殘餘勢力「維持會」像幽靈像鬼火一樣，不明不暗忽閃忽滅地在城裡飄蕩。

一百五十餘萬蘇軍衝進了中國東北，在垂死的日本關東軍身上踩上了最後一腳。

蘇軍進城後，還正式委託這些「滿洲國」官吏們管理城市，甚至兩相合作得很好。他們原以為蘇軍來到，首先就把他們槍斃，結果卻不是那樣。

很快地，人們就把蘇聯紅軍改叫了「老毛子」，而且「老毛子」給人們的印象越來越糟了。

本來街面的各家店鋪為了夜間安全，都在窗外做了柵板，白天打開叫「開板兒」，晚上關起叫「關板兒」，並在中間橫上一條鐵桿，兩頭鎖住。

蘇聯紅軍的到來，突然間打破了常規，家家戶戶就不再開板兒，而過起了半黑暗的關板兒日子。那是因為蘇聯紅軍在鐵路沿線騷擾婦女，關板窗就是為防範老毛子。家有女兒的，都把她們送到鄉下避難。至於日本女人沒有鄉下可去，就剃光了頭，臉上抹了鍋底灰，卻終也逃不掉老毛子的禍害。

不久，「人民自治軍」進城，成立了人民政府，非但沒有逮捕這些警察，還委以重任，責成他們維護秩序，連把收繳槍支那樣的大事都讓他們辦理，看樣子他們也合作得很好。

後來八路軍進城，風向突然調轉，鎮壓驟然開始。這些昔日「皇帝陛下的警察官」就暈了頭，喪了膽。沒幾日，八路軍就摘了他們的牌子，繳了他們的槍，他們的「中央直轄派出所」也空了起來。他們紛紛出逃，或躲到鄉下，隱名埋姓，做起了莊稼漢，或躲到大城市，融進熙來攘往的人流之中，做起了小市民。不過他們躲得了初一，躲不過十五，在這樣草木皆兵，風聲鶴唳的大時代，他們大多被捉拿歸案，被捕被斃，就看當時貧農會的情緒和自身的運氣了。

一個伸手不見五指的黑夜，警察署的巡官白警尉突然覺得情勢不妙，他無論如何也要出逃，而且是刻不容緩，就在今夜了。

他向北門外的方向逃去。倉皇中他磕磕絆絆，望見馬家菜園子，想到這是家是大戶，就登上這院子的土築圍牆，連滾帶爬地翻了進去。繞過影壁牆，見靠東第二間屋子還閃著微弱的洋油燈光，便敲開了門。

這時正巧馬家床子的大掌櫃馬德雲、二掌櫃馬德豐和馬四爺馬德祥聚在一起嘮嗑，見這平日大模大樣耀武揚威的白警尉，此刻竟是一副驚慌失措喪家之犬般的狼狽相，不禁嚇得哆嗦起來。他們認得白警尉，卻不是熟人，遂問道「白警尉這這這這是哪陣風把你大人給吹來了」，白警尉顧不上回話，手握短嘴匣子，比比畫畫，上氣不接下氣地說：「快快快快快，八路軍要殺了我，給我找身衣服，越舊越好，我得逃命啊。」

馬家兄弟們不敢不從，連忙把一套收拾菜園子穿的破衣爛衫找了出來。白警尉急忙換上。他把脫下的警服大蓋帽和短嘴匣子交給馬家兄弟，吩咐他們要把東西藏好，說少則兩個月，多則半年，世道還會改變，他要返轉回來，重操舊業。說完，又順手抓了灶坑裡烤得半熟的土豆子，揣在懷中，作了個揖，又磕磕絆絆地衝出門去，翻牆出院，消失在漫漫黑夜之中了。

馬家兄弟們膽戰心驚，想想這幾樣東西還得給他留著。他一回來要衣服要槍，咱沒地方整去。於是就偷偷摸摸地把白警尉的制服和匣子藏在罈子裡，扣了個碗，當夜在院牆根埋了。罈子裡裝不下大蓋帽，就鋪了草，做了母雞下蛋的窩。

白警尉所說的「少則兩個月，多則半年」大概連他自己也沒相信。兩個月過去了，半年過去了，一年過去了，兩年過去了，五年過去了，十年過去了……白警尉的「滿洲國」和「舊業」已經一去不復返了。

馬家床子的兄弟們倒偶爾會記起那個罈子。他們竊竊私語，說這可是一樁不得了的大事，是不是該報告給現政府？或者悄麼聲地把罈子給挖出來，把那警服點把火燒了，把那匣子扔進東鹼泡子？議論來議論去都覺得不妥。報告給現政府，豈不是引火燒身？挖出來扔掉，豈不更易被人發現？扔進東鹼泡子，若被人看到了，那豈不是跳進東鹼泡子裡也洗不清？

馬家床子的人歷經了一次次運動，他們覺得「多一事不如少一事」，還不如就讓那罈子慢慢爛掉，來個自生自滅罷。

二十二年過去，彈指一揮間。滄海桑田，物是人非，白警尉卻石沉大海，音信杳然，馬家兄弟們把這件事乾乾淨淨地忘在了九霄雲外。

如今罈子給挖了出來，馬家兄弟們手足無措，惴惴不安：「樹是咱家的樹，牆是咱家的牆，罈子是咱家埋的，槍是咱家藏的，這是犯法的事。怎麼辦？咱家又攤上事兒了。」一族人們亂作一團，眾說紛紜，莫衷一是：有要把事情一推了事的，有要劃清界線站穩立場的，有要三十六計走為上計的……

最膽小的馬四爺馬德祥主張的就是「走為上計」。他執意要跑，可還是被家人勸阻了說，眼下是戶口糧票和無產階級專政的天羅地網，你能往哪兒走往哪兒逃啊？你跑得了和尚跑不了廟，你的家人還不得遭了殃？你走了逃了還不得給抓回來罪加一等？於是就說不能跑啊，你是咋回事，就如實跟共產黨說吧。就這點事，諒共產黨也不會為難咱們。

馬家這一代人中唯一的女子，老姑奶奶馬莉乾脆就說對這事兒毫不知情，與她無關。風風雨雨土改那年，她才十六歲，便瞞著家人參加了共產黨。她騎了大馬，挎了匣槍，四處奔走，做動員，做報告，直到新政權成立後，家人才知道她的真實身份。她在文化大革命前就當上了黨校校長，幾年前文化大革命開始時被紅衛兵打了花臉，戴了高帽，掛了大牌子和大鐵爐圈遊街，名字上打了大紅「X」，一邊自己喊著：「我是資產階級臭小姐馬莉！打倒馬莉！」

馬莉被打倒了。城裡自上而下的大小走資派地富反壞右牛鬼蛇神們通通被打倒了。他們所走的「資本主義道路」，連他們自己都不知道是哪門子資本主義和哪門子道路，就糊裡糊塗地，不容分說地被徹底否定徹底批判徹底顛覆了。而造反派們的「造反有理」，連他們自己也搞不清造的是哪門子的反，有的是哪門子的理，就渾渾噩噩地，隨波逐流地跟著這偉大的時代「取得了一個又一個的偉大勝利」……

白警尉是找不到了。他活不見人，死不見屍，徹頭徹尾地在這天羅地網銅牆鐵壁的無產階級專政下人間蒸發了。有人說在北山裡曾見到個伐木的老頭，那神態那個頭像是他。有人說在綏芬河曾見到個賣笤帚的老太，那聲音那表情像是他。有人說在開往四平的火車上曾見到個退休的老幹部，那神態那個頭那聲音那表情特別是那背影，分明就是他無疑了。誰知待一聲「白警尉」三個字兒剛喊了三分之一，那背影便幽靈般魔術似地消失得無影無蹤。更有人說在朝鮮電影《看不見的戰線》裡曾見到一個男子百分之百千分之千萬分之萬就是他，卻遭到了人們的譏笑和辱罵，說這實在是扯王八犢子哪跟哪啊。

不久，黃羅鍋子又犯了事。這回他還是栽在了女人身上，只不過這次的女人是他的老婆。他老婆早就對他恨之入骨，深惡痛絕，罵他王八犢子，咒他不得好死。這婆娘揭發了他土改時貪汙了收上來的「浮財」，是一副金鎦子，兩枚金錁子，三對銀耳鉗，四雙象牙筷，五塊袁大頭，六個錫酒盅，還有一疊「滿洲國幣」老頭票。金鎦子被他賣了搞了破鞋，金錁子讓他換了酒喝，剩下的藏在罈子裡，外屋地菜窖裡埋了。

這事捅到了公安局，警察和造反派就到他的菜窖裡搜。果真，罈子挖了出來。黃羅鍋子無以抵賴，大罵了他的老婆，說你這個挨千刀的娘們兒喪門神掃帚星，我去年還給過你四塊錢呐。

當年的貧農會主席區長閻國吉聽了，立刻罵了聲「操你媽的黃羅鍋子！那年勝利果實浮財丟了一大塊，差點算在我頭上。怪不得你吃香的喝辣的還搞著破鞋，比地主資本家警察黃狗子還會享受，中央首長還不如你呐。那罈子裡的東西本該有我一份，沒曾想讓你給獨吞了。」最後一句話他並沒說出口，就嚥到肚子裡了。閻國吉本是個遊手好閒的流民痞棍無賴。那年，他自己也偷偷地埋了個罈子。

黃羅鍋子這回出事正好趕上了新一輪「嚴打」。他被送進了新生監獄勞改隊改造，蹲了五年笆籬子。出來後，他不再貓貓著腰而是佝僂著身子，無論如何也揚脖不起來，成了真正的「黃羅鍋子」了。

他的老婆早在他進勞改隊的第二年冬天就死了，是煤煙子中毒。聽到這個消息時他正在勞改隊裡放風曬太陽。他佝僂著身子，蹲在院牆根，怔了一下，甚麼也沒說，像鳥叫一樣地打了個嘹亮的嗝，又「不唧」一聲，從牙縫中滋出了一口唾沫，準確地滋在牆角一隻蓋蓋蟲身上。

五年後他刑滿釋放，是自己揹了個包回家的。他的兒子黃海然原本是個臨時工，靠造反起家，最後也當上了革委會主任。他早就和他老子劃清了界線，不再理他。至此，小官兒黃羅鍋子黃芳榮算是徹底地栽了。

知道一些馬家底細的還有個人叫李紹清，曾經是馬家床子的夥計，也算是個無產階級。李紹清雖是個夥計，卻比二掌櫃的年紀還大，知道的事也多。兩年前文化大革命開始時，他是造反派，和黃羅鍋子是一夥的，還參與了搞馬家床子家族的外調。

有一次，李紹清在手工聯社的李鳳金家打麻將。李鳳金的家住在小十街的一個茅廁旁。那天，李紹清剛喝了點酒，情緒不錯，便一面「嘩啦嘩啦」地推著麻將牌，一面和旁邊的馬龍生說著話。馬龍生是馬家床子馬四爺馬德祥的四公子。

麻將打了幾個回合，李紹清吐出一個煙圈，突然冒出了一句話：「你們家不姓馬。」馬龍生聽了一震，卻不敢吱聲，就瞅著李紹清。李紹清瞇著眼睛，像是在看那剛吐出來的煙圈。「你家不是漢人啊。」他又神秘地眨一下眼睛說。

他沒頭沒腦地說了這麼一嘴，弄得馬龍生一頭霧水。

李紹清是造反派，官家人，馬家是專政對象，馬龍生便仍然不敢追問。

李紹清叼著煙，一邊推牌，一邊瞥了一眼窗外：「你家祖宗過去在朝廷吃俸祿，是旗人，有點來頭啊。」

他還對馬龍生說：「你們家過去給朝廷幹事，本是從八旗中跑出去的一股。就說你爺爺馬世恩吧，他這一生幹了甚麼吶？這七十二行他啥也不會做呀，你能說這不蹊蹺嗎？能說這不是一個謎嗎？可同時吶，他脾氣還挺大，像個公子哥啊。你看他老了時撿破爛，連這都做不好。他連個夾子也不拿不住，夾著夾著就掉了。那個吶吶，就是你那奶奶倒不錯，別看她跟人不怎麼說話，心眼其實挺好使，還給過我一個糖球子吶。」

馬龍生聽著這話，一邊暗暗稱奇，一邊又想起確實聽說過此事。老太爺子曾是晚清朝廷命官武舉人稱「千總」。他的獨子，祖父馬世恩一輩子除生養了六子一女為馬家傳宗接代，續上了香火，就沒做過任何其他事情。他沒有收入，是靠甚麼養活了夫人馬安氏和這六子一女吶？說到了朝廷的俸祿和養廉銀，難道馬世恩這一生花的都是老太爺的家底？轉念又一尋思，心說這都是哪輩子的事兒了，你們還拿出來琢磨？組織上對馬家真是深挖細究，窮追不捨啊。

聽李紹清說了這麼一嘴，馬龍生就更不敢問了，他怕涉及的事兒太多而惹麻煩。麻將打了個通宵達旦，馬家的事，李紹清就隻字不提，再也沒了下文。

隨後，馬龍生把這事跟堂兄馬龍異說了。馬龍異神神秘秘地拿出來一張泛黃了的相片給他看。相片上端坐在太師椅上的就是他們的太爺馬成順。他留著短鬚，身著清廷武官朝服，雙手拄著一把大刀，神情威嚴而莊重，像是用一塊石頭雕刻出來的一般。

馬龍異當場背誦了家譜，是馬家後代子孫取名排輩之依據。這些年來運動不斷，家譜也在「四舊」和被「大破」之列，原本做工精細的祖宗龕也被馬龍異砸了燒了。這家譜短短的二十個字，代表了馬家整整二十代人，他已經牢記在心了。

家譜是祖父馬世恩親口傳授給他的，像一首詩，很好聽：

始義秉成世
德龍治水勤
東方出紅日
萬物氣象新

果然第一句中的「成」就是老太爺馬成順的成，「世」就是祖父馬世恩的世，「德」就是父輩馬德祥馬德安的德，「龍」就是他們自己馬龍生馬龍異的龍，這不禁令人嘖嘖稱奇。

馬龍生問：「可是，下一代的治字輩咋就成了文字輩？」

馬龍異答：「那是誤傳了。」

馬龍生問：「那就只好修寫家譜了？」

馬龍異答：「可不是嗎。我父親和龍漢兄也正有此意。」

馬龍生又問：「那馬家本不姓馬又是咋會事？」

眼下的可能就是，馬家或許本不姓馬？或許原本姓滿人的十大姓氏之一「馬佳氏」？或許真如傳說中所言，「馬」氏本為八旗子弟，曾受俸祿於朝廷？但這已經是「八百輩子以前的事」了，又與眼下這文化大革命和「打倒中國的赫魯雪夫」劉少奇有何種關聯吶？

馬龍異從小在祖父馬世恩身邊長大，知道的老事比別人多。他尋思了一陣說：「是有誰這麼說過，說馬家本是滿人。辛亥革命清帝退位後，滿人不再吃香。為了生存，八旗子弟埋名隱姓，藏匿滿族身份避禍。馬家是滿族及馬家本不姓馬皆有可能。不過這事太過久遠，已經無從考據了。」

馬龍生不無感慨地說：「歷史這玩意兒，大概往往是靠不住的啦。」

馬龍異說：「可不是嗎。不準確無法考據的成分實在太多了。」

馬龍生嘆道：「唉，我們在這裡說的這些，諒下一代和下下一代就不會有人感興趣了。」

馬龍異也很是感慨：「你能想像這家譜能延續承傳下去嗎？」

馬龍生說：「難說啦。就像白警尉那個罈子，埋在地下，沒人理睬，慢慢也就爛了。」

馬龍異附和著說：「慢慢也就沒了。」

他們的討論並沒有實際的結果。

馬四爺窮困潦倒了大半生，在臨死時還惦記著公私合營時留下的「那點玩意兒」。他把兒子馬龍生喊了去，說：「龍生啊，我告訴你，我還有點東西吶……」沒等他把話說完，那頭馬四奶在外屋地就「嗷」地一下喊了起來，說：「啊？你有金銀財寶？藏起來了，鬧了歸其你是瞞著我呀。你倒是說說，你還有個啥？」

馬四爺娶過兩房太太。解放後的這些年來，以他四十六元五的微薄工資，養活了一家兩窩計十餘口人，還供了大兒子，一個唸土木工程的大學生馬龍義。臨了，一貧如洗的他還能有甚麼？馬龍生記得曾看見過幾個銅蠟臺，幾把日本的刮舌刀，是銀的。再就是幾個門把手，是外國貨。這些東西原本是櫃上賣的商品，算不得甚麼金銀財寶，也值不上幾個錢。馬龍生那時小，就用那銅蠟臺去打醬桿玩兒。後來就沒了，是給他父親馬四爺收起來了。所謂的金銀財寶，莫非就是這些？

這時的馬四爺已經到了肝癌晚期。他骨瘦如柴，形容枯槁。他那大而尖的鷹鈎鼻子在凹陷的兩腮中伸挺出來，留著一條明顯的劃痕，像是鼻尖曾經掉過，又被縫上去了一般。沒等馬龍生問到下句，馬四爺就嘆了口氣，氣若游絲蚊蠅般的聲音說出了最後幾句話：「唉，行了，還是沒有的好啊。有就是矛盾，有就是打架啊。成天打，成天幹。唉，我甚麼也帶不去，落了個一身輕，無牽無掛了。」說完就嚥了氣，走完了他六十七年坎坷的一生。

那麼，金銀財寶到底藏在了哪兒？還有，楊連弟臨死前說的那個「摺子」，又藏在了哪兒吶？馬四爺後事一完，家人就開始尋寶。無奈還是應了那句老話，就是「一個人藏的東西，一百個人也找不到」。果然，他們把炕坯揭了，爐子拆了，洋灰地刨了，院子裡每一尺每一寸都深挖了，除了挖出個破罈子和幾片碗碴子，別的甚麼也沒有，金銀財寶和那個摺子更是影兒無蹤。

幾年後，馬四爺的家就動遷了，搬家了。這破爛不堪的地窩子「地府」被夷為了平地，被開闢為街道，四周又蓋起了樓房……

馬家菜園子挖出的罈子和那團亂糟糟的警服鏽斑斑的匣子槍沒有人再感興趣沒有人再愿提起了。馬四爺臨終時掛記著的「金銀財寶」和那「東西」，像那個逝去了的時代，在這個變異中的世界裡，永遠地被歷史遺忘被歷史埋葬了。

第九章

金色的芒果 Chairman Mao's Mango

公元一九六八年

工人代表王常青捧著那裝了芒果的玻璃盒子，乘了167次直快從北京返回到城裡的時候，火車站周圍已經人山人海，等待了大批歡迎的群眾。在出站口，城「革命委員會」舉行了歡迎儀式。拉起的紅色橫幅上寫著：「歡迎赴京參加國慶觀禮的工人代表團歸來！」、「特大喜訊：毛主席向首都工農毛澤東思想宣傳隊贈送芒果！」、「朵朵葵花向太陽，顆顆芒果恩情深。」、「敬祝毛主席萬壽無疆！」

王常青從車廂上走下來，人們立即擁上前去，如同見到了毛主席，爭著搶著要和他握手，因為據說他剛剛和毛主席握過手。但是，王常青只象徵性地伸出左手，而不肯把右手讓別人握到。他的右手戴了白色的手套，他要保護他那被毛主席握過的手。

而那神秘的，天方夜譚般的芒果盒子，卻被一塊紅布嚴嚴實實地蓋住，像照相館攝影機「皮老虎」上蒙的遮光布一樣。

但是，這是毛主席送的芒果，是莊嚴神聖不可觸碰的。人們等待著那紅布下不可思議的芒果公布於世的一刻……

人們跟著王常青，擁著他，護著他，敲鑼打鼓，熱烈歡呼，縱情歌唱，如醉如癡，欣喜若狂，一遍又一遍地「衷心祝願最敬愛的偉大領袖毛主席萬壽無疆」。這遊行的隊伍擎著紅旗，浩浩蕩蕩地向這城的街頭走去。

全城的男女老少都出動了……

蘇小國和馬大文也擠在人群中。他們本該是中學生，一年前「復課鬧革命」了一陣子，學了一篇《愚公移山》，一句俄語「毛主席萬歲」和十七頁數學課本，他們的學校就又關閉了。

「看到了嗎？」蘇小國對馬大文說，指向遊行隊伍中那個萬人矚目著的漢子王常青。王常青出身僱農，苦大仇深，根紅苗正，本是農機修造廠「大農機」的普通工人，現在是著名的工人階級造反派領袖。

「看到了，不太清楚呀。」馬大文說。他的眼睛有些近視，還沒有配眼鏡，就只能模模糊糊看到這芒果的大概，至於是方是圓，是紅是綠，便無法說清。

「看看，那玻璃盒子裡裝的就是芒果。」蘇小國又指給馬大文看，一面推著他向王常青的方向擠去。

王常青中等個頭，穿了軍衣戴了軍帽，卻沒有領章帽徽。他不胖不瘦，有點鬍子拉雜，雙肩披了紅色緞帶，在胸前打了個「X」，正中掛了朵紅色紙花。他一本正經煞有介事地捧了那玻璃盒子，微笑著。那盒子上的紅布已經揭掉，透過晶亮剔透的玻璃罩子，見到裡面深紅色絲絨座盤上，莊嚴地放著一個黃澄澄的東西，像鵝蛋，卻比鵝蛋大得多。

「恐龍蛋，是恐龍蛋！」一個男孩喊了起來。這男孩顯然聽過有「恐龍蛋」這一回事。

「一邊去。甚麼他媽恐龍蛋，這是毛主席送的芒果。」周圍的糾察隊喝斥著。

那男孩不講話了。他和圍觀的人都目不轉睛地盯著那盒子中的芒果，那眾目睽睽下的芒果，好像在放射著奇異而神聖的光芒一般。

這不可思議的芒果是外國友人贈送給毛主席的珍貴禮物，經毛主席轉送，如今由他王常青帶回到這座偏遠的北方的城。受了毛主席的親切接見，領了毛主席的珍貴芒果，就等於領了毛主席的批示「照辦」了。

「毛主席送的。」蘇小國說。

這幾日廣播裡天天在報導這一消息，馬大文自然知道。不過「芒果」到底是甚麼果，他們兩人誰也沒有概念。

「芒果是甚麼果？」馬大文問。

「我也不知道。我沒吃過，也是頭一回見過。芒果能發出光芒，所以叫芒果吧？」蘇小國也說不清。看得出，他嚥了下口水。

「毛主席萬歲！敬祝毛主席萬壽無疆！」如醉如癡人群中又響起了熱烈的口號聲。緊接著，震天動地的鑼鼓聲鞭炮聲又響了起來，整條「紅衛路」上充滿了喜慶和歡樂之氣，蘇小國和馬大文的對話被淹沒在這喧鬧聲中。

王常青幸福而木訥地咧著嘴，仍然在微笑著。他完全忘記了自己原本的身份，有如在騰雲駕霧，步履都有些踉蹌和蹣跚了。他不時地抽一下鼻涕，再把一口痰吐在地上。

人群中有人在議論著甚麼，卻被吵雜聲淹沒了。

「你說那芒果是真的嗎？」喧鬧聲漸弱後，馬大文問蘇小國。

「那還有假？肯定是真的。」蘇小國說，一面探了頭仔細查看。「看那上面黃裡透了點綠，好像還沾了些粉塵。」遂又發現，「那玻璃罩上還印了字兒，敬祝毛主席萬壽無疆！」

「可那芒果是八月份送的，現在都十月了，怎麼這麼長時間都不壞？」馬大文問。

「科學方法處理過了。」蘇小國聽說過蘇聯的列寧，他的屍體就被處理過，擺在水晶棺裡供人參觀。

「那盒子是水晶做的吧？」

「應該是啊。」

「那芒果比鵝蛋還大。」

「比香瓜小。」

「毛主席肯定拿過了。」

「那是當然。」

「聽說王常青還和毛主席握過手吶。」

「肯定是。這就是為啥他一直不洗手。」

王常青的右手戴了手套，大概是不打算洗手了。他深知他那「被毛主席握過的手」的重要性。毛主席說：「工人階級必須領導一切。」他相信他的確是不可思議、不可多得、不可忽視、不可怠慢、是要「領導一切」的工人階級，甚至是這個「領導階級」的「領導」。

人們繼續擁擠著，有幾次差點要擠倒了王常青，擠翻了那玻璃盒子，卻被周圍的糾察隊保護了。王常青的臉上依然保持著微笑。

這令馬大文想起了在畫冊上看到的《庫爾斯克省的禱告行列》，是列賓的油畫。馬大文這時已經在學畫油畫了。

列賓的油畫中，那浩浩蕩蕩的宗教禱告行列，匯集了俄國社會各個階層和各種身份的人物群像，畫中的人物衣著打扮不同，行為姿態各異，是俄國社會的縮影。這幅畫宏偉壯觀的場面和鮮明強烈的色彩，給觀眾以巨大的視覺衝擊，就像眼前這史無前例的文化大革命和「喜迎芒果」大遊行一樣。

「芒果是甚麼味兒吶？」馬大文問。

「跟波羅蜜差不多。」蘇小國答道，這當然是他憑空想出來的。

「波羅蜜是甚麼味兒吶？」馬大文繼續問。

「波羅蜜跟香蕉差不多。」蘇小國答。

「香蕉是甚麼味兒吶？」馬大文刨根問底，他連香蕉也沒吃過。

「香蕉跟香瓜差不多。」蘇小國和馬大文只吃過香瓜。香瓜卻算不得是稀罕物，不久前城裡還到處見得到瓜車。不過這樣的聯想還是令人嚥了一次口水。王常青捧著的芒果肯定超過香瓜香蕉和波羅蜜。

這不禁令他們無限地嚮往。這不可思議的芒果誰能吃得到吶？革命委員會主任？工農兵代表？紅衛兵造反派？忽然間他們有些自慚形穢起來。他們都是黑五類的後代，這芒果他們是斷斷吃不到了。

遊行隊伍仍然在行進著。

人們都想品嘗到這芒果，就像《西遊記》中的妖魔鬼怪們想念著吃「唐僧肉」一樣：即便是吃上一口，甚至是聞上一聞，也不枉來到這人世間一場呀。

於是，在討論這芒果的歸宿問題時便引發了一個記憶：相傳在某年某地某走紅名伶到某村巡演，在某莊戶人家用飯，留下了半碗剩飯，全家人都捨不得吃，遂決定把剩飯倒進水缸，以慢慢品嘗名伶的「牙慧」。適逢甲長進門，看後大發感慨：「趕緊倒進村口之水井，讓全村人都嘗上一嘗。」這傳說是真是假無從考據，就像「梅老三」的「古扇」也無從考據一般。

幾年前，城南遊手好閒的「梅老三」手中常拿了一把紙扇，稱之為「先祖留下來的傳世之寶」和

「宮裡傳出來的鎮宅極品」，卻有人說那是他「泡在茶水裡一晝一夜又一個時辰」做出來的贗品「打冒支」而已。

此刻，梅老三和他的相好「小老人兒」也擠在人群之中。他那「古扇」幾年前就被紅衛兵「破四舊」時給撕了個粉碎。不過他毫不氣餒。待那夥人剛剛離開，他就啐了口痰，不屑地說：「噢！甚麼他媽四舊？假的還看不出來？呸！我操你媽！」這時，只有小老人兒心疼這「古扇」。小老人兒是撿破爛兒的，這婆娘以為，世界上除了「糧票」最值錢，其次的就是這把「古扇」了。

梅老三消息靈通，一大早就知道了有關芒果的喜訊，並在掌鞋的小張瘸子和老李瘸子那裡傳播了出去：

「噢，芒果芒果，光芒之果，果中之芒，芒中之果，果中之果。這芒果遠觀光芒四射，近看四射光芒。它的滋味嗎，乃放之於五洲四海頂好頂妙頂呱呱，咬上一口，要啥滋味就有啥滋味，此乃一；若說到它的好處，則正如《西遊記》中之人參果，吃後耳聰目明，身輕體健。因為毛主席和非洲朋友那樣好，他們一定是天天送來此果。你看他老人家是萬歲萬歲萬萬歲，如此長壽，那一定是吃芒果的緣故，此乃二；還有，這芒果一定是七彩之色，紅得耀眼，綠得發光，鮮艷無比，乃宇宙間最美之果。至於它的形狀，到底是長是方是圓，就只能發揮我們的意念想像，就是說你要方它就方，你要圓它就圓，乃如意變幻之果也，此乃三。」

梅老三因早年得了囈怔後忽然間悟了道成了仙而獲了外號叫「梅大仙」。這時的天氣剛剛轉涼，他已經迫不及待地穿起了他的黃軍大衣。這大衣裡外都佈滿了油漬，是從他大哥梅老大那裡繼承過來的。梅老大在糧庫當領導，這油漬就是當領導吃飯局留下的印記。人靠衣裝馬靠鞍，狗配鈴鐺跑的歡，如今梅老三穿了這軍大衣，使他的身份一下子從「大仙」提升到了「大官」，也就是「革命幹部」了。

此刻，梅老三盯著那芒果，想起來他從前假造的那「古扇」，就越發覺得這芒果也有些蹊蹺，有些離奇，有些像贗品，有些像「打冒支」，與他大清早的「預言」大相逕庭，再仔細觀察，發現了其中的端倪，便說：「噢，那芒果是假的噢！」

人們聽到了梅老三的「預言」，起初並不信以為真。隨之，他們細細打量那芒果，也開始發現甚麼地方不大對勁，就不顧糾察隊的阻攔，奮力擠到了王常青的跟前，湊近那玻璃盒子定睛查看，越看越覺得梅老三的預言不無道理，他們終於看到了一絲破綻：那芒果的中間好像有一道壓痕。

眾人便再次議論，最後認定王常青玻璃盒子裡的芒果是仿製品，說那就是洋蠟或化學做的。

蘇小國和馬大文也覺得「群眾的眼睛是雪亮的」。

於是，人們便釋然了，便輕鬆了，他們學了梅老三的口氣，說：「噢，假的也好。要不然，這一個芒果怎麼能分得過來呀？」、「毛主席送芒果，是他老人家對工人階級的最大關懷、最大信任、最大支持和最大鼓舞」，「又不是專管長生不老的人參果和唐僧肉，不吃也罷」。

話雖這麼說，它的真正味道到底是像波羅蜜，還是像香蕉，像香瓜，抑或像人參果甚至唐僧肉，這不可思議的芒果還是給人們留下了一個不可思議的懸浮之念和地老天荒的不解之謎。這是梅老三、蘇小國、馬大文和全城人們的一個遺憾。

遊行的隊伍從「丁」字路口向左拐過去，在正陽街，現在的「東風路」上向北行進。

梅老三因為發現了這假芒果的秘密而非常得意：「噢，初之人，善本性。近相習，遠相性。」他又像慣常那樣，把《三字經》的頭四句倒背了一遍，又加了一句，「噢，是假的。」

他看了眼腕上的手錶，那錶卻沒有指針。這一細節被旁邊一個文人模樣的漢子注意到了，便大聲地向他調侃道：「梅老三，幾點了？」梅老三向空中晃動了一下那錶，不屑地說：「噢！你說幾點就幾點，趕趟兒！」又立刻加了一句：「操你媽。老了的錶世界通用……」餘下的對話就被四圍的鑼鼓聲呼喊聲淹沒了。

小老人兒個子不高。她撿了一疊紅紅綠綠的傳單。印傳單的紙張很好，厚的薄的都有，都是手工刻鋼板油印的。她把這些傳單緊緊地抱住，一面仍然想著「糧票」，這世界上至高無上的東西。她接了梅老三的「三字經」，哭也似地大喊著：「沒有糧票！沒有糧票！」

那架在電線桿子上的高音喇叭正以驚人的音量播放著《敬祝毛主席萬壽無疆》：

敬愛的毛主席
我們心中的紅太陽
敬愛的毛主席
我們心中的紅太陽
我們有多少貼心的話兒要對您講
我們有多少熱情的歌兒要給您唱
哎……
千萬顆紅心在激烈地跳動
千萬張笑臉迎著紅太陽
我們衷心祝福您老人家
萬壽無疆
萬壽無疆

萬壽無疆

這聲音蓋過了人們的議論聲，蓋過了人們的呼喊聲，蓋過了鑼鼓鞭炮喇叭聲，蓋過了梅老三小老人兒的呼喊聲，似乎把天地間的日精月華地秀天真都統統地覆蓋了過去。

……

終於安靜了下來。革委會決定，時間已晚，芒果暫留在王常青的家裡存放。

入夜，王常青八歲的兒子大狗子爬了出來，躡手躡腳地來到存放芒果的倉房，用一根自行車輻條，捅開了那鐵鎖，搬出了玻璃盒子。他推亮了手電筒，仔細端詳起那神秘的芒果。那盒子是有機玻璃做的，盒子裡，芒果底部墊了一塊深紅色的金絲絨，有機玻璃的四周用透明膠帶封得嚴絲合縫。

在手電筒光的照耀下，那顆碩大的芒果閃著金黃色的誘人光芒。大狗子把鼻子湊到盒子邊上深深吸了口氣，似乎聞到了那芒果的奇異芳香，便想起前幾天聞到大李和的「燻炮肉」味道，心裡實在想把那芒果咬上一口。

他把那玻璃盒子翻轉了兩個來回，看到芒果被封得如此結實，不禁有些害怕，不敢輕易動手。之後，他又將盒子輕輕地倒了一個面，看看底部是不是可以把芒果拿出來，可是盒子還是那麼結實，沒有絲毫的可趁之機。那芒果也是奇怪，盒子倒了一個面，它還是在老位置，竟然紋絲不動。這愈發牽動了他的慾念。他找到了一把鉛筆刀片，費了九牛二虎之力，終於翹開了玻璃盒子，顫抖著手，摸到了那芒果。他急吼吼地把芒果從底座上掰了下來，連揩拭一下都顧不得，就「鏗嗤」一聲，迫不及待地咬了一口，咀嚼起來。他皺了皺眉，覺得那味道並不如意，就又咀嚼了幾下，味道還是不對：既不像香瓜，又不像胡蘿貝，卻像洋蠟的味道……他覺得非洲朋友送給毛主席的芒果並不好吃。他開始作嘔，終於把口中的東西吐了出來。

黑暗中，他瞥見了桌子上的毛主席塑像，通身塗了螢光粉，在黑暗中發出了神秘的綠光，不禁害怕起來。他突然意識到自己闖下了彌天大禍，就像孫悟空偷吃了王母娘娘的仙桃，偷嘗了太上老君的仙丹，又大鬧了玉皇大帝的凌霄寶殿一樣。他不知該如何面對這殘局，遂開始抽泣起來。

沮喪之際，二狗子突然看到牆角筐子裡放著的香瓜，便心生一計，找出一個差不多同樣大小，也是通身金黃色的「蜜罐兒」，擺在那玻璃盒子的底座上。說來也奇了，那底座上還留著原有的不乾膠，把這蜜罐兒結結實實安安穩穩地粘住了。

他長出了口氣，把芒果盒子用那紅布包裹了放回原處，再把那被他咬了一口的芒果丟在牆角，踩碎了，蓋上了雜物，又順手拿了一塊王常青從北京帶回來的「槽子糕」，忙不迭地塞進嘴裡。他好像這回才吃出了點「芒果的味道」，就忍不住又吃了一塊。

他溜出了倉房，一眼瞥見隔壁王木匠家那口巨大的棺材，上面蓋著的一塊破草蓆被風吹得「呼搧呼搧」地響，隱約中看得到齊大畫匠在棺材頭上畫的蝙蝠花鹿鷺鷥綿羊錦雞麒麟，竟一下子像妖魔鬼怪牛頭馬面一樣恐怖猙獰，那棺材的蓋開著，裡面一定藏匿了神秘的黑暗和寒冷，他嚇得哭了起來。王木匠打造的這口棺材是封建階級的「四舊」，險些被王常青揭發告密，而被紅衛兵砸得稀巴爛，卻還是因王木匠免費給他打了一對箱子，而得到了通融。

這時王常青的老婆起來撒尿，大狗子急忙「嗖」地一下溜回了炕上，鑽進了被窩。

第二天，在鑼鼓鞭炮和口號聲中，這個神奇的「芒果」被隆重地送去鄉下巡展。工人代表王常青站在黃河牌卡車上，仍然穿了軍衣戴了軍帽，雙肩披了紅色緞帶，胸前掛了紅色紙花。他還是一本正經煞有介事地捧了那玻璃盒子，微笑著，有些木訥。

蘇小國和馬大文沒有擠在人群中。蘇小國躲在了家裡，讀著一本缺頭缺尾的蘇聯小說《一顆銅鈕扣》。馬大文在家裡臨摹著新近發表的油畫《毛主席去安源》。

梅老三仍然擠在人群中，他手裡拿了把紙扇，不時地開合著，發出「嘩啦嘩啦」的聲響。那紙扇上的題字是「無限風光在險峰」。他猛然間發覺那芒果與昨日的有所不同，再仔細端詳，不覺大叫一聲：「噢！光芒之果，瞬息萬變，果真是貨真價實的毛主席的芒果！」

他的相好小老人兒也跟在後面，手裡沒有撿到幾張傳單，她有些沮喪。當人群在呼喊口號的時候，她就烏哩烏塗地喊著：

「沒有糧票……」

看熱鬧的人群比昨天稀少了，遊行仍然在繼續著。

第十章 晚風像火燒雲一樣掠過 As the Evening Breeze Passes By

公元一九七〇年至二〇一五年

1

閻二力子的末日到了，他已經在劫難逃。閻二力子得去閻王爺那兒報到，說一聲：「閻王老兒，我閻二力子來了！」

閻二力子站在卡車上，儘管被五花大綁著，卻還是昂首挺胸，面無懼色。他的光頭泛著綠，透著紫，後腦勺子上長了塊青痣。他一臉橫肉，一道疤痕這時看起來有點不可思議：這疤痕彎曲著，像是一隻煮熟的大蝦米，像是一個掛豬肉的大鐵鉤，更像是佈告上用紅筆畫的一個大大的對號。

今天，城裡貼出的佈告上，「閻二力」三個字的下面，被畫了一條紅色的粗線，旁邊就畫了這麼的一個對號。這對號表示「判處死刑，立即執行」。

佈告前圍滿了人，閻二力子的老子閻國吉使勁地擠了進去。人們就罵：「擠雞巴啥？這上頭有你爹不成？」閻國吉當胸推了那人一把說：「差不離吧。這上頭有你爹，我就是你爹的爹！」那人見來者不善，就不再言語。旁邊有人認出了他，讓了。

閻國吉看這佈告。他識字不多，大致上認出了「閻二力，男，漢族，現年三十二歲」這幾個字。旁邊有人討好地說，你看「閻二力」三個字兒下面的紅線，畫得就比別人的直，比別人的粗，那個對號也畫得比別人的大，比別人的更像個掛肉的鐵鉤！閻國吉也覺得是這麼回事，心中不禁泛起一陣得意。他覺得挽回了些面子，嘴上就說：「嗯，這還差不離。」

卡車緩緩地行進著。每逢城裡槍斃人，總要先押在卡車上遊街示眾。這時，全城的人就傾巢出動，誰都不想錯過這熱鬧非凡的盛舉。

百貨公司的大門口站滿了人，批發站的大半職工都站立在那裡了。

看門的「驛站長」胡老頭拄著雙拐，圓臉漲得通紅。他口吃，本慾發表一點意見，卻興奮得愈發口吃，竟說不出話來。

商品維修員「抖音」老楊抱了膀子，瞪了眼睛，挺了鷹鉤鼻子，一邊唱著《國際歌》：「不要說我們一無所有……」

大百貨倉庫保管員共產黨員老盧吐了口痰，罵了句閻二力子：「雞巴二力子才是黨性不強搞自由主義吶！」

老盧旁邊的是「二等俄文翻譯」柳慶恆。慶恆本是包裝回收處的「散仙」，這時得到董書記的重用，不時地給他寫材料。不過他有點人來瘋，專找人多的地方寫，說寫材料得有人氣。他愛挑人毛病，氣不公，憤不平，誰都不在他的眼裡，天都裝不下他，狂得很。這會兒，他抱了本原稿紙，一邊看遊街，一邊寫材料，寫的是董書記的發言稿《「一打三反」立新功》。他眼見卡車上的閻二力子，頓覺有了靈感，便文思如泉湧。

包裝回收處的回收員「老套子」抽了口「蛤蟆頭」，覺得味兒有點不對，像是「大氣卵子」捲的是馬糞煙。轉頭一看，「大氣卵子」正朝著他看，偷偷地笑著吶。臨街的一扇窗戶大敞實開著，一張渾圓的胖臉探出來向外張望，眼睛瞇成了兩條細線，是百貨公司的一把手董書記，正在寫詩。

卡車繞過人民藥店前的大柳樹，在正陽街向南緩緩駛去。

一對雙胞胎「雙不朗子」大雙和二雙也擠在人群中，她們手裡拿著紙剪的一雙蝴蝶，這時已經擠得四分五裂了。

剃頭棚的理髮師張儒義、張凱、一撮毛、大老孫、二老孫、三柱子、小酒壺、上官子雄，他們都出來了。

澡堂子人民浴池打雜的小王發咧著嘴，嘻嘻地笑著，他肩揹著的柳條花筐子已經被擠得破爛不堪了。

算命的梅老三臉上流著大汗珠子，他本要用手中的紙扇煽一煽這厭人的暑氣，卻發現紙扇已經被擠得七零八碎了。

梅老三的相好小老人兒灰土著臉，被小王發掐了屁股，便嗚嗚地叫著：「沒有糧票啊！」

賣燻炮肉的大李和沒有湊近前去，他怕手裡提著的玻璃匣子被擠碎。他一邊遠遠地看著，一邊低聲地喊著：「燻——炮肉！」

……

二力子的後背插了招子，脖子上掛了大紙牌，上面寫著「黑勢力流氓犯閻二力」，打上了個大紅「X」。不過，不像那些被槍斃的現行反革命犯，二力子的脖子沒有被勒上細繩。他連強心劑都謝絕了。剛才吃完了「上路飯」，人民醫院的宋大夫給每個死刑犯打了針強心劑，也不消毒，拿過來，隔著袖子就往胳膊上扎。二力子說：「我不扎那雞巴玩意兒！我這心臟強著吶！」

二力子看著跟隨卡車送他最後一程的民眾，不時地咧開嘴，朝他們笑笑。

兩個月前，他的老子閻國吉曾籌了三千元錢，帶到省裡去找人疏通，求那人把二力子的死刑改成無期，再從無期改成十年，說最好改個監外執行，給放了。省裡人收了錢，對他說，錢我先保管著。你捎個信告訴二力子，槍子兒飛過來的時候，要低下頭，不擡腦袋，腦漿就不會迸裂了。

閻國吉花了三千元錢，只換了這麼句技術指導，遂氣得大罵省裡人「王八犢子我操你媽我日你八輩祖宗」。

二力子並沒有低下頭，他不怎麼在乎他的腦漿，更不怎麼在乎省裡人的技術指導。

當他被推到了大泥坑的旁邊，就知道時候到了，腦漿裡便滾動出一句詩文：「砍頭不要緊，只要主義真。殺了閻二力，自有後來人。」他昂著首，挺著胸，回頭看了一眼興奮緊張好奇的民眾，清了清喉嚨，慷慨激昂地說出了一段豪言壯語：

「父老鄉親們，您們不要悲傷！我閻二力子是個頂天立地的漢子，不是個貪生怕死的孬種！我今天先走一步，二十年後，咱又雞巴是條好漢！」

說這話時，他甚至被自己的凜然正氣所感動，臉上的傷疤扭曲著，變成了一個句號。他的鼻子稍微抽了一下，突地爆發出一連串笑聲。這笑聲有點怪異，像笑又不是笑，像哭又不是哭，抑或可以說，他笑得像哭一樣，哭得像笑一樣。

二力子聽到了身後稀里嘩啦的拉槍栓聲。他還想再說點甚麼，卻隨著「嗖」地一聲響，一顆子彈飛了過來，他的腦殼就隨之崩裂，腦漿就隨之迸出。他搖晃了一下，「啪」地一聲，臉朝著地，倒下死了。

閻二力子的老子閻國吉眼睜睜地看著他的三千元疏通費和五分錢子彈費，就這樣地被二力子糟蹋了，打了水漂。他罵了句「王八犢子我操你媽我日你八輩祖宗」，他把罵省裡人的話送給了二力子。這句話被周圍的人們聽到了，就竊竊議論了起來。人們說他的這句話大抵是說對了：「王八犢子」是因為他的老子就是「王八」，王八老子的兒子自然就是王八犢子。「我操你媽」是指他和他老婆幹那事生下了二力子，這是事實。「八輩祖宗」則稍微有點過份，因為閻國吉的祖上還真出過一位有點資產，口碑不錯的鄉紳，只是到了他老子的時候，才吃喝嫖賭敗了家業，早早地死了。不過，說起閻二力子，有人說這小子罪有應得，有人說判得有點過了，也有人發出了一聲哀嘆，說咳！年輕輕的，可惜了啦。

2

這時，在城北，小東門偏北電燈工廠附近的一個院子裡，也發出了這樣的一聲哀嘆。哀嘆是從老謝頭的喉嚨裡發出來的。老謝頭正蹲在院子裡，吧嗒吧嗒地抽著煙，那煙荷包掛在煙袋桿上，正輕輕地搖晃著吶。

閻二力子是老謝頭的徒兒，不過那已經是十多年前的事，現在不是了。現在，他不認他有過這麼個徒兒：「俺！這小子不聽話，給俺丟了臉了！咳！」他有點激動，舉起手中握著的小南泥茶壺，對著嘴喝了一口茶，就朝牆角的大鹹菜罈子丟過去，「咔嚓」一聲，茶壺摔得粉碎。他啐了口痰，又說了句：「俺！」

他說的興許是「嗯」而不是「俺」，但在別人聽起來大概就是「俺」了，因為他是山東人。

老謝頭是習武出身，要論武功，城裡城外方圓數十里非他莫屬。他練的雖說不是刀槍不入和飛簷走壁，卻是地道的硬功，是真功夫。

這城裡城外真正練武的基本上是兩個地方的人，一是山東人，二是河北人。老謝頭是山東人。另外還有兩個老聾頭，一瘦一胖，不過瘦的不是很瘦，胖的也不是很胖。

瘦老聾頭是河北人，在鏢局當過鏢師，走過鏢。鏢局又稱鏢行，是受人錢財，憑藉武功，專門保送一般私家財物承接，也運送地方官上繳的餉銀。除了武功，瘦老聾頭還懂得江湖上的唇典，也就是行話，以同劫鏢的綠林人物交涉。他的絕活是「鷹爪力」，又稱「鷹爪翻子門」，也挺厲害。瘦老聾頭練起武來姿勢雄健，手眼犀利，身步靈活，發力剛爆。他鷹鈎鼻子，凹著腮幫，留了指甲，形似鷹爪，褲襠上打了不少補丁，看起來還真像是一隻花老鷹子。

胖老聾頭是吉林梨樹人，練的是太極拳。他早年就習武，後來當過兵，卻連自己都說不清當的是甚麼兵，跟的是哪路軍，說不清是跟甚麼兵打仗，抑或是勝是敗，反正是扛了幾年大槍，射了一些子彈，讓炮彈震聾了耳朵。他說他的太極在戰場也沒啥用，就開了小差，最後把槍給賣了，軍服換了身半舊的棉袍。胖老聾頭生得富泰，臉和耳有點大，眼和嘴有點小，若坐著不動，並不像習武之人，倒更似畫中的灶王爺，若打起拳來，卻身手敏捷矯健，既行雲流水，又虎步生風，一下子變成了武當山道士。

瘦老聾頭和胖老聾頭都有些徒兒，他們都去了閻二力子的刑場看了熱鬧。他們的徒兒都和閻二力子打過架，鬥過毆，這會兒親眼目睹了閻二力子去見閻王老兒，回來後都聚在一起，喝了酒，吃了肉。瘦老聾頭的徒兒們說，二力子這小子還真他媽尿性！胖老聾頭的徒兒們說，二力子這小子還真他媽揚脖！瘦老聾頭和胖老聾頭都只是哀嘆了一聲，啥都沒說。

老謝頭沒去閻二力子的刑場看熱鬧。兩天前，閻二力子的老子閻國吉拎來兩瓶塔子城老窖和兩隻豬蹄子，說你老帶著你的徒兒，拎著刀斧棍棒，去劫一回法場吧，劫成了，我就把我那頭毛驢子送給你。

老謝頭啐了口痰，說：「俺不要你的毛驢子，也劫不了法場。你當這會兒是大宋年間？你當俺是水泊梁山及時雨宋江捏？俺那點武藝，在槍子兒火器面前，又算個雞巴啥咧！」他抽了口他的煙袋管，推開那些吃喝，一口回絕了。

要是換了別人，閻國吉準一耳雷子打過去，但面對的是老謝頭，他不敢惹。

老謝頭叫謝乃尋，還有個渾名叫「鐵胳膊大老黑」。這一方面是因了他長得黑，另一方面是因了他臂力過人，跟人打起架來從不用兵器。

那年他在火車站扛交行，跟一夥工友生了口角，繼而打了起來。也是起哄，站上呼呼啦啦來了近一百人。這些人手持桿子扁擔圍著他打，他赤手空拳抵擋，生生用胳膊把那些桿子扁擔一個個擋斷，打完了，胳膊上連個印子也沒有。他晃晃胳膊說了聲：「俺！」把那些人嚇退了，從此，得了諢號「鐵胳膊大老黑」。

他個兒不高，精氣神卻十足。一麻袋黃豆，他拉住一個角兒，說一聲「俺」，一下子就甩進車廂。說這話時，他已經五十多歲了。

閻國吉拎起塔子城老窖和兩隻豬蹄子，悻悻地走了。

老謝頭接著抽他的煙袋管。銅煙袋鍋子裡裝的是旱煙葉「蛤蟆頭」。

他家門前有一塊菜地，卻大半種了旱煙葉「蛤蟆頭」。他種的菜自己吃，煙葉就差不多都賣了換錢花。他自己不大抽「蛤蟆頭」，他抽洋煙捲，都是徒兒們孝敬的，只不過得中檔以上，也就是「金象」以上。但是，他現在卻大多抽蛤蟆頭了。他的徒兒們不怎麼送他「金象」，也不怎麼來了。這兩年的「嚴打」差點把他也打進局子，打進笆籬子，他不再收徒不再教武，關門了。

他從前是收徒的，徒兒多時有三十來個。徒兒們除了跟他習武，大半時間還幫他幹活，打理院子，也把園子裡的蛤蟆頭伺候得亮光光，油綠綠，像刷了漆，塗了蠟一樣。

到了秋天，徒兒們就幫他把這煙葉曬乾，曬成金黃色，賣給小販，也幫著他賣，拿到的煙錢，就夠他一年的用度了。

收徒兒時，老謝頭就必得到徒兒家走訪，與家長見面，說是徵求意見。這時這家長就必得備好酒好菜好煙好茶款待。

逢年過節，徒兒們還會送上些燒酒和點心果子。燒酒是塔子城老窖，六十度。點心果子有爐果，長舌頭西洋糕，槽子糕和套環。他的牙口不壞，喝酒時，就著花生米，「咯嘣咯嘣」嚼，一邊活動著手中的兩個小鐵球「王鐵匠球」，嘩啦嘩啦地響。

閻二力子也曾是老謝頭的徒兒。

他本是個街頭混混，時不時地打個架，鬥個毆，攪個局，惹個事。他曾在鐵路上幹過臨時工，還是同樣不著調。上班遲到了，他旁若無人地推著自行車進了廠，車架子上還馱了兩箱啤酒。他說罵就罵，說打就打，罵就往髒裡罵，打就往死裡打，沒人敢惹他，都躲著他，視他如街頭上的瘋狗，如草叢中的毒蛇，如深山裡的猛獸。

當了老謝頭的徒兒，就得遵守武德，不得再胡作非為，惹事生非，閻二力子說行。

老謝頭的練武場就在菜園子前的一片空場上。他要徒兒們在太陽還沒從東鹼泡子上出來時就趕到菜園子，先幫他幹活，待太陽升起一桿子高時，他就抽完了煙，握著小南泥壺，對著嘴呷了口茶說：「俺！徒兒們，別嫌俺老漢說話囉嗦，俺把上個月的話再重複一遍。」

他放下手中的南泥壺，背著手，踱著步，把上個月說過的「武德」一字不差，又說了一遍：

「俺！啥是武？止戈是武。啥是武術？止戈之術！人吶，最難去掉的是自身的慾念、習氣和邪知邪見吶！老子曰：」。說著，便面朝天仰，彷彿老子正瞪了眼朝這邊看一樣：

「老子曰：勝人者有力，自勝者強。先人制定了武德來約束咱們武人的行為，引導咱們武術的方向。武林沒了，武德也沒咧！」

老謝頭沒甚麼文化。這樣的長篇大論，還說出了老子曰，草稿都不要，竟能一氣呵成，不停不頓，不禁令徒兒們聽傻了眼，看呆了神，連說這老頭可真有兩下子啊。

見徒兒們似懂非懂，老謝頭就又舉起南泥壺，喝了口茶，繼續說道：

「咱們習武之人吶，得先做個溫良子弟，得敦倫盡分，得閒邪存誠，得有光明之正氣，慈悲之胸懷，得感謝恩人，寬恕仇人，得協助苦人，救濟窮人，調伏狂人，開啟愚人，感化惡人，警策懶人，醒覺迷人。這樣，就能把戾氣變和氣，把殺機變生機，不但懲惡揚善，還能轉惡為善，慈悲濟世，關念眾生。咱們勉而行之吧。俺！」說完了這一番話，又唸出一首唐代僧人黃檗禪師的七言絕句：

塵勞迥脫事非常
緊把繩頭做一場
不經一番寒徹骨
怎得梅花撲鼻香

見徒兒們還是一頭霧水，老謝頭搖了搖頭，喊了聲：「俺！徒兒們，你們聽懂了莫？記住了莫？開練吧！」

閻二力子更是聽得糊裡糊塗，丈二和尚摸不著頭腦。開始的幾天，他還跟著其他的少年們給老謝頭澆園子，拔野草，在菜園子前的空地上扎馬步、練力量、練耐性、練招式、練出拳、練壓腿，練踢腳，早晚各一功，每天練習幾百上千次，風雨無阻。沒曾想，不幾天，他就夠了，煩了。

他說，這些個玩意兒不就是二完小學生那套廣播體操？沒啥意思！他要學的是真功夫。於是，他就吵著鬧著要老謝頭教他飛簷走壁、穿牆入室、一葦渡江、凌波微步、踏雪無痕、百步穿楊和刀槍不入。老謝頭啐了口痰，說：「俺！扯淡！你還一套一套的！俺自己都無有這些法術，如何教你！再者說了，習武是為了強身健體，你要練那些奇門左道，還不如去找那些變戲法賣大力丸的。俺！」

二力子將信將疑，這城裡老早就沒了變戲法的和賣大力丸的。他東尋西覓，終於在城南一個大門洞的大雜院裡，找到了「梅老三」，人稱「梅大仙」。

3

梅老三本是街基洋井的一個鄉野戲子，唱小生。他後來在山上打柴睡了個覺，醒來後發了囈怔，每每信口開河，胡謅八扯，說自己已然得道成仙，能未卜先知，料事如神。

某一日，他的相好「小老人兒」，一個撿破爛的邋遢女人，偶然間撿回一本殘缺不全半卷不到的線裝書，叫《玄機密授穿牆走壁真經》。梅老三如獲至寶，揚言，若有人肯出十塊袁大頭，他就會忍痛割愛。

這時，梅老三正搖著手中的「古扇」以驅逐盛夏的暑氣和成群的蒼蠅吶。見閻二力子找來，掛著一臉橫肉，便抱了抱拳，故作鎮定，討好地說，那腔調就像戲臺子上小生的戲詞兒：「噢，是閻家兄弟駕到，在下有失遠迎。是甚麼風把你給吹來了？」

二力子說：「是一陣北菜園子的東南西北風把我吹來，來跟你借件東西。」

梅老三忙把手中的紙扇「嘩」地一聲合起，詫異道：「噢？莫非要借我的古扇？」又俏皮地說出一句順口溜來：「小扇小扇，有風有風。有人要借，不中不中。實在要借，等待秋冬。」

二力子不想跟他多囉嗦，直接了當地說：「我不稀罕你那破扇子。你那本啥啥啥的練武書，我要了。」

梅老三惦記著他那十塊袁大頭，囁嚅地說：「這個……這個……」

閻二力子知道他要說甚麼：「十塊袁大頭，扯雞巴淡。我出一幅豬腸子，兩個豬蹄子，頂得上你那十塊袁大頭。再者說了，現而今是人民共和國，用人民幣了，我上哪去找袁大頭？操！幹不幹？」

梅老三聽說過閻二力子的厲害，不敢怠慢，說了一句：「小事一樁，小事一樁。不過……」

「不過甚麼？」二力子問。

「不過，」梅老三摸了摸自己的兩隻耳朵，說：「再加兩隻豬耳朵如何？」

「一幅豬腸子，兩個豬蹄子，兩隻豬耳朵，成交。」閻二力子倒也爽快。他這時的職業是殺豬，這些東西輕易就搞到了手。

書是古籍，字是真筆，反著翻，豎著唸，無標點，看了半天，閻二力子勉強認出不到十個字兒。好在字中有圖。他揣摩著圖上的架勢，比劃了一陣，決意先練飛簷走壁，再練穿牆入室。可惜書中不但無刀槍不入，連一葦渡江、凌波微步、踏雪無痕、百步穿楊都只字未提。「這古人他媽的，把這些條給忘了。」他罵了一句。

於是，他學著圖上的模樣，練飛簷走壁。他圍著豬圈灰池子跑了三三見九個來回，猛然一躍，跳上牆頭，再手扒房簷，正待雙腳倒掛，一個失手，「啪」地一聲跌落在地，摔壞了踝骨，劃破了肚皮。

他不甘心，隔了些日子，又按照圖中的模樣，練穿牆入室。他又圍著豬圈灰池子跑了三三見九個來回，猛然一躍，「啪」地一聲，撞向山牆，不料那牆非但沒有裂開一道供他穿越的縫隙，反而把他撞得鼻青臉腫，嘴斜眼歪，額頭上起了個大包。

「他媽的梅老三！可把我坑苦了！」又把那「真經」撕得粉碎，扔到灶坑裡，一把火，燒了。他不再相信那些真經，只相信自己的拳腳和棍棒了。

從此以後，他不再去老謝頭那裡習武。他東一撇子，西一撇子，甚麼都幹，甚麼都幹不長久。他當過電工，開過貨車，做過買賣，殺過豬，賣過肉，打過魚，網過蝦，拉過腳，運過瓜，掃過鹼，砍過柴，欺過行，霸過市，偷看過女人洗澡，睡過人家的老婆。

走了閻二力子，老謝頭還是有三十來個徒兒。

三十來個徒兒有大有小，有老有少，都排列整齊，扎馬步站定，雙腳外開，微微蹲下，再雙腳尖轉前，重心下移，逐漸蹲深，手心向下，雙手由環抱變成平擺。

這陣勢吸引了周圍的孩子們，他們一上來就喊：「站著拉屎囉！」一個大點的孩子糾正他：「這不是拉屎，是騎馬蹲襠式。」

老謝頭站在前面，一手捏著小鐵球，一手捏著南泥壺，他忽然覺得又回到了四十年前的時光，在他的老家山東，那時，他是名震江湖的「彌祖門謝掌門」……

「俺！」他對著眼前的近三十個徒兒，仍然像四十年前那樣地喊道：「雙手環抱……俺。平擺。手心向下……這是個啥？四平馬！手向內抱，俺！」

他忽地瞥見牆頭外小孩子們中間，鶴立雞群般地站立著一個少年，年約十五六歲，背著手，如同棵筆直的松樹一般。

老謝頭思忖著，並無趕走這少年之意。

他繼續指教著他的徒兒們：「俺！說你咧，大順子！那肩膀子！胳膊肘子！送出去！」

見那少年仍然在看，目不轉睛，老謝頭不覺停了下來。他疑惑地向那少年瞥了一眼，轉向旁邊的徒兒滿德子，耳語了一陣，向少年喝道：「俺！那小子你過來！」

那少年叫齊志全，曾跟評劇團的武生馬童「小山東」邵齡華學了些腿套子，卻不是名拳，還有的就是些個「就地十八滾」又叫「攬柱」，和「地耗子功」，是進攻的招數。無奈小山東擅長的都是些戲臺子上的翻跟頭折把式和花拳繡腿，與老謝頭的全通全能、爐火純青和出神入化不可同日而語。齊志全久慕老謝頭「鐵胳膊大老黑」的大名，有意跟他好好學上一番真功夫。

他走了過去，學了江湖上的禮儀，抱了拳，搖上兩搖，道：「謝班主，久聞大名，如雷貫耳，今得相見，三生有幸。」他常去南頭小小十街的張家茶館、葉家茶館和不知名的甚麼茶館窗外聽書，今日把聽來的那些辭令全用上了。

老謝頭滿臉狐疑，一頭霧水，問：「俺？你是在叫俺謝班主，還是在謝謝俺這班主捏？」沒等齊志全答話，又同滿德子耳語了一番。

齊志全認識滿德子。上星期這小子路經張家茶館，見窗外聚了一堆人聽書，便旁若無人地硬擠了進去，擠碎了長順子的風箏「八卦」，擠扁了鐵槌子的風車「風呲嘍」，嘴上還罵罵咧咧。齊志全路見不平，把滿德子揪出來甩在一旁。滿德子非但不服，還擺了個騎馬蹲襠式，口吐狂言，說：「你知道我是誰？老謝頭的閉門弟子！哼，看今天我咋修理你！」齊志全一聽，氣不打一處來：「好你個閉門弟子，今日我要讓你閉門思過！」說完，三兩下拳腳，把滿德子打翻在地，給「修理」了一回。齊志全早在小學時就喜歡玩「馱馬架」和練「五把抄」，下了課就連瘋帶鬧地玩一會兒。那時候班上個子大的欺負個子小的，常常打不過人家，他就和同學楊兆庚琢磨，說咱們練武吧。齊志全家正好和評劇團的武生「小山東」邵齡華住前後院，就跟他學起了武功。

滿德子沒有閉門思過，而是把這事告訴了老謝頭，老謝頭覺得是給他丟了臉面，說你得把臉面給我爭回來。滿德子說不敢，說此人正跟著小山東邵齡華習武，練得力大無窮，咱不是他的對手啊。老謝頭急了，說：「俺！那小子，輕狂小兒，不把俺老漢放在眼裡捏！」

此刻見眼前走來的正是這「輕狂小兒」，便橫了橫眼睛，卻不動聲色，呷了口茶，道：「俺！敢問大俠，有何見教啊？」

齊志全道：「豈敢，豈敢，大俠不敢當，見教更不敢當。晚生姓齊，名志全，久聞班主武功高強，見識不凡。今日有意拜在師傅門下，以學得一技傍身。」老謝頭聽罷，搖了搖頭道：「俺。不可不可。你就是那力大無窮的齊家三少吧！俺這小河溝子裡游不開你這條大魚。你前途無量，就另尋高師吧。俺！」

齊志全央求再三，老謝頭不再搭言，卻遞了個眼色，意思是「你一邊看著吧。」說話間，老謝頭放下南泥壺，運了口氣，說了聲：「俺！」遂颯颯打起一套羅漢拳，果然出神入化，游刃有餘，爐火純青，天人合一，超凡入聖。

此後，少年齊志全又到老謝頭的練武場去了四次。老謝頭且講且練，並不藏著掖著，齊志全就把這一字字一招招一式式，實實在在全部記在心裡。

老謝頭練的羅漢拳，也叫「小虎燕」。至於來路，人們也不得其詳，有人說是金背蛤蟆所傳，有人說是少華堂所傳，有人說你們這些都不對，老謝頭原本甚麼都不是，卻是地地道道的少林寺和尚。說著說著，人們就悄悄地議論起來。議論來，議論去，人們總結出一句話來：這老謝頭來頭不小啊。

4

聽人說老謝頭是從山東逃亡過來的，那是民國廿九年。至於他早年在山東時到底是怎麼回事，就無從得知了。

他初來時很窮，娶不上好女子，別人勉強給說和了一個醜婆娘，還沒甚麼心眼。醜婆娘給他生了個兒子，取名謝彌祖。其實他的本意是讓他叫「謝彌祖門」，但轉念一想這名四個字，聽來太像是日本鬼子，就減了個字，叫了謝彌祖。不稱心的是，謝彌祖對武術並沒有絲毫興趣，倒是熱衷於當兵，試了幾年，因為爹是四類分子，「政審」不合格，就只好作罷。後來託人在加格達奇落戶，當了伐木工，回來次數不多，每年年底都寄一桶豆油和一袋白麵回來。

老謝頭在街邊支了個床子，擺些洋火、胰子甚麼的小玩意賣賣，主要賣他自己種的煙葉。他身穿黑布褲褂，足踏黑布雲鞋，戴了頂了小氈帽，鬍子挺長，二郎腿一翹，床子後坐定，一手搖著把蒲扇，呼啦呼啦地搧，一手活動著他的小鐵球，嘩啦嘩啦地響，果然是好風範，好派頭。

他的徒兒們知道些師傅的底細，曉得他本是山東「彌祖門派」的掌門人，是個幫派幫主，且殺過人，雖是「替天行道」，卻還是有命案在身。

徒兒們中有好惹事生非的，外面打了架，兩夥人都被派出所抓了起來。對夥的就把這事報告給了人民政府，老謝頭的命案就敗露了。

剛剛奪取了政權的人民政府把他找了去，盤問了，最後說那是解放前的事，我們就不替國民黨辦案了。說要嗎你去找蔣介石自首，要嗎就留給那被殺小子的魂靈來跟你算帳吧。不過，在蔣介石和那魂靈來到之前，我們先送給你頂帽子戴上。於是，人民政府就給了他一頂帽子：四類分子。

他問：「你說的地富反壞四類分子，俺算是哪一類捏？俺非地非富非反，難不成是壞？」政府的王工作員皺了皺眉頭，和李工作員商量了，又翻了翻筆記本，說：「這個問題比較複雜。一切反革命分子都是壞分子，一切反革命分子以外的壞分子都是其他壞分子。你自己對號入座吧。」

儘管老謝頭有點不明白有點不樂意，卻也沒怎麼把帽子和對號入座的事放在心上。好在這城裡也沒有人說得清「四類分子」究竟是甚麼分子，他該怎麼活還是怎麼活。

後來並沒有蔣介石或魂靈找上門，倒是仇家打聽到了他的下落，老遠從山東尋了過來。

這天夜裡，兩個山東大漢敲開了門，拉開了牆上的電燈閉火，說了聲：「謝乃尋，冤有頭，債有主，今個俺來看你了。」接著，白光一道，「啪」地一聲，一把爍亮亮的攮子就插在了桌子上。

老謝頭並不驚慌。他歲數大，閱歷多，知道這一天早到晚到，一準會到，就活動著手中的小鐵球，說：「俺！二位息怒。俺早就知道有這一天咧。事情已然過去了十五年，俺也早就準備好了。」說著，拿出了「金象」給他們抽：「俺！你們看看，兩條道：頭一條，要命，哥倆現在就拿去，俺要是還手就不算條漢子。只不過，現而今是人民政府，遲早你們自己也得吃官司。另一條，要是有意通融，就把俺這點家底兒全數拿走，咱們的恩怨兩清。話說回來咧，當年俺也是路見不平，拔刀相助，替天行道，這想必二位也有所知。識時務者為俊傑。俺看哥倆也是仗義之人，就掂量掂量吧。」

說著，擰開手中的小鐵球，倒出一對閃閃發光的小金蛤蟆說：「這是赤金，就歸嫩哥倆了。」兩個漢子一尋思，一商量，覺得是這麼個理，就嘟囔著說：「嗯，中，俺收了。小金蛤蟆！這玩意兒看起來槓讓人喜興啊！俺謝了！」遂收下小金蛤蟆，打道回了山東。

老謝頭就這麼把這件事給擺平了。

5

二力子英勇就義，做了一次英雄，做了一次好漢。不過，他也做過好幾次狗熊。

這天早晨五點鐘，剛下了場雨，評劇團演李玉和的劉振華和演鳩山的毛鳳山去文化宮練嗓，路經二百貨門口，見到橫眉豎眼的二力子，正從驢車上卸魚，就說，這小子前幾天霸了岳俊撿的瘟豬。岳俊也是評劇團的演員，吃不起豬肉，就時不時地撿個瘟豬烀了解饞，也時不時地請劉振華毛鳳山吃肉喝酒改善一回伙食。烀那瘟豬，岳俊往往會多加些柴火，說是高溫消毒。劉振華帶酒，毛鳳山帶柴火，吃的時候，多加些大蒜和大蔥，就去除了瘟豬肉的腥味兒，吃得也同樣噴噴香。

那天南頭殺豬的李聾子給人家殺了豬，發現那豬長了「米身子」，是瘟豬。那家人家辛辛苦苦喂了一年，到頭來是竹籃子打水一場空，就也只好自認倒霉，把那瘟豬拉出去扔進洋溝。李聾子免收了五元錢的殺豬費，收拾起刀具，拍了拍手，打道回府了。

這頭瘟豬成了人心所向和眾矢之的。

同時發見這頭瘟豬的是「小王發」和岳俊。

小王發是這城裡的著名人物，人稱「撿豬頭的小王發」。他整天揹了隻柳條花筐子，眼睛盯著洋溝和灰池子，見到誰家丟棄的死貓死狗，特別是瘟豬頭，就奮不顧身地衝上前去，一把抓起，丟進他的花筐子，揹起來，端了胳膊，「顛兒顛兒」地跑步回家，燒上一大鍋開水，把那豬頭煮熟了一家子改善伙食。

岳俊則是評劇團的演員，專門演看家護院，或跑龍套搬切末。他工資少，孩子多，雖然偶爾也買回些豬肉解饞，無奈「僧多粥少」，「狼多肉少」，每每路過人民飯店，撲面聞到陣陣肉的香氣，就禁不住垂涎欲滴，恨不得把大街上的牛馬驢騾通通抓來，殺了煮了炸了，狠狠地吃上個昏天黑地。

是小王發的花筐子給了他啟發。他一日見到小王發正興沖沖急火火一路小跑，嘴裡唱著二人轉《王二姐思夫》，花筐子裡有甚麼沉顛顛的東西在晃蕩。湊近細觀，發現裡面的是一顆碩大的豬頭，便問道：「忒！何處得來豬頭？」小王發給嚇了一跳。定睛一看，原來是戲臺子上的龍套，就笑嘻嘻地說：「我認得你！你是那戲臺子上跑龍套地！嘻嘻！這不是豬頭，是瘟豬頭！那洋溝裡還有個瘟豬身子！帶蹄子帶尾巴地！嘻嘻！」

待岳俊回轉身，從水裡撈出那瘟豬身正要往家裡運，橫空出世般地閃現了一個膀大腰圓的小子，一把將那豬身按住，說慢著，這豬身是我先看見的，便硬是給霸了。岳俊認得這是臭名昭著的閻二力子，他惹不起，只好悻悻離去。

「小王發」捷足先登，搶了那豬頭，用花筐子揹了溜回「府上」，給他老婆看了，就在大鍋裡放了水來煮。煮了一會兒，沒了柴火，就又揹上花筐子去尋柴。他在胡同裡轉了一圈，路過張家的柴火垛，順手抓上一把，路過王家的柴火垛，又順手抓上一把，路過李家的柴火垛，再順手抓上一把。不一刻，抓滿一花筐子柴火，就繼續煮那豬頭。前兩天他在「黨校」幫著燒炕，也打掃食堂，完工時見到灶臺旁的大鋁盆裡放著剩下來的麻花，便順手牽羊，順了兩根藏在懷裡暖著。今晚這妙不可言的豬頭肉蘸鹽就著麻花，吃得他全家滿嘴流油。心滿意足之餘，他又唱起了「王二姐思夫」。

岳俊的瘟豬身子眼睜睜地被閻二力子搶了去，就越想越來氣，越想越窩火，他盤腿坐在沒有炕蓆的土炕上，就著鹹菜條子，喝了半斤悶酒，也唱起了「王二姐思夫」。

這事把劉振華毛鳳山氣得咬牙切齒，劉振華唱了句李鐵梅的「強忍仇恨咬碎牙」，毛鳳山唱了另一句李鐵梅的「仇恨入心要發芽」，說這仇一定得報。「這回，這小子讓咱們碰上了，不給他點顏色看看，咱對不起岳俊和那瘟豬肉啊。」於是兩人就湊過去搭腔。

演李玉和的劉振華說：「吆喝！起得早。提籃小賣拾煤渣，窮人的孩子早當家。瘟豬肉吃得挺過癮吧？」

演鳩山的毛鳳山說：「八嘎！還喝了點酒吧？我勸你及早把頭回，免得筋骨碎！」

二力子聽出了他們說的是《紅燈記》中李玉和對鳩山的唱詞，也看出了他們是在挑事兒。他哪受得了這個？上去就推了演李玉和的劉振華一把。

演李玉和的劉振華並不躲閃，而是順勢一拉，把他甩給了演鳩山的毛鳳山，毛鳳山也順勢一拉，把他摔倒在泥坑裡，弄了個嘴啃泥。

二力子晃了晃腦袋，要找塊磚頭子或土坷垃削他們，無奈這時的馬路上泥頭拐杖的，哪裡找得到磚頭子和土坷垃？只好從車上抓起兩條魚握在手裡，向他們撮過去。

劉振華和毛鳳山在評劇團練功，學了些舞臺上的花架子和江湖上的花拳繡腿，這不禁令二力子一驚。沒等他緩過神來，劉振華和毛鳳山便大吼一聲：「二力子！我代表人民代表黨，你接招吧！」遂各自亮出了的身段：劉振華亮的是「小虎燕」，是從老謝頭那兒偷的藝，毛鳳山亮的是「鷹爪力」，是從瘦老聾頭那兒偷的藝。這兩人晃晃悠悠，比比畫畫，一招一式，拳腳落處，虎虎生風，把二力子看得目眩神迷，說這兩下子可比老謝頭厲害呀，知道是碰到了武林高手，於是就亂了陣腳，折騰了兩袋煙的功夫，還是招架不住，挨了頓暴揍，敗下陣來。二力子惡狠狠地說君子報仇十年不晚，你等著。劉振華和毛鳳山說好啊，那就等你練會了刀槍不入的時候？慢慢練。

除此之外，閻二力子還挨過另一次暴揍，這次的對手是退伍兵曹建軍。

這一年，二力子發現了一條生財之道，這條道是受了一件事的啟發。

有一次，他去齊齊哈爾蹓躂玩，看見火車站門前的一塊空地被用繩子攔了起來，裡面停放了不少自行車。旁邊的一個櫈上坐了個男人，每當一輛自行車進來，他就收一毛錢，一邊大模大樣地抽著煙。正當二力子納悶時，來了一個警察模樣的漢子，對著看車人指手劃腳。看車人塞給那警察一沓子毛票。警察接錢，四下望望，見沒人發現，就樂顛顛地走了。這事給了二力子不小的啟發。「操！都是些假扮的冒牌貨！」他罵了一句。

回來後，二力子就幹起了「看山」和「護河」的工作，這工作是他自己「開創」出來的。他「看山」的山是東山。東山雖說是山，實則是些個小土丘子。東山出鹼土，鹼土能賣錢。他「護河」的河是東河，河卻是真正的河，出魚出蝦。有人去拉土掃鹼，有人去網魚撈蝦。二力子戴了個紅胳膊箍，沒寫字。他腳穿了雙坦克兵的高靿大皮靴子，是十元一雙的處理品，鞋底釘了鐵掌，走起路來呱嗒呱嗒響。他叉開兩腿，站在路口攔截過往車輛，收「護山費」和「護河費」，一次收一元。過路人見他一副「武裝警察」的模樣，就乖乖地繳錢過路。二力子一天下來，十元八元拿到手，是相當不錯的收入。

話說曹建軍從錦西當兵退伍回來，半年沒分配上工作。為了掙錢，他借了輛毛驢車去東河釣魚。東河是綽爾河流過來的水，河裡的大鯽魚呱子又鮮又肥。四月份天氣變暖，魚就游了過來。曹建軍手氣好，一氣釣到六月末，一天能釣十五六斤，還順路網上一籃子蝦，吃不完就賣。他拿個小盆子裝魚，一滿盆兩塊錢，要了就搭上一碗蝦，若是出一塊錢就給一平盆，不搭蝦。

二力子這時正在路口收「護山費」和「護河費」，看著曹建軍一趟趟空車而去，滿載而歸，就止不住眼饞，說他是看河的，每釣一次魚回來，就得交一塊錢「護河費」。

曹建軍當兵前在鄉下，不認識二力子，一聽就火了，說你算老幾你憑甚麼收費？二力子說我是閻老二啊，你連你二力子爺都不認識了？曹建軍說喔二力子，久仰大名，原來就是你。咱倆撕巴撕巴，你勝了，我叫你爺，你敗了，你叫我爺。

兩人說著就撕巴起來。二力子固然兇頑，卻架不住曹建軍在部隊上學的五把抄。他抓起曹建軍車上的魚竿，不管三七二十一，沒頭沒臉地掄了起來。曹建軍左躲右閃，魚竿上的魚鉤「嗖」地一聲，隨著魚線，刮在驢子的嘴唇上，驢子驚得揚起前腿，飛起一腳，踢了過來，釘了鐵掌的蹄子，不偏不倚，在二力子的臉上打了一個大「耳雷」，傷口像個掛鉤，二力子的臉頓時鮮血淋漓，聲嘶力竭地喊道：「操你媽！真是頭蠢驢！」他把叫爺的事給忘了。

再說曹建軍經高人指點，釣了魚不再去賣，而是直接送人，一天送到公安局局長余大下巴家，一天送到勞動科科長裴大肚子家。於是，兩個月後，他們給曹建軍分配了工作，是到派出所當警察。

還真是冤家路窄。一次二力子進了局子，見到曹警察穿著警服，大蓋帽戴得端正，人就矮了半截。待曹警察一拍桌子，說是你呀，看看我是誰？二力子就說，行，你是我爺。曹警察說錯了，那毛驢才是你爺吶。二力子說行，你是我爺的爺。他發現還是警察是真爺啊。

後來，二力子在六三農場開了一陣子車。這時，他下定決心要當一回警察。他用一包「大重九」跟當過警察的馮大蛤蟆換了套警察服，就扮起了警察，大模大樣地在街上遊逛，混些煙酒茶，很是受用。一次他喝了大酒，穿著警察服開車，撞倒了一根電線桿子，撞彎了保險槓，引來了幾個真警察。他噴著酒氣說我是警察，咱們是一個單位的。真警察先繳了他的槍，一看是木頭的，刷了黑油，還挺像。再看他穿這身警服，就覺得不對勁。一查，說你這是「六六式」呀，早就淘汰了，夥計你是在拍電影《秘密圖紙》吧？這回咱動點真格的吧。於是就讓他進了局子，關了半年。至於他的那身六六式，真警察跟他商量說，進了局子，你還可以照穿不誤，但有個條件，我們幫你加工一下，在前胸後背還有屁股上，各印上一個大大方方的「犯」字，免費。他罵了一句，扯王八犢子操你媽！那我不成了清朝的差人啦？我二力子是漢人！不過，這話他並沒說出口。

閻二力子在百貨商店門口與「李玉和」、「鳩山」的交戰，令他對京劇樣板戲《紅燈記》有了新的興趣。他在看守所和笆籬子的日子裡，便常常唱起《紅燈記》的唱段。

從被抓的那天，他就戴起了手捧子和腳鐐子，這一方面令他沮喪，一方面令他興奮。沮喪是因為這手捧子腳鐐子拷得人手腳不便，興奮的是這手捧子腳鐐子發出的金屬撞擊聲叮叮噹噹，鏗鏗鏘鏘，令他覺得他成了一個名副其實的大英雄。他禁不住高聲唱起了李玉和的唱段：

獄警傳
似狼嚎
邁步出監

人犯們說：「唱得還真雞巴似狼嚎。」又說：「邁步出監？說得也對，馬上就要出監去吃槍子兒啦！」

二力子輕蔑地看著他們，不加理會，又繼續唱道：

休看我
戴鐵鐐
裹鐵鏈

鎖住我雙腳和雙手
鎖不住我雄心壯志沖雲天

人犯們就罵他：「等那槍子兒一過來，你就啥雞巴雄心壯志都沒了。」

不過，這一回人犯們卻說得不完全準確。槍子兒還沒過來的時候，二力子就真地被「坦白從寬過」。

這一天，放風的時間到了。按慣例，兩百多個人犯曬完了太陽，開始圍著看守所院子中間的大糞池子「跑圈」。

剃了光頭的人犯們穿著藍斜紋布囚服，前後跑成一字長蛇，連成一個大圈，一邊跑，一面呼喊：

坦白從寬，抗拒從嚴！
改惡從善，重新做人！

二力子端著胳膊，不時地向後擴展，口中隨著節拍高聲呼喊，還不時地回過頭來，衝著後面擠一下眉眼。呼著喊著，他生出了靈感，就把呼號改了：

坦白從寬，牢底坐穿！
抗拒從嚴，回家過年！

再喊著呼著，他又生出了新的靈感：

坦白從寬，給我抽煙！
抗拒從嚴，給我拿錢！

呼著喊著，喊著呼著，他又有了更新的靈感：坦白還真他媽是個好東西，不但能得到表揚，還能得到獎勵。

於是，他開始對「坦白」產生了強烈的興趣。

他先坦白了平日裡欺男霸女欺行霸市，外加坦白了搞土改時偷了金條。「政府」說了聲「好」，當場獎勵了他一包香煙。「政府」是王警官，除了人犯，這裡的人都是「政府」。王政府說「好」的時候顯得很和善，這使他受到了鼓勵。

他接著坦白了「滿洲國」時強姦了日本婦女，王政府說「很好」，獎勵了他一碗炸醬麵。這使他嘗到了甜頭，從此便一發不可收拾。他又先後坦白了曾經參加過反動會道門、國民黨、三青團、藍衣社、青紅幫，又外加坦白了曾當過中統情報站站長、美蔣特務潛伏間諜代號「老狐狸」，王政府說「非常好」，獎勵了他一碗炸醬麵兩個大饅頭和三塊紅燒肉。

正當他琢磨著再坦白點甚麼，王政府忽地覺得事態嚴重，事情蹊蹺，一動腦筋，突地尋思過勁，說不對，這小子那會子還沒投胎入世，還穿著開襠褲，還剛學會走路，剛開始換牙。這所有的一切都和他搭不上邊靠不上譜，終於恍然大悟，如夢初醒，說鬧了歸其，這都是為了蒙煙蒙麵蒙饅頭蒙豬肉胡編亂造出來的。王政府一見上了當，便一拍桌子大吼一聲：「你小子他媽扯王八犢子打冒支！你他媽欺騙政府！趕快給我坦白交代！」又問了一句：「你可知道黨的政策？」大力子連忙點頭說：「報告政府，我知道，我坦白，坦白從寬，給我抽煙。我交代，抗拒從嚴，給我拿錢。」王政府樂了，說，「你小子可真他媽逗！」王政府這次沒給他煙，更沒給他錢，卻給了他一脖溜子，一耳雷子，又大吼一聲：「行，你嘲弄政府，你他媽就等著吃顆槍子兒吧！」

閻二力子吃了顆槍子兒，閻國吉白丟了三千元疏通費，又繳了五分錢子彈費，他覺得吃了大虧，倒了大霉，遂大罵了一句：「他媽的嚴打，倒了霉了！」

其實二力子的事並不是大到死罪。這陣子正趕上「嚴打」，就是「嚴厲打擊刑事犯罪」，這一年搞得尤為深入和徹底。

一個十七歲的中學生和同學吵架，用鐵鍬拍了對方後背一下，雖是輕傷，還是判了八年。一個女孩夏天夜晚在自家院子裡洗澡，一個男孩從門前路過，因院牆不高隨便伸頭看了一眼，被女孩發現大叫「流氓」，男孩被抓，隨即被定流氓罪被判死刑。掌鞋的小劉瘸子辦裸體家庭舞會被判死刑。剃頭的楊老四搞破鞋被判無期。管倉庫的李紹堂監守自盜被判十八年……還有一大堆小打小鬧的，都像東河裡網蝦米一般，一股腦地被網了進去。

也是他命該如此，二力子就只好等到「二十年後」，再生成「一條好漢」了。

法院給他判了死刑，是因為他把人家女子的一個腳趾頭剁了。那女子本是他的相好，跟著他在東河打魚，後來不跟他了，他就把人家的漁船掀翻，漁網撕破，並說，我把你的腳指頭剁下來你信不信？那女子說你敢，他就把女子綑在板櫈上，抽出把刀，剁下了女子的一個大拇腳指頭。那女子殺豬般地嚎叫著，疼得暈死了過去。

公安局抓他時，他正在拉屎，說，你們怎麼也得讓我把這泡屎拉完吧？然後，他在衣大襟上擦了擦手，說，事兒是我幹的，我跟你們走，要殺要剮由著你們了。

6

閻二力子被判死刑的罪名是「黑勢力流氓犯」。人們說，這樣的「黑勢力」，除了二力子他自己，還得算上他的老子閻國吉，他哥大力子，他弟三力子。三個力子都長得虎背熊腰，體壯如牛。他們各個剃了光頭，如同鬍子綹子強盜土匪一般。人們又說，他們這一窩子，好像是一個模子印出來的。

人們還說，「有其父必有其子」。不過，這話值得商榷，得看怎麼說了。

閻國吉「其父」的「其父」，就是閻二力子的太爺，本是唸過私塾置過田地的鄉紳。只是到了閻國吉「其父」的一輩，就各個學會了吃喝嫖賭，很快地，就把祖上的家業敗禍盡了，糟踐光了，成了一群一文不名一貧如洗的窮光蛋。到了閻國吉這一輩，就愈發破罐子破摔，自暴自棄了。

閻國吉好吃懶做，遊手好閒。到了「滿洲國」風雨飄搖的時候，他已經成了個地地道道的村頭無賴。不過，因禍得福，土改時，他成了苦大仇深的貧下中農和徹頭徹尾的無產階級，他做夢也沒想到他也有翻身得解放的一天。

八路軍進城搞土改時發動群眾，閻國吉第一個響應，第一個跳上臺，第一個控訴了地主張大善人的罪狀。

張大善人的家業實際上是勤儉持家口積肚創下的。閻國吉大罵：「你們雞巴想想，這個世道就是不公平。同樣是個人，憑甚麼他就穿細紋布棉袍，我就裹床破被套？憑甚麼他有三個老婆，我半個也沒有？他又罵了老地主如何不借給他錢還賭債，害得他四處躲藏，害得他沒吃沒喝，去偷小鋪的香油餜子，害得他被送進「矯正院」去矯正，害得他三十好幾了還沒睡過女人，深更半夜趴在人家窗外「聽房」。

他控訴得青筋暴起，聲嘶力竭，越說越來勁。於是，他當上了積極份子，當上了貧農會區長和土改工作員，吃上了幹部的「中灶」供給，折合小米一百八十斤。

閻國吉帶領村民們去鬥地主，大喊打土豪分田地，喊著喊著，就拿出了趕車的皮鞭子，沒頭沒臉地抽打這些地主們，把對世道的所有不滿都歸在他們的身上。

一天在村頭大榆樹下，貧農會又一次召集全村人鬥地主。老地主劉大善人佝僂著身子，哆哆嗦嗦地站在板櫈上，正咬著牙，等著閻國吉的皮鞭子抽過來。這時，突地飛過一顆子彈，射在閻國吉的腿肚子上。原來是村裡的趙傻子，偷了民兵排長的「漢陽造」，躲在村公所的院牆後，放出了這一槍。

趙傻子是孤兒，他雖然傻，卻記得老地主時常對他的接濟和恩惠，看不得閻國吉的殘暴，要一槍打死他，卻根本不會放槍，而鬼使神差地射中了他的腿，給他留下條命。

這一槍嚇得臺上臺下一陣騷動，民兵抓住趙傻子，拖他到水泡子邊。趙傻子死到臨頭還大罵貧農會王八犢子，說地主怎麼就壞了？貧農會的王工作員二話沒說，掏出盒子，一下就把他擊斃，鬥爭大會也草草收場。

閻國吉腿上中的這顆子彈提高了他的身價。他幹革命落了個槍眼，恰好應了那句順口溜說：「身上有槍眼兒，比毛主席小不點兒」，意思是「天老大，我老二」。從此，閻國吉便愈發霸道揚脖起來。

土改時是窮人的天下，說要有仇報仇，有冤報冤。報仇報冤的都是些屯邊混混和村頭無賴。他們仇恨的種子被點燃被煽動，便像打了雞血一樣，肆無忌憚地把鞭子抽在地主們的身上。很快地，他們打人上了癮，三天兩頭就把地主們打上一頓。沒多久，就把村裡的幾個地主活活打死了。

村公所有個姓劉的管民籍，大夥叫他「民籍劉」，這人挺愛乾淨。閻國吉去村公所隨地吐痰，民籍劉看不慣就責備了兩句。等到了光復，民籍劉就被放在鬥爭對象之列。閻國吉說，他媽的，哪嘎達的王法說了不讓吐痰？哪嘎達的王法說了不讓在屋裡吐痰？他越說越氣，忽地掄起根木頭棒子，沒頭沒臉地砸在戶籍劉的頭上、身上，一邊高呼口號。村民們也跟著起哄，一頓把把民籍劉活活砸巴死了。

有一個教書的鄒先生，爺爺在「滿洲國」時當過保長，光復時跑了。貧農會說得父債子還，就抓了他爹「還債」。閻國吉鼓動報仇雪恨，慷慨激昂之時，村民們紛紛拿起木棒鎬頭，一頓亂揍，活活把偽保長也砸巴死了。

一次，鎮黨委會開新年聯歡晚會，桌上擺了水果、瓜子和茶水，把閻國吉安排在第二排坐，他氣壞了，說：「老子鬧革命鬧土改，給你們打天下，槍子兒都挨了，是有功之臣，你們不待敬，老子撊了你個娘地！」撊的意思就是推翻。說著，果然上去一把將桌子撊了，推翻了。他說要去省裡告狀，不行就上中央，找毛主席也不在話下。周圍人不敢拿他怎麼樣。

很快地，「閻國吉」這三個字就成了黑暗邪惡閻王魔鬼的象徵。誰家的小孩不聽話，大人就嚇唬他說，閻國吉來了，那小孩馬上就老實了。等這三個字連說三遍的時候，那小孩就嚇得尿了褲子，大哭起來。

後來的閻國吉做得越來越過份，越來越不得人心。組織上批評教育他，他卻破口大罵。直到有一天，因為口角，他把武裝部部長「魯大頭鞋」給揍了。魯大頭鞋掏出擼子，若沒有旁邊人拉架，就會一槍把他斃了。

像閻國吉這樣的幹部，按當時的說法就是「破車擋道」。最後，上邊來了指示，開了他的黨籍，撤了他的公職，像「擡破車」一樣，把他給擡了下去。

下了臺的閻國吉不願意幹農活。分到的田地荒蕪了，就索性把地賣掉，搬到城裡混。

土改分浮財那陣，他密下了地主的一件貂皮坎肩，一個小玉佛爺和二十塊光洋，偷偷裝在罈子裡埋了。後來，他勾搭上了張瓦匠的老婆，被張瓦匠抓住，他說私了了吧，就偷偷挖出了罈子。那貂皮坎肩早爛成了灰，小玉佛爺卻仍然晶瑩剔透。光洋放嘴邊一吹，仍然發出「嗡嗡」的聲響。他把小佛爺給了張瓦匠，張瓦匠的老婆就歸了他。

張瓦匠的老婆長得肥實，五大三粗，樣子就不像個女人，到了閻國吉那裡，竟為他生養了三男一女，分別叫大力子、二力子、三力子。女兒有點豁唇，就取名叫兔丫。

大力子七歲那年，把這二十塊光洋偷了出去，當成二十塊人民幣花。

大力子先用兩塊光洋，和掌鞋的老張瘸子換了一個雞腿和兩根冰棍，又用剩下的十八塊光洋下了十八次館子，沒管他要糧票。閻國吉氣得破口大罵，去找老張瘸子，追討那光洋。老張瘸子嚇唬他，說他知道那些光洋的來歷，你要是實在要，咱就只能說道說道了。閻國吉又去館子找，館子的人說扯犢子！我這是公賣共賣，有啥毛病啦？閻國吉把一口痰吐在門口的玻璃上，說去你媽的，我養這兒子還不如養兩條狗。不幾日，他果真討了兩條狗來，按光洋上的圖像給狗起了名，一條叫袁世凱，一條叫黎元洪。

閻國吉和他的胖老婆生下的這三男一女也五大三粗。

大力子二力子三力子也像其父閻國吉一樣，胡攪蠻纏，軟硬不吃，油鹽不進。他們各個繼承了老子的特點，凡是老子幹過的，除了土改時鬥地主沒趕上，三個力子也都樣樣幹過。至於打架鬥毆，就更是家常便飯。這就使得這三個力子出了名，甚至青出於藍而勝於藍，他們成了這城裡的名人，成了局子裡的常客，成了無人能駕馭的滾刀肉。

7

幾年後，閻大力子也死了。大力子原本在鐵路當臨時工，也是因了打架鬥毆，把人家打了個腦震盪，被判了十五年笆籬子。他沒把這十五年當回事兒，揚言說，他活上個一百五十歲，蹲十五年笆籬子算個屁！不曾想，還沒蹲到第五年，他就死在了監獄。

那是十一時改善伙食，為了和同監舍的犯人「熊瞎子」爭一塊豬肉，大力子把一碗熱蘿蔔湯潑在熊瞎子的臉上。「熊瞎子」姓熊，本名熊匣子，據說是因為小時候他爹娘出去幹活，沒有搖籃「悠車子」，就把他裝在一個匣子裡，吊在樹上。他雖然長在匣子裡，卻長成個虎背熊腰，就得了外號「熊瞎子」。熊瞎子因為打癱了革委會主任被判了無期徒刑。

二力子的一碗菜湯激起他熊瞎子一樣的戾氣，他如同被捅了一刀的熊瞎子，呼呼地喘著氣，揮動著手上的鐵手捧子，披頭蓋臉地砸過去，砸得大力子腦殼開瓢，血流如注。獄警趕到，一槍把熊瞎子擊斃，這時，閻大力子已經斷了氣。

閻國吉的閨女閻兔丫生來就缺心眼，整天地傻笑。她的三瓣子嘴笑起來「絲哈絲哈」地漏風，像是她家外屋地煮飯的風匣，發出的聲音像是在哭泣，瘆得慌。在她十二歲的時候，閻國吉強姦了她，後來就一連霸佔她整整五年。文化大革命開始那年，有一天出去看「走資派」遊街，兔丫被人群湧倒，一輛滿載「牛鬼蛇神」的解放牌大卡車在她身上碾過去，她死了。

不久後，閻國吉也死了。人們在齊齊哈爾的一個橋洞子下發現了他的屍體，躺在一堆垃圾裡，招來了一堆綠豆蠅，嗡嗡地叫著。他的脖子上套著一根麻繩，是讓他的仇人給勒死了。

閻三力子還活著。他常在「城標」那一帶下棋，有時也只看不下。這說話時已經到了公元二〇一五年，閻三力子活到了六十多歲，大大地活過了閻大力子閻二力子和閻兔丫，活過了老子閻國吉。他早過了青皮無賴胡攪蠻纏的歲數。

他仍然禿著頭，五大三粗的，背有點駝，牙掉光了。他一手提了個鳥籠子，一手捏了兩個核桃，嘩啦嘩啦地轉著，看著那些下象棋的，不停地支招。他看起來有點像他的老子閻國吉，又有點不像。

「將了他呀！」忽聽到身後一聲喊，又來了一個支招的。回頭一看，松樹般地站立著一個漢子，三力子覺得有點面熟。仔細一想，原來是「詩社」的社長齊志全。三力子說：「是你呀？身板不賴呀！」

「正是在下。」齊志全答。齊志全正是當年要跟老謝頭學武的少年，這時也已經六十開外，除了有點高血壓，仍然是「站如松，坐如鐘，行如風」。

「哥們兒到東鹼泡子練武去了？」三力子今天挺愛搭話。

「泰湖。耍了會兒大刀。」東鹼泡子改了名，叫了「泰湖」，還請了畫《毛主席去安源》的劉春華題了字，刻在了大石頭上。

「哦，泰湖。你這耍大刀是跟老謝頭學的？」看來三力子還想搭話。

「非也。是跟大刀隊。老謝頭雖精通十八般兵器，打起架來，卻赤手空拳。再者說了，老謝頭早已駕鶴西去，可惜了，白瞎了。」齊志全嘆道。這令他又想起四十多年前看老謝頭教武，雖然只看了四課，但實在是獲益匪淺。那時記憶力好，老謝頭比劃的一招一式，至今還記憶猶新。想到此，又吟出一首詩來：

昔人已乘黃鶴去
此地空餘黃鶴樓
黃鶴一去不復返

白雲千載空悠悠

「又耍大刀又寫詩，能文能武啊！你寫的詩我聽不懂，黃鶴樓咱倒是去過，就在電視塔對面。啤酒肚，小平頭，大金鍊子黃鶴樓，你別說，看咱這身行頭，成功人士，有點這個意思吧？」三力子一邊拍了拍肚皮，摸了摸脖子上的大金鍊子說。

「非也。首先，這詩不是我寫的，而是唐代詩人崔顥所作。其次，你那啤酒肚倒是真的。然後，你那小平頭早就禿了頂。最後，你那大金鍊子定是贗品。」齊志全揭穿了他。遂又覺得犯不上跟他較真，就繼續吟完了他的唐詩：

晴川歷歷漢陽樹
芳草萋萋鸚鵡洲
日暮鄉關何處是
煙波江上使人愁

又嘆道：「老謝頭，武林高手，生不逢時。可惜了，白瞎了。」

「白瞎了個屁！老謝頭那老傢伙，根本就不會飛簷走壁刀槍不入！」三力子輕蔑地說。

「非也，非也！天下哪有這等神功聖化？茶館裡說書的才有。」此刻，齊志全正要去馬路對面的「百合賓館」，去找四十多年的朋友馬大文，就不再跟三力子多囉唆了。馬大文是他過去百貨公司「驛站」時的同事，晚近從香港回來，為寫他的書《在這迷人的晚上》搜集素材。

閻三力子籠子裡的黃雀兒啾啾地叫了起來。他摸了摸頸子上的「大金鍊子」，對著那黃雀兒說了聲：「就這麼定了，趕明兒個讓我那小子給咱換條真的！」

他說的「那小子」就是他兒子，叫「閻網也」。起名時，他本來選的是「閻王爺」，想圖個硬氣，他要他的下一代活得硬氣而揚脖，像閻王爺一樣誰見誰怕。公安局派出所的羅幹事不給他上，說你這名和閻魔羅闍重名。閻三力子問閻魔羅闍是老幾？羅幹事說那是你祖宗，你家的老大，不能錯了輩份。閻三力子聽了恍然大悟，說哦那是閻王爺啊。羅幹事你給改改。羅幹事是「老三屆」大學漏，一肚子鋼筆水。他稍加思忖，就在紙上寫下了三個字兒：「閻網也」。三力子不懂是啥意思。羅幹事解釋說：「庖犧所結繩以漁。網者，漁也。」閻三力子越聽越糊塗，說：「啥雞巴玩意兒！姆們聽不懂。」羅幹事說：「這網也的意思就是說你的兒子像一張網，網住魚，網住蝦，網住金，網住銀，網住天下。這也字兒嗎，之乎者也的也，有學者之氣哩！」閻三力子一聽，說：「好名啊！姆們老太爺就知書達禮哩。」忙把一顆大重九遞上去，點了。

沒曾想，多年以後，閻網也還真地如羅幹事所言，包了一個魚塘養魚，發了財，先富了起來。

「閻網也」也想跟老謝頭學點武藝，就開著摩托車「屁驢子」給他送去一筐鯽魚，不料讓老謝頭給回絕了，而且語氣堅決，沒有鬆口的餘地。老謝頭說：「俺已然退出江湖，洗手不干了。」閻網也並沒像真閻王爺那樣不講理，硬是把一筐鯽魚給他留下了。

再說老謝頭，他回絕閻網也不無道理。老謝頭在後來的一次「嚴打」中被抓進了局子，卻並沒受到甚麼發難。他如實坦白交代了「聚眾練武，管教不當」的問題，得到了組織上的寬大處理。他沒有胡編亂造和胡謅八扯，當然也就沒有得到像閻二力子那樣「坦白從寬」的「獎勵」。他還如實地向組織上坦白交代了他在民國廿八年殺死了人，就是在山東老家殺了「賈二横子」。

組織上的徐主任一查檔案，說：「你反映的問題屬實，我們早就搞過了不少回外調。這個賈二橫子，在解放前就是個四類份子，蔣介石那會子不管，你管了，理應給你一張委任狀，但是蔣介石把這事給忘了。我看這樣吧，你寫份保證書，保證今後不再聚眾練武，不再惹事生非，我就放了你。」

老謝頭說：「中是中，可俺斗大的字兒識不到一籮筐，俺不會寫捏。」

徐主任說：「你就照葫蘆畫瓢，抄段毛主席語錄，按個手印，也管用。」

老謝頭說：「那俺就試試？」

徐主任遞過來一本《毛主席語錄》。老謝頭認真地翻了兩袋煙的功夫，揀了段最簡單的抄了，是第一百二十八頁中間的那段：「團結、緊張、嚴肅、活潑」，卻看不太懂。徐主任一看就拍了一下大腿，說：「好！你老謝頭還真有兩下子，這段挺貼切呀！」於是，老謝頭就花了四袋煙的功夫，抄完了毛主席說的這八個字兒的簡化字，還按了個手印。徐主任就把這「保證書」裝進了他的「檔案袋」裡。

後來粉碎了「四人幫」，撥亂了反正，公元一九七八年年底，老謝頭的「四類份子」也摘了帽。街頭的大喇叭裡廣播了，說「中央認為，落實好這方面的規定，將有利於更好地調動一切積極因素，化消極因素為積極因素。」又說了，「今後，他們在入學、招工、參軍、入團、入黨和分配工作等方面，主要應看本人的政治表現，不得歧視。」老謝頭忽然想起，他兒子謝彌祖這回當兵政審能通過了。兒子說，別逗了，我早過了歲數，等著我兒子的兒子長大了再說。又變了主意，說，不地，就是八擡大轎請俺當俺也不當了。

文化大革命時批判打倒的那些「四舊」甚麼的都紛紛地平反了，復辟了，出籠了。有人鼓動老謝頭說你考慮考慮開個武術班，弘揚中華文化啦！老謝頭說，別忽悠俺了。要說弘揚中華文化，那是給俺戴高帽子。要說找個營生幹幹，掙倆零花錢兒，俺看也中。於是，他就開辦了個「鐵胳膊大老黑習武班」，還在百貨商店門口貼出了告示，不過貼了幾天，連半個學生都收不到。有人說老謝頭，是這名兒有點不雅，聽了好像要打架似的，人家不敢來呀。

老謝頭一聽說也是，那俺乾脆就叫「彌祖門派習武班」得了。那人說還是有點太舊式太土氣了，新意一點吸引人吶，說著，就舉了例子說不如叫「新蕾」或者「新月」，要麼叫「凌雲」也中。老謝頭說那就叫「凌雲」吧！叫「凌雲武術班」。說這話時，他已經七十大好幾了。

「凌雲」勉強開了兩個月就關門了。來習武的這些少年們吃不得苦，早課時根本就起不來，晚課時練了不到兩袋煙的功夫，就吵吵著說太累了。而且，根本就沒有人願意幫他打理菜園子，更不用說送煙送酒送果子了。他的蛤蟆頭葉子煙早就不種了。這年頭，誰還抽蛤蟆頭？

頭開始的幾天，他還是給「徒兒們」講他的「武德」。那些少年們不但聽得一頭霧水，甚至聽得昏昏沉沉，都快睡著了。老謝頭覺得這樣教下去實在沒勁。「凌雲」？凌啥個雲？少年們連天上的雲彩都不想看上一眼，至於武林，那已經只是說書裡的故事了。他退隱江湖數十年，而今已然是時過境遷，物是人非了。眼下的「武術」，早已變成了戲臺子上的花拳繡腿和貨架子上的假花假草。「俺的這倆錢不掙咧，已經莫啥勁頭咧！唉，俺！」他說。

於是，這些「孺子不可教也」的少年們就成了他老謝頭真正的「關門弟子」。

「俺！俺地江湖莫有咧，俺地武林也莫有咧！」他哀嘆了一聲。八十歲生日一過，老謝頭就死了……

閻三力子瞅了眼「城標」，又瞅了眼西下窪子上空的火燒雲。忽然間，他好像明白了那「雕塑」的意思：在那些亂七八糟的金屬零件中，他好像看到了一堆被肢解了的符號，被晚風吹散了，又在晚風中相遇了，被夕陽照亮了，又隨時都會騰空飛起來，飛向天空，化成那有些晃眼睛的火燒雲。

火燒雲在追逐變幻著。他在那些牛馬驢騾和貓狗雞鴨中彷彿還瞅見了他小時候的模樣……

八歲的閻大力子七歲的閻二力子六歲的閻三力子和院子裡的一幫小男孩們圍著電線桿子跑著、轉著、追著、鬧著，一邊大聲地喊著：「黃河黃河，我是長江！」、「長江長江，我是黃河！」他們幾天前看過電影《渡江偵查記》，這時還沉浸在打打殺殺的興奮之中。

電影是在實驗小學的操場上放的，不要錢。他們都太小，還看不懂，但是記住了這句臺詞。

街角的矮板櫈上，坐著一個賣冰棍的老婦，獨守著她的冰棍壺，不時地發出呻吟般的叫賣聲：「冰……棍……三……分。」，接著，又叫了聲：「冰……棍……五……分。」

她的形容憔悴，面相悽苦，兩眼茫然地看著過往的行人。長期的勞累，使她的雙腿浮腫得像一對瓦罐。她的臉頰上有一道溝痕，像是銘刻著她一生的苦難。她是個關裡人，也許是河南人，也許是山西人，不知道甚麼原因甚麼時候，流落到了這個偏遠的北方小鎮。人們叫她「苦豆」。老婦住在「人民醫院」太平房後面的一間小倉房裡。小倉房一人多高，窗戶上釘滿了破紙殼子和爛木板子。她好像沒有甚麼家人。

大力子二力子三力子和孩子們看見了她，就開始奚落。他們把剛才的「黃河長江」改動了，喊道：「地瓜地瓜，我是苦豆！」、「苦豆苦豆，我是地瓜！」老婦知道這是在說她，卻並不作答，半張著嘴，兩眼仍茫然地看著過往的行人。

孩子們盯著那兩個冰棍桶，一個桶裡裝的是普通冰棍，另一個桶裡裝的是奶油冰棍。每當有人來買冰棍，老婦就打開蓋子，無論是哪一隻桶裡，都會有一團冷氣撲面而來。

孩子們中屬二力子膽兒最大。他鋌而走險地向老婦的冰棍桶靠近，他想在開了蓋子的那一剎那，讓那冷氣撲到臉上。他正待湊近，老婦忽地一把將他抓住，掐著他的臉蛋子，一邊說：「就你調皮搗蛋，歹歹！」大力子三力子和其他的孩子都上來了，老婦招架不住，就大聲喊道：「你媽那個扣地，歹歹！」小孩子們聽不懂這叫罵，不但不生氣，反而愈加興奮快樂起來。他們劈哩啪啦地跑開，一邊喊著叫著：「長江苦豆，我是黃河！」、「苦豆花生，我是長征！」，他們手之舞之，足之蹈之，嬉笑聲淹沒了那婦人呻吟般的呼喚……

一天夜裡十點來鐘，他們閒得百無聊賴，就登著牆頭，爬上房頂。十幾家的房頂都連在一起，上面立著高高低低的煙筒。他們咚咚跑了起來，一邊像電影裡的游擊隊那樣神秘地揮擺著手，傳遞著口令。這些房屋都是鹼土泥抹的，土牆土頂，禁不住這樣踩踏，沒跑幾步，「鏗哧」一下，走在前面的大力子一腳就把人家的房頂踩漏了，二力子上來補了第二腳，三力子再補了第三腳。這時，聽到裡面「咕咚」一聲巨響，一大塊泥土混合著葦草，不偏不倚地砸在這家的尿罐子上，砸得瓦片橫飛，尿水四濺。已經睡下的「河南梁」一聲驚叫，心想難不成是蘇聯打過來了？急忙從房裡躥了出來找尋防空洞口。夜色中見到房頂上幾個驚慌逃躥的少年在嗤嗤地壞笑，頓時氣得火冒三丈，暴跳如雷。四下尋不到磚頭子瓦塊子土坷垃，索性脫下腳上的一隻氈疙瘩，狠命朝少年們扔去，一邊破口大罵。少年們並不理會，只是把那氈疙瘩接住，向大街上拋去，一邊齊聲喊道：

河南梁
愛尿床
一尿尿到大天光

少年們順著牆邊的電線桿子，紛紛出溜下去，溜到大街，飛快地跑得不見了蹤影，河南梁腳上缺了隻氈疙瘩，就單腳跳著，像一隻瘸了腳的螞蚱。他氣急敗壞，大聲地詛咒謾罵著少年們的千秋萬代、八輩祖宗和家裡的豬狗雞鴨。這罵聲驚動了四鄰八舍，他們紛紛出來，站在院子裡，跟著謾罵起來，一邊詛咒著河南梁吵了他們剛剛開始的好夢。

少年們還玩出了另一些花樣。

有一回，閻大力子弄到了幾顆民兵演習用的手榴彈，是楊大順子的爸從化工廠扛回來的，說留著冬天炸冰窟窿撈魚。閻大力子帶著閻二力子、閻三力子、楊大順子，還有七八個少年把手榴彈偷出來，要先試試它們的威力，就召來了一群路人來參觀。大力子把兩顆手榴彈固定在鄰居的豬圈門上，用線繩把拉環栓了，遠遠地拉在手裡，臥倒在地，喊了聲：「準備戰鬥！」猛地拉那線繩，手榴彈接連爆炸，發出巨響。少年們衝了過去，一邊高喊：「為了勝利，向我開炮！」

手榴彈炸塌了豬圈，把兩隻半大的豬囉壓得「嗷嗷」呼叫。大人們聞聲而至，大罵了這些少年們和楊大順子他爹的八輩祖宗。

後來，閻二力子搞到條狗，起了個名叫「楊大順子」，平時只叫「順子」。順子天天跟著他上學，每次都得往家裡攆。後來打疫苗，打得不對勁，把順子給打死了。到了下晚，閻二力子和同學把順子給埋了。他還給順子立了個木牌，上面寫了「楊大順子之木。生的偉大，死的光榮」。

「墓」字寫成了「木」，卻沒有人看出來。倒是後來有一天，真正的楊大順子他爹看見了這木牌，氣得把牌子給掘了，墳給平了，還找到閻二力子算賬，用鞋底子抽了他二五一十下。閻二力子說天底下重名重姓的多了，我的狗真叫楊大順子。楊大順子他爹拗不過閻二力子，這件事就不了了之了……

西下窪子上空的火燒雲仍然在不知疲倦地變幻著……

這一年的冬天到了，三力子唸書的二完沒錢請工友生爐子，校長就要學生輪流做值日。學校有煤，但沒有引爐子的柴火，要自己解決。輪到三力子，他就趁天沒亮，偷了鄰家的茅草和蒿子。生完了爐子，時間還早，閒得沒事幹，他就琢磨著弄點甚麼有意思的事兒。他在簸箕裡拉了泡屎，踩了個橛子，小心地把簸箕擺放在半開的門上。上課時間還沒到，第一個進來的竟然是校長，外號叫「大駝鳥」。他前來視察教室，像隻大駝鳥那樣一拐一拐地走過來，推開門，那簸箕裡的一泡屎不偏不倚扣在他的頭上，氣得他追著三力子滿教室跑，一邊大罵不愧你他媽姓閻，你就是個徹頭徹尾的活閻王啊。三力子在桌子上跳來跳去，一邊嘿嘿地笑著，最後奪窗而逃。校長大駝鳥當即就把他開除了。

這些都是好久好久以前的事情了……

天邊吹來了一陣晚風，三力子籠中的黃雀兒輕快地鳴叫了起來。他身上的汗背心子被風吹得呼搧呼搧地抖著。那汗背心子上破了好多洞，像是被槍子兒掃射了一樣。

「風兒吹得挺舒坦！」他說道，身上的破背心子又抖了起來，好像是那風兒的回答。他忽然覺得，他看見了風兒，發現了風兒原來也是有形有狀，有靈有性的。他發現了風兒也在互相追逐嬉戲變幻著，忽左忽右地，閃著刺眼的光芒，就像天邊的火燒雲一樣，在他的身邊掠過。

第十一章

老套子 Lao Tao Zi, the Little Soldier of Fortune

公元一九七〇年

「老套子」林仲奎在一年前壽終正寢了。他活過了八十一歲，在這個人生的戲臺子上謝了幕，畫了個句號，沒了。他的「同時代人」也差不多都沒了，或者用他學會的「朝鮮話」來說，就是「我不打」了。

「老套子」的得名純屬意外。那是一次年度報表時一個甚麼人的筆誤。「套」和「奎」過於相似，連他自己都分辨不出這其中的微妙差別來。

他是湖北人。這時的林副主席林彪正大紅大紫，他便開始自稱和林副主席既是同鄉，又是本家，這話聽起來就不可靠。人們就嘲笑他說，你還管林副主席叫二大爺吧？他謙虛地說，私底下啦！人家是領袖，日理萬機，不能輕易打擾地。不過後來林副主席出了事，這話就閉口不提了。

他，瘦小單薄的「老套子」，個頭還真有點像林副主席。抗美援朝，他居然經過了戰火硝煙，經過了大起大落，就這樣地挺了過來，走完了他的一生。他生前是「解放前參加革命的老幹部」，每個月能拿到退休金大五千小六千，在這個消費不高的城裡，算得上個富裕戶，算得上個人物，抑或用老盧的話來說，「這雞巴小子還成了高幹了。」這話非但不令他生氣，反倒令他得意，甚至還令他生出不少的自豪來。這時，他差不多要像當年那樣，一個鯉魚打挺，就地立正，規規矩矩地行個標準的軍禮，高喊一聲：「Yes sir，喔親哈拉騷思密達。」這是美國話蘇聯話和朝鮮話的合成體，大意是說「是的，長官，沒錯」。

沒錯，如果老盧還活著，就一定會罵上一句：「甚麼雞巴亂七八糟的！」

老盧是不會再說出這話了。老盧也在這世上活了漫長的八十多年，也罵了漫長的八十多年，終了，在十多年前就壽終正寢了。

當年的老盧是老套子的同事。同事的意思就是「一個單位的職工」。老套子的「單位」就是百貨公司。那時，老盧和老套子都是如日中天的中年漢子。

準確地說，老套子的單位是百貨公司的「包裝回收處」，或者還是用老盧的話來說，就是「破爛兒回收站」。這話聽起來有些不敬，事實卻就是如此。這裡的人，其實都可以比作是被打入冷宮發配滄州流放西伯利亞的「破爛兒」。換言之，他們是來接受改造的犯了錯誤的「壞分子」。

老套子做壞份子，至少從抗美援朝那時就開始了。除了幹活拈輕怕重、佔小便宜，主要表現在搞破鞋和貪汙方面，而且已經超過了「作風問題」的範疇，達到了道德敗壞的程度，甚至接近了被槍斃挨槍子兒的份兒了。老套子作揖磕頭，賭咒發誓，向黨向首長保證絕對要痛改前非，重新做人，才躲過了軍事法庭的審判。

他所在的部隊在朝鮮作戰三年。他當過排長，常和當地群眾朝夕相處，男女之事，屢屢發生。不過軍紀固然嚴酷無情，法罰卻更難責眾，到了後來，軍法不再用殺人警示，凡屬男女私通的，都交給本單位組織和行政酌處。「犯罪」一詞也改叫「生活作風問題」，處罰通常是放到機關挑夫班、師的擔架連、團運輸隊，以苦力代刑懲。老套子擡了半年擔架，還說要立功贖罪。然而，他「功」沒立起來，卻創造了一個「奇蹟」，那就是，憑著他的機智靈活，左躲右閃，竟在朝鮮戰場的槍林彈雨中毫髮無傷，而「雄赳赳，氣昂昂」地「跨過鴨綠江」，返回了故土。

不過，他的胸前並沒戴大紅花，他是被提前遣返回國的。儘管如此，組織上還是照顧了志願軍的形象，他那些不光彩的事也就作為「人民內部矛盾」處理，他的「遣返」也說成「退伍」了。

老套子退伍後，最初被安排到省城師範學院做軍事教官，實質上的體育教練，搞軍訓，喊立正稍息齊步走和跑步走。他把這些口令喊得有板有眼，把這些動作做得有模有樣，特別是每當行起軍禮來，他就愈發來勁，愈發有過之而無不及，愈發「人來瘋」起來。

課間休息時，他則「和群眾打成一片」。他穿了一身褪色的「志願軍」軍裝，手端著那掉了幾塊漆的搪瓷缸子，有意把那「最可愛的人」字樣朝外露著，笑嘻嘻地咧開嘴，眯著眼，顯得寬厚而慈祥。他給同學們講述「打敗美國野心狼」的故事，描繪美國鬼子的牛肉罐頭和壓縮餅乾如何好吃，說得抑揚頓挫，有滋有味，儼然就是個堂堂正正的有功之臣和「最可愛的人」了。他還不時地拍拍女同學們的肩膀，摸摸她們的頭，親切地說，「啊你啊塞喲」，卻沒人能猜出這話的意思。

後來組織上因為他「沒文化，無法進一步寫教學大綱以改進指揮立正稍息」，就把他調到食堂當伙食管理員。無奈這小子手腳不乾淨，在財務上搞了貪汙，不給「最可愛的人」爭光爭氣，就被組織上記過處分下放到了黑龍江最邊上的這座城。他本該享受幹部待遇，拿五十四塊五的工資，卻被定了個五十四塊，比幹部少了五毛，比工人多了一塊五，名義上就既不算幹部也不算工人，至於是「以工代幹」，還是「以幹代工」，組織上的意見是要他「自己理解」，他就自己理解為他是個「工人幹部」或「幹部工人」，簡稱「工幹」或「幹工」，說來說去，還是個「幹部」。

對於他在朝鮮戰場上的經歷，除了少數幾個領導看得到他的檔案，人們對他的根底所知甚少。據說他在「何時何地參加過何種反動黨團、會道門及其他反動組織、擔任過何職，有何活動，結論如何」，「何時何地何原因受過何種處分」，還有「歷史上有無被捕、被俘、脫黨、脫隊和失掉組織關係等重大問題，經過情形，結論如何」這些欄目中都有過「汙點」。

這「汙點」不禁令人沮喪。他被俘過，卻是被「共軍」俘虜的「國軍」。有一次他酒喝高了，跟老盧說他那標準的軍禮就是在閻錫山的隊伍裡學的。那隊伍是國民革命軍，國民黨的隊伍，就自然是「反動黨團」的「反動組織」了。

還據說，在「懂何國和何種少數民族語言，熟悉程度如何」這一欄目中，他填寫了「懂部份美國話蘇聯話朝鮮話」。這話大抵體現在他動不動就高喊一聲：「Yes sir，喔親哈拉騷思密達」，是美國話蘇聯話和朝鮮話的合成體。他見過美國兵美國鬼子，吃過美國牛肉罐頭和壓縮餅乾，學了美國話「Yes sir」，「No」和「OK」，還帶回來一個美國兵的湯匙。他沒見過蘇聯紅軍「老毛子」，那時他還是「國軍」，在老家湖北端著槍打「共軍」。他是被「共軍」俘虜了才成為「共軍」的。他的蘇聯話「喔親哈拉騷」其實是自以為是的胡編亂造。除此之外，他還會說「瑪達姆哈拉騷」，當然這被柳慶恆嗤之以鼻。「包裝回收處」的柳慶恆曾當過中蘇邊境的二等翻譯，他說老套子的蘇聯話是「扯王八犢子淨想他媽騷了」，「應該是哈拉燒，燒酒的燒，不是騷娘們兒的騷」。

老套子當然去過朝鮮，打了三年「美國野心狼」。至於他的朝鮮話，就不止一句「思密達」了，他正經能說上一籮筐，甚至還唬一陣子吶。他願意和朝鮮人打交道，特別是願意和朝鮮女人打交道，甚至還和朝鮮女人搞過幾次破鞋，有過幾個朝鮮「相好」吶。這些並沒有詳細寫在他的檔案上，卻詳細掛在他的嘴邊上。他說起這些事來就眉飛色舞，不但吸引了「包裝回收處」的全體員工包括「處長」李福德，還特別吸引了針織庫的保管員老盧和商品維修員老楊。這時，老盧就遞給他一顆葉子煙「蛤蟆頭」，老楊就順勢劃了根火，二人討好地笑了一下，說：

「我說老套子，你再給咱說說你那桃花運風流韻事兒唄！」

「哈這個，說哪段兒啊？」老套子賣了個關子。

「你那朝鮮相好的叫啥名了？」老盧接著問。

「最後一個叫朴仲花，哈這個，名兒多好聽！跟咱泛一個仲字兒，有緣，嘻嘻。」老套子眨了一下眼，咧了一下嘴，露出了一顆鑲了金邊的牙。

「你他媽睡了人家多少回？」老盧直奔主題。

「哈這個就說不上來了。七回？八回？九回？十多回吧。哪記得住吶？嘻嘻。」老套子等著下一個問題。

「那朝鮮女子咋樣？哈哈。」老楊和老盧同時嚥了一下口水，問道。

「哈這個！」老套子眼睛一亮，一邊在自己的身上比劃了一下，讓人聯想到「仲花」那妙不可言的身段，意猶未盡地說，「那還用說？沒治了！」

「咋個沒治法兒了？」老盧老楊連忙追問，又嚥了一下口水。

「哈這個！要多沒治有多沒治！那！你們好好想想！」老套子也嚥了一下口水。

「你他媽這叫抗美援朝！王八犢子，你小子禍害朝鮮良家婦女吧！」老楊做出氣憤狀。

「嘻嘻，哪裡哪裡。朝鮮老爺們兒不夠用，上前線了，咱支援朝鮮婦女，也是抗美援朝思密達。」

老套子抽了口蛤蟆頭，陷入了對朴仲花的回憶。

「沒讓咱去呀！」老盧懊悔地說，掐指算了算，抗美援朝那年他已經小三十了，便自言自語道，「咱那年成家了。」又若有所思地說：「三十如狼，四十如虎啊。」

「你小子在四里五不是也有相好的？交了桃花運吶。嘖嘖。」老楊無不羨慕地說。

老套子隔三岔五地去上一次四里五公社的朝鮮屯，用他那一籮筐朝鮮話和村民們搭腔。很快地，他不但吃到了他們的上等大米飯狗肉湯和泡菜，還搞上了幾個朝鮮女人相好。別人說他這是道德敗壞，他說他這是繼續抗美援朝，實行國際主義。

正待老盧老楊要進一步追查老套子和朴仲花搞破鞋的細節時，外面傳來一陣喧鬧聲，原來是董書記來了。他還帶了一個參觀團，是省裡商業廳來檢查工作的廳長，跟著一個秘書和一個隨從。

肥頭大耳小眼睛的董書記是百貨公司的一把手，他和顏悅色的臉上泛了紅光，小眼睛瞇成了兩條細線。見老套子幾個人正熱烈地發表著甚麼演說，興奮地討論著甚麼話題，就順水推舟地向廳長介紹說：

「哦，他們在討論《人民日報》的文章吶。」這正是他目前佈置的學習材料，便又補充了一句，說：「是《家家戶戶升起了紅太陽》。」又轉向老盧老楊老套子示意：「是吧？」

「嗯吶，正是！」三人互相望了一下，齊聲應到。

「啊，同志們的熱情很高喔！」廳長是個黑鐵塔般粗壯的漢子。他搖晃了一下他那大腦袋，總結性地加了一句：「好啊！」又打量了眼前的這幾位同志，說：「啊，你們誰來介紹介紹工作情況？」

說時遲，那時快，老套子林仲奎「嗖」地一下來了個鯉魚打挺，右手迅速擡起，五指併攏伸直，手心向下，手腕伸直，手臂端平，「啪」地一聲，行了個標準的軍禮，響亮地高喊了一句：「首長好！」沒等廳長緩過神來，又接著說了下去：

「抗美援朝志願軍退伍軍人林仲奎，現任百貨公司包裝回收處回收員向首長特別報告：本處共有職工五人，處長李老坦兒、處員狗頭肉、柳慶恆、閻國財，還有我自個兒外號老套子！我處回收各類商品包裝包括布包皮子木頭箱子麻袋片子洋鐵觔子玻璃瓶子洋釘子紙盒子繩頭子紙片子。我們的服務公約是一樹立二多三服務四要五不六個一樣七做到八完成九跟進十徹底。一樹立就是樹立全心全意為世界革命搞回收的宇宙觀；二多就是多為中國革命做貢獻，多為文化革命衝鋒陷陣；三服務就是服務基層服務鄉鎮服務工農兵……」他的報告抑揚頓挫，聲情並茂，些許的湖北腔令人想起「九頭鳥」的吟唱。

「行了行了。」老套子一口氣說出的連篇廢話不知所云的「歪摧斜拉」還沒完，就被董書記打斷。不料，老套子的口才和套路倒是引起了廳長的注意：

「啊，這個年輕人有發展，是塊材料啊。」說著，廳長還伸出他的大手，拍打了一下老套子的肩膀。老套子激靈一下站了起來，又一個鯉魚打挺，行了個軍禮，高喊一聲：「Yes sir，喔親哈拉騷思密達。」

「哈哈哈哈哈哈哈哈！」老套子這番話把廳長逗得一連爆發出八個「哈」：「挺幽默啊！」秘書和隨從也跟著哈哈大笑了起來。

廳長又用他那大手拍了一下老套子的肩膀，這下子卻多用了不少氣力，老套子不禁「噭」地叫了一聲。廳長又大笑了，咳了一口痰，說：「這個年輕人確實有發展！口才不錯，套路清晰，啊？大有可為啊！」又回頭看了一眼旁邊的董書記，說：「這小子說的是美國鬼子蘇聯老毛子和高麗棒子三國話的三結合啊，難不倒我，我都聽得懂，啊哈哈！」

老套子正要再來一個鯉魚打挺，行一個軍禮，卻被在一旁的老盧拉住了說，「得了得了，甚麼雞巴亂七八糟的！這個王八犢子，給鼻子上臉了。」

「哦？自由主義又犯了是不是？」董書記批評了老盧，紅臉也有點變紫了。

「啊，老同志，得向這位年輕同志學習啊！」廳長心情仍然不錯，伸出大手，要再拍一下老套子的肩膀，卻給老套子機靈地躲開了。廳長的大手在空中一揮，又說，「啊，就到這裡了，咱們再往前轉轉？你們接著學習吧！」轉向董書記，說，「啊，是《人民日報》的文章？」

「正是。」董書記答應著：「是《家家戶戶升起了紅太陽》。」說著，帶領參觀團走出了包裝回收處的院子。身後的老盧跺著腳，老楊捶著胸，憋住了聲音，笑得合不攏嘴，喘不過氣來。見他們一行走遠，就齊聲說：「思密達，思密達。」

按照廳長的意見，隔了不多久，董書記就把老套子調到齊齊哈爾二級站當駐債員去了。「這小子要小聰明，由他去吧。」董書記心想：「老套子這小子他媽的，早晚還要再整出點甚麼事兒來！」嘴上卻說：「廳長愛才。發展，讓這小子發展吧。」

果然，這話給董書記說中了，老套子不久就發展出了點事兒。

事情就發生在老套子駐債期間。「駐債」就是住在齊齊哈爾的二級站協同採買員選訂商品，特別是緊俏商品如掛鐘縫紉機手錶皮靴子皮夾克皮帽子皮手套，肥皂香皂火柴燈芯絨的確涼滌卡滌綸中山裝，其中最緊俏的是上海牌手錶，多半是憑票或特批購買，少量對外出售也要走後門。票子發給單位的勞動模範和先進工作者，批條由商業科科長簽發。

這樣的一塊手錶售價一百二十元，是普通人四個多月的工資。這時人們的日子雖然過得十分拮据，上海牌手錶卻依然受到人們的無限青睞和無盡嚮往。能戴上一塊上海牌手錶，是尊貴身份的象徵，就好比中世紀的佩劍之於一個騎士，好比本世紀的一枚獎章一面錦旗一瓶富裕老窖及洞房花燭夜之於城裡的男人。而之於城裡的女人，則好比嫁了軍官生了兒子參了軍提了幹收到雞蛋鴨蛋鵝蛋一籃子……總而言之，戴在手上一塊上海牌手錶，就如沐春風如淋春雨如見西下窪子上空絢麗奪目的火燒雲……那亮晶晶光閃閃咯噔咯噔走著秒針的上海牌手錶令城裡的人們無比激動無限嚮往無上榮光。

這時的老套子受到廳長的表彰和書記的安排，就在齊齊哈爾駐了債。他穿了人民裝，戴了人民帽，端了那「最可愛的人」搪瓷杯，不免有些春風得意，繼而得意忘形，忘形之餘，就又大著膽子幹了次偷雞摸狗的勾當。這次老套子上手的就是一塊這樣的上海牌手錶。

這是老套子榮任駐債員的第三個月底。照例，星期五的下午，老套子和採買員揹了手錶，坐了火車，回到了百貨公司。第二天星期六，百貨公司手錶專賣部門前就擠滿了搶購手錶的人流。

手錶由八個人賣，九個人維持秩序，止住了十個人的夾塞兒和十一個人的爭吵，不到下晚飯時，三八二十四塊手錶就一售而罄。不料，當夜吃完了夜餐後一結算，卻發現少了一百二十元，就是說少了一塊上海牌手錶。這可是個天文數字，是不得了的重大失竊事件。商業科科長相信這是出了內賊，就在電話中要求董書記成立專案組，在二十四小時內破案。

董書記立即把這八個賣手錶的人圈了起來，哪兒也不准他們去，就是上廁所也得有人跟著。專案組中有一個女的叫袁慧，個兒不高，老師出身，文化大革命前讀過《福爾摩斯探案集》，就用了「密斯脫歇洛克・福爾摩斯」的排除法來分析，說「排除所有不可能，剩下的一種解釋，不管多不可思議，都是事情的真相」，末了還加了一句：「這也符合馬列主義毛澤東思想辯證法。」董書記欣賞「符合馬列主義毛澤東思想辯證法」這句話，就說「這話有道理」，於是開始按福爾摩斯的馬列主義毛澤東思想辯證法，對這八個賣錶的人進行了認真的排查和逐個的排除。董書記注重「認真」二字，強調了毛主席的最高指示，說世界上怕就怕「認真」二字，共產黨就最講認真。

果然，「認真」二字起了作用。專案組排查來排除去，最後排除了七個人，剩下個老套子，便認定只有他老套子「才有可能」，只有他老套子「才令人不可思議」，只有他老套子才具備作案時間作案地點作案工具，便對他進行了強烈的心裡攻勢。老套子開始時還神情自若，沒事人一樣，甚至還抽了顆蛤蟆頭，吐了個大煙圈，唱了句「昔日裡有一個孟姜女，曾於那範郎送寒衣」。老套子會唱京戲，不但八個樣板戲都會唱，還會唱古裝戲的青衣花旦。七十年代初，他就在百貨宣傳隊當過報幕員，說：「我們白貨公司」，是湖北腔。

董書記的臉沉了下來，小眼睛睜圓，「啪」地一聲，拍了下桌子，吼道：「大膽林仲奎還扯犢子！甚麼孟姜女，甚麼送寒衣！這鐵證如山，你還有甚麼話可說？」老套子林仲奎不但沒有絲毫的驚慌，反而「啪」地一聲就地立正，規規矩矩地行了個標準的軍禮，高喊一聲：「Yes sir，喔親哈拉騷思密達。」

「啪！啪！」董書記又連拍了兩下桌子，如同兩個耳雷子左右開攻，搧在老套子的嘴巴子上，他的心裡防線被徹底地摧毀了。

「說吧，老林，怎麼回事兒？」董書記這次大吼了起來。一旁的楊政工員也跟著大吼一聲：「坦白從寬，抗拒從嚴！說！」又踢了一下牆角的痰筒，彷彿在踢一個階級敵人的屁股。

老套子老林這次沒行軍禮，卻還是站了起來，拉出掖在褲腰裡的襯衫下擺，一塊上海牌手錶就從裡面掉了出來。原來他來了個「袖裡吞金」，趁人不注意的當兒，把這塊手錶滑進了袖口子，又一擡手，做了個行軍禮的動作，便把手錶滑進了胸前的褲腰裡。這下子他沮喪地低下了頭，囁嚅著說：「我在朝鮮戰場上學會的變戲法兒，今天也就是演習了一次。」

「啪！啪！啪！」董書記又連著拍了三下桌子，如同三發催淚彈炸在他的頭頂上。這次他的聲音不大，卻顯得無比震攝，無比威嚴：「行啊，老林，你這戲法兒演習得可以啊你！行行行，我算服了你了。你再回到朝鮮戰場那老地方演習去吧！」

「催淚彈」把老套子催得淚流滿面，他「嗚嗚嗚」地哭了起來。董書記不再說話，他在桌子上共拍了六次手，拍得手心有點發麻，就搓了搓，背到後面，轉過了身，揚長而去了。

老套子並沒有回到朝鮮戰場的老地方，卻又回到了收破爛兒的包裝回收處老地方，繼續接受改造去了。

改造這些中間人物或反面人物的主要方法就是開批判會。開批判會時，挨批的對象得隨叫隨到。有一回夜裡十點多了，政工組突然決定要把老套子捉拿到場。幾個年輕力壯的職工趕到南頭老套子家，不料他不在。問他老婆，老婆說死鬼死了。再問死哪去了，回答說東鹼泡子？南山崗子？西下窪子？北樹林子？這就不知道了。楊政工員說這怎麼行？東南西北上天入地也得找，死了也得見屍首啊。這麼晚了，他能去哪兒吶？

於是就讓袁慧再用福爾摩斯的馬列主義毛澤東思想辯證法，對老套子可能躲藏的地方進行了認真的排查，最後鎖定了三百的許大姑娘家。有好幾個人看見他常常和許大姑娘眉來眼去，還私自把公家的布包皮子送給她好幾塊。幾個壯職工急忙趕到北頭的許大姑娘家，撞開門一看，許大姑娘正躺在被窩裡，大辮子散開著，卻不見老套子。看到地上的一隻破膠鞋，專案組斷定這小子走不遠。聽到外屋地有動靜，就不容分說地揭開菜窖蓋子，一下子把凍得瑟瑟發抖的老套子給揪了上來。

批判會折騰了兩個多鐘頭，把老套子批判得落水狗似的，直到弄得人睏馬乏。楊政工員要求老套子從現在起斷絕和許大姑娘的來往，又唸了段最高指示。毛主席在批判搞破鞋方面的最高指示並不多見，楊政工員勉強唸了「自私自利，消極怠工，貪汙腐化，風頭主義等等，是最可鄙的。」

老套子認了錯，說主席說的這些問題他都有，主席真英明啊。他老套子是被資產階級的糖衣炮彈所俘虜了，幹了對不起人民對不起黨對不起主席，親者痛仇者快的事，是「最可鄙的」。

楊政工員接著問：「你還對不起誰呀？」老套子想了想，說：「我還對不起領導們。」楊青山說：「扯王八犢子。你最對不起的是你老婆！」老套子恍然大悟，說：「嗯吶，還是政工員看得深刻呀。我對不起我老婆，我請求組織上批准，讓我老婆狠狠地鬥爭我處罰我。」

聽說他老婆還真地狠狠地鬥爭和處罰了他。鬥爭就是操了他八輩祖宗，咒了他不得好死，罵了他死後不得好埋，處罰就是一個月不讓他進她的被窩，兩個月讓他在外屋地刷碗，三個月讓他在大清早倒尿罐子。此外，還把許大姑娘用同樣的咒語鬥爭了十回。至於處罰，說待等那許大姑娘讓我看見，我就剝了她的皮，割了她的舌，抽了她的筋，把她打翻在地，讓她永世不得翻身。

老套子說了句「Yes sir，喔親哈拉騷思密達」，接著就回罵了：「這有啥呀！你個潑婦！你個婊子養地！暴里暴氣地！你還當老子怕你的咒罵呀？你還尋思老子想進你那臭被窩呀？你道刷碗倒尿罐子就把老子難倒了？要說那許大姑娘，你當她是走資派呀？那！你想咋地就咋地吧！苕吃多了你！」

許大姑娘並沒有讓老套子老婆的預謀得逞。她沒臉在這裡呆下去了，就託了遠房親戚，費了很大的力氣，搬家去了北山裡，嫁了個二勞改。許大姑娘走得突然，老套子過了些時候才知道。老套子被嚴重警告一次，記大過兩次，批判教育了三次。

儘管如此，這事並沒有給老套子多大的打擊多大的教訓。很快地，他就又像從前的「最可愛的人」一樣，四仰八叉地躺在院子裡的包裝箱子上，翹著二郎腿，抽著蛤蟆頭，嘻嘻哈哈，和狗頭肉逗起悶子來了。

狗頭肉也有大號，叫章偉君，卻因為「偉君」二字有「偽軍」之嫌，就寧可被叫作「狗頭肉」了。不過，這外號倒恰如其分，他的眼睛有些大，嘴巴努努著，大腦袋搖晃起來時就像是條搖頭晃腦的哈巴狗。

「郎里哏郎，郎里哏郎，郎里哏郎哏里哏里哏郎哏郎。」老套子是這樣開場的。

「你雞巴小子這回老實了吧？」狗頭肉是包裝回收處的回收員。他雖然是個右派和壞份子，卻是個頗有心計頗有城府的老油條。他的聲音嘶啞潮濕，像是收發室「驛站」的大水壺，被「驛站長」胡老頭燒得沸沸騰騰，冒著一團團霧氣。

「咋了？老子能上能下，能官能民！嘻嘻，郎里哏郎。」老套子不服地說。

「屁吧！郎裡哏郎，還官吶！」狗頭肉啐了口痰，「哎，你也別說，你是當過官，啥官？教官！」

「嘻嘻。」老套子嘻皮笑臉起來，「咋說也比更倌大幾個級別。嘻嘻。」

狗頭肉對老套子的「嘻嘻」不屑一顧。他近來搞上了鄰家十九歲的大姑娘，就開始注重起儀表來了。他身穿尼龍短袖衫，水藍色，輕盈剔透，微風吹過，抖抖擻擻，像東鹼泡子上的一片漣漪。他胸前的口兜裡裝了一盒香煙，像是透視過一樣，看得清清楚楚，是「大前門」，沉顛顛地晃動著。他不肯躺在那包裝箱子上，怕壓了他的涼帽。那涼帽見稜見角，若加了帽翅，還真有點像戲臺子上縣官的烏紗帽。他手上抹了些蛤喇油，臉上噴了些花露水，不時地散出一陣陣怪異的香氣。

「嘻嘻嘻嘻。大官小官，總還是個官！」老套子認準了他自己就是個官。發現了狗頭肉兜裡的大前門，手伸了過去：「小子牛性啊。哪來的大前門吶？」鼻子嗅了嗅：「你雞巴小子沾了甚麼狐狸騷是不是？怎麼不像正經味兒啊？不像是大前門的味兒。」老套子發覺了他的味兒不對頭。

「就他媽知道嘻嘻。比你那臭豆腐味兒強！」狗頭肉一胳膊把老套子的手擋了回去，「禁止煙火！沒看那牆上寫的？」說著，朝牆角啐了口痰。

「嘻嘻。你那嘴比臭豆腐還臭一輪。」說著，老套子也啐了口痰。

「呼——」狗頭肉朝著老套子的臉上吹了口臭氣，接著說：「這味兒咋樣？」

「比那茅樓子還臭點。」老套子趕緊撿起一塊紙殼子，使勁地驅散了那臭氣。

狗頭肉兜裡的大前門還在晃動著：「小梁這小子有發展！」大前門令狗頭肉誇讚起了小梁梁春青。這包大前門就是昨天梁春青送的。梁春青送大前門是為了感謝「章師傅」指點迷津。剛剛參加工作的梁春青意識到了要求進步和靠近組織的重要性。他說要爭取在解決「個人問題」之前先要解決「組織問題」。個人問題就是找對象，組織問題就是入黨，這是人生的兩件頭等大事。

「梁春青？那小子會來事。」老套子說，「咋地？你小子又教唆了一把？」

「不是教唆，是指導。」昨天，梁春青得到了「高人」的指點。高人是狗頭肉章偉君。他問狗頭肉，章師傅你說咋地才能要求進步吶？狗頭肉沉思了一會兒，先說出了十個字：「要想混得好，就得靠領導。」他把「要求進步」的秘訣簡化為一個字：混。

「就你那德行。雞巴毛！」老套子對狗頭肉那一套不屑一顧。

「咱這德行你別說，還真造一陣。」造一陣的意思就是「很管用」：「小梁這小子聽勸。」昨天，梁春青細細品味著狗頭肉這八個字，細細琢磨了周圍那些「要求進步」的人，他們「混得好」，還真「靠的是領導」。他覺得狗頭肉的話「有些道理」，說他不愧是「滿洲國」國高畢業，不但有文化，更是有城府，就說國高國高，實在是高！

「我就知道你準放不出來好屁！」老套子對狗頭肉能放出甚麼屁來瞭如指掌。

「小梁這小子還真聽勸。」狗頭肉相當得意。「這小子細細品味了我這八個字，細細琢磨了周圍那些要求進步的傢伙們，說他們混得好，還真靠的是領導！這不，這小子點了大前門，問我，說那又咋樣靠領導吶？」

「你又放了個啥屁？」老套子問。

「啥屁？好屁！香屁！」狗頭肉說，「我給了他十六個字兒：供其所需，投其所好，補其所短，應其所變。」說著，拍了拍兜裡的大前門，「這小子聽了這話，頓覺茅塞頓開，大徹大悟啊。他把這十六個字兒寫下來，牢牢地記住，把剩下的大前門全送給了我。他明白了，他的領導就是黃主任黃皮子啊，土改干部。黃皮子的所好就是吃與喝！」

黃主任黃潤中外號叫「黃皮子」，不僅僅是因了他姓黃，還因了他有一件黃不溜秋的軍大衣，一年中有大半年披在身上，保管員大蔣鳳山就管他叫了「黃皮」。沒過多久，跑站員小蔣鳳山又有了新的發現：他見黃主任披了「黃皮」的乾瘦身板，凹陷的兩腮，滿口的黃牙，就說他怎麼越看越像隻黃皮子？他把這一發現告訴給旁邊的人，他們就一致說對呀，他是越看越像隻黃皮子，特別是再戴上那頂狐狸皮大帽子，說他乾脆就是隻地地道道的黃皮子也不為過。

「不怪讓你他媽當了右派！」老套子說：「你這屁還有點道理，非常有他媽道理！」

「嘿嘿。這小子還要請我吃人民飯店吶。」狗頭肉得意地笑了，對著斜射過來的陽光，瞇起眼睛，翹起的二郎腿搖晃了起來。

「有了好吃好喝別忘了把我也叫上，我說。」老套子說：「咱也有幾個好屁香屁，給小青年放一放。」

「操！想得美。」狗頭肉不正經回答他。

「梁春青這小子沒成家，沒負擔。」老套子說：「這不，二斤散白酒兩元錢，一盤漬菜粉三毛五，一盤炒乾豆腐三毛二，一盤炒豆芽三毛，一盤炒土豆絲三毛，八個饅頭三毛二，此外，一盒大前門三毛五，四個人吃喝一頓得三元六毛四，還吃不到硬菜。」老套子把賬算得門清。

「一到點貨加班，小梁這小子就自告奮勇去安排安排。這一人三毛錢加班費補助哪夠一頓飯呀？這小子吶？就他媽的就自掏腰包，加上他哥是人民飯店的大師傅，能白吃點飯菜，這小子就隔三差五加一回班，點一回貨，安排黃皮子去一回人民飯店，再叫上幾個有關領導，算是向組織上做思想匯報。靠近組織也得花錢吶，哪有白得的？不過這也值。聽說這小子已經他媽填表了。」

「填啥表了？入黨？」老套子問。

「你尋思吶？就是解決組織問題。」狗頭肉說。

「真有他媽兩下子思密達，比老李頭子強。人不可貌相啊。」老套子說。老李頭子指的就是老李李福德。

「這老頭子這會正寫著吶吧？」狗頭肉說。「寫著吶」是指寫著入黨申請吶。伸出頭去，往窗戶裡瞥了一眼，果真瞥見了李福德正坐在裡面寫著甚麼。

「嘻嘻。這是解決組織問題。」老套子說。說著，把手中的一根鐵勒子擰成一個鐵圈，往前面的一個木樁上一扔，不偏不倚，套了上去。

「挺他媽準啊！嗯……老套子，老套子……狗頭肉閒得有些無聊，伸手在空中抓了一把，變戲法兒般地抓出了一顆水果糖，仔細地剝開糖紙，送進嘴裡，「嗞啦」一下，狠狠地嘬了一口，說：「套和奎，這兩個字兒還真是差不離兒，好比茅廁和茅樓，原本就是一回事兒。」狗頭肉對老套子的名字給予了這樣的評價。

「你小子有糖吃？怪不得能勾搭上人家小姑娘。哎，給咱也來一塊！」老套子對於他到底是「套」還是「奎」並不在乎。

「喔，我這兒正好還有一塊，拿去吧。」說著，就變戲法兒般地在空中又一抓，又一塊水果糖就托在了掌心。老套子正要伸手去奪，狗頭肉卻揚起手臂把那糖一下子抽走，變戲法兒般地不見了，嘴巴咧開，笑道：「嘿嘿嘿嘿嘿嘿！可望不可及，饞死你個癟犢子！」

聽到外面吵鬧，正在辦公室寫「入黨申請書」的李福德破門而出。「揍啥捏？」李福德是個瘦高的老坦兒，快七十歲了。他大鼻子尖上架了副花鏡，把「做啥」說成「揍啥」：「揍啥？我還當狗起秧子來捏！」

「啥都沒揍。也沒有狗起秧子捏。」狗頭肉學了李福德的口氣，沒理他，又繼續逗老套子。他手往空中一抓，又把那糖抓了出來。正待老套子再一次搶奪，李福德一個空中攬月，把水果糖攬了去，又以迅雷不及掩耳的速度剝掉了糖紙，把糖送進嘴裡，他那乾癟的腮幫子頓時鼓了起來，臉上的皺紋也舒展開了。

「老李，你這屌樣還能入黨？少先隊都入不了！」狗頭肉笑罵道。

「去你那操蛋德行！我咋兒就不能入黨？我就入給你看！」老李還是相信他終有一天會解決組織問題。

「你等著因公犧牲後來一個追認吧！」狗頭肉給他出了個主意。

「你他媽狗頭肉，推不是人揍兒跌。我給你個大脖摟子！」李福德揚起他那枯枝一樣的手，正要給狗頭肉一個大脖摟子，卻撲了個空，狗頭肉頭一偏，躲開了，李福德的手打在了旁邊的電線桿子上，疼得「嗷嗷」直叫，接著就開了罵：「你他媽狗頭肉推不是人揍兒跌！」

狗頭肉和一旁看熱鬧的老套子閻國才柳慶恆老楊老盧都被這一幕逗得捧腹大笑。

李福德名義上是「處長」，實際上只是個包裝回收處「管事兒的」。包裝回收處是個魚龍混雜的地方。按人們對於階級的分析，這裡除了李福德還算得上個「正面人物」，其餘的處員狗頭肉、柳慶恆、閻國才之流，各個犯過錯誤，各個有過前科，只能算是「中間人物」甚至「反面人物」。而李福德卻是個例外。他不但沒有犯過甚麼錯誤，反而是個「積極向上和要求進步」的好同志。

李福德六十六歲那年，有人問他說，老李啊，該退休了吧？這麼幹犯不上啊。他說，我不能退，我還沒解決組織問題捏，人們就嘲笑他說，你扯犢子吧，那麼大歲數了，解決你那組織問題有個甚麼用捏？還能升雞巴個一官半職捏？老李卻仍然堅持要「將革命進行到底」。他連著寫了十一次「入黨申請書」，卻連著十一次被組織拒之於門外。到了第十二次，組織上找他談了話，說這是組織上對你的考驗和愛護，不在黨也不是照樣為人民服務？魯迅先生就是這樣啊。這回，他就說算了吧，我這輩子就做個不在黨的普通「革命群眾」得了。

閻國才犯的錯誤是「作風問題」，也就是「搞破鞋」的問題。他本是個轉業軍官，到地方後當了蔬菜公司的經理，工資八九十元，待遇相當不錯。無奈他沒站穩階級立場，「在糖衣炮彈面前打了敗仗」。他請領導喝酒，常常把領導灌得「五迷三道」，以為從此就可以甩開膀子為所欲為，老子天下第一了。

他最大的特點是「和群眾打成一片」。這個特點的特點是善於「交心」。他善於找女同志交心，交來交去，就交上了炕，也就是交了人，和她們真正地打成一片了。他軟硬兼施，樂此不疲，竟把周邊的女同志都給「交」了。這事東窗事發，女同志的丈夫們合夥把他狠狠地揍了個鼻青臉腫，然後又聯合她們的家人把他給告了。結果組織上把他拘了起來，給他戴上了手扣子腳鐐子，差點就被上交判刑。他的工資一下子被降到三十元，原來的好煙好酒好茶好飯和好女人都沒了，他的生活標準一下子回到了「解放前」。

然後是狗頭肉。他不但也犯了「作風問題」的錯誤，還因在反右鬥爭時說了不該說的話，被打成了

「右派」，於是就成了雙料壞份子。他在「滿洲國」時唸過國高，這使他非常驕傲，他相信他人生的不順是偶然的，是完全可以避免的，「就差了那麼一丟丟兒，就多說了那麼幾句話」，他痛心疾首地說，還伸出手，用拇指在小指甲上比劃了一下，意思是若不是那一丟丟兒和幾句話，他早就入了黨，提了幹，加了薪，當了經理，當了主任，甚至當了書記，早就幹出一番事業了。

最後是柳慶恆。他當過兵，在中蘇邊境當過二等翻譯，跟老毛子打過交道，是個見過世面的人。他犯的錯誤是「自由主義」，是工作作風問題而不是生活作風問題。他的自由主義表現在對領導的不敬和對組織的不恭，具體來說就是對這兩者的肆意謾罵。雖然他被貶到了這收破爛的「包裝回收處」，他的自由主義卻絲毫不減。

至於大百貨庫保管員老盧和商品維修員老楊，在閒著沒事的時候，他們要嗎就聚集在收發室「驛站」，要嗎就聚集在包裝回收處，除了抽捲煙喝茶水打撲克逗笑話，大多的內容也就是謾罵。老盧保管的針織庫離這裡近，蹓躂幾步就到了。他和這裡的「中間人物」或「反面人物」搭訕沒有幾句話，就開始了他的謾罵。

百貨公司的大院子裡，到處都是「禁止煙火」的告示。院子裡的任何角落，除了行政辦公室和收發室「驛站」，都一律在禁止煙火之列。行政辦公室瀰漫著的紙煙煙霧，好一點的是大前門、大重九、大生產，次一點的是迎春、握手、經濟，而收發室驛站裡瀰漫著的，好一點的和次一點的則都是「蛤蟆頭」。驛站裡來往的過客們就刻刻離不開蛤蟆頭，他們各個是抽蛤蟆頭的巨匠，各個是捲蛤蟆頭的高手。

巨匠中的巨匠高手中的高手就是老套子。老套子說，像他這樣身經百戰的「最可愛的人」要配「最可愛的煙」。最可愛的煙要嗎是大前門，要嗎是蛤蟆頭，沒有中間道路可走。他說最可愛的煙得具備三條，一是成色好，二是味兒正，三是不滅火，點著後一直燃到完，大前門和蛤蟆頭就正好具備了這三條。

他自然抽不上大前門，於是他就抽蛤蟆頭，這得自捲。他捲蛤蟆頭的常用紙是《人民日報》。他說這報除了紙好，還有更深一層的意義：用人民的報，捲人民的煙，由人民來抽，我為人民，人民為我，恰如其名，恰如其分。

收發室驛站報架子上的三種報紙，《參考消息》被柳慶恆壟斷了，他關心的是中蘇何時開戰。《解放軍報》被小蔣鳳山佔有了，他關注的是誰誰誰沒有露面。剛好剩下了《人民日報》，沒有人關心和關注，老套子便常常撕下一塊邊，一塊角，兩指寬，一指長。看清了上面沒有最高指示或毛主席頭像，便掏出煙荷包捲煙。他的煙荷包是狍皮做的，底大口小，口上有條帶子抽鬆緊，拴在褲腰帶上，走起路來一搖一晃。

他的手指捏著蛤蟆頭煙葉，不停地揉搓著，均勻地撒在紙上。他用三根指頭把煙葉擺齊，捲成個喇叭筒狀，用舌頭舔濕了紙邊兒，封了，把頂端一擰，成了。這個喇叭筒捲得不粗不細，不長不短，煙葉放得不疏不密，不多不少。它一頭大一頭小，除了發不出「革命歌曲」和「評論員文章」，還真像街心那個大廣播喇叭筒。「大前門給首長們，咱普通一兵就來蛤蟆頭」，他謙遜地說。

於是，他捲的蛤蟆頭喇叭筒就成了人們的搶手貨。他的蛤蟆頭喇叭筒每每捲完，剛剛抽出根洋火點燃，就突然「嗖」地一聲，被一隻橫空出世的手橫刀奪愛，接著的是一陣公雞打鳴般「咯咯」的笑聲。老套子知道來者正是「大氣卵子」張維金。

張維金是暖庫的保管員。他叫了「大氣卵子」，是因為得了小腸疝氣。他搶奪老套子的蛤蟆頭其實不光是為了煙，更是為了奪，或者說是為了樂。他就愛看到老套子那一副吹鬍子瞪眼的狼狽像，這時，他就會對老套子說：「你這會兒才像個最可愛的人。」

老套子時刻防備著大氣卵子那隻神出鬼沒的手，然而道高一尺，大氣卵子就好比傳說中的隱形人一般，不論老套子如何提高警惕，卻總是令他防不勝防。

不過老套子畢竟是老套子。他說狐狸永遠套得住兔子，而兔子卻永遠套不住狐狸，他就是一隻狐狸。

有一天，他終於讓大氣卵子領教了甚麼是魔高一丈和狐狸套兔子的道理。

這年夏天大旱。東河、東鹼泡子、嫩江、托力河，凡是有水的江河湖泊水坑水窪或變淺了，或枯乾了，或龜裂了。托力河河套差不多見了底，已經不能稱其為「河」稱其為「套」了。從前水流湍急的地方，現在變成了淺灘，牛兒馬兒騾兒驢兒走過對岸，水連牠們的脊背都沒不過了。人們恐懼地意識到是不是三年自然災害「挨餓那年」如今又捲土重來了……

各行各業組織的抗旱隊遂紛紛奔赴農村鄉下。「人定勝天」，人們再一次向那遠方的高高在上的老天爺下了挑戰書，敲著鑼，打著鼓，擎著紅旗，呼著口號，吹著嗩吶，唱著戰歌，像幾年前慶祝「全國山河一片紅」一樣，浩浩蕩蕩地開向鄉間那裂開的大地……

商業系統也組織了抗旱隊，來到了托力河。老套子林仲奎和大氣卵子張維金被分在同一小組。他們的抗旱，也就是汗流浹背地跟著那大抗旱筒呼哧呼哧地跑，再拎著裝滿的水桶，沿著壟溝，一顆莊稼秧澆一瓢水，滋潤一下就是了。

夜裡，沉悶的暑熱就從山崗上吹到村子裡來。生產隊隊部的大炕上下擠滿了人，是百貨公司支援抗旱的員工們，抗了一天旱，歇工了。

他們或坐或臥或蹲或站，或打盹或說笑話或玩撲克牌，每個人都光著膀子，光著腳丫子，每個人都抽著煙，煙臭加汗臭屁臭腳丫子臭的混合味兒把空氣弄得渾濁不堪。

撲克牌玩的是「打娘娘」。董書記劉主任楊政工員和老滿每人手握了一副牌，插成了扇面狀。狗頭肉把涼帽當成扇子，不停地搧風，搧得董書記劉主任楊政工員和老滿的煙卷兒忽明忽滅。

董書記抓到了一回「大王」，就是彩色的小丑，當了一回「娘娘」，兩回「皇上」。劉主任抓到了兩回「小王」，就是不彩色的小丑，當了兩回娘娘，一回皇上。楊政工員和老滿既沒當過娘娘也沒有當過皇上。老楊、老盧、王大學、小老陳、張寶恩、宋學智、汪起、狗頭肉、柳慶恆、趙貴、周波、小齊、苗佔雨，還有老套子和大氣卵子，他們看著這娘娘皇上的勾心鬥角，你爭我奪，「鉤、圈、凱」也就是JQK的刀光劍影，血肉橫飛，當了皇上的洋洋得意，當了娘娘的垂頭喪氣，就樂得前仰後合，喜得滿面春風，忘卻了「自然災害」的嚴酷和威脅。

「四個尖兒，出啊！」尖就是A，老套子給董書記支招了，看得出他的肋條骨興奮得一起一落著。

「不行不行不行！」大氣卵子尋思還是穩扎穩打的好，看得出他的大脖筋激動得一曲一直著。

「我看這回輪到董書記當皇上了。」老套子有些討好地說。

「你小子別淨說好聽的。勝敗乃兵家常事。」董書記並不買他的賬，看得出他的肚囊子緊張得一起一伏著。

「虧得小蔣鳳山那小子沒來。他沒來是三缺一，他一來就是一缺三。那小子又臭又硬又猖狂，沒人願意跟他玩，都編個謊話說有事兒溜了。」老套子故意貶退伍兵小蔣鳳山。

「這小子和劉慶恆是哥們兒，臭味相投。」陳會計小老陳說，眨巴下眼睛。

「兩人一個味兒，當不上皇上就耍賴，跟贏房子贏地似的。」宋學智「宋大學生」說。

「皇上……皇上……皇上輪流做，今天到我家。這回該咱當一把皇上了。」這次劉主任手上既有大王又有小王，還有四個「2」，四個「尖兒」，四個「凱」，看得出他的胸脯子激動得一張一弛著。

「皇上和娘娘，你倆輪流當，一人當一把。」老套子說出個不偏不倚的辦法。

「到一邊呆著去，就你嘴碎！」董書記和劉主任同時呵斥道。

「Yes sir，喔親哈拉騷思密達。」老套子正要行軍禮，這次給大氣卵子按下去了。

「四個尖兒！」董書記猛地把「四個尖兒」抽出扇面，「啪」地一聲摔在炕蓆上。

「出得好！劉主任用四個2管上！」狗頭肉兩面討了好。

「啊呀，白瞎我那四個凱了。」劉主任後悔不迭。

「勝敗乃兵家常事！」老套子安慰道。董書記按他支的招出牌，這令他十分得意，便唱了起來：「郎里哏郎！」

「王八犢子老套子。又找不自在了是不是？」大氣卵子又忍不住逗他。

「郎里哏郎。」老套子又加了一句，並搖晃起他掛在腰間的狍皮煙荷包，這引發了他的聯想，說：「這像不像誰家的大氣卵子？」

「哈，像，像，實在是像！」狗頭肉注意到了這場面，就不失時機地插了進來。

「哈哈哈哈！是那麼回事兒。形象！」旁邊的老盧老楊大蔣鳳山小蔣鳳山齊聲笑了起來。

「老套子，該捲煙了！」大氣卵子叫了一聲。

「嘿嘿，嘻嘻。」老套子並不回答。他站起身，搖晃著他的煙荷包，邊跑邊說：「大氣卵子！想抽煙了？抽馬糞吧。」

大氣卵子並不追趕。老套子一個箭步衝出門外，不見了。

不一會兒，老套子又潛了回來。他滿臉正經，瞥了一眼董書記的牌，說：「董書記，好牌啊。大小王在手，勝券在握了！」說著，手裡舉起了一顆蛤蟆頭喇叭筒，劃了根洋火點燃，夾在指頭中舉著。說時遲那時快，背後「嗖」地一聲響，老套子的蛤蟆頭再一次被大氣卵子隱形人般防不勝防地奪走，一面發出了公雞打鳴般「咯咯」的笑聲。

「嘻嘻，抽吧！好抽。」老套子鼓勵地說，又補充了一句，模仿本地的口音：「賊拉子好抽！」

大氣卵子張維金沒搭理他，他抽著那蛤蟆頭，吐了個煙圈。

「抽吧，好抽。」老套子接著說：「來個大煙圈套小煙圈。」

大氣卵子本想就套個煙圈給他看看，抽著抽著，不覺咳嗽了一下。他又品了一口，察覺了甚麼地方不對勁：「嗯？嗯！這是啥玩意兒？嗯？」

他疑惑地看著老套子，發現他憋著嘴在偷偷笑吶。他明白了，這煙不對頭。這時，老套子就再也忍不住了，他哈哈大笑起來，說：「好抽吧？這是上等大前門！哦不，大後門！散裝地！你老慢慢享用吧思密達！」

「大後門？」大氣卵子沒全明白。

「出口地。馬！馬來西亞後門出口地！」老套子又朝自己的屁股指了指，再指了指大氣卵子的嘴，說：「出口轉內銷！抽吧，抽吧，哈哈哈哈！」

「啥？馬的後門出來的？是馬糞？」大氣卵子又抽了一口，果真是那味兒。他想起了白天看見了隊上的瘦馬，大糞蛋子從屁股裡嘩啦啦地拉了出來，還冒著臭氣，便差點嘔吐。

「自己理解吧。哈哈哈哈！」老套子起身要走。

大氣卵子忙把那抽了大半截的喇叭筒撕開，聞了聞裡面的「蛤蟆頭」，認出原來那正是馬糞。他跳了起來，抓住老套子的襖袖子，要給他個大耳雷子，不料，老套子變戲法兒般地退下那襖，來了個金蟬脫殼，溜走了。大氣卵子氣急敗壞，抓著那襖袖子就追趕，不料，「鏗嗤」一腳踩進牆角的一個坑裡，濺起一片發綠了的髒水，差點沒崴了腳脖子，便驚奇地說這屋子裡怎麼還挖坑？難不成還在搞毛主席號召的「深挖洞廣積糧」？一問，才知道是捉耗子的陷阱。這裡耗子成災，農民們便在靠牆角的地上挖了坑，裝了罈子，裡面倒進半罈子水。夜裡耗子躥來躥去，掉進去就出不來了。仔細一看，果然裡面漂著一隻死耗子。他一陣噁心，剛剛抽過的馬糞煙再一次反胃，他「嘩」地一下，把今晚吃的苞米碴子小蔥蘸醬一股腦兒吐進了那陷阱中。一陣酸臭，炕上打娘娘的人立刻捂住了鼻子嘴巴。

大氣卵子大罵起來：「王八犢子老套子，你他媽淨幹缺德事兒！操你媽的！」

這時的老套子雖然已經四十多歲，卻仍然靈活。他且跳且跑，一邊「嘻嘻」地笑著，就像當年在朝鮮戰場練就的迂迴戰術，一次次躲過了「美國野心狼」的槍林彈雨一樣，他穿過了院子，翻過了牆頭，順路踢了一腳趴在牆根睡覺的克郎豬，罵了句「你個大氣卵子思密達」，消失在小樹林中。

屋子裡的眾人都看到了這精彩的一幕，便哄堂大笑起來。董書記笑得前仰後合，劉主任笑得上氣不接下氣，楊政工笑得掉了假牙。

院子裡的狗也跟著「汪汪汪汪」叫了起來，並久久不肯停息。

老套子的另一個人生低谷是在這一年秋天。

這年公司派他去克東「搞秋菜」，跟青年職工周波搭夥。「秋菜」就是秋天時儲備的過冬菜，主要是白菜土豆蘿蔔和大蔥，以應對北方沒完沒了沒新鮮菜的冬天。百貨公司也和城裡所有的機關單位一樣，要自己想辦法解決職工的秋菜，叫「搞秋菜」，也叫「解決秋菜問題」。

搞秋菜除了風光，另外的好處是可以住招待所領夜餐費和報招待費，這三項加起來就等於「好吃好喝好睡」，是羊毛出在羊身上，也就是說花費由分到秋菜的職工均攤。

老套子帶領周波，和當地的秋菜關係戶喝了幾回酒，抽了幾回煙，打了幾回撲克牌，答應了一臺縫紉機票，兩塊上海錶票，三雙皮靴子票。不多久，就把白菜土豆蘿蔔大蔥逐一搞定，還外加了大頭菜「疙瘩白」和胡蘿蔔「胡蘿貝」。

老套子在酒桌上嶄露出的口才和機敏，令傻呵呵的周波對他刮目相看，甚至還讚許有加。這天晚上，在全天的好吃好喝結束之後，老套子和周波回到了招待所。老套子意猶未盡，從包裡又取出一瓶富裕老窖，倒滿兩洋灰墩子，再掏出一包花生米，攤在床上。他摑了一口老窖，吃了一顆花生米，說：「小周，你說咱幹得咋樣？」小周也摑了一口老窖，吃了一顆花生米，說：「那還用說？憑你這能力，怎麼也能解決組織問題了。」老套子雖然無意解決組織問題，卻感到十分得意，就又摑了一口富裕老窖，又吃了一顆花生米，說：「啊，組織上還是瞭解我地！」又繼續說：「啊，年輕人，好好幹，前途是光明地，道路是曲折地，解決組織問題是大有希望地！」他說這番話時，還學了那個廳長，拍了一下周波的肩膀，彷彿他自己已經是組織上的人，已經當上廳長科長股長或者政工幹事了。

老套子和周波又喝了半瓶老窖，吃了一包花生米，醉意和睏意一起湧了上來，他們腳也不洗，衣也不脫，迷迷糊糊混混沌沌地「好睡」了過去。

沒多久，「道路是曲折地」這句話就真地應驗了。

這次搞秋菜，又使老套子忘乎所以。他忘了自己壞份子的身份和受改造的屬性，仗著搞秋菜有功，花公家的錢，買了些煙酒罐頭還有一大包炒花生米，從克東把這些東西揹回了家，說這是贈給「最可愛的人」的紀念品，恨只恨無法把招待所那軟綿綿的枕頭和被褥也一併贈給自己，以繼續他「好吃好喝好睡」的好生活。他的招待費花了不少錢，打借條支出的款子遲遲不還，被財務幾次催促，才開始整理發票，其實也就只是白條子。

這天晚上鞋庫保管員小齊在公司收發室「驛站」值宿，打撲克打到十點鐘，見老套子還坐在基建員老滿的桌子前，忙活著搗鼓著甚麼，就問說你咋還不睡呀？老套子說該攏賬了，咱得應對應對。待小齊天亮醒來時，發現老套子還坐在那裡，撩著大衣，擺著架式，叼著紙煙，握著鉛筆，面對桌子上攤著的一堆紙票子和一疊白條子，像是個決戰前夕的大軍官大首長，眉頭一會兒緊鎖，一會兒展開，反覆了幾次，最後把鉛筆一摔，深深呼出一口熱氣，說了聲「喔親哈拉騷思密達」。

小齊見狀覺得詫異，便喊了聲：「老林！」老林老套子激靈了一下，一個鯉魚打挺站立起來，正要行個軍禮，卻被小齊一手按住。小齊少年時從劇團武生邵齡華那裡學了點「羅漢拳」和「小虎燕」，輕易就把老套子的軍禮壓了回去。一問，才知道他竟然攏賬攏了個通宵達旦。

倒是老套子的興奮難以抑制：「看看這個，某年某月某日某時某分某秒吃的甚麼，喝的甚麼、抽的甚麼、住的甚麼、跟誰吃、跟誰喝、跟誰抽、跟誰住，啊？啊！看看，漬菜粉兒、尖椒乾豆腐、鍋包肉、蘑菇燉小雞、豬肉燉粉條、溜肝尖、溜肉段、大拉皮……蘆州老窖、富裕老窖、大前門、大重九……工農招待所，紅旗大車店……總共花費三百八十塊，這賬算得，丁是丁，卯是卯，一清二楚，分毫不差，啊？啊！」

老套子自作聰明，第二天就拿了這些造的假賬去報。財會的人各個精於計算，精確的程度甚至到幾分幾厘幾毫，豈能容得下老套子的胡編亂造？他們第一眼就看出了其中的破綻，於是，按著上面的人名，找到了挨個查問，克東的就千方百計打電話。經過幾天的追查，「福爾摩斯的馬列主義毛澤東思想辯證法」又一次取得了勝利，真相也就大白於天下了。

那些人有的說壓根就沒有這回事兒呀，有的說這回事兒倒是有，怎麼出來個鍋包肉和蘑菇燉小雞？豬肉燉粉條影兒也沒見著啊！溜肝尖溜肉段味兒也沒聞著啊！大拉皮有倒是不假，可那一上來就給他自各兒造去大半盤子。剩下的，那炒土豆絲燉蘿蔔條拌大豆腐就算硬菜了。蘆州老窖？見過空瓶！富裕老窖？見過也喝過，味兒不正啊！肯定是那小子給兌了一半水！我尿出的尿都不對勁兒了！大前門？我抽了幾回！事辦完了就換蛤蟆頭了！大重九？盒兒見到了，裡頭就剩了一根！這小子把煙掰開，給了我一半，他自己留一半！天上九頭鳥，地上湖北佬，這小子我算領教了。不夠意思！下回搞秋菜？他？沒門兒！窮雞巴小子！

於是，老套子的造假賬就東窗事發了。說到懲罰，三百八十塊錢是個天文數字，不死也得扒層皮呀。這次是于主任于顯才負責處理。于顯才狠啊，他抽了下鼻子，吐了口黏痰，狠叨叨地咒罵了一句：「他媽的，窮雞巴小子，老王八犢子，這回看你記得住記不住！」于顯才要開除他的公職，好說歹說，才勉強同意給他留用二年，降職降薪，三年內不長工資。

老套子的最後一個事蹟發生在離休後。那年他在第一百貨商店「一百」打更。

有一天清早天剛濛濛亮，一百的服務員張桂蘭去水房打開水，發現裡間更倌房的門沒關。朦朧中她突然看到一個赤條條的男人身影在晃動，好像還唱著甚麼曲兒，頓時嚇得魂飛魄散，大叫一聲：「哎呀媽呀！」水也灑了，腿也軟了，那身影卻「嗖」地一下不見了。

張桂蘭跑到辦公室，喊來了喬經理和兩個男職工，一同回到了水房。推開裡間更倌房的門，見到炕上的被窩裡從頭到腳嚴嚴實實地裹著個人。喬經理大喊一聲：「甚麼人？」那被窩不語。又問：「老套子？」那被窩還是不語。喬經理和兩個職工猛地掫起那棉被，見到那正是老套子，他光溜溜上下無條線地躺在那裡，嘻嘻地笑著。原來老套子是大脫大睡，在無牽無掛徹徹底底地休息吶。一旁的張桂蘭見狀急忙跑開，一邊罵道：「耍流氓！真缺德！」

喬經理大怒，呵斥道：「老林！不像話！真有你的！你也六十多歲了，這樣光著腚，雞巴卵子全給人家參觀了，就不知道砢磣？就不注意影響？這是工作單位，不是你家！周圍有不少女同志吶！」

不料，炕上的老套子竟「嗖」地一聲起身，來了個三六〇度鷂子大翻身，單腿跪地，一手背後，響亮地喊了聲：「嗻！」

喬經理給逗樂了。喬經理叫喬洪濤，從前也是個青年職工，對老套子的這一套早就有所耳聞。他意識到，這傢伙除了會說美國話蘇聯話朝鮮話，又多會了一句「清國」話，活了六十多，算是沒白活。想到這裡，他的氣就消了一大半，說了句：「老套子，沒白活啊，有進步了！」又說：「平身！穿上衣服！」老套子平了身，三下兩下就穿了衣服，一邊說：「昨天下晚喝高了，清早有點兒睡過頭。沒曾想讓張桂蘭給看見了。」

喬經理說：「三大紀律八項注意！咋說地？背背？」

老套子整理了風紀扣，像當年那樣，一個鯉魚打挺，就地立正，規規矩矩地行了個標準的軍禮，高喊一聲：「Yes sir，喔親哈拉騷思密達。革命軍人個個要牢記，三大紀律八項注意！第七不許調戲婦女們……」

喬經理說：「具體點兒！」

老套子說：「Yes sir，是，長官！洗澡避女人！」

喬經理問：「落實到現時吶？」

老套子答：「光屁股避女人！」

周圍看熱鬧的人哄笑了起來。

喬經理上下左右瞄了一圈，說：「行啊，不減當年啊！」又搖了搖頭，對周圍的人說：「上班去吧。」就給自己解了圍，像是對老套子，也像是對自己說：「扯犢子。」又覺得不夠趕勁，就加了一句：「扯王八犢子！」

老套子還有一些別的事蹟，只不過那些事蹟有些瑣碎，也不夠輝煌，這裡就略去不表了。總而言之，活到了最後，他還是憑著他的靈活機敏還有他的運氣，走過了人生這所有的低谷和溝溝坎坎，而並沒有受到多大的損傷。

他在民國三十八年，也就是西元一千九百四十九年被「共軍」俘虜，參加了解放軍，也就算是參加了「解放戰爭」，不早不晚，可丁可卯地趕在了「中華人民共和國中央人民政府成立了」之前，於是，他老套子也就無比幸福無上榮光地成了「解放前參加革命，打下了天下」的老幹部。他「參加革命後」的那些不乾不淨、不明不朗、不黑不白、小奸小壞、小善小惡、小打小鬧、惹草拈花、招蜂引蝶、偷雞摸狗……這所有的一切，終沒有對他享受的待遇，得到的實惠構成太大的影響。

他自己都沒曾想，等他六十歲離休的時候，他每月的離休金就隨了「建國前的老幹部」，不夠八百元卻加到了八百，外加護理費一千。

加來加去，待到老套子的離休金加到了四千五那年，他就回了趟從前百貨公司的大院，那裡已經變成了一個亂七八糟的個體貿易市場。

這時，老盧已經壽終正寢了，董書記也已經壽終正寢了，他們之間的檢討書問題終於得到了徹底的解決。老李李福德也已經壽終正寢了，他的組織問題卻終未得到圓滿的解決……隨著世代的更迭，歲月的變遷，包裝回收處和收發室驛站也早就在這座城裡消失了，老套子的那個時代已經成了永遠的過去。

老套子老了，也胖了。他還抽煙，但已經不再抽蛤蟆頭而抽大前門，他是到了「首長」的級別。「甚麼級別的人，配甚麼級別的煙」，他時下這麼說了。

這一天，他見到了大氣卵子張維金。大氣卵子在一個「全場一元」的小門市裡，混得有些潦倒。老套子把狍皮煙荷包送給了他，鼓鼓囊囊地裝滿了，說，抽吧，抽吧，這是真正的蛤蟆頭，是對你當年抽馬糞的獎勵。他還把這煙荷包搖晃了兩三下，嘻笑了四五聲，說：「這像不像誰家的大氣卵子？配你正合適啊！」大氣卵子奪了他的煙荷包，牽了那繩索，搖晃著，當成了毽子，用腳踢了踢，收了，又公雞打鳴一般「咯咯」地笑了起來，說：「王八犢子老套子！你活得倒挺自在是不是？」

老套子確實活得夠自在。他早已不再給他的老婆倒尿罐子，因為這婆娘早些年就已經壽終正寢，而且，更主要的是，他搬進了樓，有了抽水馬桶，他的孫子外孫子們，連甚麼是「尿罐子」都不知道了。他還是愛好「好吃好喝好睡」，如今，這些都已經不再是問題。至於「好女人」，他就說「那已經是過去是歷史了」。

他有時會到大慶他閨女那裡住上些時候，卻從來就沒有回過湖北老家，那裡已經沒有甚麼人了。至於「林副主席是我本家」這件事，早就被他忘在了九霄雲外，他連誰是「林副主席」都記不真切了。

他偶爾會蹓躂到東鹼泡子，現在叫了「泰湖」。這一帶修了亭臺樓閣和棧道，就叫了「濕地公園」。老套子不理會這新的一套，還是叫它「東鹼泡子」，並說龍王爺還光臨過這嘎噠吶。

泡子裡的蘆葦長得茂密，已經再也沒有人去劊葦子編蓆子、掃鹼土發鹼芽子了。泡子裡盛開著大片的荷花，泡子上飛回了成群的仙鶴和別的甚麼野鳥，他連名兒也叫不出來。

他有時會碰到一些老人，圍成一圈在荷塘旁打撲克。他只看不打卻總是支招，這些招有的時候管用，有的時候不管用。管用的時候，他就說「OK」，不管用的時候，他就說「No」，他記得那是「美國野心狼」的「美國話」。

後來他坐了輪椅車，就不怎麼出來了。直到有一天，他閨女和外孫子推著他又去了趟東鹼泡子。他看了半天「打娘娘」，卻發現有點不對頭了。一問，才知道這牌不叫「打娘娘」，而是叫了「勾平差」，實際上是改了名兒了，打法也有些不一樣了。

不過，他們還是吆五喝六地喊叫，像贏房子贏地贏老婆一樣，這讓他感覺是又回到了從前：

「我大的咧！我這個大！」

「你大你出吧！不要。」

「有接收的。」

「看看，咱這小菜刀。別生氣，別生氣。」

「哎，他這牌沒治了。對兒，對兒。」

「不吃對兒。對兒！你還對兒啥？」

「完了，他都對兒了！」

「服不服？」

……

他沒見到幾個過去熟識的老人，聽說他們有的很久沒過來了，有的已經不在了，就是沒了。

聽到這裡，老套子就又想起了一句朝鮮話：「我不打了」，意思是「沒了」。他把這話說了出來，旁邊的人就說：「老爺子，不打就看吧，我們接著打。」又說：「我！出四個尖兒！」說著，就猛地抽出了那四個尖兒，「啪」地一聲摔在石桌上。他當了「皇上」，把「娘娘」打敗了。

老套子笑了，說：「嘻嘻，這還是打娘娘啊！」又加了一句：「Yes sir，喔親哈拉騷思密達！」打撲克的人看了他一眼，哄笑了，說：「老爺子，你可真逗啊！」

老套子也笑了，同時也有些失落：他眼下是「老爺子」，已經沒有多少人知道他本是頗有些名氣的「老套子」，還是個抗美援朝過的「最可愛的人」。

「這是誰啊？」忽然不遠處傳來了一個聲音，這聲音嘶啞潮濕，像是當年百貨公司收發室「驛站」吱吱作響的大水壺，被門房「驛站長」胡老頭燒得沸沸騰騰，冒著一團團霧氣：「這可是他媽的老套子老林？」

那邊的另一輛輪椅車上，坐著的正是狗頭肉章偉君，是他的保姆推著車。儘管多年不見，儘管蒼老，儘管他已經遠不是當年的模樣，卻還是狗頭肉的聲音。

「Yes sir，你小子是他媽的狗頭肉老章！」老套子一下子振奮了起來，他甚至因為又成了老套子而有點激動了：「你小子還活著？」

「老了，差不多了。」聲音沙啞潮濕，像是旁邊的東鹼泡子，不，是「泰湖」濕地上冒出的濕氣。打娘娘的人，不，是打「勾平差」的人都轉過頭來，詫異地說：「老套子，狗頭肉，二位老爺子，這名兒可是逗樂子啊！」

其中的一位似乎認出了他們曾經是百貨公司的人，就搭了話：「二位可認得一個叫老蔣鳳山的老爺子？我們住一個單元。前幾天呀，沒了，死了。」

「認得呀！老蔣鳳山，是蔣老八呀！」老套子和狗頭肉的眼前浮現出老蔣鳳山模樣。

「這老爺子得了尿毒症，最後那兩年，就床上拉床上尿嘍，遭了不少罪啊。」那人又說。

他們又講起了「蔣老八大戰老肉湯」的故事，說那年有一天，保管員「蔣老八」老蔣鳳山下班路經收發室「驛站」，見爐子上熱著董書記董胖子差人買來打夜作的夜餐，是一大臉盆豬肉燉粉條子，上面漂浮著厚厚的一層豬油和碎碎的一片蔥花，正咕嘟嘟地冒著熱氣，散著肉香，十分可愛和誘人，便禁不住誇讚起來說：這味兒可真正啊！他不顧「驛站長」胡老頭的勸阻，撇了一碗浮油，靠牆蹲下，迫不及待地「滋兒滋兒」喝了，喝得十分痛快。沒曾想，不一刻，肚子就開始鬧騰，翻江倒海，雷霆萬鈞，接著就拉起稀來，不停地拉，一天，兩天，三天，足足拉了三天四夜，把五臟六腑都要拉出來了。

「咱們那茬子人都快過去嘍！」老套子和狗頭肉用這句話道了個別。

再後來，老套子就沒有去過東鹼泡子，沒有去過百貨公司，準確地說，是百貨公司的舊址，更沒見過狗頭肉，或者其他甚麼從前的老人。

一天晌午，他喝了酒，是五十度的富裕老窖。這新式樣的瓶子看起來像「國酒茅臺」，華麗又堂皇，他便油然生出當上了「高幹」的感覺。他先獨自乾了一杯，覺得勁頭不太對，便品了一顆花生米，勁頭也不太對。他又乾了兩杯，卻不再吃花生米，他的牙口不行了。「我老套子老了，怎麼也品不出那時候的勁頭來了。」他嘟囔著，搖了搖頭。

恍惚間，他彷彿回到了「那時候」，還有那個劣等工農招待所和那瓶原漿富裕老窖……

他舉起了杯，說：「來，摑一口。這老窖味兒正啊。」他就和小周摑了半瓶。剩下的，他灌了半瓶涼水，飯局上充了個數……今天的老窖莫非也摻了涼水不成？哪個混蛋王八犢子幹的。他又舉起酒杯，沒等摑下去那老窖，他就靠在輪椅車上睡著了……

渾渾噩噩中，他知道他是喝多了……他不該和董學那小子鬥酒呀……

他是和董學下鄉搞調查去了……閒來沒事就只能喝酒，他卻總喝不過董學。人家年輕啊，就是咱當年抗美援朝時那歲數，五十度的散白能喝一斤半到二斤。他老套子不服，遂淘騰到一個喝酒不醉的高招。

他用井水冰了兩條手巾，一條圍在腦門子上，一條捂在肚臍子上，自以為成了「渾身是膽雄赳赳」的李玉和，「甚麼樣的酒都能對付」了。董學說那就試試吧，說著就炒了盤土豆片，又一人一斤散白開喝。

老套子呲牙咧嘴總算喝下了一斤，他那兩條手巾使他看起來像《地雷戰》裡偷地雷的鬼子，卻沒管上半點喝酒不醉的用。他說我不喝了，董學說不行，毛主席說世界上怕就怕「認真」二字，你說喝不醉就得喝，才能證明你那高招是高招啊。於是又一人一斤接著喝，直喝到老套子口泛白沫，眼冒金星，「哇」地一聲，幾乎把腸子肚子都吐了出來。

看到老套子這幅德行，董學就把他抱到場院的柴火垛上，任由他在草堆裡打磨磨，嘔吐直到第二天凌晨，經歷了他人生的另一個起伏。

他彷彿又回到了朝鮮戰場，在那滾滾硝煙熊熊戰火中，又看到了他的朝鮮相好朴仲花。他想來一個鯉魚打挺，行一個標準的軍禮，說上一句「「Yes sir，喔親哈拉騷思密達」，卻不再能站立起來。他做不到這些了，或者用他早年學會的朝鮮話來說，是「我不打」了。

不久，他死了。人們對於他的評價和鑑定，都已經變得無關緊要，無足輕重了。

他，老套子林仲奎，真正地成了上個時代的「老套子」，上個世紀的林仲奎，他的檔案，他的事蹟，他的起落和沉浮，就這樣畫了個圓圓大大的句號。這個句號，如果畫在紙上，還真就像個「套子」，是狐狸給兔子下的套子，還是兔子給狐狸下的套子，後人就說不大清楚了。

第十二章
王安和他的鬥斗 The Amazing Hair Dresser and His Paradise

公元一九七一年

王安，他的本姓是不是王，本名是不是安，對於青年職工小齊小李小馬說來，仍然「是一個問題」。青年職工小齊二十歲，小李十九歲，小馬十七歲，才剛剛從少年進入青年。儘管他們都努力做出老成老練的樣子，卻怎麼也掩飾不住他們的青澀和愚鈍。

他們那時完全可以直截了當地問他本人，如果權且就叫他「王安」的話，說：「師傅，敢問尊姓大名？」但這句話就始終沒說出口，日子久了，也就忘了再去追問。好在後來，許久以後的後來，他們的推測被證實了：「王安」的尊姓果然是「王」。這種巧合不禁令人唏噓：天下竟有這樣的巧合，奇妙啊。

當然，在這推測被證實之前，他們就稱他「師傅」。他們每逢和他打招呼的時候，前面的姓氏就故意說得含混不清，聽起來是「Ang師傅」，至於他的姓是王是楊是康是唐是龐還是張，就只好由他「自己理解」了。而他的「大名」，到底是王安是王林是王安林還是王林安，就不太重要，因為他們壓根就沒有機會對他直呼其名。

這時，小齊小李小馬閒在鞋庫的「文星閣」或收發室「驛站」裡百無聊賴，就議論起院子裡的往來過客，覺得「王安」越看越像是「王安」，於是就乾脆把他叫作「王安」了。這就好比樣板戲《智取威虎山》中的「小爐匠」就該叫「欒平」，電影《列寧在十月》中的警衛士就該叫「瓦西里」一樣。

「王安」是工程隊的剃頭匠。這兩年，百貨公司在大興土木搞基建，蓋了倉庫蓋「二百」，王安就是被派到工地給基建工們剃頭的巡迴理髮師。

早年進工程隊之前，王安曾在南頭的「劉大鬍子茶館」裡剃頭，說是「順便給推推」，每位收費一毛錢，還白接茶館裡的開水，給他的顧客洗頭。這令劉大鬍子十分不滿，就開出了條件，說每剃一個頭要徵收場地費、開水費和涼水費總計三分錢。王安不幹，說：「扯王八犢子。我還給你招攬了生意吶。這樣吧，我每月給你免費推一個頭還不行？」劉大鬍子也不傻，說：「和龍王爺打交道！誰給誰招攬了生意捏？俺這頭髮本來就沒幾根了，不用你推。」王安眨眨眼說：「要不我給你刮一回臉也中！」劉大鬍子罵道：「和龍王爺打交道！放屁！俺這鬍子給你刮了，那俺不就成了劉沒鬍子！」總之，這三分錢的徵費還是讓王安給糊弄過去了。

「大躍進」時，王安的剃頭刀子差點沒讓土工程師王三面拿去大煉了鋼鐵。後來劉大鬍子死了，他就去了工程隊。他原本是按人頭收費，是「多勞多得」，現在拿了固定工資四十二塊五，吃了「大鍋飯」，就成了「多勞不多得」，「不勞也得」。

王安個子不高，渾圓的臉盤，稀疏的鬍子，因中年謝髮，便常戴了頂鴨舌帽。他的八字眉下，眨著一雙小而狡黠的三角眼。他巡迴理髮，卻不再像早年那樣挑了擔子，「剃頭的挑子一頭熱」，他現在只揹了一個黑乎乎的帆布袋子，裝了剃頭用具和一條圍裙。

這時，二百的營業大廳還沒有完全竣工。已經建起來的大屋頂鋪了紅瓦，鑲了大藍屋簷，透過寬敞的櫥窗，看得到裡面的水磨石地面光滑如鏡，這些基建工們日夜兼程，剃頭這樣的事，就全由王安一個人包了。

王安的工作地點是百貨公司的收發室「驛站」。他給基建工們剃的都是光頭和平頭，或者說都是光頭，再任由它自然長成平頭，然後再剃成光頭。有時百貨公司的職工也找他，說是「順便給推推」，是免費「為人民服務」，或者說得通俗些，是「向雷鋒同志學習」，免費「為人民剃頭」。

後來，這種「有時順便給推推」就變成了「經常順便給推推」，而且，來推的人也越來越多。推頭的人有倉庫保管員、包裝回收員、商品維修員、財會業務員、前臺售貨員、後臺調撥員，以及職稱不太明確的閒散人員。這時，王安為人民剃頭的「髮式」就增加了分頭、一邊倒和背頭三種。

如果再詳細舉例說明，就有管小針織庫的大高個子，文盲黨員老金金銀子，他當過解放軍連長，參加過解放戰爭，他留平頭；有管小百貨庫的，弓鼻樑細眼睛的何子凱，這時正在搞對象解決「個人問題」，他留的是分頭；有管大百貨庫的，終日謾罵董書記董胖子的黨員老盧盧偉泉，他留的是大背頭；有管鞋庫蔫不啦唧壞的造反派小頭子趙富貴外號叫「貌似公道」，他留的是小平頭；有管大針織庫的「高大倔子」高乾坤，倔得像一頭大叫驢，他的頭比平頭長，比分頭短，卻還算是平頭；有管布庫的，老黨員老革命張紹堂，他終日戴了頂帽子，樣子有些鬼祟，就沒有人知道他到底留了甚麼頭；有同樣管布庫的，積極要求進步靠近組織，看上去有幾分斯文的韓哲志，他留的是典型的背頭；有管暖庫的勢利小人「大氣卵子」張維金，他留的是小平頭；有管文化庫的省勞模，老實巴交地當了烏龜王八的「蔣老八」老蔣鳳山，他留的是小背頭；有管鐵路拉貨的跑站員，又臭又硬罵罵咧咧的轉業軍人小蔣鳳山，他留的是大背頭；有包裝回收處的回收員「老套子」林仲奎，也是小背頭；還有會說俄語的「二等翻譯」散仙柳慶恆，他留的是大分頭；有管商品維修割玻璃的散仙「抖音」老楊楊冬生，常常抖著音唱《國際歌》和《沙家浜》，他留的是大背頭；有調撥室的會計，說話平捲舌不分的「小老陳」，他留的是一邊倒；還有終日注視著大門口來往車輛行人的「驛站長」胡老頭「獨立自主」，雖然已經差不多完全禿了頂，卻還是要求王安「順便給推推」，就只能推成光頭；至於董書記，公司的一把手，他的頭式很難界定，因為他基本禿頂，只剩了不多的幾根頭髮，從兩旁向中間梳去，就叫了「地方支援中央頭」。

這裡一定還漏掉了不少「順便」推頭的人名單，但如果要一一列舉出來，那就得抄寫了牆上那張《值宿輪流表》了。

不久，小齊小李小馬就發現了王安「為人民剃頭」的玄機：他原來並不是有求必應有頭必剃，而是要先摸清了求者的身份，摸準了能佔到甚麼便宜，再決定是不是給你「順便推推」。

雖然要「順便給推推」的人如此眾多，王安卻不緊不慢，慢條斯理地拿著他的剃頭推子，捏著他的剃頭刀子，一個個地推，一個個地剃。他的原則是「能推多少推多少」，「能剃多少剃多少」，「推一個太少，剃兩個正好」，「悠著點兒，慢著點兒，不緊不慢幹到點兒。」於是，每逢到了差兩個鐘頭下班，他就宣布，說「到點兒了。明兒個再推」，便不緊不慢地收拾了一堆傢伙，不緊不慢地清掃了滿地的頭髮碴子，不緊不慢地潑掉了兩大盆烏黑的髒水，不緊不慢地揹起他的帆布口袋，說了句日本話「開路一馬斯」，就打道回府了。

慢慢地，王安對「值宿表」上每一個人的工作特點和潛在能力就都瞭如指掌，一清二楚了。驛站長胡老頭背後牆上那張大紅紙上，原來是臥虎藏龍啊，滿滿當當四五十人，各個有利可圖，各個有便宜可佔。

不過，他佔的便宜是小便宜，充其量也就是小打小鬧雞毛蒜皮芝麻綠豆七零八碎針頭線腦，充其量也就是討塊公家的布包皮子，或打包裝的洋鐵勒子，或割剩下的玻璃條子，或釘彎了的洋鐵釘了，或燈泡或電池或洋蠟或肥皂或膠水或圖釘或別針，討不到的，套購也行，比如套購一個暖水壺一個熱水袋一件中山裝一雙牛皮靴一雙回力鞋一斤棉花一兩毛線一盒火柴，因為這些都是緊俏商品，都得要領導的批條或走後門。於是，他的剃頭推子和剃頭刀子，就成了領導的批條和走後門的通行證，或者用他自己的話說，是「三大紀律八項注意」中的第二項注意「第二買賣價錢要公平」。

幾個月下來，據小齊小李小馬的觀察，王安已經把這項「買賣要公平」做得爐火純青、得心應手、手到擒來、來者不拒、無孔不入、無堅不摧、攻無不克、戰無不勝，甚至是前無古人，後無來者了。

比如大針織庫的保管員老金金銀子要他「順便給推推」，他就讓老金坐定了，拎起那黑乎乎的圍裙「呼啦」一聲一抖落，抖出一片頭髮碴子和頭皮屑子，老金不禁「啊泣」一聲，打了個大而響的噴嚏。

「你看，一準兒有人想你了。」給老金戴上了圍裙，王安就搭上了話，三角眼眨了眨。

「誰想我啊。」老金憨厚而謙虛地咧開了嘴。

「這圍裙該換了。」王安自言自語道，「老金……金銀子。」又瞥了一眼牆上的「光榮榜」值宿表，找見了「金銀子」三個字。「這名兒起得好啊。有了這三個字兒，一輩子還圖個啥？」王安轉移了話題。他忽忽悠悠地推了幾下子，就把老金的「平頭」推出來了。

「我老家那會兒窮掉了底兒，我爹才給我起了個富貴名。金銀子金銀子，金子銀子咱只見過沒摸過。」老金說。「那玩意兒不當吃不當喝，沒有也就算了。」老金又加了一句，順便伸出腳，踢了一下腳下的碎頭髮，仿佛是把那糞土不如的黃金白銀踢進了垃圾堆。

「我幹了大半輩子，也就積攢了這點家業。」王安張開了嘴，露出裡面一顆鑲了金的牙，忽閃了一下光亮，他居然還沾了點金子的邊兒。說完，把那圍裙摘下來，又是一抖，抖出又一片頭髮碴子和頭皮屑子，老金又連著打了兩個噴嚏，比先前的更大更響。

「一想二罵三唸叨。有人惦記你了。」王安又說，「我說，說正格的，要不介，你給找兩塊布包皮子？這圍裙該換了。」求人辦事的時候，他總是以「我說」二字做開場白。

「我那兒正好有兩塊。過陣我給你拿來。」老金痛痛快快地答應了下來。

過陣，老金果真找了幾塊布包皮子送給了王安。

又比如，管商品維修的「抖音」老楊要他剃頭，他也是讓老楊坐定了，也給他戴那黑乎乎的圍裙。老金金銀子給他的布包皮子，並沒去做圍裙，而是做了棉被裡子，既省了錢又省了布票。這時，他同樣抖落了一下那圍裙，抖音卻沒打噴嚏，而只是乾咳了一聲，莊嚴隆重地唱了句「起來，饑寒交迫的奴隸」，那樣子就彷彿是去刑場英勇就義，一邊還顫抖著，撕裂著，不禁令王安倒抽了口冷氣，險些把手中的剃頭推子脫手摔落在地上。

「受不了受不了。我說你可別抖了。我這雞皮疙瘩都讓你給抖出來了。」王安開了口，並條件反射般地，也抖了一下肩膀。

「不抖就不抖。」抖音並不氣餒，卻昂了一下他的大背頭，抖落下一片頭皮。

「你這頭幾個星期沒洗了吧？」王安煽了一下鼻子。

「正是。今天就給它洗上一回。」抖音作出了一個大的決定。他瞥了一眼驛站長胡老頭的爐子，那上面正燒著一壺水，「吱吱」地吼叫著。

王安正要找個由子佔點小便宜，忽見抖音胸前圍裙裡支出一塊甚麼，就靈機一動，計上心來。

「你這兜裡裝了把殺豬刀？」王安故作驚訝。

「殺豬咱沒試過。咱專殺玻璃。」抖音故弄玄虛。

「殺玻璃？割玻璃吧？」王安還是裝糊塗。

「對……了。」抖音把「對」字拖得很長，還抖了一下，把「了」字說成「料」。說著，從胸前兜裡抽出了玻璃刀，空中晃了一下，紅木柄，刀頭上鑲嵌了金剛石。他又做了一個割玻璃的動作，隨後，舌頭在牙膛裡打了個響，彷彿那玻璃就「咔嚓」一聲，齊刷刷地在他面前裂開了。又說，「金剛鑽，割玻璃，一物降一物，滷水點豆腐。」

「我說，你也給我割兩塊玻璃吧？就用你那剩下的邊角料？」王安壓低聲音試探著，眼睛神秘地向周圍瞥了一圈。

「那得看多大的邊角料啦。碎玻璃碴子倒多的是。」抖音的頭又抖了一下。

「不要太碎，越大越好，怎麼也得夠做個門斗啊。」王安一聽有門兒。原來王安的所謂邊角料竟頗具些規模。

「我那兒有一塊，缺了個角兒，我給你拾掇拾掇。」抖音說，為了買賣公平，就提出個要求：「你把我這臉也給拾掇拾掇。」

「中。我說，畫門斗誰最拿手？」王安進一步打聽消息，一邊給他拾掇。他在抖音的下巴上塗了一大圈肥皂沫，像是一圈白了的連毛鬍子。他那大背頭和鷹鉤鼻子，加上這白花花的連毛鬍子，使他看起來有幾分像是電影裡的阿爾巴尼亞人。肥皂沫子使他說起話來含混不清：

「那個……電影院的萬俊。那個……畫電影牌子的。」抖音最近給王主任家換玻璃，見識過他家門上掛的門斗，是萬俊畫的。

「那咱不認識。還有別的人嗎？」王安把刮臉刀子上的一坨肥皂沫子揩拭了，準確地彈到了爐子旁的鐵皮戳子裡。

「有！木器廠的齊大畫匠，小齊他爹。那畫功一流。立體套色，一筆多彩。」抖音好像有些在行。

「小齊？挺腰板作詩詞那小子？」王安想起來了。眨了一下三角眼，說：「我上個月還給那小子剃了個頭吶。」

那天王安給小齊剃了個平頭，卻甚麼也沒討到，王安窮追不捨，終了還是讓小齊設法套購了一雙牛皮靴子。這次並不是自己穿，而是轉手讓給了他的大舅子，拉了個關係走了次後門做了回人情收了人家二斤地瓜乾。他十分懊悔沒向小齊提出畫門斗這回事。

王安也給小李推了個頭，是「一邊倒」。小李給他套購了一身滌綸中山裝。這次也不是自己穿，而是轉手讓給了他小舅子，拉了個關係走了次後門做了回人情收了人家二斤蘿蔔乾。他也向小李打聽畫門斗誰最拿手，小李說，小馬大概也能畫。

「小馬……和你們在一起的那小子？戴副眼目鏡子？這小子也沒找我給推推呀。」王安恍惚間記得這小子。

不久，收發室驛站來了小黃，叫黃國琦，是上海知青。

小黃是從兩棵農場小廟子調到百貨公司的，他的工作是和小馬一起「搞宣傳」。在沒有多少宣傳可搞的時候，他們就發發牢騷，畫畫速寫，看看畫片，談談藝術，讀讀小說，做做筆記，記下不少豪言壯語，並且像《我的同時代人的故事》的作者柯羅連科那樣，「用文學的三稜鏡觀察生活」。

有一天，小黃突發奇想，尋思著找王安「順便給推推」。

同一天，小馬也突發了奇想，也尋思著找王安「順便給推推」。

他們開始討論著用甚麼來和王安交換，才能體現出「第二買賣價錢要公平」。無奈他們的手中除了鉛筆油畫筆速寫本油畫顏色和半截洋蠟之外，實在連一件像樣的東西都沒有。

然而，山窮水盡疑無路，柳暗花明又一村，小黃和小馬得到了老盧的指點。

老盧說：「要想讓這傢伙給你剃頭，也有另外的法子，就是對著他破口大罵。」

這法子不免太匪夷所思。無緣無故開口罵人，這話說起來容易做起來難。不過他們轉念一想，覺得這也挺有意思。於是，在老盧的鼓勵下，他們決定一試以見分曉。

第二天下午，王安給老套子老林剃頭，小黃小馬就湊到一旁畫速寫。當小黃畫出了王安正給老套子推掉耳朵後邊的一小撮頭髮時，便鼓足了勇氣，莫名其妙含混不清地說：「測黃八犢子！」一面低頭向手中的速寫本看去。

王安的眼睛四周踅摸了一下，沒聽懂。

「扯王八犢子！」小馬強調了咒罵的是「王八」而不是「黃八」，也一面低頭向手中的速寫本看去。

王安愣了一下，咧開嘴，露出了金牙。他要麼是還沒有聽懂，要麼是當他們在咒罵速寫本，便仍然不加理會，而只管神秘地向「老套子」說：「我說，我要的那玻璃箱子你可別忘了。」

「老套子」是個瘦小精明的湖北人。他因為「作風問題」和「手腳不乾淨」而被安排到了包裝回收處打雜。他一直在打著岔，連說了幾個「搞破鞋」的笑話，無奈王安卻仍然念念不忘那個玻璃箱子。那裝玻璃的箱子一米二乘一米一，拆下來的板條子正好打個「碗架子」。

「冊那。你唬啦巴唧的！」小黃壯了膽子，又罵了一句，這次是衝著王安說的。

「扯王八犢子！」小馬也跟著罵了一句，也衝著王安。

「哈哈哈哈！」王安顯然是聽到了，他大笑了起來。這會兒，他正扯著老套子的耳朵給他刮臉吶，就說：「我扯的正是這唬啦巴唧的王八犢子。哈哈哈哈！」

「嗷呀！」老套子被扯得有點疼了，就喊了起來：「王八犢子唬啦巴唧的，輕點啊！」

老盧的方法看來開始奏效。小馬便趁熱打鐵：

「Ang師傅，我們的頭髮長了，順便給推推吧。」說著，抓撓了一把長頭髮，強調了頭髮到了不得不推的地步。

王安三角眼眨了眨，看了看牆上的鐘，說：「快到點兒了。改日再推。」心裡卻在盤算著：這兩個小子有甚麼能耐吶？

王安看到他們是「搞宣傳畫畫的」，又看了一眼他們手中的速寫本，說：「我說，你們能淘騰到藍油漆吧？」

小馬說：「藍油漆？沒有。有黑墨汁。」

王安說：「那沒用。我得要藍油漆，漆我那碗架子。」這時，他腦中的玻璃箱子已經釘成了碗架子，就差刷漆了。

「我有個底燈泡儂要不啦？」小黃從裡屋翻出了個電燈泡，「鎢絲斷掉了，接起來還能用。」

「底燈泡？是電燈泡。要。」王安馬上應道，一把接過電燈泡揣在兜裡。

「我說，那就抓緊吧！你們誰先來？」老套子剃完後，一邊洗頭去了。王安招呼小黃小馬，電燈泡果然起了作用。

小馬沒有電燈泡可送，有點兒愧疚，就說：「給你畫個頭像吧。」

王安馬上就回絕了：「畫哪玩意兒幹啥？臉上描得黑漆燎光的，不畫不畫。」說著，輕蔑地朝著爐坑裡吐了口痰。

旁邊的老套子插嘴了，「那！人家連主席像都能畫。」老套子指的是幾個月前，小黃和小馬被文化館借用，在「八一路」路口的水泥牆上，臨摹放大的巨幅油畫《毛主席和林副主席井岡山會師》。不料，「九・一三」林副主席「出事」，那油畫就連牆一起被徹底拆除了。

「我說，要不，你們倆兒給我畫個門斗？」王安懷疑地瞥了一眼我們的速寫本。他想起了給抖音「推推」後得到的那塊玻璃。

門斗是這時城裡流行的一種裝飾，是畫在玻璃上的風景畫，一般是掛在門上，內容通常是樂園般的藍天碧水亭臺樓閣小橋瀑布。因為是畫在玻璃的反面，正面看上去就光潔豔麗，掛在家裡則亮亮堂堂，喜氣洋洋。城裡的這種門斗畫，正如「抖音」老楊所說，最拿手的是電影院「搞宣傳」畫牌子的美術師萬俊萬老師。萬老師的門斗揉合了西洋畫的「立體明暗」和中國畫的「散點透視」，又工細通俗賞心悅目。不過，求萬老師畫門斗的人太多，萬老師的門斗是洛陽紙貴，供不應求。

這時，文化大革命已經進入了第五個年頭，原本鋪天蓋地的「紅色海洋」，牆上隨處可見的標語「三忠於四無限」以及「忠」、「公」、「群」、「用」，已經隨著林副主席的「出事」而成了冷鍋裡爆豆，風平波息了。人們又開始去尋找從前的平靜和安寧，而這種門斗畫中的樂園，正是人們心中的追求和嚮往。於是，城裡的幾個「搞宣傳的」和「畫畫的」，就都逃不脫畫門斗的糾纏。

「樂園」雖好，畫起來卻費時費力又無聊，畫完後還得用煤油洗筆擦手。小馬在百般無奈中不得已為不少人畫了無數個門斗之後，終於到了忍無可忍的地步，就在房門上貼了一副白紙黑字的告示，聲明「恕不畫門斗」，開始粗魯地把那些找上來的人拒之於門外。小黃對畫門斗一事更是深惡痛絕，他說：「我們從事的是高尚的藝術，難道是為了這個？」

這次他們因為有求於王安，就相互使了個眼色，又用鉛筆寫在速寫本上交換了意見：「畫就畫」，「只限五分鍾內畫完」。

「我說，Ang師傅，畫甚麼吶？」他們模仿王安的口氣，齊聲問道。

「嗯……我說，要有山有水，有亭子有樹，有水牆。」王安早就有了構想。

「水牆？水牆是啥麼子？」小黃問。

「我說，這小子不知道啥是水牆。」王安嘲諷地說，向小馬擠了一下三角眼。

「水牆就是瀑布。」小馬解釋了。

「我說，水裡得有一對鴛鴦，一對帆船，天上得飛一對仙鶴，一群大雁。」王安又加了一句：「對了，樹林子裡再加上一對梅花鹿。」

「我們可沒玻璃呀。」他們的確是沒有玻璃。

「玻璃我有。」王安有些得意。他指的是抖音的那塊「邊角料」。

「行。一言為定。」小馬在速寫本上急速地畫了個速寫，記下了「樂園圖」的內容。

小黃和小馬剩的都是「一邊倒」，小黃的是「左倒」，小馬的是「右倒」。

第二天，他們就履行承諾，攤開傢什，捲起袖子，擺上玻璃，看著牆上的掛鐘，聽著它的聲響，三下五除二流水作業，果真在五分鐘內完成，一幅「樂園圖」山亭樹水帆船水牆鴛鴦仙鶴大雁樣樣具備。末了，小黃又用了「大寫意」的方法，飛快地點出兩隻梅花鹿來。

事實上，畫一塊真正的門斗至少要花費五個鐘頭。五分鐘大躍進似的產品不僅是「多快好省」中唯獨缺了個「好」，甚至有些不堪入目慘不忍睹了。這門斗要山倒是有山，卻是黑山。要樹也是有樹，卻是黑樹。黑山惡水亭子水牆鴛鴦大雁也樣樣都有，卻都是黑乎乎一大片，像是大煉鋼鐵時煉出來的黑鐵疙瘩，像是萬惡的舊社會劉文彩水牢一般遮雲蔽日，黯淡無光。

王安見了，三角眼頓時也遮雲蔽日了，大圓臉頓時也黯淡無光了。

「這個……這個……」這令王安瞠目結舌，大失所望。黑乎乎的黑山惡水與他心目中的「樂園圖」相去十萬八千里……

「冊那。這是國畫的風格。」小黃和小馬解釋說，「是芥子園畫譜的畫法。墨分五色的。」又說：「得遠看。」

王安將信將疑，向後退了兩米，說，「好像是好了點。」又湊近了，睜大了眼睛看，覺得還是不對勁。

小黃說：「第一是退得不夠遠。」

小馬說：「第二是得把眼睛瞇起來。」

老套子對他說：「Yes sir，你得退到東鹼泡子去看才行。」

小黃和小馬又說：「不用那麼遠，到大樹那兒去看就行。」又加了一句：「國畫講究的是神似。」

王安把那門斗撮在院子裡，跑到遠處的大榆樹下端詳。過了一袋煙的功夫，他琢磨透了，就對老套子說：「這兩個雞巴小子，那一邊倒我算是白給他們推了！」想了想又說：「我那玻璃也白瞎了。」

後來，小黃和小馬就沒有再找王安剃一邊倒，王安也沒有再找他們畫樂園圖。聽說王安在背後把他們痛罵了一頓，說這兩個雞巴小子糊弄了他，破壞了「八項注意」的「第二買賣價錢要公平」。說到技術上的問題，他斷言「這兩個小子功夫不到，道行不深，還得找個師傅學個幾年徒。」

而最後，王安還是找到了小齊的爸爸齊大畫匠，畫了一幅真正的「樂園圖」，掛在了府上。

王安的「府上」和城裡大多數百姓的「府上」一樣，是兩間低矮的趴趴土房，在南頭的一個大門洞裡，左鄰「張鍋鍋子」，右鄰「趙編簍子」。比起扛大麻袋的「王大屁股」和賣燻炮肉的「大李和」，王安的府上至少還不是「地窨子」。

這時的城裡，除了「人民文化宮」路西政府大院的幹部們住上了紅磚瓦房，還有解放前「張監督的房子」是「前出廊牙後出廈」的青磚大屋之外，大多數人家的府上都保持了一貧如洗的「無產階級」特徵。

這些無產階級家庭的府上，牆都是土夯的，頂都是泥抹的，棚都是紙糊的。這些屋子裡的泥土地面上，都架了一對木頭箱子，靠窗的炕上，都鋪了葦子編的蓆子。被閣子上摞了被子褥子和蕎麥皮枕頭，被閣子裡放了一年四季的衣物。一個沾滿了蒼蠅屎的電燈泡，從頂棚上吊下來，發出不明朗的光，照著炕上的飯桌子。飯桌子上擺了煮苞米碴子和苞米麵大餅子……

王安的府上正是這樣。他的六個孩子穿著破爛的衣裳，在屋裡屋外躥來躥去，打打鬧鬧，他的老婆就大罵他們是「小兔崽子，小癟犢子，王八羔子」。

他佔到的那些卑微的「小便宜」都派上了用場：那布包皮子做了被裡子和全家的鞋面子，那玻璃箱子打成了碗架子和板櫈子。其他那些緊俏商品甚至沒有機會在他的府上停留過，就轉手買給了他鄉下的大小舅子和大小姨子。

他終於把碗架子刷上了鮮亮的天藍色油漆，多少給他這無產階級的府上增添了一些光彩。

齊大畫匠那幅真正的「樂園圖」上山明水秀，山水相依，奇花異草，水榭亭臺，百鳥朝鳳。這人間仙境般的景色與眼下的破敗和醜陋形成了鮮明的對比，卻正是王安的理想之國和世外桃源。

第十三章
詩樣的年代 In the Poetic Mood

公元一九七四年

這一年，百貨公司「文星閣」的小齊小李小馬已經工作了四年。這時的小齊二十二歲，是鞋庫保管員，小李二十一歲，是針織庫保管員，小馬二十歲，工作是「搞宣傳」，具體職稱不詳。他們同一天參加工作，是「同時代人」。

這期間，小齊讀了些詩書，寫了些詩文，練了些武術，搬了無數次鞋箱，小李唸了些報紙，看了些雜誌，學了些算盤，搬了無數次衣箱。小馬寫了些標語，畫了些牌子，擺了些櫥窗，沒搬甚麼紙箱，還作了一首莫名其妙的詩。他們都學習了抽煙，小齊小李既抽又吐，是真正的抽煙，小馬只吐不抽，是假裝的抽煙。他們都學會了喝酒，喝得不多，偷偷摔過兩個酒瓶子和一個洋灰墩子。他們還說了些豪言壯語，嘲笑了許多的人和事，四年就這樣過去了。

百貨公司的「一把手」，也就是公司的最高領導董書記，也叫董主任，這時四十多歲，基本上謝了頂。他的臉有些胖，眼睛有些小，便注意不到小齊小李小馬三個毫無閱歷的青年。然而，三個青年卻注意到了他。他們當面叫他董書記或董主任，背後卻叫他「草重」，或乾脆叫他「董胖子」。

這時，全國各地正在開展著文革期間的另一場運動，叫「學習小靳莊」，這場運動就由董書記親自掛帥親自領導。

「小靳莊」是天津郊區寶坻縣的一個人民公社，那裡的社員們因為大唱樣板戲，大搞「賽詩會」而名聲大噪。它被江青同志樹立成了一個在農村進行「意識形態領域革命」的典型後，開始在全國廣為宣傳。這裡記載的就是小齊小李小馬所在的公司，在董書記的帶領下，大學小靳莊大搞賽詩會的故事。

這情形有點兒像大躍進時的大煉鋼鐵大辦公社食堂和打麻雀，上面一聲令下，下面雷厲風行，神州大地上的男女老幼，人人做詩人，人人作詩，大頌毛澤東思想，大頌文化大革命，是又一樁嶄新的「新生事物」。

董書記歷來積極緊跟黨中央的戰略部署，加上本來也愛舞文弄墨，這次便借助了這場運動的東風，又拿起筆來填詞作詩，一時間忙得不亦樂乎。

小齊小李小馬注意到了董書記的這一舉動。有好幾次，在傍晚下班回家的路上，他們刻意繞到董書記的窗前。透過窗子，見到一百瓦明晃晃的電燈下，董書記端坐在他那張寫材料開批條看《紅旗》雜誌《參考消息》的大寫字臺後，皺著眉頭，左手捏著煙捲兒，右手拿著他那隻英雄牌伊金筆，間或飛快地在紙上寫上一陣，間或彈去煙灰，像魯迅那樣地凝神思索片刻，這樣反復幾次之後，猛然間把煙屁股丟在地上，踩上去用力一抿，雙手拿起那張原稿紙，又眯起小眼，嘴巴咧開，張合了一陣，喉嚨裡詠出的分明是又一首新詩新詞了。

隨後，公司裡上上下下，接連開了幾場賽詩會。賽詩會上，聽到的是詩，又不是詩，是詞，又不是詞，或充其量可稱之為打油詞，四六句，或者乾脆是順口溜。由於這些詩和詞的內容全部是假大空得不著邊際的烏龍標語口號，就被小齊小李小馬三個小青年笑話得體無完膚了。

小齊說，這樣的「賽詩會」，有點兒像大宋年間歐陽子英攞下的「百日擂臺」。小李說，也像劉三姐同陶秀才李秀才羅秀才的「對歌」。小馬說，這更像笑話裡的「遠看城牆像鋸齒」。總而言之，他們說這只不過是一場胡鬧一場「扯王八犢子」罷了。

儘管如此，公司裡的幾個大小領導們仍然摩拳擦掌，躍躍欲試，特別是董書記，更是率先垂範，一馬當前。他有空就作詩，逢人便吟詩，很快地，他就贏得了「詩聖」的稱號。

後來他們覺得，董書記的詩，儘管是虛張聲勢，誇誇其談，卻豪情萬丈，慷慨激昂，比起一些被公私合營進來的舊日小商人們，他們硬著頭皮擠出來的不痛不癢的乾巴句子來，就顯得有些氣勢不凡了。而且，詩成之後，董書記又總是按詩文的字數，冠以「七律」、「五絕」、「十六字令」之類的詞牌不等，那是受毛主席詩詞的啟發。只是，鑒於難度的關係，對「蝶戀花」、「沁園春」及「如夢令」之類，暫且不予問津罷了。

又一次「賽詩會」開幕了，這是商業系統聯合舉辦的盛大的「商業系統賽詩會」。

這是一個冬天的傍晚。百貨公司的調撥室裡，濟濟一堂坐滿了商業系統屬下的八大公司，包括了百貨公司、糖業煙酒公司、五金公司、醫藥公司、蔬菜公司、煤建公司、服務公司和石油公司的全體職工。

男的們抽著煙，咳著痰，說著笑話，女的們聊著天，嗑著瓜子，織著毛衣。大廳裡人聲鼎沸，群情激奮，他們已經有一些時候沒有這樣地聚會了。

大廳裡燈火通明，幾個大鐵爐子把每一個角落都燒得暖暖和和。

小齊小李小馬坐在不太明亮的牆角裡。小齊手裡捧了一本《文心雕龍》，在有一搭沒一搭地看著。小李手裡捏了一張《人民日報》，在有一搭沒一搭地搧著風。小馬手裡捧了速寫本，在有一搭沒一搭地畫著一幅「百醜圖」。他們也不時地瞥向遠處的女青年們，卻裝作是若無其事和漫不經心。

「看咱這字兒寫得怎樣？」小馬指了指「擂臺」上的紅紙，向小齊小李炫耀了他用板刷書寫的橫額，這類事情正好在他的工作範疇之內。

「看不懂啊！」小齊和小李說。小馬的橫額用了清一色的「簡化字」。

「是商業系統賽詩大會呀。」小馬這樣解釋了，小齊小李才辨認出來。

「這八個字兒差不多都缺胳膊少腿兒。」小齊說。

果真，「賽」字是一個寶蓋，底下一個西字。「業」、「統」、「詩」和「會」早就簡化了，「商」字卻沒有了裡面的「八口」，「系」字的絞絲少拐了兩個彎兒。

「這字兒實在是太砢磣了。」小齊說。

「哈哈，商字兒和系字兒是我發明的！賽字兒是新公布的。」小馬說，一邊推了推鼻子上的眼鏡，「再過幾年，大概就剩下一點一橫了。」

「不咋地。」小齊不屑地說。又補充了一句：「得把倉頡給氣瘋了。」

「可惜大字兒沒法簡化。」小李說。

「也能啊，留下一橫一撇，是扁擔挎洋刀。」小馬說。

「寫起來倒是省事兒了。」小李說。

「文字也得造反，造倉頡的反。造反有理啊！」小馬說。

三人又哄笑了一陣。

這時蔬菜公司的石主任站了起來，他指揮他的職工們唱了樣板戲《臨行喝媽一碗酒》，唱得哼哼唧唧，像是在唱「王二姐思夫」。唱完後，就開始「拉歌」。石主任雙手在空中揮著，大喊：

「百貨公司：」

「來一個！」他的職工們接著喊。

百貨公司的董書記就讓大學生黃忠明指揮，唱了樣板戲《甘灑熱血寫春秋》。他們唱得也是哼哼唧唧，像是在唱「送君送到大路旁」。

這樣的拉歌持續了幾顆煙的功夫，唱得有的人心潮澎湃，熱血沸騰，有的人如醉如癡，昏昏欲睡。商業科長白老太宣布大會開始。白老太是一個矮小而體面的婦人，短髮梳得光滑潔淨，套在棉襖外面的米灰色的確良罩衫素雅高貴，熨痕清晰可見。她講了「學習小靳莊」的重要性，說是「我們都有一張口，唱戲吟詩不落後！」說著，帶頭吟詩「七絕」一首，以「拋磚引玉」。七絕曰：

東風萬里紅旗展
商業職工鬥志堅
批林批孔不停步
乘勝追擊永向前

白老太的「七絕」歌頌的是幾個月前開展的「批林批孔運動」。她的七絕雖然是大白話，使用的「東風」、「紅旗」、「不停步」和「永向前」卻是最流行的字眼。

全場響起熱烈的掌聲和鼓聲。

小齊小李小馬也跟著假裝熱烈鼓掌，一邊發出「呲呲」的笑聲。

白老太又說：「我們的每一首詩唸完，都要以熱烈的掌聲和鼓聲鼓勵。」說著，指了指旁邊的鼓手，是醫藥公司的鍋爐工王喜龍和服務公司的勤雜工高平。他們還特意舉起鼓槌，輕輕地敲了一下，發出「嗡」的一聲響，意思是「正是」。

上「擂臺」是用了抽籤的方式，第一籤是百貨公司，就由二百的王主任代表。王主任叫王詩晨，八年前曾改名叫過「王詩東」，卻沒叫了多久，就不了了之了。王主任是小馬的頂頭上司，背後卻被他叫作「王胖子」。雖然也是胖子，王主任臉色蒼白，鬍子稀疏，顯出了幾分儒雅。他的業餘愛好除了喝酒之外，也擅長用鋼筆在原稿紙上練字，練的是「主席體」。當然，王主任也酷愛寫詩。

他看到眼前黑壓壓的一片人頭，不禁有點緊張。他的手捏了他的詩稿，抖動了幾下，還是張開了口。這一次，王主任仿的是毛主席的「十六子令」。他清了清喉嚨，把這「十六字令」唸了出來：

十六子令・幹

（其一）

幹

革命不怕流大汗

向前走

無懼風和險

（其二）

幹

下定決心排萬難

爭朝夕

快馬又加鞭

全場一派掌聲和鼓聲。王主任忙不迭地和周圍的白科長握手致意，臉漲得有些發紅，如同多喝了一洋灰墩子「塔子城老窖」。

抽到第二籤的是五金公司，由單主任「單大鼻子」代表。「單大鼻子」也就是「單大酒糟鼻子」。他鬍子拉雜，精瘦而結實，幹練而機警。這天他身披一件白茬大皮襖，頭戴一頂大狗皮帽子。他的皮襖雖是「白茬」，卻已經是黑不溜湫了。據說他早年曾當過林彪的警衛員，家中還藏了一張與三歲的林立果合拍的相片，還有一隻林彪送的鋼筆。當然說這話時林副主席正大紅大紫，如日中天。那時，「林副主席警衛員」這樣的職務不禁令人景仰。據說給他介紹對象的就不下二十個。單大鼻子現在是「五金公司」的第一把手。不過，自從林彪在三年前九．一三出事之後，當年做林副主席的警衛和擁有林副主席鋼筆的事，單大鼻子便絕口不提了。

單大鼻子今天也相當地興奮。他抽了一下鼻子，三下兩下甩掉了身上的皮襖，手裡握了那狗皮帽子，就像揚子榮進威虎山獻聯絡圖一樣，大步流星地奔到主席臺上，展開一張紙來，是一首「七律」。他也清了清喉嚨，大聲唸出了他的「七律」如下：

七律．學大寨
甩開膀子爭高產
瞪大眼睛望未來
東風勁吹紅旗舞
黨的陽光照胸懷

主席話兒牢牢記
大寨紅花遍地開

他唸完了「七律」，並不急於下場，而是原地不動，打了個立正，行了個軍禮。全場「嘩」地響起一片熱烈的掌聲和鼓聲。單大鼻子也同樣地走到各位領導面前，和他們一一握手。

「這小子不愧給林彪當過警衛員。」有人說。

下一籤還是抽給了百貨公司，這次董書記自告奮勇。他被單大鼻子的「七律」所感染和打動，靈感和詩興大發，已經即興作出了一首新詩。

只見他手裡捏了牛皮紙封面的《工作日記》，健步奔向擂臺，喝了一口茶，環顧四周，拖長聲調，吟出一首即興「七絕」來。這首「七絕」描寫的就是單大鼻子賽詩的情形：

七絕・表決心
撕撕巴巴脫皮襖
匆匆忙忙上講臺
聲音洪亮勁頭大
誓把決心表出來

全場掌聲鼓聲雷動，經久不息。突然間，有誰大聲喊道：

「董書記，寫得好！董書記，寫得妙！再來一個要不要？」

「要！要！！要要要！！！」場內的全體職工立即呼喊起來。

鼓手王喜龍和高平把鼓敲得細碎如風。

董書記紅著臉，眨著眼，有些不好意思地說：「這個，嘿嘿，寫得不太好，算是有感而發嗎！那我就再來一首上個星期寫的吧。」

臺下又是一片熱烈的掌聲和鼓聲。

董書記翻開了「工作日記」，又清了清喉嚨，喝了一口茶，唸出了下面的一首「七絕」：

七絕・痛批林孔

尊法反儒戰鼓擂

孔丘林賊陰魂飛

一鼓作氣追窮寇

痛打死狗顯神威

小齊對小李小馬說：「這詩太文氣了，不像是他寫的！撕撕巴巴脫皮襖匆匆忙忙上講臺，這才是草重的風格呀。」

小李說：「是不是柳慶恆給他改過了？」

小馬說：「撕撕巴巴是即興的，這首是長期磨出來的，成熟些。或許是黃忠明的傑作也說不定。」

黃忠明是北京外貿學院來的一年級大學生，四年前被提前畢業，下放到這裡的百貨公司。

小齊瞥了一眼《文心雕龍》說：「哈哈，無外乎是蚊心雕蟲罷了，蚊子的蚊，雕蟲小技的雕蟲！」

三人哄笑起來。

「哎，你們幾個在嘀咕啥？」是前面的老盧回過頭來。

「老盧，你咋不來一首？」小李問。

「我？咱是大老粗，哪會寫詩吶？」老盧不但是大老粗，還是個倔巴頭。

「哎，老盧啊，檢討書寫了嗎？」小齊問。老盧因為犯了「自由主義」和「黨性不強」的錯誤，董書記要求他寫份檢討書，交給組織。

「寫那玩意兒？虛頭八腦那一套咱不會。我跟那傢伙說了，」老盧指了指前面的董書記，「我說董書記，實在不行你就給我拿張紙來，我給你畫個大雞巴，你拿回家貼牆上！」

「哈哈哈哈！妙啊。」小齊小李小馬大笑起來，豎起了大拇指頭。

食品公司上來的是一個老職工叫劉喜祿，是個「從舊社會過來的人」。他面色紅潤，衣著整齊，在掌聲中不慌不忙地走上講臺，掏出一張疊得整齊的帳頁紙，展開，一字一句地唸出下面的一段，叫《我的決心》：

幹革命，要勤力
踏踏實實使力氣
不耍奸，不耍滑
工作學習一手抓
不超前，不落後
穩穩當當向前走

不著急，不上火
細嚼慢嚥吃餑餑
……

儘管劉喜祿的詩過於平淡無奇，人們還是給了他熱烈的掌聲和鼓聲。
「大白話！」下面有人說。
「倒是挺實在。」有人說。
「直巴愣騰。」又有人說。
「吃餑餑一詞用得好啊！」小馬感嘆道。他們這會兒都餓得饑腸轆轆了。
「這哪兒是詩啊，這是數來寶！」小齊說。的確，劉喜祿的「決心」就和那「打竹板，邁大步，眼前來到棺材鋪」如出一轍。
「現在要是有個餑餑就好了。」小李也感嘆地說，他也餓了。
接下來是糖業煙酒公司的趙寶章上場。趙寶章是返城知識青年。他小個頭兒，三角眼，八字眉，身穿發白了的舊棉襖，領口露出了白色的確良假領。他的稿子寫在了袖口子上。於是，他舉起了手臂，看著那袖口子，把他的「自由體」朗誦了出來：

啊！小靳莊！
你的名字令人心潮蕩漾。
你是詩的搖籃，

你是歌的故鄉。
批林批孔你衝鋒在前，
尊法反儒你箭在弦上。
啊！我是多麼嚮往著你，
我願和你一道並肩作戰，
把讚美的詩誦起，
把讚美的歌高唱！
啊！小靳莊！
啊！小靳莊！！
啊……

趙寶章的「啊」字拖得很長，他舉起了手臂，做了一個遠眺小靳莊的手勢，掌聲鼓聲再一次響起。

「這詩作得好！」下面有人誇獎著。

「這小子有才啊！」有人又誇獎著。

「啊啊啊太多了，有點酸。」有人批評著。

「虛張聲勢。」小齊說。

「故弄玄虛。」小李說。

「這人二胡拉得好啊。這詩是故意無病呻吟，應景的！」小馬說。

「正是。」小齊說，「這是典型的遠看城牆像鋸齒。」

果然，趙寶章在掌聲鼓聲中把右手放在胸前，行了一個彎腰禮，然後，做了一個鬼臉，吐了一下舌頭，意思是「我這是開一個笑談罷了。」

此後，還有醫藥公司的李幹臣唸了一首五絕《努力搞生產》，石油公司的秦大姑娘唸了首數來寶《計劃生育好處多》，食品公司的張淑琴唸了首七絕《小車不倒只管推》，煤建公司的趙大下巴唸了首三句半《煤建職工大步走》，服務公司的王大辮子唸了首七律《樣板戲天天唱》……各個是假大空的虛張聲勢、故弄玄虛和無病呻吟，無一例外。

會場內半數的人都睡眼朦朧了。

賽詩會終於在熱烈的掌聲和鼓聲中結束。

隨著人潮走出煙霧繚繞的調撥室，一陣冷風撲面而來，小齊小李小馬深呼了一口新鮮空氣。

老盧跟了上來，說：「你們幾個咋沒上擂臺？」

小齊說：「咱那詩是封建主義的，上不了臺面呀！」

小李說：「咱沒寫過正經詩，只有一首茅房詩，是資產階級的，也上不了臺面。」

小馬說：「咱那詩叫《在百貨公司的收發室裡》，是修正主義的，更上不了臺面。」

老盧說：「你們那都是封資修的。還是我那大雞巴詩好！」吐了口痰，披著他的棉大衣，又說：「回家了，喝上幾盅！嘿嘿。」說著，大步走了出去。

小齊小李小馬也各自回家。小李向西，小齊小馬沿著中央街向東走到正陽街，再向南頭走去。

路上，小齊小馬回顧了賽詩會上的內容，一下子想起了在公廁的牆壁上常常見到的，民間很是流行的茅房詩，他們就說，這也應該按「五絕」，在賽詩會上詠誦一番才是：

五絕・無題
此處是茅房
不是大學堂
要想來拉屎
不必寫文章

幾天後，在公司的院子裡，傳達室「驛站」的不遠處，老榆樹旁的黑板報上，正式發表了賽詩會上誕生的優秀詩作，叫「戰地新詩選」。

王主任王詩晨交給了小馬一張原稿紙，上面是他用主席體豎排版寫的一幅對聯，他叫小馬儘快用紅紙抄寫，貼在百貨公司試衣鏡對面的牆上。

半個鐘頭之後，小馬發現小齊小李也湊到了那裡。試衣鏡中，映出的是小齊小李和小馬青澀的臉。和前來看熱鬧的人們一道，他們看了那副紅色的對聯：

上聯是：寧可掉斤肉，工作幹不夠

下聯是：情願脫層皮，工作搞上去

王主任要小馬酌情加添橫批，小馬便寫了「橫刀濶斧」。王主任說「好」。

猛然間鏡子裡也出現了董書記的胖臉，笑呵呵的。董書記是視察工作來了。鏡子中，董書記的小眼睛與小齊小李小馬的眼睛對視了，眨了眨，又望了望兩邊的對聯和上邊的橫批，「噗哧」一聲，笑了。

幾個月又過去了，無論是董書記，還是單主任、王主任、石主任、白科長，或是其他的甚麼主任，看起來都仍然紅光滿面皮肉無損。他們的工作並沒怎麼「搞上去」，「刀」和「斧」也不知了去向，那本是在意料之中的事。人們延續了以往的經驗和習慣，都是在矜持地，「悠著點兒」地做著他們的事，雷聲大，雨點小，風兒在吹，樹卻不動。正像小齊小李小馬津津樂道的打油詩，不痛不癢地說：

遠看城牆像鋸齒
近看城牆像齒鋸
不看城牆不鋸齒
越看城牆越齒鋸

他們覺得這學習小靳莊的運動也和這城牆一樣，遠看近看都像鋸齒，又不像鋸齒，看到最後，就甚麼都不是了。

不久，這場「賽詩會運動」就和其他所有的運動一樣，虎頭蛇尾，不了了之了。董書記王主任和其他的詩人們又有了新的、另外的投入。

第十四章 遠去的琴聲 The Distant Sounds

公元一九七五年

到了公元一九七五年，對於這場史無前例的無產階級文化大革命，它到底是在繼續著，還是已經取得了偉大的勝利，人們還是無法判斷。這一點，就像丹麥王子哈姆雷特對於「生存還是毀滅」的困惑一樣，這座城裡的人們覺得「這是一個問題」。同時，人們還覺得，「這是一個很費腦筋的問題。」於是，就把它擱置在一邊，不去想它了。「比挨餓那年好多了」，在談論起現狀的時候，人們就用這樣憶苦思甜的方法去比較，一下子就「心滿意足」了。

這時，城裡的文藝活動也開始多了起來。「人民文化宮」的舞臺上，和神州大地的任何一個舞臺一樣，間或上演的是移植了的革命樣板戲。而電影院裡，除了電影「三戰」，即《地道戰》、《地雷戰》、《南征北戰》，阿爾巴尼亞和越南的幾部黑白片，又新增了羅馬尼亞彩色片《爆炸》、《斯特凡大公》，朝鮮的《賣花姑娘》和國產片《閃閃的紅星》。儘管數量仍然有限，內容仍然貧乏，人們的日子過得還是開始有些滋味了。

「運動」方面，「賽詩會」落潮後，「宣傳隊」就接踵而來了。這是「學習小靳莊」的另一個內容，是江青同志發現的又一個新鮮事物。城裡各中學各科局各公司各單位領導紛紛響應，調動所有文藝人士，速成各種宣傳隊，大排大練大演。於是乎，逢節日慶日團代會日黨代會日，逢五一、六一、七一、八一和十一，逢匯演調演專題演，城裡的大小舞臺大小禮堂便一派燈火輝煌，鼓樂喧天，場內吹拉彈唱，載歌載舞，場外哄哄鬧鬧，擁擠不堪。這場新興的運動，給城裡灰色的街巷灰色的天空帶來了一道特別的風景，給人們貧乏單調的生活帶來了極大的刺激和熱鬧。

對於這場運動，商業科的一把手白科長白岩同志白老太表示熱烈響應。穿戴體面的白老太親自掛帥，招兵買馬，調兵遣將，還特率領幾個同志去了趟省城，拎回一把大提琴、四把二胡、一把板胡、一把京胡、一隻琵琶、一隻大阮、一架揚琴，還有戲劇化妝品若干，花掉了兩千多元人民幣。此外，又為每人訂置了高檔衣料演出服一套，是全體一致要求的那種「小西裝」款式。最後，還特批了夜餐費，承許逢打夜作趕排演時公費供應晚餐一頓。「為了宣傳毛澤東思想而不遺餘力嗎」，白老太這樣說。

於是，小馬就被白老太借調到了宣傳隊的樂隊。小馬這一年二十一歲，已經是參加工作的第五個年頭。他在百貨公司搞了一陣子「宣傳」後，董書記見他閒得無所事事，就把他調到了「基層」，就是第二百貨商店，簡稱「二百」，當上了營業員。

早在「衛東中學」復課鬧革命那會兒，小馬就同他的兩個堂叔和另幾個「文藝青年」，聚在一間小屋裡，每人抱了一件樂器，嗚嗚啞啞地合奏起來，先是《東方紅》，然後是《瀏陽河》，最後是《草原上的紅衛兵見到了毛主席》。到了公元一九七〇年參加工作的時候，他已經能用二胡不太熟練地奏出全部的二胡曲《北京有個金太陽》，以及用小提琴奏出《聽媽媽講那過去的事情》。有一次他在傳達室「驛站」裡演奏，恰巧被董書記「董胖子」看到，董書記就把他借調給了他的上司白科長白老太。

小馬那時的工作是在二百的日用大百貨部站櫃臺。離開枯燥無味的貨櫃，離開那些玻璃杯暖水瓶搪瓷臉盆塑料提桶，和那個無論怎樣努力也打不靈光的算盤，加入到一幫文藝青年之中吹拉彈唱，歌舞升平，而且聽說還有公費「夜餐」，又和好看的女生們在一起，嘴上不說，心裡自然有些蕩漾。胡亂矜持了一番，便按時到白科長那裡報了到。

很快，宣傳隊人馬湊夠，鼓樂聚齊，就在白科長白老太的帶領下，一窩蜂開進了排演場。

排演場設在醫藥公司一間會議廳筒子房裡。筒子房雖然沒有暖氣，卻生了兩個大火爐，新裝了幾盞明晃晃的一百瓦電燈，筒子房一下子變得暖暖和和，亮亮堂堂。

樂隊隊長是諸般樂器樣樣精通的趙寶章。寶章小個頭，八字眉下眨著一對狡慧的三角眼。寶章雖然沒有受過正規的音樂教育，卻有著很好的音樂天份和才能。據說，他在學彈琵琶時，為了練習手指的靈活度，走在路上也要在衣服口袋中活動手指，以至於把所有的衣袋全給抓爛了。

樂隊中有留了飛機頭小鬍子的理髮店剃頭匠小董董寶忠外號「董四爺」，打得一手飛快竹板並能在緊要時也抄起一把低音二胡充數。有醫藥公司的鍋爐工王喜龍王大哥，曾是省城一帶唱西河大鼓的三絃藝人，這次抱來了自家的三弦上陣，是搬出了鎮家之寶。有鼻子上架了一副厚眼鏡，頭髮亂蓬蓬的黑臉膛板胡高手朱彥彬，有高個頭身上綴了幾塊補丁卻登了一雙錚亮大皮靴，專撿大件樂器充樣子的高平。有食品公司壞了金牙繫了圍脖拉二胡的回民人士石常青，有抱著手風琴不怎麼說話的卡車司機王新功，有食品廠拉二胡留分頭的鄭叢笑，有瘦高個帶一頂舊棉帽吹嗩吶的李瑞華，有叼煙捲抱大阮儀表堂堂的韓振傑。小馬則時而操二胡時而操小提琴躍在他們之中。

演唱隊中有和小馬同時參加工作的女青年楊學素薄淑華杜淑華劉德英，有食品公司的王桂芹和劉艷麗，有國營飯店的服務員鄭麗華，過去是「藝術劇院」唱二人轉的藝人，為宣傳毛澤東思想，這次被破格啟用。

特別值得一提的是早年被公私合營進來的小商人劉忠貴劉老漢。劉老漢最愛唱京戲《洪羊洞》。

文化大革命破四舊，《洪羊洞》不讓唱了，就跟著廣播喇叭學會了不少革命樣板戲。這次被收攏進來是為了體現小靳莊「男女老幼齊上陣」的精神。聽說劉老漢的老伴對老漢的入夥有些放心不下，擔心在這「文藝團體」鬧出作風問題。為此白科長親自做工作，端正了劉老太的思想，並一口保證說出了問題我負責，劉老漢這才歡歡喜喜地留了下來。果真，劉老漢從此專心練唱，閒事不生，劉老太的擔慮就不藥而癒了。

樂隊的樂譜是簡譜，用大白報紙抄寫了，釘在前面的牆上。排練的程序是這樣的：先是各自拿了樂器熟悉樂譜，然後樂隊練習齊奏，最後同演唱者合成。如此墻上樂譜一張張寫滿，節目就一個個成形。然而，全天最精彩的節目，是在晚上六時半許，按白老太的承諾，免費夜餐開始，內容是「原籠包子」。

原籠包子由小董和高平登了自行車，從「紅旗包子舖」運來。每當小董和高平下了車，卸下兩隻洋鐵水桶，被大家簇擁了，全場就起立歡呼：

歡迎歡迎，熱烈歡迎！

那兩隻蓋了厚棉布墊的水桶散著香氣，不禁令人心潮澎湃，熱血沸騰。這情形就仿若我國的少先隊員們，簇擁著柬埔寨西哈努克親王的「紅旗」轎車，緩緩進入釣魚臺國賓館赴宴一般。

「紅旗包子舖」就是原來的「小樂天」，城裡的老字號，是早年城裡政要商賈文人雅士時常光顧的地方。這裡的包子口感柔軟，鮮香不膩，形似菊花，色香味形都獨具特色，其關鍵在於用料精細，製作講究，在選料配方攪拌以至揉麵擀麵方面都有一定的絕招兒，做工上更是有明確的規格標準，特別是包子褶花勻稱，每個包子都是十八個褶。剛出屜的包子，大小整齊，色白麵柔，看上去如薄霧之中的含苞秋菊，爽眼舒心，咬一口，油水汪汪，香而不膩。不過，這些年人們的手頭拮据，根本吃不起這樣的包子，生意便全部由各單位「打夜作」的領導幹部公費報銷給包下來了。這裡的原籠包子，每天限量生產，不得超過二百屜，是因為用肉是限量憑票供應的。而這每屜包子的價格，也正是一・七三元人民幣，不多不少，恰是一斤豬肉的價錢。

宣傳隊對於原籠包子的評價只有兩個字：好喫。他們之中的人，真正吃過「小樂天包子」的，就只有鄭麗華和王喜龍兩個人。鄭麗華從「藝術劇院」出來後，在「國營食堂」做跑堂，按政策，拿高級演員的工資八十五元，是全城最高的，她的同齡人都只是三十五。而王喜龍，早年唱西河大鼓「走江湖」，頗有一些積蓄。

這時的「紅旗包子」，出籠後被一股腦扔進鐵桶裡，壓扁了，擠破了，連上面的摺是多少，也數不出來了。

「包子好吃不在摺兒多少」，王喜龍和趙寶章這麼說。對於這些平素按毛主席的教導，忙時吃乾閒時吃稀又缺少油水的普通群眾，每天吹拉彈唱後饑腸轆轆之際，能放開肚皮饕餮到一頓美味的包子，而且並不限量，於是，「小樂天」也罷，「紅旗」也罷，摺多摺少，都是不可思議的美食。

不過，眾人初吃時不得要領，一口咬下去，把其中的汁兒水兒賤得滿身滿臉。後來是寶章發明了新的喫法：用一隻筷子，如串冰糖葫蘆一般，一下串起五個包子，然後橫過來，一口吞下一個，再學電影中的阿爾巴尼亞人，緊閉嘴巴咀嚼，皮餡湯汁遂一捲而入胃。這樣的「冰糖葫蘆」，小個頭的趙寶章一下子可以吃上五串，也就是五五二十五個，看得白科長白老太瞠目結舌。白老太喫得不多。白老太的愛人是城中的黨委副書記，家中習慣喫蒸白米飯配精致小炒。白老太說你這樣的吃法不夠健康，不夠科學。寶章就學著《智取威虎山》中土匪的口氣，說：「兔子不吃窩邊草。還管那個？」

女生們喫起來卻相對文雅。只是常常文雅到還沒等喫飽，兩隻鐵桶已被一洗而空，她們就說：「真是土匪，把咱的窩邊草都給吃了。」

又停電了，世界頓時一片漆黑。待黑暗中摸到了火柴，點亮了蠟燭，排演室便一下子優雅迷離了起來。這時，王喜龍王大哥突然打開他的三絃盒子，變魔術般地亮出一瓶六十度「塔子城老窖」，是本地自產的白酒。王喜龍用牙齒咬開瓶蓋，擠了一下眼睛，說：「好東西啊！」塔子城老窖輪轉一番，灌進各自的水缸子裡，排演場頓時芳香撲鼻。

這時，寶章就會放下筷子，擦擦嘴，抄起小提琴，破例地為塔子城老窖和他的觀眾們演奏，是地下流傳著的「資產階級靡靡之音」。

他先奏《梁祝》、《花兒與少年》，再奏《何日君再來》。

他雙臂張開，左手的手指輕柔地按在指板上的琴弦上，右手悠緩地推拉著琴弦上的琴弓，拉著拉著，那些音符就緩緩地流淌而過，明亮、清澈、委婉、輕盈，歌詞也仿佛隨著音符飄溢出來：

好花不常開
好景不常在
愁堆解笑眉
淚灑相思帶
今宵離別後
何日君再來

不久前，寶章曾和幾個返城知青躲在高平打雜的「小樂天」，在後院的倉庫裡，用一架手搖唱機，偷聽了金嗓子周璇的《何日君再來》。那張老唱片音色有些失真，不時夾了絲絲的雜音，便使這靡靡之音越發顯得遙遠而迷離……

那琴弦在跳動的燭光下閃著光芒，彷彿閃爍出了周璇的歌聲，有些無奈，有些頹慼，有些蒼涼：

喝完了這杯
請進點小菜
人生難得幾回醉
不歡更何待
今宵離別後
何日君再來

那邊的女生們，這時也轉過身來，她們也被這琴聲吸引打動了。

稍停了片刻，再呷了一口塔子城老窖，寶章的琴絃上再次飄出的卻是輕快的，四分之三節拍的《夏夜圓舞曲》：

靜靜的夏夜多麼晴朗
皎潔的月亮閃爍光芒

小溪旁花朵放香
小蟲兒跳躍在菜地上
我們在這裡跳舞唱歌
年輕的心啊歡樂激蕩

這音樂的旋律優美悠揚，彷彿把人帶進了那樣的一個夏夜：無際的碧藍天空上，皎潔的月光像水一樣地瀉在遼闊的田野上。星光閃爍著，柔和而不可捉摸。田野上墨綠色的莊稼沉睡了。蟈蟈、蟋蟀、青蛙、知了，牠們在草叢中池塘邊鳴叫。磬香的野花、搖曳的樹葉、清新的空氣、潺潺流動的小河，彎曲伸展在月夜下的小路，這一切就像這杯中的酒一樣，令人沉醉，令人著迷，又離我們十分遙遠。

寶章的琴弓停下，又呷了口塔子城老窖，三角眼眨了眨，咧開嘴笑了，說，音樂，真他媽是個好東西。

這次排練是為了一個月後的全城文藝匯演。地點在人民文化宮。演出的節目由白老太和宣傳隊隊長姜甫方擬定，其中有器樂合奏《瀏陽河》，有男聲獨唱《紅星照我去戰鬥》，有男女聲二重唱《祖國一片新面貌》，有京劇清唱《臨行喝媽一碗酒》，有數來寶《計劃生育好處多》及其他諸多這裡省略不談。篇幅最長人數最多氣勢最大的二人轉調坐唱《沂蒙頌》放在最後壓軸。為此，文化館李老師和趙老師曾親臨排演場輔導，前後耗掉了兩個多星期，消滅掉了不計其數的原籠包子。

演出的日子終於到了，宣傳隊全體浩浩蕩蕩開進了人民文化宮。走過後臺狹長的樓梯，進到舞臺下昏暗的休息室，發現那裡已擠滿了同樣化了濃妝的演出隊員和擎著樂器的音樂青年們。

不久後聞得臺下「各位尊敬的領導同志們」已經光臨入座，觀眾廳內吵鬧聲漸漸平息。這時紅色大幕前輕盈走過一位年輕秀麗的女子，穿江青式灰色連衣長裙，麥克風後朗聲宣布匯演開始。於是大幕兩側拉開，鼓樂聲起，燈光驟亮，糧食科變壓器廠大農機養路段第一第二第三中學的節目一個一個接著演了下去。

忽然間輪到了商業系統，樂手們急忙手提樂器在臺中摺疊椅上坐下，理好身上的小西服，調正頸上的白絲巾，擺開架勢，由老王王新功的手風琴給出空弦音，眾人們手中的樂器便「索都索都」地跟著響起來調整琴弦。

這時，聽得大幕前女報幕員好聽的聲音再次響起：「下一個節目，男聲獨唱：《紅星照我去戰鬥》，由商業系統毛澤東思想文藝宣傳隊演出。

大幕再啟，演唱員姜甫方從容走向臺前，轉過頭來，向樂隊的方向行禮，趙寶章右手中的揚琴鍵微微擡起，一個暗號，樂手們悠揚地奏出了前奏。音樂減弱，姜甫方開始唱道：

小小竹排向東游
巍巍群山兩岸走
紅星閃閃亮
照我去戰鬥
革命代代如潮湧
前赴後繼跟黨走
前赴後繼跟黨走

這時的樂手們按寶章的提議，身子輕鬆搖晃，臉上微露笑容。姜甫方接著唱道：

砸爛萬惡的舊世界

萬里江山披錦繡

在唱到最後一遍「萬里江山披錦繡」時，按照寶章的設計，樂手們身向前傾，目朝上舉，激烈的音樂猛如潮湧，小董及時地加入一片低音鼓點。在一束強光下，姜甫方伸出手臂，做英雄遠眺山河狀，音樂戛然而止，場內響起一派熱烈的掌聲。

秀麗女子又一次步出：「下一個節目，革命現代京劇《紅燈記》選段，清唱：《臨行喝媽一碗酒》。」

這類唱段劉老漢在排演場練過多次，早已駕輕就熟。只見劉老漢飲一口小董遞過來的「胖大海」，聽得寶章在小提琴弦上輕輕撥出第一個音，便滿懷信心地走進舞臺，雙手捧起一隻虛擬的酒杯，大聲地說出了三個字：「謝謝媽！」左腿又向前跨出一步，唱道：

臨行喝媽一碗酒

渾身是膽雄赳赳

不知是因為瞥見了臺下黑壓壓的觀眾和前排正襟危坐的領導，還是因並未真正喝了那碗酒墊底，劉老漢忽然間忘記了唱詞，渾身的膽量不翼而飛，怔怔地立在聚光燈下，端起那隻虛擬酒杯的手也因不知該放在何處，微微顫抖起來，而塗了紅粉的臉上也泛起了一層汗珠，直到寶章急中生智，在側幕間再次撥動琴絃，劉老漢才奇跡般地記起了臺詞，重新舉起酒杯，將那虛擬的酒一舉飲盡，並一氣唱出李玉和臨行時的囑託和叮嚀。臺下掌聲大作。老漢正欲退下，觀眾廳內卻掌聲不息。老漢只得加唱一首《窮人的孩子早當家》，還即興地模仿出了李玉和手提竹籃的造型。唱罷，掌聲中劉老漢紅著臉，向臺下深深鞠了三次躬，觀眾方肯作罷放行。

大幕再次拉開，《沂蒙頌》全體人員已弧形坐定。歌手們坐前，每人腰間繫一紅綢長帶，樂手們坐後，前方架起一排銀色鋁質譜架。一陣悠揚音樂由臺上臺下傳過，烘托出了巍巍蒙山，涓涓沂水。歌手們舞動紅綢，樂手們同聲伴唱：

蒙山高

沂水長

劇情漸入佳境……臺前身著服裝的主要演員，經李老師趙老師的培訓，且演且唱，已相當像樣。樂隊邊演奏，邊時而加入伴唱。這時小馬已升為「大提琴手」。白老太拎回的那把大提琴，被小馬時拉時撥，擺弄得很有些意思了。坐在側幕後的李老師翹起二郎腿，雙手隨著音樂拍打，為他們加油鼓氣。

劇情在緊張地進行著。傷病員方排長在英嫂的乳汁和雞湯的滋潤下逐漸康愈。不料「還鄉團」還鄉，並以英嫂的孩子要挾威逼，要她交代出傷病員的藏身之處。千鈞一髮之際，傷病員方排長，實際上的姜甫方挺身而出，自投羅網。巧在這時英嫂的丈夫魯英帶領武工隊打回魯莊，消滅了還鄉團，救出了鄉親們和方排長，全劇進入高潮。

這時，樂隊中的喇叭手老李李瑞華嗖地從座位中站起，揚起口中的嗩吶，鼓圓了腮，蘊足了氣，漲紅了臉，吹出一長串花腔高音。寶章學著鋼琴伴唱《紅燈記》殷承宗彈鋼琴時的架勢，搖晃著頭，一雙揚琴鍵子劈劈啪啪狂風暴雨般地擊打在琴紘上，全體樂手們手下琴紘顫抖，琴弓跳動。小董張開手中的大鈸，「轟」地一聲，擊打出全劇的最高潮。前面的英嫂臂挽竹筐，魯英手執短槍，方排長手擎紅旗，擺出金字塔式雕塑造型，《沂蒙頌》成功落幕……

這次演出獲得了空前的成功。

此後，宣傳隊又多次被邀請到基層各公司巡迴演出。演出後，又照例被特別設宴以十菜一湯加塔子城老窖款待。

一日，白老太帶領宣傳隊全體去了次中央街上「綜合服務樓」裡的照相館，拍了合影一張。合影上，每人身穿演出服小西服，女生們翻出白領，男生們頸上圍了白絲巾，每人懷抱樂器一件。前面白科長和其他領導們端坐正中。那時，他們預計這場無產階級文化大革命將會永遠地進行，毛澤東思想宣傳隊將會永遠地排演，紅旗包子舖的原籠包子宴席也將會永遠不散。然而，也像所有的運動一樣，不多時後，這場運動也無聲無息地淡了下去，宣傳隊終於解散。隊員們回返到各自的原單位，又漸漸地失去了聯絡。白老太拎回來的那些樂器，在商業科的倉庫中閒置了許久，後來又一件一件不見了影蹤。

再後來，小馬就長久地離開了這座城，直到十幾年後，他在火車上偶然遇到，也是最後一次遇到了趙寶章。那時，寶章已經病重。在火車上，寶章提到原籠包子和宣傳隊，也記起他《何日君再來》的琴聲。他說，遺憾的是我身體不好，已經吃不下原籠包子了。不過，我還常常拉琴。你還拉嗎？有空就拉吧，挺有意思的。又眨了一下眼睛，說：「音樂，真他媽是個好東西。」

不久後，傳來了寶章病故的消息。

君不會再來，寶章的琴音也永遠地在這個世界上消失了。

第十五章

「四人幫」垮臺了 The Downfall of the Gang of Four

公元一九七六年

「四人幫」垮臺了。

這消息是一大清早從馬路那邊傳過來的。

「東方紅百貨商店」門口掌鞋的小張瘸子正用大鋼針把粗線繩穿過鞋幫和鞋底，手臂在空中詭異地劃出一道弧線。他剛啐了口痰，眼前就大咧咧地坐下了早年的造反派「王大白話」。

王大白話現今在糧庫當保管員。他早就從「領導一切的工人階級」和「革委會副主任」跌落成了「普通群眾」。他不再「吃香」，不再「揚脖」，更失去了昔日的榮光。不過有一點卻沒有改變，那就是他一如既往地幸災樂禍，熱衷於落井下石推波助瀾，看著別人倒運倒霉。他今天與其說是來掌鞋，在鞋底釘上鐵釘掌，不如說是來散佈謠言。對於他，這就像免費混吃喝應邀赴盛宴一般地舒坦。

不過，今天不同以往，今天的「謠言」則是貨真價實的「內參」，即「內部參考消息」。

「嘻嘻。」王大白話以善於雲山霧罩扯王八犢子而聞名於城裡。他能把死的說成活的，把活的說成死的，把中國說成美國，把美國說成中國。他用袖子抹了一下嘴。他的嘴巴上油光光的，顯然是剛剛吃了一根油炸大餜子，而這一根大餜子則剛剛夠塞滿他的牙縫，

「嘻嘻?!」小張瘸子面目清秀，留了分頭，右臉頰上長了顆痦子。他鄙夷地學了一次王大白話，定睛看手中的鞋子，卻瞄都不瞄他一眼。

「嘻嘻。」王大白話眨了下眼，掩蓋不住內心的興奮，神秘地說：「出事兒了！」

「出事兒你他媽還嬉皮笑臉。」小張瘸子這才瞄了他一眼。

「江青垮臺了！」王大白話得意地說，又「嘻嘻」了一次。

「你說甚麼？」小張瘸子不敢相信自己的耳朵。

「四個，四個：江青、張春橋、姚文元、王洪文！這四個垮臺了，被抓起來了！嘻嘻。」王大白話伸出四個指頭，湊近小張瘸子的耳朵，噴出一片口臭。

「嗷呀！」小張瘸子被自己的錐子扎了一下，猛地從那坐櫈上彈了起來。他慌張地四下望了望，顧不上王大白話的口臭，倒吸了一口氣，結巴了：「甚甚甚甚甚……麼？」

「他他……們被被被被被……捕了。」王大白話被小張瘸子的緊張感染，也結巴了。他又加了一句：「完蛋了！」

「這這這這這……」小張瘸子仍然結巴著。

「這這是真的。」王大白話鎮定下來，有幾分得意，又噴出一片口臭：「內部文件，快公布了。」聽他的口氣，像是他親二大爺就在中央政治局當著甚麼大官一般。

「你……說甚甚甚甚甚……麼？江青是是是……毛主席的愛愛愛愛人……你他媽再胡咧咧，我給你個大耳雷子！」說著舉起他的手掌，「啪」地一聲響，拍在釘拐子上。他那手掌經年累月地砸鞋釘扎鞋底，已經練得跟鐵錘子一般有力了。

「嘻嘻！我湊過來讓你他媽打！」王大白話這回卻很是有些底氣：「誰敢造這個謠言？信不由

你。錯了我就不叫王大白話。你他媽要是跟不上形勢，等著吃虧吧你！」

「你這話當真？」小張瘸子停下手中的錐子，臉上的痦子抖動了一下，他有些信了。

「等哪天廣播喇叭裡宣布了，你就傻眼了。四個，叫四人幫，邪性！蒼天在上，咱打賭：誰輸了誰就把自個兒的媳婦出讓一天。」又加了一句：「嘻嘻，一天一夜。」再加上一句「嘻嘻，一天一夜加一個鐘頭。」

「行！君子一言，駟馬難追，你小子要反悔就是王八犢子。」小張瘸子只有個相好的，卻沒有正式媳婦，也就不怕出讓。倒是王大白話的媳婦豐乳肥臀，頗令人想入非非。於是他想，好，輸了，就說「我沒媳婦呀」，自個兒毫髮無損。贏了，睡一回這娘子，值。這想法令他興奮了起來。

「嘻嘻」，王大白話又說：「這話你可別傳出去，足夠判你個現行！」嘴上這麼說，心裡卻為自己獲得了「內參」又傳播了這消息而洋洋得意。

小張瘸子在王大白話的皮鞋底釘了四個鐵釘掌，又伸出四個指頭，悄聲對他說：「四個，正好四個，你他媽使勁踩吧。」又收回一個指頭，加了一句：「收你三個釘的錢，便宜你了。」王大白話又「嘻嘻」了一次，拍了拍肚皮，衝著小張瘸子的耳朵噴出一片口臭，俏皮地說：「你那媳婦喲，年輕吧？說定了。」說著，嚥了口唾沫，走上門口的洋灰臺階，踩試了他的鐵掌，發出馬蹄般的踢踏聲，又向小張瘸子揮了揮手，揚長而去了。

小張瘸子卻一字不漏地把這消息傳達給每一個坐在他鞋攤前的人，還不忘提醒一句：「這話你可別傳出去，足夠判你個現行！」

那聽到的人就再把這消息傳給下一個人，於是，全城的人就都知道了。

有人在家裡包了豬肉餃子慶祝，有人在家裡烙了韭菜盒子紀念，有人在家裡喝了白酒吃了花生飲了紅茶嗑了瓜子抽了捲煙傳著這流言，有人一成不變一如既往地吃了苞米碴子粥燉蘿蔔條子小蔥蘸大醬就像甚麼也沒發生甚麼也不知道，有人則堅持「耳聽為虛，眼見為實」和「一切行動聽指揮」，要等親眼目睹親耳聆聽那白紙黑字紅頭的「中央文件」才算數。

在他們把這消息傳遍全城的第二天，小張瘸子看見幾個人在路邊刷標語。這原本是司空見慣的事，他並沒留意，不料過了一會，見有人圍觀，並竊竊議論起來，便說「不對啊」，就伸出脖子湊過去看，一看就嚇了一跳，牆上大字刷著：「打倒王洪文、張春橋、江青、姚文元反黨集團！」四人的名字上，都打上了紅色的「X」，而那刷標語的人卻一臉泰然。小張瘸子雖然有了精神準備，卻還是「嗷呀」一聲，又用自己的錐子扎了一次自己的手，隨之，他啐了口痰，自語道：「虧得我沒正式娶媳婦，讓那王大白話佔不成我的便宜。」

果真，王大白話的流言得到了驗證。中央下達了「紅頭文件」，各機關單位學校連夜挑燈夜戰，由書記主任政工員們親自傳達。他們的聲調有些顫抖，卻無比莊嚴，無比高昂，無比震撼，無比動聽，無比令人心曠神怡，遠遠勝過以往誦讀的任何「兩報一刊」社論和評論員文章，就像一把把重錘一柄柄利劍一團團烈火一顆顆原子彈，直逼該死的「是可忍孰不可忍」的「四人幫」。

公元一九七六年十月二十四日，東鹼泡子西下窪子和這座城街街巷巷的上空萬里無雲，碧藍如洗。上午十點整，架在中央街正陽街丁字路口的廣播中又一次傳來了北京的聲音。

人們擡頭望著那銀光閃爍的大喇叭和那縱橫交錯的電線，想像著那不可思議的電線另一端，那遙遠的天安門廣場上聚集了黑壓壓喜洋洋的「首都百萬軍民」，他們在「熱烈慶祝粉碎王、張、江、姚反黨集團篡黨奪權陰謀的偉大勝利」。人們也想像著那在《大海航行靠舵手》的樂曲聲中登上天安門城樓的英明領袖華主席，想像著那昔日貴極人臣，呼風喚雨的「四人幫」竟突地懷仁堂被捕淪為今日的階下囚，歡呼雀躍欣喜若狂之餘，也令人不勝唏噓，感慨萬千。

這時，廣播喇叭裡響起了中共中央政治局委員、中共北京市委第一書記、北京市革命委員會主任吳德的聲音：

「……反對王、張、江、姚反黨集團鬥爭的勝利，是無產階級文化大革命的偉大勝利，是毛澤東思想的偉大勝利。……」

他號召揭發批判「四人幫」，要求廣大幹部群眾繼承毛主席遺志，「繼續批鄧，反擊右傾翻案風，鞏固和發展無產階級文化大革命的勝利成果。」

翌日，同樣的廣播喇叭裡又宣讀了兩報一刊社論《偉大的歷史性勝利》，同樣地號召全國人民「自覺地限制資產階級法權，鞏固和發展無產階級文化大革命的成果」。

人們並列擁戴著毛主席華主席的畫像，端詳著華主席的慈眉善目，就說這回好了，毛主席總算在最後一次選了個老實人做接班人。

廣播喇叭裡像播放《東方紅》一樣，一遍遍地播放著《交城山》：

……
交城的大山裡住過咱游擊隊
游擊隊裡有一個華政委
……

幾天後，街心的廣播喇叭裡傳出了郭沫若同志的詩詞《水調歌頭・粉碎「四人幫」》。郭老搖身一變調轉槍頭反戈一擊的新作，與不久前的那首《獻給在座的江青同志》卻霄壤有別，冰火兩重天：

大快人心事
揪出四人幫
政治流氓文痞
狗頭軍師張
還有精生白骨
自比則天武後
鐵帚掃而光
篡黨奪權者
一枕夢黃粱
野心大
陰謀毒
詭計狂
真是罪該萬死
迫害紅太陽
接班人是俊傑

遺志繼承果斷
功績何輝煌
擁護華主席
擁護黨中央

人們都稱讚郭老的《水調歌頭》寫得好，寫得妙，寫得呱呱叫，寫得像戰書，像檄文，像大字報，不像那狗屁蘇東坡范仲淹李清照。這還不算，城裡幾個著名的詩人竟模仿了郭老的風格，寫出了各種各樣五花八門的「水調歌頭」、「十六字令」、「七律」、「順口溜」和「四六句」，大有令蘇東坡范仲淹李清照無地自容的架勢。

對於郭老的出爾反爾，也有人注意到了，但他們並不認為這有甚麼不妥，因為郭老是毛主席圈定的「和郭沫若同志」。再者說了，黨的政策是「受蒙蔽無罪，反戈一擊有功。」按王大白話的話來說，郭老是「緊跟形勢」啊。

於是，全城的人們就紛紛像王大白話那樣緊跟形勢，像郭沫若那樣掉轉槍頭，反戈一擊，口誅筆伐，把一切新仇舊恨一股腦兒地發洩在這禍國殃民，十惡不赦的「四人幫」王、張、江、姚身上。

整個中國都沸騰了，這座城也沸騰了。按兩報一刊上的口氣，「人類歷史上第一次無產階級文化大革命」，經過了漫長十年的血雨腥風，「終於取得了決定性的、全面性的最後勝利」。

盛大的遊行隊伍鋪滿了正陽街和中央街，從喬家爐到電燈工廠，從菜市場到火車站。人們敲鑼打鼓，張燈結綵，載歌載舞，心潮澎湃，熱血沸騰，像熱烈慶祝我國第一顆原子彈爆炸成功，像熱烈慶祝偉大領袖毛主席暢遊長江，像熱烈慶祝全國革委會成立祖國山河一片紅，像熱烈慶祝偉大領袖毛主席贈送芒果，像熱烈慶祝九大團結的大會勝利的大會閉幕，像熱烈慶祝河南人工天河紅旗渠建成通水，像熱烈慶祝正月拜年元宵燈火清明掃墓端午龍舟七夕乞巧中秋賞月重陽登高除夕守歲五一勞動節六一兒童節七一建黨節八一建軍節十一國慶節一樣熱鬧非凡……

慶祝活動盛況空前。全城學校停課，工廠商店機關街道停工停業，工人民兵革命干部知識分子和全城的人都上街游行了，不過並沒有像廣播裡說的那樣「從清晨到傍晚，遊行的隊伍川流不息，從白天到夜間，歡慶的人群接連不斷。」

今天的「遊行」，倒像是當年「遊街」的翻版，只不過當年的「紅衛兵」變成了「革命群眾」，當年的「造反派」變成了「受害者」。人們仍然在呼著口號，打著腰鼓，踩著高蹺，扭著秧歌，擎著紅旗，舉著標語，扛著喜報，架著毛主席華主席的並排畫像，肩著大幅漫畫宣傳牌，只不過當年畫面上的「走資本主義道路的當權派」劉少奇鄧小平和一切「地富反壞右牛鬼蛇神」換成了「四人幫」，被一隻象徵「無產階級專政」的紅色巨手，握了一把黑色板斧，把他們攔腰斬斷。他們蜷縮在角落裡，如落湯之雞，似喪家之犬，他們做夢也沒有想到有一天他們自己也會被「打翻在地」，又被「踏上了千萬隻腳」，變成階下囚和「不恥於人類的狗屎堆」。

隊伍中剃頭匠張凱穿粉紅色褲，粉綠色衫，腰間紮了粉紫色帶，臉上塗了橘黃色粉。他扭的秧歌一絲不苟，他咧開的嘴巴露出了金牙，不時地閃著光亮。喇叭匠夏大胖子揚著他的「三節跳大桿」，鼓足了腮，卯足了勁，一遍又一遍地吹著《山丹丹開花紅豔豔》。敲鼓手門和的「磨盤大鼓」歇斯底里地擊打出一大片動人心魄的聲響。吹著吹著，敲著敲著，那音調裡竟有了幾分莫名的悲涼，越來越深重，越來越撕心裂肺，像是在給一個時代發喪，給一個族類送葬似的。

孩子們在一旁興奮地跟著跑著鬧著笑著叫著，有幾隻狗兒也熱烈地追著躥著轉著嗅著吠著，都像是去趕赴一場不可多得的肉山脯林的盛宴。

隊伍中的「四人幫」由百貨系統的職工扮演。他們時而趾高氣揚，不可一世，時而縮頭夾尾，形容猥瑣。城裡見過「張、江、姚」真面目的紅衛兵也有，那是十年前在天安門廣場接受毛主席檢閱，只是那時人人都目不轉睛地景仰著毛主席，忽略了天地宇宙間萬物的存在，而「王」在那時還沒成氣候。

人們說這「四人幫」扮得好，扮得妙，扮得呱呱叫。他們被一根麻繩連結了，橫著走成一排。

魏彥石扮的王洪文穿了一套灰「滌卡」中山裝，左上衣口袋上戴了一顆豆大的毛主席像章。他梳了分頭，擦了髮油，惟那雙皮鞋煞了風景，那上面落了不少塵土沾了不少汙穢，全然不見了當年「春風得意馬蹄疾」擔任「毛主席接班人」時的風光了。魏彥石慶幸那年沒「緊跟形勢」改名叫「魏洪文」，那年改名「魏學彪」令他接受了「沉痛的歷史教訓」。

張春橋由小蔣鳳山扮演。小蔣鳳山這次終於脫了他的軍帽，露出他的大背頭，雖夾雜了不少頭皮屑，卻梳得溜光水滑。他的胸前也戴了毛主席像章，比王洪文的略大些。他留了小鬍子，眼鏡的一條腿上纏了塊膠布，這使他看上去既不「形似」，又不「神似」。他有點嬉皮笑臉，斷不像是個老謀深算的「狗頭軍師張」。他不時地搖著頭，嘴裡的牙齒習慣性地交錯著，像是頭剛剛吃了草料的大叫驢。

江青的角色沒有女生愿意扮演，就抓來了男職工梁春青充當。他穿了傳說中的「江青裙」，卻更像是蘇聯老毛子的「布拉吉」。他鼻子上架了眼鏡框子，頭髮向後梳攏，也擦了髮油。他的長相過於年輕，嘴唇上稀疏地長了鬍子。他的扮相不男不女，既不像十年前的「旗手」，又不像四十年前的「藍苹」，倒更像是給毛主席戴袖標的紅衛兵造反派「宋要武」了。

最後的姚文元，卻是由董書記扮演。開始時董書記並不情願，卻拗不住群眾的熱烈推薦和殷切鼓勵，便覺得這角色是「非我莫屬，捨我其誰」，就謙虛地表示「恭敬不如從命」。董書記微胖，禿頂，還真有點像姚文元原型那樣的「豬肚子臉」。他上衣口袋裡插了隻鋼筆，這令他不但「形似」，還有了幾分「神似」。

他們衣服的料子都遠不及真正的「四人幫」那樣高檔。他們的臉色都遠不如真正的「四人幫」那樣滋潤。他們的背上都插了「招子」，註明了他們的身份，就是郭沫若詩詞所說，分別是「政治流氓」、「文痞」、「狗頭軍師」和「精生白骨」。他們的身後，跟著一群「工農兵」，手裡拿了掃帚，式樣不等，大小不一，卻沒有一把是真正的「鐵帚」。他們揮動著這掃帚，掃除著這「四人幫」和「一切害人蟲」。

人們咧開嘴看著嘆著，說這可真是惡有惡報，自食其果，多行不義必自斃呀。

人們回想起過去十年內所經歷的種種苦難，回想起餓殍滿道的三年自然災害，回想起過去三十年間的一波波運動、一輪輪嚴打、一次次鬥爭，便禁不住對眼前這萬惡之源萬罪之本萬禍之根「四人幫」恨得咬牙切齒，像當年鬥地主鬥右派鬥走資派鬥牛鬼蛇神，乃至眼見扮黃世仁周扒皮南霸天的演員一樣，恨不得剝了他們的皮，抽了他們的筋，剜了他們的肝，碎了他們的骨，吃了他們的肉。人們開始往他們的身上丟爛菜葉子瓜子皮子報紙屑子土坷垃子，開始朝著他們放屁吐痰擤鼻涕，這令「四人幫」們狼狽不堪，無可奈何，哭笑不得。

還是「王洪文」魏彥石計上心來，他與其他「三人幫」悄聲合計了，突地舉起手臂，齊聲高呼：「打倒四人幫！文化大革命勝利萬歲！」又趁圍攻群眾莫衷一是一頭霧水之際，迅雷不及掩耳般地甩了麻繩，摘了眼鏡，散了頭髮，丟了招子，脫了裙子，奪了身後「工農兵」的掃帚奮力地揮舞，耍戲法變魔術一樣，轉瞬間變回了「革命群眾」，剛才那活脫脫的「四人幫」竟像烈日下滴水一樣地在世界上蒸發了，消逝了。

第十六章 泥濘的火燒雲 The Muddy Evening Glow

一　泥濘的火燒雲 The Muddy Evening Glow

公元一九八〇年

黃承志揉了揉眼睛，摸了一下自己剛剛「推」過的腦袋和臉。獄中禁止使用刀具，十年來，他們的鬍子就只能在互相推頭時順便推上一次。推頭是定期，兩個星期一次。推子由專人保管，在箱子裡鎖了。他在鏡子裡看到自己瘦削的臉和還有不少鬍茬的下巴，越看越像是一顆乾癟的、不光滑的葵花籽。他還是不敢相信鏡子中的自己此刻已經是個自由人了。昨天，他還是「敵人」，今天，他居然又變回了「朋友」，不，他又變回了「人民」。

他低頭看了看他的上衣，是一件灰不啦唧的四兜滌卡「中山裝」，已經很舊了。不過，它終歸是一件沒有印上「犯」字的人民服，人民穿的衣服。

這件中山裝並沒有甚麼特別的意義，它只不過是他唯一的一件像點樣的「正裝」。十四年前，一九六六年，他本要穿了這件中山裝，戴上借來的上海錶去赴考場，而後去上大學。眼看著差十天就要高考，不料文化大革命如洪水猛獸般爆發，學校突然接到中央通知，說是「高考暫停」，「推遲半年」。開始時還有些期待，豈料這一「暫停」竟遙遙無期，這一「推遲」竟泥牛入海。他把這件中山裝從箱底裡翻了出來，入獄時帶了進去，直到十年後出獄變回了「人民」，才又穿在身上。穿了十年的囚服，突然換上這件中山裝，還真是有點不大習慣。

監獄里最大的官員是典獄長，其次是管教科長，依次是大隊長、中隊長，他們統稱管教。大隊長下有教導員。犯人們不大分得清這些，就常常把每個人都叫了「政府」。

政府允許犯人自己帶衣服進來，但若要穿，需得到政府的批准。此外，每件衣服都要用油漆印上個大圓圈，裡面套上一個「犯」字，紅、藍、白色不等，上衣印在前胸和後背，褲子印在屁股。當他們穿了這樣的衣褲，戴了尖頂草帽在院裡幹活時，就像是一群穿了「兵」衣「勇」衣的清兵八旗軍綠營軍和官廳的差人一樣，活動在這如夢如幻般的背景上。

臨走時，他本想把這兩件印了「犯」字的衣褲送給難友，卻不料他們並不稀罕。於是，他就乾脆把這衣褲連同一本《服刑人員行為規範》，一股腦兒丟進了茅廁的糞坑，指望至少會聽到一絲兒迴響，卻不料連一聲唉嘆一片漣漪都沒有，那衣褲和「規範」就悄然無聲地在糞坑中旋轉了一會兒，被幾隻蒼蠅行了注目禮，隨後，又悄然無聲地沉了進去，被屎尿吞噬。他無可奈何地朝那糞坑吐了口痰，離去了。

獄裡還發過一雙襪子，白花其布的，寬襪筒，手工納底，此刻就裝在他的行李捲兒中。這襪子針腳細密，結實耐用，像是一雙軟底軟幫唱戲用的靴子。他把這雙襪子帶上了，說或者留作紀念，或者送給評劇團的劉振華。他在獄中就聽說，如今世道變了，連「叛徒、內奸、工賊」劉少奇，還有文化大革命的導火索「大毒草」《海瑞罷官》都被平了反。這雙襪子正好給劉振華套在高底靴中，掛上髯口，去演清官海瑞吧。他摸了摸他的行李捲兒，被自己的這個奇想逗樂了。

兩年前，一九七八年十二月，中央十一屆三中全會強調「實踐是檢驗真理的唯一標準」。那晚的全獄大會上，管教科長「王政府」把這話做了解釋：「這句話嗎，說地是個啥？很簡單嗎！很明白嗎！馬克思主義地道理，千條萬緒，歸根結底，就是一句話：是騾子是馬，拉出來遛遛！」

不久，政府就開始落實政策，獄中的犯人，一個個、一批批，遛騾子遛馬一樣，被「檢驗」了幾回，發覺了「一些偏差」和「一些失誤」，就決定要「撥亂反正」。於是，對在押的「歷反」和「現反」，還有些個五花八門莫名其妙的在押犯，都做了重新的審查和認真的處理，結果是或提前釋放，或平反昭雪，或大赦特赦，或恢復名譽，或維持現狀，或不了了之。

王政府對黃承志說：「是地，得接受教訓地。反應意見？要通過正當地，渠道地！你看你，這十年牢，不是白坐了？不是白瞎了？要是沒這回事，你小黃，豈不早就成家立業了？兒子都十好幾了？錢都掙了一麻袋了？教訓吶，同志！」

黃承志忽聽到自己被叫了「小黃」和「同志」，不覺一驚，遂連連鞠躬：「謝謝政府領導老王同志指示，我一定接受教訓，重新做人！」

「哈哈哈哈哈！小黃同志，重新做人，倒是不必地。你，和我，還有一大批人，都是林彪四人幫這群王八犢子地，受害者！哈哈哈哈哈哈！」王政府寬容大度又爽朗地笑了好一大陣。

第二天一大早，在新肇火車站，他就把行李捲兒郵回了老家，再去鐵道西找到老鄉王國立。王國立的家他雖然沒去過，但他知道就在管教「王政府」家的附近。那些年，他們常常被監獄幹部找到家裡幹活兒，封窗封門，打造家具，已經成了幹部們的免費勞動力。

王國立在派出所找了關係，幫他把戶口和糧食關係起了回去。黃承志看他家沒有紗門紗窗，蒼蠅蚊子肆無忌憚地在敞開著的門窗中穿來穿去，就找了材料給他做了紗門紗窗裝好。王國立留他吃了頓飯，是苞米碴子粥和鹹鴨蛋。

當日下午，王國立還請他看了場電影。黃承志有點睏，前面加映的新聞片還沒看完就打起了呼嚕，後邊的電影勉強看了一點，連名兒都不記得了。

當晚，黃承志就從肇原出來，坐火車回家。路費是政府發的，不多不少，剛剛夠買車票。政府計算好了，他咧了咧嘴。

這時還出了個不大不小的插曲。他乘火車到了齊齊哈爾等著換車，想想要等三十分鐘，覺得正好出去蹓躂蹓躂，換換空氣，就揹了包，在火車站附近轉了起來。

他見到火車站四層樓的鐵路局和票房子候車室，紅磚牆面如今雖已被煤煙子燻黑，卻仍然昂首屹立在鉛灰色的夜幕下。有人說，頂層的「鐵道旅館」還設有一套住所，分為裡外套間，裡面的洋式陳設美輪美奐，曾是「大滿州國」皇帝愛新覺羅・溥儀的下榻之處。那時，齊齊哈爾站是北滿的第一大站。還有人說，這座樓的建築師是一個愛國者，他把外觀設計成了「中華民國」的「中」字，在竣工典禮那天，被日本飛機上的飛行員辨認出來，日本人判了他個「反滿抗日罪」，按「國事犯」將他殺害。

黃承志注意到樓頂上的防空警報器，露出了一個角，四十幾年了，如今已經鏽跡斑斑。聽說每年到了「九・一八」，那警報系統就會驟然鳴響，聲音急促而淒厲，令人異常地煩躁和不安。

他端詳著這個堂堂正正的「中」字，中間一豎的上端，裝了一個自鳴鐘，而從前的那幅毛主席像沒了。他忽地覺得這十年好像是沒過一樣，上一次見這棟票房子時他才二十二歲。那年毛主席發動了文化大革命，他和他的同學們來齊齊哈爾大串連，還在這座票房子裡睡了一夜。他們背靠大圓柱子席地而坐，在烏煙瘴氣和嘈雜喧鬧中，啃了自帶的苞米麵大餅子，喝了自來水，唱了毛主席語錄歌，忍受了從廁所飄過來的陣陣騷臭味兒，累了，睏了，最後酣然入睡到天亮。

他見到屋頂架著的立體標語字塊，每個字差不多有一人高，左邊的還是十幾年前的「中國共產黨萬歲」，右邊的卻是「毛澤東思想萬歲」，取代了原來的「毛主席萬歲」。這個細節他記得很清楚，因為那時他正好在這個角度拍了照片留念。他先是有些詫異，繼而猛然記起，早在三年前，毛主席就死了，再喊「萬歲」，已經不再得體不再對勁了。

他記得車站前面有一個體育館。十年前他們住了一宿票房子，第二天就被紅衛兵接待站重新安排，住在了體育館籃球場的地板上。

體育館在馬路對面，沒有甚麼變化，只不過是沒有了十年前的喧囂，天空也彷彿明朗了些。他們詛咒過的那場文化大革命終於過去了，他深吸了一口氣。

待他回到站臺一看，不見了那趟車。一問，知道車已經開出，他是坐錯了車。他本應該在大安換車，卻糊裡糊塗坐到了齊齊哈爾。歷經了十年的鐵窗生涯，方向感遲鈍了，他搖了搖頭。他沒有錢再另起車票，就同站上的人解釋，還拿出了釋放證。站上的人還不錯，看了那公章，說這也好使，就放行讓他改乘另一班車，用的還是那張票。

一別十年，黃承志終於回來了，這年他三十六歲。他錯過了人生中的「而立之年」，如今已經進入「不惑」了。

夜色中他走出火車站，看到了那個土黃色的大水塔，仍然像一顆立著的手榴彈，頂端有一根避雷針，在夜色中發著微弱的光。水塔是「滿洲國」時日本人建的，如今還在使用。十年了，火車站也沒有甚麼變化。

向西望去，西下窪子和乾德門山，還有他的母校第一中學，它們正在一片黑暗中睡得渾渾噩噩。

他跟著不多的幾個旅客走出車站，經過站前花園，發現那座抗日英雄張平洋紀念碑已經被替換了。

那碑立於民國三十五年雙十節，四角翹起飛簷，碑身雕刻了精緻的蛟龍盤柱和眾蝠捧壽，典雅、莊嚴、收斂。而眼前的新碑，除了比原碑大上一倍，其毫不掩飾的醜陋和粗糙，若非靠了李幹臣的碑文提神，則更像是一根插在地上的冰棍，無絲毫可取之處。李幹臣寫得一手嚴嵩體大字。可還是令人想不明白，他們為甚麼把原來的碑給換掉了吶？

他又想起了李幹臣的「嚴嵩體」。李幹臣是河北人，原本「慶和長」藥局的二掌櫃，書法厲害，早在「滿洲國」時，就把整條街的牌匾布幌給包了。那時街面上的買賣家要李二掌櫃的墨寶，每每都要先去「福合軒」招待上一頓好酒菜。酒菜過後，喝上一壺紅茶，拿出自製的筆，就是掃地的笤帚拆了，綁成一個刷帚頭子，飽蘸了洗臉盆裡的濃墨，借著酒勁，寫出的嚴嵩體剛勁、飽滿、凝重、豪放，還帶了幾分酒後的瀟灑。黃承志在獄中寫了無數次交代材料，做了無數次開會記錄員，字兒練得大有長進。獄友們就說，老王的字兒起碼夠混上頓「紅旗飄飄」了。「紅旗飄飄」是肇源城裡有名的餃子館，本叫「春和樓」，文化大革命時被紅衛兵改了名。遺憾的是，十年了，他連「紅旗飄飄」的餃子味兒都沒聞到。

街燈幽暗的中央街上沒有行人。十年前的那些紅旗標語大字報都不見了，街盡頭那幅毛主席畫像也不見了。那畫像兩丈多寬一丈多高，剛好遮擋了後面菜市場的汙穢和破敗。畫像上的毛主席紅光滿面，微皺眉頭，眺望著遙遠的西下窪子、乾德門山和夏天傍晚的火燒雲。這些景物像是剛剛被雨淋過，有些模糊，有些泥濘。

十年前，一九七〇年七月二十八日宣判大會之後，他們被「解放牌」大卡車拉著遊街示眾，經過這幅巨大的畫像前。二十四歲的黃承志偷偷瞄了一眼畫上的毛主席，毛主席卻仍然在眺望著遠處的西下窪子和乾德門山。不一刻，他們的同學，「主犯」楊志顯就隨著「嗖」的一聲子彈，在這個世界上永遠地消失了……

他隱約見得到遠處的東鹼泡子，好像有星點的光亮在閃爍。但那不是星光，今夜的天空無星無月，那是從遙遠的天邊折射過來的宇宙之光，反射在水面的雨滴上。

他記起十一年前，一九六九年五月九日，那個月黑風高的深夜，他的同學彥先讓登著自行車，是他二哥的「永久」二八加重。他坐在車後架，夢遊一般，不時地從書包裡抽出一張手寫的傳單，豆腐塊般大小，撒在這沉睡的城沉睡的路上，說是要「喚醒沉睡的麻木的民眾」。第二天，他們的行動就釀成了著名的「69.5.10反標案件」，為此他們付出了慘重的代價。他不禁搖了搖頭。「這事做得太傻了。」他苦笑著對自己說。

那天正好城裡最大的「走資派」韓書記的老爹過世，還沒有入殮，棺材蓋敞開著。不知怎麼那麼巧，黃承志竟把傳單撒進了韓老爹的棺材裡。韓老爹生前自製了一臺喂馬的飼料軋草機，架在棺材旁，手搖的轉盤上也落了一張。人們說，這是給老爺子送的紙錢冥幣呀。

快到家的時候，他看到公廁牆上還殘留著十年前的標語，借著昏暗的路燈光亮，白色立德粉的字跡隱約可辨：「堅ＸＸ破69.5.10反動標Ｘ案Ｘ」。他不覺一驚，卻又一下子醒悟過來，如今他不必再緊張不必再擔心不必再害怕，他已經被平反被昭雪被提前釋放了。他聽說被槍斃的「主犯」楊志顯也要被平反，他還聽說政府要發給他一筆錢，作為這錯判十年的補償。他對自己說：「在這個世界上，還有甚麼不能被打倒，還有甚麼不能被平反的吶？」他想，十年中，他受了那麼多思想教育，寫了那麼多交代材料，搞到最後，竟完全是一場誤會，完全是一場荒唐罷了。

夜幕中滴起了雨，稀稀落落，無聲無息，就像十年前他們撒下的「反動標語」……

黃承志的家住在城北三糧店附近。他到家時已經是夜裡十一點多了。出獄前他沒通知家人，半夜時突然闖回來，家裡人很是驚訝。

家也沒有變化。十年了，院子還是那個院子，屋子還是那個屋子，夜色中，看不出怎麼衰落，也看不出怎麼興旺。他十一年前寫的對子，如今還貼在破舊的門上，雖已殘破泛白，依稀可辨的字跡中，他仍讀得出這古雅的句子：

門有青松庭無亂石
秋宜明月春則和風

那時還有人說三道四，說這是封建士大夫的閒情逸致，怎不寫上一副毛主席詩詞「四海翻騰雲水怒，五洲震盪風雷激」？

他那時做了「逍遙派」，對於「翻騰四海」和「激盪五洲」，已經沒有了興趣。不過，他家的門前既無青松也無亂石，門上甚至已經有十年沒貼對子。這個「反革命家庭」飽受歧視，飽受排擠，十年間不再看得見明月，不再吹得到和風。

他在家裡排行老三，大哥二哥都已成家搬了出去，父親跟著弟弟一家四口在家。父親已經七十四歲，老了，母親已經沒了。母親走時他不知道，家裡來信只是說媽有病。不過就是知道了，政府也不可能給假准他回來看上一眼。

他在碗架子裡找了塊苞米麵大餅子，就著白開水和鹹菜條，胡亂地填了填肚子。漱了口，洗了腳，躺在屋後小道廈子的炕上時，已經過了凌晨。他聽著父親的鼾聲，看著窗外的雨。父親年輕時曾擔任過國民黨區黨部書記，多次被「滿洲國」和人民政府找過麻煩。好在「滿洲國」早已過去，文化大革命終於偃旗息鼓，老爺子的日子也終於風平浪靜。

窗上的玻璃是新近換上的，比起從前的窗戶紙，玻璃窗要明朗透徹得多，也不再怕風吹雨淋了。雷聲隆隆作響，閃電劃破漆黑的夜空，雨驟然間大了起來，像他們十年前撒下「反動標語」所激起的波瀾，傾著瀉著，潑著灑著，劈劈啪啪，滂滂沱沱，毫不留情地把它們自己敲打在玻璃窗上和這座城上。

疲憊不堪的黃承志被平反被釋放被恢復了自由吃飯自由睡覺自由拉屎自由撒尿自由放屁的權利。他望著窗外的雨，很快就自由自在地、無所顧及地睡去了。

十年，一百二十個月，三千六百五十個日夜，八萬七千六百個鐘頭，也像窗外的雨一般在睡眠中流瀉而過……

……判刑前的近五個月，黃承志是在公安局看守所裡度過的。看守所的院裡只有一棟南北朝向的磚瓦房，十幾個房間，是倒開門，就是北向開門。房後有個院子和一個崗樓，被高牆嚴嚴實實地圍了，牆上到處都寫著這樣的大字：「坦白從寬，抗拒從嚴」，「改惡從善，重新做人」，「頑抗到底，死路一條」。

看守所附近有塊菜地，種了白菜土豆蘿蔔。院套裡挖了個大池子，裡面裝了滿滿當當一下子糞便，做以澆園子的肥料。夏天時，由人工用水桶扁擔把糞便挑到園子裡去澆地，濃烈的臭騷味燻得人睜不開眼睛。冬天，池子裡的糞便雖然會結凍，院子裡卻仍然飄著陣陣惡臭的冷風。

在看守所關押等著判刑的人這時叫「人犯」，還不是「犯人」。放風的時候，只要不下大雨大雪，這樣在押的十幾二十個「人犯」曬過太陽，就必定要圍著池子跑上一陣，叫「跑圈」。他們端著胳膊，一邊跑，一邊跟著領隊的呼喊口號：「坦白從寬，抗拒從嚴！一二一，一二三四！」又拖長了聲，一字一字地喊：「一，二，三，四！」

這時，黃承志常常看得見他的「共犯」，他昔日的同學們。他看到了楊志顯，低著頭，卻仍然是一身的倔強。他的手指頭都被夾扁了，變形了。他跑步時拖著跛腿，步履蹣跚，肯定沒少受罪，沒少受刑。

彥先讓有些沮喪。他雖然也低著頭，卻還是挺著胸。他跑步的架勢有些機械，手在空氣中劃著，像是還在蘆葦站打著草綑子。

汪景威卻常常拉下了臉，一副哭喪相，顯得無所措手足。他才結婚不久，就捲入了這場駭人聽聞的「反標案件」，不禁令他不時地叫苦不迭，長噓短嘆。

待到「人犯」被判了刑，被送進了監獄，變成了「犯人」，他們還是要「跑圈」。犯人們稱進監獄叫「入道」，就把這樣的跑圈叫「跑入道圈」。

主犯楊志顯被判死刑，立即執行。

主犯彥先讓被判有期徒刑二十年，去了革志。這時，政府把好幾個勞改隊合在一塊，併成革志監獄，對外叫「礦山機械廠」。

從犯黃承志被判十五年，去了肇源第三監獄，對外叫「高壓開關廠」。

從犯汪景威被判五年，卻因為只是「知情不舉」，加上「認罪態度較好」而被監外執行。

漫長的鐵窗生涯開始了。

黃承志服刑的監獄在肇源，是北方松嫩兩江畔的一個偏遠小鎮，原名叫郭爾羅斯後旗。這裡關押的都是十五年以上的重刑犯和無期徒刑犯。

這時中蘇邊境關係緊張，重工業生產接連遷移到隱蔽的山裡，靠近邊境的勞改隊也紛紛內遷，監獄裡也跟著愈發吃緊起來。

幾個月前，這幾個青年學子們散發「反標」，聲稱「知識青年上山下鄉是變相勞改」，到頭來卻到監獄裡接受真正的「勞改」去了。

新合併的監獄還在初建階段，車間和廠房還有監室都還是簡陋的草頂土房。儘管如此，在這些草房裡還是造出了斷路器，開關櫃甚麼的，甚至還造出了「龍江」汽車的發動機。

黃承志住的也是簡陋的草頂土房。一間大筒子屋裡，滿滿當當裝了一百多人。床是上下鋪，沒有暖氣，冬天就燒火牆。火牆的兩頭各有一個兩眼大爐子，各坐了一個裝滿了水的大油桶，嘩嘩地燒著，冬天洗臉就從裡面舀水。筒子房一頭一個大門斗，地上挖了髒水井，算是下水道。撒尿和髒水就往井裡倒，拉屎在屋外的茅房。

他們的「鐵窗生涯」果真有鐵窗，南北窗都有，加了堅固的鐵欄桿。監室的棚頂裝了幾個一百瓦的燈泡，是永遠亮著的長明燈。

這是個大監獄，關押了兩千多個男犯，按「單位」劃分。黃承志的單位有一個中隊長，兩個指導員，三個獄警，白天也不著面，晚上來一趟，基本上是勞改管勞改，犯人管犯人。

每個監室都有人值班，一天二十四小時，是由政府指定的「表現好」的犯人，每八小時輪一次。他們為了「追求進步」和「立功減刑」，一個個變得比獄警還要嚴苛和兇惡。

勞動改造的勞動分配是根據各自的「特長」。一入獄，管教王政府就挨個兒問：

「你有啥特長？」

「報告政府，教書！」

「臭老九？那不算特長。我問你有啥勞動方面地特長？」

「報告政府，刷碗！」

「那你就去刷尿桶。」

「下一個，有啥特長？」

「報告政府，脫坯！」

「那你就去燒磚。」

「你有啥特長？」

「報告政府，掃鹼！」

「那你就去掃茅房。」

「你，有啥特長？」

「報告政府，我會割草！」

「那你就去剃頭。」

「那你吶？」

「報告政府，烀豬食！」

「那你去做飯。」

又轉向另一個犯人：「你吶？」

「報告政府，我……我……我啥特長也沒有！」

「吃會不會？」

「報告政府，吃我會！」

「吃貨！那你就先吃上一耳雷子！」王政府吩咐另一個犯人：「你！替我給他個耳雷子！」

「你」是個膀大腰圓的壯漢，他伸出蒲扇般大小的手掌，掌心啐了口唾沫，把一個大耳雷子摑在了「吃貨」的臉上。

「還會吃啥？」王政府又問。

「報告政府，我能吃得苦！」

「這還差不離。你就先湊合著吃點臭大糞的味道吧。你去挑大糞澆園子。」

「你吶？」

「報告政府，我會偷東西。」

「那你就等服完了無期徒刑，投胎轉世後再去偷。在這之前，先吃兩個耳雷子，然後去掏糞坑！」

「你吶？」

「報告政府，我的特長是耍流氓。」

「行，有你的。你就去豬圈喂豬，去跟那老母豬耍流氓吧。哈哈哈哈！慢，你，先替我給他三個耳雷子！」

「你」把三個耳雷子狠狠地摑了過去。

輪到了「你」，王政府問：「你！啥特長？」

「報告政府，我的特長是摑耳雷子。」

「說你胖你還喘上了。摑自己四個耳雷子，再去建工隊摑牆。」

「摑牆」就是打牆，乾打壘，「這跟摑耳雷子有點接近。」王政府要的就是「知人善任」。

「你」在每個掌心各啐了兩口唾沫，左右開攻，共摑了自己四個耳雷子，沒敢偷懶。

待問到了黃承志，就說：「報告政府，我在家裡務過木匠。」

好不容易有了個正兒八經的手藝人，王政府就說：「這是個人才。你就幹木匠活吧。」

黃承志就做了基建隊的木匠。

基建隊管場地建設和蓋房。開始的一陣子，黃承志幹的是小型木匠活，後來基建完工，就只做家具了。

做家具的活兒並不多，天冷了，黃承志就被派到了磚窯去刨土燒磚。

這時的北方大地已經凍得跟石頭一樣堅硬。一鎬一鎬地刨，一鍬一鍬地挖，虎口震裂了又癒合了，手掌腳掌起了泡又變成了老繭，手背腳背起了凍瘡再抹點蛤蜊油貼上膏藥。一個冬天過去了，刨下來的凍土堆成了山。到了春天，凍土融化了就合泥燒磚，再用來蓋更多的牢房和廠房，讓更多的人得以勞動、得以改造、得以洗心革面，得以像泥土一樣，被送進磚窯、填進磚模、加上高溫、造成磚頭、脫胎換骨、重新做人。

監獄裡的初中生高中生大學生工程師技術員都有一些。王政府還真是知人善任，黃承志後來就被調到了技術科，做描圖員，繼而做工藝員，負責部件流程的設計，從原料到加工所需的材質，及至分部工藝，包括壓模、翻砂、機加、鑄造、鑽孔、刨光、膠接、噴漆、電鍍、包裝、維修等，而這些都和「在家裡務過木匠」無大關係，一切都得從頭學起。

王政府說：「你們，到這裡來，是上大學校地！監獄，就是一所大學校，一所改造思想地，毛澤東思想地，大學校！將來改造好了，你們那釋放證，就是你們地，畢業證書！」

王政府又擡頭望了望四面的高牆。墻是磚牆，架了電網，把這個世界分成了人民和敵人，專政和被專政的敵友兩陣營，陰陽兩重天。王政府瞇起了眼睛，像是被天空的太陽光刺痛了一樣，接著說：「這所大學校雖然與世隔絕，與毛澤東思想卻越來越近！你們看那天上地太陽！不也在照著你們嗎？毛澤東思想就是那太陽，它也在照耀著你們這些罪人！」

王政府果然沒有說錯。他說這話時，那輪太陽正掛在天上，把它的光芒慷慨大方地、毫無保留地照進了高牆電網的裡面。

犯人們無不看重這輪太陽。無論春夏秋冬，只要每天放風的時間一到，十幾個監室的兩千多號犯人便蜂擁而至，爭相搶占朝陽的牆根坐下，掏出煙點上，使勁地抽上幾口，吐出一片煙霧，眯起眼睛，讓那太陽的光照在臉上和身上。

陽光有時和煦溫暖明媚，有時燦爛灼熱刺眼，有時微弱黯淡慘然，就像他們各自卑賤而多舛的生命一樣。

很快，黃承志就發現，比起他們同時代人的「上山下鄉」，在監獄，他們至少吃上了「供應糧」，穿上了「工作服」，或者按他們自己的話說，他們是當上了吃「供給制」的「國家幹部」。

他們的「供應糧」是窩窩頭、高粱米飯、高粱米粥和苞米碴子粥，菜要嗎是白菜燉土豆，就是白菜多些，土豆少些，要嗎是土豆燉白菜，就是土豆多些，白菜少些。他們有時吃得飽，有時吃不飽，但若真正去「上山下鄉」，吃得興許還不如這些。

他們早六點起床，吃完早飯就出工，午飯在工地吃，夏天晚六點收工，冬天晚五點半收工，回監室洗漱後就吃晚飯。

飯盒都編了號，各拿各的。中飯就在工地吃。飯時一到，各小組就到大伙房挑回飯菜發放。吃飯前要集體背誦監規，然後按監室順序坐好開飯。一個大的監室有一兩百人，小的監室有七到八人，長條桌旁圍定了饑腸轆轆的犯人，開始了迫不及待的狼吞虎嚥和大快朵頤。

每天的盼望是早午晚三餐，每週的盼望是週末的兩個饅頭，每月的盼望是月底的一頓白菜燉土豆，加了幾片白花花的肥肉，每年的盼望是逢年三十晚上的包餃子和國慶節的改善伙食。

到了年三十晚上，伙房就按小組發麵發餡，犯人們手忙腳亂，揪劑子、擀皮子、包餡子、擺餃子，幹得熱火朝天，比白天幹活時還要來勁。包好後，統一送到伙房大鍋去煮，然後用秤來分。熱氣騰騰的餃子蘸了蒜醬，各個吃得笑逐顏開，大汗淋灕，滿嘴大蒜味，卻意猶未盡，只得用餃子湯來填補，最後擦擦嘴巴上的油，說「紅旗飄飄」的餃子，不知是個啥味兒……

……黃承志的嘴巴咀嚼了起來，他回家後吃的第一頓飯，那塊涼大餅子，此刻已經消化掉了。他不禁想起了餃子的美妙，就又咀嚼了起來。嚼了幾口，只嚼出了大蒜，卻嚼不出餃子，便愈發感到饑餓難當了。

外面的雨勢漸弱，院子裡傳來了狗吠。他聽到的卻是犯人頭劉文新的叫罵……

……劉文新是獄中建工中隊木匠隊的犯人頭，是個卑鄙齷齪的傢伙。

晚飯一過，兩個半小時的「學習」開始。學習是改造思想的一部份，一般學到九點，趕上了重要內容，比如說毛主席下了最新指示，就延長到十點。除了星期天和每兩星期的一次休息，這樣的學習每天有。

學習就是讀兩報一刊。兩報就是《人民日報》和《解放軍報》，一刊就是《紅旗》雜誌。學習過後每人都要參加發言討論，還要記錄。黃承志寫字快，照例，這個中隊的發言討論就叫他記錄。

學習就在監室進行。從頂棚吊下的幾個一百瓦燈泡把監室照得雪亮。

「嗚哇！媽啦個巴子！咱們今晚的學習現在就他媽開始了。」說話的正是學習組長劉文新，他開口時，必透過喉嚨裡含著的黏痰，發出一聲怪誕的「嗚哇」，如同瘋狗一般。

這裡關押的政治犯不叫政治犯，而叫「歷反」和「現反」，也就是「歷史反革命」和「現行反革命」，其區別是以解放前和解放後界定。

「歷反」包括國民黨特務間諜、國民黨三青團骨幹、「滿洲國」官吏、警察、狗腿子，反動會道門頭子、惡霸、土匪，無所不包，無所不有。

至於啥是「現反」，就有些形形色色，五花八門，他們的「罪行」則是無奇不有，甚至是莫名其妙，令人啼笑皆非了。

比如靠東門斗的下舖住了個「現反」叫蘇貴德，神經有點不正常。有一天，他犯了病，竟然在光天化日之下，鬼使神差地擼起了胳膊，挽起了袖子，伸出了手掌，對著毛主席塑像搧起了嘴巴子，一面還念叨著毛主席語錄：「下定決心，不怕犧牲，排除萬難，去爭取勝利。」這事被鄰居發現了，就叫來了造反派，他們左右開攻，一頓暴打，把蘇貴德揍了個鼻口流血，屁滾尿流，最後，被判了十五年。現在的蘇貴德，已經被改造得動不動就背誦毛主席語錄「下定決心」，別的話就不怎麼會說了。

另一個靠西門斗的上舖，住了個「現反」叫趙景林，是喇嘛店消防隊的。他出身貧農，算是個徹頭徹尾的「紅五類」。有一天開批判會，他百無聊賴，在本子上瞎寫。臺上喊「打倒打倒」，他就跟著寫了「打倒」倆字兒。過了一陣，也是鬼使神差地，隔了幾頁，他又寫了「毛主席」仨字兒，有人就檢舉了他，說這兩頁連起來讀，就是「打倒毛主席」，是可忍，孰不可忍。於是，他也被判了十五年。這之後，他連筆都不敢拿了，字都不敢寫了，動不動就喊「打倒趙景林」，就是打倒他自己。

除了「歷反」和「現反」，這裡三教九流行行色色的罪犯甚麼都有，劉文新就是個強姦幼女犯，判了二十年。他通紅的臉上長滿了酒刺，嘴裡不時地噴出一陣惡臭：「嗚哇！今晚還是學習社論，兩報一刊社論。你們都他媽的精神點，誰也不能睡覺，媽啦個巴子！」

除了「嗚哇」，他還不時地罵著「他媽的」和「媽啦個巴子」。他掃了一下四周，目光停留在旁邊的一個犯人身上：「嗚哇！我說蘇聯特務，你他媽來唸。」他把手裡的《人民日報》捲成個筒，「啪」地一聲拍在「蘇聯特務」張亦冬的頭上。政府挑選強壯兇悍的人當犯人頭，是因為這樣的人能「震得住」。劉文新果然震得住，這讓他有些受用有些得意有些「揚脖」，有些忘記了他自己也是個犯人，且是個不齒於為人的衣冠禽獸了。

「蘇聯特務」張亦冬接過《人民日報》，一邊往嘴裡塞了一把甚麼東西，咀嚼著，不情願地說：「我他媽唸就唸。」他把嘴裡的東西嚥了，喉嚨節動了一下，又喝了口水，清了清嗓子：「現在學習兩報一刊社論。嗚哇！」張亦冬故意模仿劉文新，也發了聲「嗚哇。」

「蘇聯特務」張亦冬五十年代留蘇，回來後教俄語。他中等個頭，體態虛胖，凹眼，鈎鼻，加上他那動不動就聳肩膀攤胳膊的作派，若給他加上頂假髮，看起來還真像個蘇聯特務。在他家裡，公安局發現了一大摞子俄文畫報和俄文信件。更有甚者，在一張圖片上，居然看到了一個禿頭胖子，很像是修正主義頭子赫魯雪夫。這就像在翻譯家傅雷的閣樓裡翻出個小鏡子，鏡子後面鑲了張蔣介石的相片，這還了得？

此外，他還時常偷聽敵臺，而且是俄文原文，一面散佈言論，說革命導師「斯大林犯了錯誤」，和修正主義頭子赫魯雪夫同出一轍。至於那臆想中的「發報機」，犄角旮旯搜了個底朝天，把架子上從大到小十個蘇聯套娃砸了個粉身碎骨也沒見蹤影，終了還是翻出個八音盒充數。那八音盒叮叮咚咚，響起「我們祖國多麼遼闊廣大」，恰好與「莫斯科廣播電臺」發出的音樂一模一樣，他們說這是在向莫斯科發送電波。最後，給他個「蘇聯特務」的罪名，判了十年。宣判時，他哈哈大笑，說，我是蘇聯特務？那我那些同學不就都是蘇聯特務了？毛主席還和赫魯雪夫樂呵呵地握過手照過相呢！你們難道說毛主席也是蘇聯特務？鬧了歸其，這世界也不是我們的呀。他這樣的態度，組織上就按「抗拒從嚴」加判了五年「現行反革命罪」，一共十五年，不多不少，剛好夠上這座監獄的待遇。他的老婆改嫁了，兒子走丟了，那臺無線電收音機被沒收了，家也沒了。現在他變得有些神經兮兮，有些莫名其妙了。

張亦冬盯著那報紙上的大幅照片，標題叫《我們的偉大領袖毛主席和他的親密戰友林副主席在一起》。照片上，招手致意的毛主席和手舉《毛主席語錄》的林副主席雙雙神彩奕奕，精神煥發，笑眯眯地向前走來，這令他陷入了沉思。林副主席他沒見過，毛主席他卻曾見過。那是一九五七年十一月十七日，他和數千名留學生聚集在莫斯科大學的禮堂，親耳聽到毛主席那濃重的湖南口音：「世界是你們的，也是我們的，但是歸根結底還是你們的……」那時他剛滿二十一歲，面前正展開著一個鋪滿了光明的世界……

見到「蘇聯特務」張亦冬走了神，劉文新「啪」地一聲搧了他一脖溜。這一搧不要緊，搧得張亦冬「哏嘍」一聲打了個嗝，又「噗嗤」一聲放了個屁。他從沉思中驚醒，聳了聳肩膀，攤了攤胳膊，接過報紙，唸了起來。他的聲音有些嘶啞，像是一隻患了傷寒感冒的公鴨：

「《人民日報》、《紅旗》雜誌、《解放軍報》社論：《繼續革命　乘勝前進》。」

還沒等「社論」的正文開唸，張亦冬又「哏嘍」一聲，打了個響亮的飽嗝。劉文新又一個脖溜打了過去，「噗哧」一聲，打出了張亦冬的一個響屁。這屁的聲音大而沉悶，像是遠方傳來的一聲春雷，引起了眾犯人的一陣哄笑和謾罵。

「社論」寫得如行雲流水，似妙筆生花。在「熱烈慶祝七十年代第一個國慶節」之後，又「共同祝願中華人民共和國的締造者毛主席萬壽無疆」，繼而，強調了「九大」以來取得的偉大勝利，「全黨、全軍、全國人民更加緊密地團結在以毛主席為首、林副主席為副的黨中央的周圍」，「抓緊革命大批判，用戰無不勝的毛澤東思想，猛烈地掃除著叛徒、內奸、工賊劉少奇反革命修正主義路線的餘毒……」

「嗚哇！打倒黨內最大的、走資本主義道路的當權派、中國的赫魯雪夫、叛徒、內奸、工賊、反革命修正主義分子劉少奇！」劉文新禁不住振臂高呼。這一長串口號中充滿了仇恨，就好像他的二十年徒刑完全是劉少奇給他的一樣。

「打倒……嗚囉囉……赫魯魯……嚕嚕嚕……劉少奇！」眾犯人跟不上劉文新的長篇大論，就含糊不清隨心所欲地跟著亂喊亂叫了一通，他們的聲音裡充滿了嘲弄，充滿了興奮，就好像他們今晚要去吃白麵饅頭三鮮餃子豬肉片子大米乾飯再奔赴洞房花燭夜一樣。

社論的最後說：「在以毛主席為首、林副主席為副的黨中央領導下，團結起來，爭取更大的勝利！」、「偉大的中華人民共和國萬歲！偉大的、光榮的、正確的中國共產黨萬歲！偉大的馬克思主義、列寧主義、毛澤東思想萬歲！偉大的領袖毛主席萬歲！」

唸完了，劉文新四下掃了一眼，問：「嗚哇！學得咋樣？整他媽明白了嗎？」

犯人們聽得一頭霧水，卻說：「嗚哇！學得不錯，整得明白，整得他媽像小蔥拌豆腐，一清二白！」

劉文新說：「嗚哇！那他媽的就發言討論吧。」又轉頭向記錄員黃承志：「嗚哇！他媽的這三個字兒別記啊！」

黃承志答應著：「嗚哇！他媽的這三個字兒沒他媽的記。」

在間或的打嗝和放屁聲中，「蘇聯特務」張亦冬扯著他的公鴨嗓，終於唸完了這篇兩報一刊社論。他「呼哧呼哧」地舒了氣，「咕嘟咕嘟」地喝了水，又從褲兜子裡掏出一把甚麼東西，塞進嘴裡，「嘎吧嘎吧」地咀嚼起來。

「嗚哇！你他媽的吃啥東西吶？」劉文新呵斥道。

「我，我他媽的沒吃啥東西啊。」張亦冬急忙嚥下口中的東西，聳了聳肩膀，攤了攤胳膊，又「哏嘍」一聲打了個嗝，「噗哧」一聲放了個屁，比以往的更大更響。

「你他媽的吃獨食」，「藏著掖著偷著吃」，「不行，得看看這小子到底吃啥吶」。眾犯人七嘴八舌，七手八腳，揪住張亦冬要翻他的褲兜子。張亦冬雙手緊緊護住，死活不讓翻。幾個膀大腰圓的犯人撲向前去，抱住他的胳膊腿，又把他按倒，他褲兜子裡的東西「嘩」地一下掉了出來。

眾犯人急忙圍上前去，研究那東西到底是甚麼。見那東西暗紅色，像鍋巴，就詫異地問：「哪兒弄來的這玩意兒？」有人好奇，抓起一塊放在嘴裡，一嚼，說：「咦，這他媽的好像是高粱米粒子，甜絲絲的，還有點牙磣。」又有人好奇，也抓起一塊放在嘴裡，一嚼，證實了這話，就說：「哦，這他媽是甜高粱米粒子，真他媽有點牙磣。」

劉文新發話了：「嗚哇！咱他媽的就結合眼下的階級鬥爭新動向，學習學習討論討論吧。嗚哇？嗚哇！」

眾犯人正不知怎樣打發時間，便把眼下這階級鬥爭新動向當作了一個大好話題，一哄而起，一擁而上，要「蘇聯特務」張亦冬坦白交代。他們把他推上一張櫈子，要他站在爐子旁邊，臉對著爐蓋，烤得汗珠子滴滴答答往下掉，幹部們坐在一旁，邊抽著煙，邊饒有興致地觀看。犯人們揮舞著手臂，呼喊著口號，像土改時鬥地主，像五七年反右派。

蘇聯特務張亦冬徹底坦白交代了他的罪行：這東西是他自製的零食「別切你耶」呀！

「別切你耶是啥雞巴玩意兒？」犯人們不解。

原來，這一陣監獄裡晚上常喝高粱米粥，不限量，喝飽了喝不下了就收回。張亦冬突發奇想，說何不發揚南泥灣精神，「自己動手」，囤積些，以「豐衣足食」？於是，便琢磨出來一條妙計。他拿出條褲子，把褲腳紮了，剩下的高粱米粥偷偷倒進去，再把褲襠繫上，就做成了一個「飯袋」。

他想起磚廠燒磚的磚窯「馬蹄窯」，上邊放煤，底下燒火，地燒完了，還有餘熱，是一個難得的土烤箱。於是，第二天他偷偷帶著這裝了高粱米粥的褲子到磚廠上班，用笤帚把地面劃拉乾淨，清了灰，再把褲子裡的高粱米粥往上一攤，加了熱，過些時候就烘烤乾了，成了鍋巴。他掃起這鍋巴，拍拍灰土，撒上些白糖，就成了不錯的「高粱米餅乾」。他不時地抽個冷子，掏出一把當零食吃。他閉著嘴咀嚼，腮幫子一鼓一鼓的，想像著他在蘇聯時吃過的餅乾「別切你耶」，以紀念他的留蘇歲月。

犯人們聽了，不禁唏噓不已。有的說，真他媽有你的！有的說，你個留蘇生，咋整地落到這一副犢子相？有的說唉，他這樣的高級知識份子也能這樣地隨貴隨賤啊。

劉文新說：「嗚哇！這他媽是階級鬥爭，一抓就靈啊！你他媽這是念念不忘你蘇聯老大哥修正主義那一套，說你是蘇聯特務一點也不冤枉！」

張亦冬聳了聳肩，說：「這跟特務有他媽啥關係？」又攤了攤胳膊，說，「你們要想吃這別切你耶，就他媽吃得了，算我請你們吃點心。」

劉文新說：「嗚哇！唉我說，你那玩意兒擱在褲襠裡，一股子騷臭味兒，誰他媽稀罕？」見犯人們大笑，又說：「嗚哇！我說，咱們大夥就發言討論討論吧，嗚哇嗚？」

犯人們就問了：「劉組長，討論個啥吶？嗚哇嗚？」

劉文新鄙視了他們一眼，說：「嗚哇！你們說討論甚麼？討論這別切你耶，階級鬥爭新動向啊！他媽的嗚哇嗚！」

犯人中有膽子大的，說：「我說，咱們就先別討論蘇聯別切你耶了。」他提出了一個新問題：「蘇聯特務，那蘇聯娘們兒你睡過幾個？」

沒等張亦冬回答，外面傳來一陣喧鬧聲，是獄警過來巡查了，幹部們就呵斥道：「扯甚麼王八犢子？跑題了！你們他媽的繼續討論吧！繼續革命，乘勝前進。把蘇聯特務批倒鬥臭！」劉文新站了起來，高喊一聲：「報告政府！是！嗚哇！嗚哇汪！嗚汪汪！汪汪汪！」劉文新的聲音又變成了狗吠……

……他感覺到有一滴水滴在了他的臉上，遂伸出手擦拭。又一滴水滴了下來，他聞到了一股土腥味兒，好像是摻了淤泥的雨水，從棚頂掉下……不，那是劉文新的唾沫星子。他感到一陣噁心，不禁打了個大大的噴嚏……

……劉文新被這個噴嚏嚇了一跳。他叫著，吠著，臉開始抽搐，扭曲，變了顏色……像一攤黏稠的汙泥，向四周扯拉著，擴張著……扯著拉著，擴著張著，越來越寬，越來越長，終於變成了一面巨大無邊的高牆，牆上的電網「嘶嘶」地叫著，散發著神秘的火花，閃爍著詭異的光芒。

黃承志感覺到了一個巨大的黑影，是那面牆移動了，正向他逼了過來，越逼越近，越逼越急……他驚叫了一聲，下意識地伸出雙手，握緊拳頭，使出通身的氣力，高聲呼喊起來，向那牆砸去……

拳頭落處，發出一陣巨浪拍石般的聲響，伴著遙遠的回音，那高牆、電網、監室、高壓開關廠，及至頭頂的天空和腳下的大地，都通通地倒塌了，迸裂了，化成了千塊萬塊泥漿，像雨點，像冰雹，像雪崩，像地裂，像山倒，像洪水，像隕石雨，像火山爆發噴射出的岩漿，像曾經覆蓋了這城的「69.5.10」標語紙屑，更像西下窪子泥濘的火燒雲，被落日的餘暉映照得通紅，激散在空中，變幻著、嬉戲著、追逐著、飄泊著、盤旋著、緩緩地、無聲無息地落下。

二 盛宴 A Grand Banquet

公元一九八〇年

十一月的北方，下午四點鐘不到，天就開始灰暗下來，人們說這天兒可黑得真早啊，說著說著，天就完全黑了下來。

這天，就好像是約定好了一樣，天一黑下來，就開始飄起了雪花，火車站方向也立即傳來了昂揚的汽笛聲，仿佛是在宣布夜幕的降臨。

褲襠胡同南張家大車店旁的「長征飯店」裡燈光明亮，擠滿了人。陣陣熱氣和喧聲從沒有關嚴實的店門縫裡湧到大街上，吸引了路人們的目光。高掛在門口的兩個大紅幌子在風雪中輕輕地搖曳。

十四年前老三屆的「大學漏」，兩個班四十餘人在這裡聚餐，高六六屆同學來得最多。八九人一桌，今晚的聚餐擺了五桌。

主桌後是一排四扇屏風，上面裝裱了四幅寫意水墨畫《墨竹》。圍著大圓桌坐了剛剛被平反的彥先讓、黃承志和汪景威，還有他們的同學何應吉、陳秉智、夏岩璞、朴書正、白藝風和楊志顯的六弟小六子楊志義。他們大多都抽著煙，是「恆大牌」。他們在低聲地聊著甚麼。

屏風前擺了一個案子，案子上的一個紙盒子用黑布包了，上面放了楊志顯的遺照，上框的中央貼了一朵白色的紙花。案子的前面，擺放了一個紙做的花圈，輓聯上寫著：「冤魂昭朗月，碧血化長虹」，是白藝風的手筆。

這遺照是從一張集體合影上翻拍放大的。黃承志在箱子裡翻出來這張合影，大概是死者唯一的存世遺容了。合影是歡送三個「光榮入伍」同學的紀念照，上面題了字：「海內存知己，天涯若比鄰 68.3.1」。這三個入伍的同學是萬佳強、甘得善和朴書正。他們是去當坦克兵，把同屆同學羨慕了整整一年。十年前公安局到家裡搜查，這張照片竟躲過了他們的眼睛。

十二年前的楊志顯剛剛二十四歲。他瓜子臉，尖下頜，短髮自然地向右側分去，額頭前的一綹頭髮遮住了右邊的半邊眉毛，不經意間露出幾分瀟灑。他的嘴不大，緊緊地閉了。他的眼神有些模糊，像是從遙遠的天邊之外望過來一樣。遺照的前面，一隻白瓷碗裡盛了黃土，插了三柱香，在毫無聲息地燃著。遺像的右側，放了一瓶白酒和一個空的茶杯「洋灰墩子」。

生命和年華的付出令人唏噓不已，「與林彪四人幫鬥爭的鬥士」楊志顯的座位永遠地缺席了。一個好端端的青年就這樣白白送掉了生命，這悲痛和創傷是永遠無法撫平無法醫治了。與其說今晚的「盛宴」是紀念這場「平反昭雪」，不如說是對黑暗日子的憑弔和追悼。這個用生命換得了自由的青年在靜靜地注視著這個荒誕不經的世界。

他的同學們紛紛在遺像前走過，行禮，鞠躬。

比起十年前的蘿蔔白菜土豆和高粱米飯貼餅子，今晚桌上的飯菜可算得上是「饕餮盛宴」了。菜上了洋洋九道，盤子大，菜碼足，把桌子擺得滿滿當當。這九道菜是：

一‧漬菜粉，「漬」據說是「滿洲國」時的日本語發音，唸「基」，就是酸菜粉絲米椒炒五花肉絲，味道略鹹微酸，入口香糯爽滑，唇齒留香；

二‧尖椒乾豆腐，就是尖青椒乾豆腐炒肉片。乾豆腐薄而勁道，與尖椒肉片快火爆炒。這道菜黃綠相間，鮮辣適口，十分誘人；

三‧溜肉段，就是五花肉段炒少許胡蘿蔔尖辣椒。肉段濃油赤醬，色澤光鮮，外焦裡嫩，鹹甜酥軟，味香可口，肥而不膩。這樣的葷菜是「硬菜」，就是「過得硬」且不可多得的好菜；

四‧掛漿土豆，就是過了油的土豆塊上掛了糖漿。筷子夾著土豆，拔出縷縷糖絲，像是冬天屋簷下掛著的冰溜，旁邊放了一碗涼開水候著，水中一蘸，吃在嘴裡，外脆內軟，香甜爽口；

五‧涼拌菜，也叫「大拉皮」，就是白菜心，黃瓜絲，胡蘿蔔絲，粉皮，炒雞蛋絲，瘦肉絲，乾豆腐絲加香菜段，蒜末，拌了醬油老醋芥末，澆上辣椒油香油。這道菜經濟實惠，清涼微辣，是逢席必備下酒下飯的開胃菜。這道菜是用臉盆裝的；

六‧木耳白菜肉片，就是大白菜，胡蘿蔔，青椒，黑木耳炒裡脊肉片。這道菜黑白紅綠參雜，看了就讓人垂涎欲滴，食不可待；

七‧土豆燒牛肉，就是土豆牛肉生薑大蒜，大火煮，文火燉。這道菜因被蘇聯的赫魯雪夫稱作「古拉希」並與「共產主義」連在了一塊，又因毛主席詩詞中所說「土豆燒熟了，再加牛肉。不須放屁」而名聲大噪。於是，「土豆燒牛肉」便成了「共產主義好日子」的代名詞；

八‧炒土豆絲，就是土豆絲青椒絲炒肉絲。這道菜雖然極其平常粗陋，卻是城裡人們的「生命菜」。它幾十年如一日地伴隨著人們的日子，貧困時只加上些青椒絲，富足時再加上些瘦肉絲。於是，任憑甚麼樣的苦難，都因這道土豆絲而變得有了些滋味和盼望；

九．炒花生米，這道菜算菜也不算正菜，是湊數菜也更是下酒菜。這次的花生米仍炒得火候適中，顆顆亮亮光光，晶晶瑩瑩，紅紅鮮鮮，每一顆上都沾著星點的鹽花，鑽石般地在盤中閃爍；

還有第十道菜手抓羊肉，要「酒過三巡，菜過五味」才上。這道菜是今晚的重頭戲，是難得一見的「硬菜中的硬菜」。羊是黃承志買的，還專門吩咐了廚師按蒙古人口味烹製。

酒是「塔子城老窖」，倒在了喝茶的「洋灰墩子」裡，這酒一元三角一瓶，五十度原漿，人工造釉，雖非名酒，卻屬佳釀，瓶開後即刻香氣四溢，馥郁芬芳。

這是他們漫長的十年後第一次聚餐，是為了紀念駭人聽聞的「69.5.10反標案件」終於得到了平反昭雪和「作案人」的出獄凱旋。這菜這酒和這個晚上是再一個迷人的晚上。

十一年前，公元一九六九年，一個迷人的晚上，青年學生楊志顯、彥先讓、黃承志、汪景威圍坐著楊家菜園子的炕桌，對酒當歌，賦詩助興，論古評今，洩心中之憤，發胸中之臆，「詩言志，歌詠言，聲依詠，律和聲」。他們偷聽了「敵臺」，散發了「反標」，抨擊了文化大革命，最後，被判「現行反革命罪」，或死刑或入獄，十年後的今天，翻手為雲，覆手為雨，一下子就被平反昭雪了，就像「北京烤鴨店」忽然間恢復了原名「全聚德」，「69.5.10」原來只是無數個「錯判」噩夢中的一夢而已。

兩個月前，中共中央為十一年前含冤死去的劉少奇舉行了追悼大會。差不多同時，中共中央發出《關於處理文化大革命中一些幹部在報刊和文件上被點名批判問題的通知》，並宣布一律予以平反。七億人民耗時耗力十年之久進行的「無產階級文化大革命」，好不容易掀起的「一個又一個新高潮」和取得的「一個又一個的偉大勝利」，最終打倒了一個「中國的赫魯雪夫」，打倒了無以數計的「走資本主義道路的當權派」和「地富反壞右牛鬼蛇神」，卻原來是一場荒誕不經的鬧劇悲劇罷了。於是，人們把所有的仇恨都轉到了禍國殃民的林彪和「四人幫」身上。人們走向街頭，歡呼雀躍，載歌載舞，喜氣洋洋，猶如又一次歷經「天亮了，解放了」一樣。

昔日的「現行反革命」，如今是「反林彪四人幫的革命青年」。

十年前「主犯」楊志顯被判死刑立即執行，他空下來的座位今天由他的六弟小六子楊志義替代了。

十年前的橫禍，把楊家推向了苦難的深淵和地獄的底層。楊家背負著這「反革命家屬」的惡名，在痛苦和屈辱中苟且偷生。菜園子疏於料理，遂日見衰敗荒蕪，陶淵明式的世外桃源已不復存在。好在楊志顯的兄弟姐妹們都已經參加了工作並成家立業，楊老伯夫婦竟在逆境中存活了下來。

楊志顯的父親楊老伯如今已七十有六，楊伯母也七十出頭。歲月和磨難同樣在他們臉上留下了深深的刻痕。然而，性格執拗不甘欺凌的楊老伯十年中從未間斷為死去的兒子四下奔走追討，鳴冤叫屈。儘管阻力重重，終還是蒼天有眼，他討回了「說法」，撥亂了「反正」，找回了「公道」，這個「反標案件」終於得到了「平反昭雪」。

楊家早就有了申訴的念頭。楊老伯曾多次找過法院和公安局，得到的回答幾乎一樣，說，「這案翻不了。你也不想想，這案子要不算反革命案件，那天下還有甚麼算反革命案件吶？」楊老伯不信，說難道這天下就沒有法律沒有公正了？他決定隻身去一趟北京，找一個遠房親戚幫忙向最高法院遞交要求平反的申訴。楊家與這家親戚雖然從來沒有過來往，論起來卻還是楊老伯的同輩堂弟，在北京當局長。楊老伯還記住了堂弟的女兒，就是姪女的名字。

這時已到了十一月，楊老伯穿了件小羊羔皮襖，揹了個小包，裝了一些乾糧和幾個香瓜。乾糧是路上自己吃的，香瓜是帶去送給親戚的。冬天香瓜很貴，又不好買，楊老伯說「禮輕人意重吧」。楊家日子過得拮据，火車票還是借錢買的。楊志義去送站，一直到車開才走。

楊老伯坐了一天一夜的硬座，到北京下車後一路打聽，好不容易找到了親戚的工作單位。門衛一看是個衣著寒酸的東北老頭，以為來了個難纏的上訪盲流，就沒怎麼理會。楊老伯反覆解釋了幾遍，門衛才半信半疑，勉強給他到裡面通報。

楊老伯終於見到了親戚。親戚雖然當了大官，卻很隨和，一點都不擺架子。親戚把他讓到了皮沙發坐了，秘書端來了茶水，他們聊起了祖籍吉林懷德楊城子，還排起了輩份，叫他六哥。親戚挺認親，仔細聽楊老伯講述了「69.5.10反標案件」的前後經過，又看了老伯帶來的材料，使勁拍了下大腿，說：「六哥你早來呀，剛抓起來那會兒就應該來找，早來就不至於給判死刑了。不過，話又說回來，你早來也許沒人理你。那些年毛主席和四人幫都在，你反對文革，那還了得？就是這會兒，你自己找，也不知要找到猴年馬月！這樣的冤假錯案實在是太多了，上訴材料用麻袋裝著，堆積如山，積重難返，看材料都看不過來呀。」又說，「這次，咱們這官司是打定了！咱就直接把材料遞交最高院。」說著，又更使勁地拍了下大腿，說：「我來找渠道！」

老爺子在親戚家住了三天。臨走，親戚給買了車票，還買了兩包點心。姪女把老爺子送上了車，說：「六叔您先回去吧，這一陣子別去哪兒串門兒，就在家等著。放心，七天後準有消息，就七天，一天都不會耽擱。」

果真，上邊的消息從最高院，越過高院和中院，直達基層，直至法院院長商舜禮的手中，如雷鳴電閃般自天而降，整整七天，一天不差。

這天正好楊志義在家。晌午飯一過，就聽到汽車的響聲，接著，有人推開了木頭院門。楊志義一看，門口停了四輛吉普。隨即楊老伯也跟了出去。隨行的秘書就給引見介紹：「這是楊老爺子，這是咱們的父母官英書記，英樹全。這是法院商院長，商舜禮，中央的指示就是商院長直接簽收的。這是公安局長。」原來是第一書記親自乘車看望楊家，代表組織，對於十年前的錯判錯殺，向楊老伯道歉來了。

楊老伯當然知道這二位，十年前，不就是他們「代表人民代表黨」，結束了兒子生命的嗎？楊老伯皺了皺眉。

進了屋坐下，秘書又向英書記誇讚了楊老伯說：「楊老爺子可有才吶！老東北大學政法系畢業的，懂得法律，可愛國吶。偽滿那會，小鬼子給他輛富士牌自転車，高薪俸祿偽滿國幣三百一十五圓，請他出山當大官，硬是給謝絕了，說咱沒那個本事，咱就會種個園子。小鬼子差點沒斃了他。」秘書在一旁點頭哈腰地說：「老爺子日語說得好著吶！」楊老伯心想，就你那德行，在那會兒準當了漢奸。」嘴上卻說：「哪裡哪裡，我那會兒愛國愛的還是中華民國吶，羞愧難當，羞愧難當啊。日語的事就甭提了，你要上課，不會不行啊。」英書記聽見了「中華民國」這四個字，覺得刺耳，卻裝作沒聽見，臉上仍然堆著笑容。楊老伯話題一轉，向他們介紹了楊志義，說：「啊，這是我老兒子楊志義，現在車具廠，是大集體。」

英書記爽快地說：「是大集體？那就上國營吧，國營的待遇好多了！」秘書說：「這事好辦，沒問題，我來張羅。」英書記說，「好，我交給你，三天之內，你給我辦好。」又轉向楊老伯：「四級幹部會議一過，就召開平反大會，要把你全家都安排在臺上。找一個受害家屬講話。嗯……我看就讓你家老四志憲講吧。」又轉向楊志義，補充說：「老疙瘩你放心吧，上國營單位好。我看就上第四局，國事局，工商局啦，你揀一個，哪兒都行！」秘書點點頭。那些企業單位也就是他書記一句話的事。楊老伯說：「還是學點技術學點手藝吧。」英書記說：「那就上造紙廠，技術性最強，城裡最好的單位！」

英書記客客氣氣地和老爺子嘮了嗑，寒暄了四十分鐘零三十秒，臨走前還拍了楊老伯的肩膀，幽了一次默說：「老爺子開會時記得穿戴整齊哦！我呢，穿上西服，紮上領帶，挨著你坐！」又爽朗地笑了一陣。

兩天後，楊志義就調到了造紙廠。

外面傳來了小孩子們的吵鬧聲和狗吠，是楊志義的小黑狗「二黑子」，在飄揚的雪花中追逐著一群小孩子。楊家的大黑狗「黑子」在十年前的一個夜晚被專案組毒殺，牠也被專了政，「判處」了死刑而立即執行。孩子們在逗著二黑子玩，二黑子就不時地叫嚷。一個孩子拿了個手電筒，上面蒙了一塊紅手帕，他晃來晃去地跑著，一邊呼喊：「看我手裡握著一團火！」沒有人相信他，只有二黑子跳了起來，忙不迭地要看那孩子手中的「一團火」。

也有個小孩在踢毽子叫「踢倩兒」，幾個小孩圍著他看。「倩兒」是用馬鬃毛和銅大錢紮的。他把那「倩兒」高高地扔在空中，待它掉下來快要落地時就一伸腳，把它接住，遂一下一下踢了起來。他把「踢打奔掰壓，壓打跪踩掏」這些花樣都各踢了十下，卻並不連貫。他踢到「跪踩掏」時就開始接不住了。接不住時，他就先「踢」或「奔」了一下，很快地，就又接上了。

楊老伯楊伯母和幾個家人堅持不坐主桌，而坐在靠裡的一張圓桌，他們更需要安靜。他們向桌邊的窗戶望著，盯著那玻璃上的冰花，好像是第一次注意到其中的世界，不禁有些詫異。他們清晰地看到了珊瑚、樹杈、山崗、寶塔和一片片森林，層層疊疊，錯錯落落，全埋在大雪裡。他們還看到了林間的小溪，在這樣的冰天雪地中，溪水仍然在靜靜地流淌著。

四級幹部會議一過，為「69.5.10反標案件」平反昭雪的大會就召開了。

平反的批示是由英書記親自宣讀的。與十年前不同的是，當年的英組長，現在的英書記沒穿他當年那件去了領章帽徽的警服。他此刻穿的是灰色中山裝戴灰色便帽，這使他顯得慈眉善目，甚至有些和藹可親了。他並沒紮領帶，他那時是在跟楊老伯說笑話吶。

十年前的「判決書」也正是由這位「革命委員會黨的核心組組長」親自宣讀。英組長宣讀這判決的時候聲色俱厲，義正辭嚴，惡狠狠地說：「這些反革命罪該萬死，死有餘辜。」十年後宣讀這平反決定的時候也同樣地聲色俱厲，義正辭嚴，惡狠狠地咒罵他曾經追隨過的「領袖們」：「林彪四人幫罪該萬死，死有餘辜。」

英書記披肝瀝膽又風輕雲淡地說明這起事件「表現了一些青年學生和群眾對中央文革小組人為地製造社會內亂的強烈不滿和抗議……」此案「予以平反，落實政策，並給其四人恢復政治名譽……」又說：「許多在初期捲入運動的學生，並不贊成那些殘酷鬥爭，無情打擊的行為。他們後來認清了文化大革命的危害，紛紛離開造反團，成為消遙派，或者反過來以種種形式反對文化大革命，因而受到迫害，甚至付出生命的代價。在偵破此案中，錯抓了一些人，冤枉了一些人，一些人受到了不公平的待遇，並牽連家屬及其子女。在精神上留下了陰影……」現在要「本著實事求是，有錯必糾的原則，開始平反冤假錯案的工作」。

按文件上的說法，這些青年是「提前結束了監獄改造生活，回歸社會，發揮餘熱，貢獻於社會」。於是刑滿的就刑滿了，刑未滿就釋放了。至於「主犯」，槍斃了就槍斃了，說是「已經死去，不再復活」，補償了五千元人民幣，子彈費也包括在內，算是「國家報銷了」。其餘的，便全部記在了「林彪四人幫反黨集團」的名下。英書記的口氣是誠懇的。他是這麼說的，也是這麼想的。這使在場的群眾都感到極大的解脫和釋懷。

彥先讓代表受害人和反林彪四人幫革命青年講了話，楊家由老四楊志憲代表受害者家屬講了話。他們都感謝了人民感謝了黨，都決心要「深入批評林彪四人幫的反黨反革命罪行」，要「為早日實現四個現代化而貢獻力量」。他們都講得很得體，因為他們的講話稿都是被組織上修改過批准過的。

今晚擺下的這五桌大菜，都是這三個「釋放勞改」和楊志義出錢出力張羅安排的。黃承志不明白這補償是怎麼算的。有聰明人給他破解了這道算數題，說：「你那兩千七百元除以十年再除以十二個月，你坐牢期間每月的工資是二十二元五。不過，你可是白吃白住外加穿免費工作服配帶槍的保鏢，首長一級的待遇啦！」

他們也向同屆畢業的趙成山捎了信，發了邀請，卻沒有回音。「想必這小子是沒臉在這樣的場合露面吧。」他們說。十多年前，趙成山在那個臭名昭著的破案指揮部參與破案，是個「功臣」。那天，彥先讓從黃承志家前腳走，他後腳就跟了進來，問，「是不是彥先讓來了？」黃承志說：「是啊。怎麼？」他並不答話就出來了。從此就常常跟蹤著他們。「聽說這小子去了海南島，靠溜鬚拍馬，當上了局長，後來出了事，讓別人告了。」「這小子特黑，見了肥肉就自己獨吞，別人誰都不能沾邊。是幾個副局長把他告的，把他抓了，抄了他的家。」、「多行不義必自斃啊。」他們笑著說起這些，就彷彿在說著八百年前秦檜的故事一樣。

窗外的夜色曖昧，雪漸漸下大了，街燈昏暗，仍然和十幾年前一樣。

一陣沉默。

「諸位。」三十六歲的黃承志是主桌的最長者。他先站起來，端起了手中的洋灰墩子，開了口，打破了沉寂。經歷了十年的牢獄之災和滄海桑田，他已經不再是十年前的那個熱血青年了。他和他當年的同學們，三十五歲的彥先讓和同樣三十五歲的汪景威已經鬢髮染霜，臉上都刻下了這十年間的磨礪，未到不惑之年而不惑。黃承志注視著洋灰墩子中的塔子城老窖，頂棚的電燈泡就映在其中，像是把十年間的磨礪都映在了其中一樣。「少壯能幾時，鬢髮各已蒼。十年過去了，太多感慨，太多領悟，盡在不言中。來吧，我先乾。」他開口說，與眾人的杯子碰了，把老窖一飲而盡，翻過杯底，沒有滴酒流下。

眾人一起舉杯，並不言語，也把老窖一飲而盡。十幾年前，他們就常去楊家，趕上飯時，楊家就留他們吃飯，他們也不見外。楊家有啥招待啥，加上個菜，偶爾也喝點酒。

「諸位，誰說點甚麼啊！」汪景威抽了一下鼻子。

「我說兩句。」站起來的是三十四歲的何應吉。他的父親曾是土特局局長，文革時好懸沒被造反派整死。「69.5.10」破案期間，查到他的頭上，那時他和白藝風正在托力河當知青，被迫寫了交代材料，差點被捲進去。後來文革結束了，他還是心有餘悸，不敢和同學說話，直到最近，才算是「從恐怖的記憶中走了出來」。

「諸位，等了十年，這一天到了。十幾年前，高考前的十天，我們正躊躇滿志，躍躍欲試，不料文革爆發，高考泡湯。我們全身心投入文革，鬧了一場，最終被打發到鄉下去修理地球。白費了十年，雖然人還在，卻心已死矣。」何應吉說著，不覺黯然。略停，又道：「我提議，咱們每人說一句，以這杯酒祭奠英靈。我先說。」他把面前的洋灰墩子倒滿了塔子城老窖，向身後案上楊志顯的遺像望去，舉起了杯：「志顯同學，我們今天祭奠緬懷你，為你終於得到平反而深感慰藉，更為你短暫的人生深感遺憾和痛心。」說完，他把手中的洋灰墩子向右傳去。

陳秉智接過杯子，說：「志顯，你的英靈一定在面對蒼天，悲欣交集，長笑涕下吧。」

杯子傳給了夏岩璞，他嘆了口氣，說：「志顯，你歷經十二年寒窗苦讀，知書達禮，怎麼就忘了，這忍字頭上一把刀啊。你圖了一時的痛快，吶喊不公，就這一聲吶喊，讓你失去了年輕寶貴的生命。」

再傳給了朴書正，他也無限感嘆地說：「老兄，這件事做得輕率又不值啊！雖則十年後給你平了反，可你在風華正茂時離世，沒能全程歷經人生……可惜，可惜啊。」

白藝風接過了杯子：「志顯，我們清楚記得，你生前心智聰慧，口才超群，棋藝一流，書法飄逸，文采翩翩，雖然腿有殘疾，但憑你的優異素質，十年前若不蒙難，今天的你定會光彩奪目，成績斐然。」

彥先讓接過了杯子，稍稍舉起，說：「昔人已去，浩氣長存。十年別離，骨刻心銘。身毀於世，名存蒼穹。」又向旁邊的黃承志說：「承志，你接著。」

黃承志接過杯子，略加思索，接了下去：「同窗相約，祭弔英靈。青山桑梓，相與月明。」

最後，把杯子遞給了楊志義。他已經從十年前的青澀少年，長成個高大的東北漢子。他站起來，說：「我就替三哥喝一杯。」說著，舉起酒來，「咕嚕嚕」一飲而盡，抹了抹嘴說，「我再來一杯，替我三哥。」說著，就抓過酒瓶，給自己斟酒。

黃承志伸手攔住說，「六弟，且慢。先吃點東西吧。」說著，給他夾了一大筷子漬菜粉。

「三哥生前就愛吃漬菜粉。」楊志義無限感慨地說。他點了顆恆大，吐了口煙，又用手把煙霧驅散：「可惜可惜，他走了。」

「諸位，吃菜吃菜。我可是餓得前胸貼後背了。」汪景威試圖轉移話題，就催促著吃菜。

饑餓的記憶一下回來了。他們開始風捲殘雲般地大快朵頤狼吞虎嚥起來。比起十年間獄中永遠的鹹菜窩頭土豆白菜湯，吃不飽，餓不死，永無止境的「坦白從寬，抗拒從嚴」和「勞動改造」，現在就是在天堂了。

黃承志拿起酒瓶，每個洋灰墩子倒了半杯，一瓶老窖就空了。汪景威又打開一瓶，把八個洋灰墩子依次加上。一箱「塔子城老窖」是汪景威從老家塔子城運過來的原釀，和當年同樣純正地道。然而，今晚的香醇中卻參雜了許多的苦澀。他舉起了自己的杯，說道：「有點苦啊。」

「是苦酒。」彥先讓說。他被判二十年，提前十年出獄後去了電業局，是國營企業，身份待遇卻是工人。

「諸位，是苦酒。第二杯就隨意吧！」汪景威又抽了一下鼻子道：「苦酒入喉心作痛。」

「半杯月影半杯愁。」彥先讓舉起洋灰墩子，接了下去，瞥了一眼窗外，窗外的雪已經下得很大了，他先搁了一大口。

「是苦酒啊。」楊志義嘆道，扔了煙頭，用腳碾滅。

「諸位，想不到還有重聚的一天。」汪景威也舉起了他的洋灰墩子，說，「可惜，浪費了整整十年。人生有幾個十年？」

「最好的十年啊。」彥先讓說：「改造完了，又平反了，前功盡棄了。」又轉向汪景威：「你還好，也就是五年。」

「當了五年勞改，我是從犯。」汪景威不無自嘲地說。

「五年也好，十年也罷，半斤八兩，本是人民，變成了敵人，今天才又變回到人民。」彥先讓說。

「朱雀橋邊舊使星，五年再照大江明。」汪景威古詩文好，這些妙句張口即來。他轉向黃承志和彥先讓，說：「你們是十年。十年生死兩茫茫。」

「好不容易改了造了，解了放了，沒曾想還得改回到原樣。」彥先讓說，「辛辛苦苦關十年，一覺回到改造前。」

楊老伯的桌上也放了一瓶塔子城老窖，盛酒的卻是三錢裝的小酒盅。楊伯母和楊志顯的妹妹們只喝茶。桌上無人勸酒，楊老伯小口酌飲，並不發出聲響。

不同於十年前那個迷人的晚上，今晚沒有停電。棚頂吊著八個一百瓦燈泡，把長征飯店照得通亮。

「摔死了林彪揪出了四人幫，文革勝利了，天亮了，解放了，我們被平反昭雪了，麵包又有了，牛奶又有了。」彥先讓說著，連忙呷了口老窖，虛擬了一塊餐巾布，擦了擦嘴和寬大的下巴。

「這些撒……旦的後代把我們坑苦了。」楊志義的酒喝猛了，開始口吃。他聽過幾次基督教傳教，知道了撒旦的故事。他把洋灰墩子重重地放在桌上，像是摔在林彪的葬身之地溫都爾汗或是四人幫的最後歸宿秦城監獄或是魔鬼撒旦的身上一樣。

「撒旦壞蛋，都是他媽烏龜王八蛋！」汪景威道：「他們是昨天的文革要人大紅大紫，今天的孤魂野鬼階下之囚。咱們昨天還是反文化大革命的反革命，今天又成了反王張江姚林的英雄。昨天槍斃了，今天平反了，昨天是黑，今天是白，我自己也糊塗了。」汪景威也點了顆恆大，抽了一口。他的方臉方腮黑得像戲臺上的包公包拯包龍圖。他皺了下眉，瞇起了眼，像魯迅那樣把煙舉到嘴邊，擡頭遠望，冒出來一句楊子榮的土匪黑話：「非否非，否非否。」又嘆道，「昔日文革紅人，今日階下之囚。真是無可無不可，不期然而然。」

黃承志抓起了桌上的恆大，抽出一顆，點了，猛吸了一口，自我解嘲道：「昨天戒了，今天解除，咱和上邊的作風保持了一致。」

夏岩璞也點了顆恆大。兩天前他從富裕趕回來，特意參加這次的「69.5.10反標案件」平反大會，他提起了洋灰墩子：「來，為三位被重新恢復政治權利乾一個！」

「哦？要不是你提醒，我還真忘了有政治權利這一說。」黃承志說。他出了獄，被剝奪了的「政治權利」就一下子自動恢復了。

「本人的政治權利可是五年前就恢復了。」汪景威說：「只是還從來沒行使過。」

他們開始議論到底甚麼是「政治權利」。有人說是選舉和被選舉權，有人說是折騰和被折騰權，有人說是公民言論出版集會結社遊行示威自由權，有人說是搞對象搞破鞋結婚離婚權，至於還有別的甚麼權就說不清道不明了。於是，又紛紛表示算了算了，有就有沒有就沒有有沒有也沒有啥區別。哄笑了一通說，得了得了，來，點上點上滿上滿上，抽煙抽煙喝酒喝酒，咱肯定有點煙抽煙滿酒喝酒醉酒這個權利。

「老兄，你可以了，還算是好運氣，趕上了末班車。」陳秉智對夏岩璞說。

夏岩璞呷了口酒，嘆道：「別提了。」又夾了塊掛漿土豆，拉起了長長的一縷糖絲：「文革十年不招生，坑了無以數計的青年學子，幾乎毀滅了中華文化，而培養的是土匪文化，打砸搶燒殺，把中國弄到了崩潰的邊緣。」他的糖絲停在空中，結成了「冰溜」：「已是懸崖百丈冰，猶有花枝俏。」他將掛漿土豆送進口裡，邊咀嚼了，說：「整整耽擱了十年。那年我們都三十多了，有了家室，沒有大學願意接收，儘管你的分數高，就是不錄取。不過，說來還得感謝地區教育局的一位局長。局長說這些人基礎好，不錄取，太可惜了。現在這麼缺教師，何不設個大專班，把他們收進來，培養一批教師吶？如此才有了這個結果。」

「四人幫」垮臺恢復高考後，「老三屆」中也有參加高考趕上了「末班車」的。但他們大多都已經成家，儘管考了高分，卻被大學拒之門外。夏岩璞和同屆的不少同學只能上了克山中師學校新設的三個大專班，也就是克山師專的前身。然而，真正上大學的極少。他們中有一個叫張漢學的，進了大連鐵道學院。按他自己的話來說，是祖上燒高香了。

陳秉智說：「這我記得。我那時已經成家，上不去那班車了。」

楊志義說：「大哥你可以了，好歹你沒下鄉修理地球啊。我三哥才憋屈吶。」那年陳秉智，王富國和楊志顯被批准留城。陳秉智和王富國被分配到三中教書，卻愣是不安置楊志顯。待他找到英書記，書記叫來了兩棵農場的場長，說場長你需不需要教課的老師？場長說需要，但是需要個體育老師，他明明知道楊志顯有腿疾，故意找話羞辱他。

陳秉智說：「這我也記得。人心不善啊。」

夏岩璞說：「當年考四科，總分四〇〇分。我教的一個學生，和我一塊考試，他得了一九〇分，被大學錄取，而我是三一六分，卻沒人要。這人心也太不善了。」

彥先讓說：「我說，你們都可以了。我們可是上的笆籬大學啊！」

黃承志說：「正是。笆籬大學，笆籬子大學。宣判那天起，咱就知道這十五年的笆籬大學是讀定了。只是沒想到能提前畢業。」

彥先讓笑道：「咱們是大躍進肄業了一把！」

夏岩璞說：「十年前的宣判我還記憶猶新。那天我在塔子城的園子裡鏟高粱地，街頭廣播喇叭裡響起了英組長的宣判，惡狠狠地說這些反革命如何如何。這回親耳聽到了他的平反報告，那！神情激動啊！說，這些革命青年反四人幫如何如何……這些當官的，跟著形勢變，沒甚麼立場。」

「哪有甚麼立場可言？要說立場，明哲保身就是立場。」彥先讓說。

「跟他們鬥，鬥不過呀。」夏岩璞能說能侃。他抽了口煙，接著說：「這就像萬德的老爹說的那句名言。」他把這故事又說了一遍。故事是真事，說的是大躍進公社大食堂時排隊吃大鍋飯，窗口不給他，說是毛主席有指示，「不勞動者不得食」。老漢急了，就去搶。食堂的人就推他趕他。他暈死過去後醒來，對兒子萬德說了句話：「萬德呀，咱們回家吧，咱們鬥不過人家啊。」

「你這故事我已經聽過三遍。也不是階級鬥爭，非得年年講月月講天天講？」陳秉智說。他現在塔子城中心校管人事，算是同屆中混得不錯的。

「你們那個階級鬥爭，現在也不怎麼講了！你們那個文化大革命快要被否定了！」說話是朴書正，朝鮮族，外號叫「朴大褲襠」。他在四里五朝鮮屯長大，上中學後才學會漢話。他的這個消息是偷聽了南朝鮮的「敵臺」得來的。

「老朴你別一口一個你們你們的。你自己個兒也沒躲過去不是嗎？」黃承志說。

「那倒是真的。」朴書正說。「別說小小個朝鮮屯，新疆西藏都沒逃過階級鬥爭和文化大革命的劫難。」話題一轉，提起了他當了半截的坦克兵：「本來是要老老實實當你們的坦克兵，可還不是給驅逐出來了？」那年他光榮入伍，不到兩年，就被告發成份不好，父親有歷史問題，硬是給從部隊遣送回到了老家四里五。

「要嗎怎麼說階級鬥爭一抓就靈吶？誰也逃不過！」陳秉智說，「連國家主席劉少奇都沒逃過這一劫，臨死落了個姓名：劉作黃，職業：無。不是嗎？」

「文化大革命罪惡深重，罄竹難書！」夏岩璞開始激動起來。

「等著吧，你們那個文化大革命很快就要被否定了。」朴書正吃了一大塊溜肉段，用手背擦了擦嘴說。他認定了「你們」就是「你們」，而絕不是「我們」，他的父母是在四十年代從南朝鮮過來的。

「否定了？不是說批林批孔揪出四人幫是文化大革命的最後勝利嗎？我看是徹底失敗！」汪景威也激動了起來。

「就算是否定，這流毒恐怕難以肅清啦。當年的那些造反派，一部份還在當著頭目，掌著大權。對文革的那一套，他們現在還在搞。這些傢伙們！他們對於幹過的壞事不但不道歉，反而極力掩蓋，為自己塗脂抹粉，標榜正確。有人提出點敏感問題，他們就竭力打壓，想讓人忘掉那段歷史，搞的還是文革那一套，太可恥！」夏岩璞一發不可收拾，滔滔不絕地說了起來：「罪惡！死了幾千萬，整了一億人，死的也不放過！那麼些珍貴歷史文物和名人名將的古墓被毀於一旦，比八國聯軍和日寇更甚一籌！」他抓起旁邊的塔子城老窖空瓶，端詳著商標上的遼代古塔，底部的磚石已經嚴重缺損，差不多像個倒立的酒瓶子了。古塔早在一九五三年就已坍塌。嘆了口氣，又說：「咱們的文化道德也都在文革中坍塌了。」他眼見過老家塔子城幾個富裕家庭的古物古籍被抄被毀，自己家裡的一箱子藏書也被迫付之一炬，每想起這事就氣不打一處來。

「行了行了，你不就心疼你那一箱子書嗎？算不了甚麼，跟人比起來。」朴書正說。「文革期間，湖南郴州宜章鷓鴣坪，二十個老地主被造反派活埋，說出來你們信嗎？」

「略有耳聞。」彥先讓說。

「這村子李姓居多。二十個李姓老地主被活埋，連後代也不放過，說是地主階級的孝子賢孫，硬是不讓他們上學！」朴書正的漢話說得不錯。

「這我相信。」汪景威說。他家有兩個成份：地主兼資本家，算雙料剝削階級。「地主」就是僱過短工，「資本家」就是開過小舖。他的爹媽在土改時都先後被貧僱農村頭無賴活活打死。

「鷓鴣坪的事我也聽說過。」夏岩璞說：「聽說被活埋的老地主給推到坑裡後要往上爬，造反派就用鐵鍬打他們，腦殼都打碎了。」

「文革開始那年，光是北京大興縣，五天內十三個公社，就殺了三百二十五個五類份子。聽說最大的八十歲，最小的才三十八天，有二十二戶人家被殺光殺絕啊。」

「禽獸不如，令人髮指。」白藝風說。

「說穿了就是一群土匪翦子王八犢子！」夏岩璞說。

「人性的問題。人性喪失了，就沒有了底線！」陳秉智說。

「老汪，你那老婆夠有人性了。你蹲笆籬子，人家還等著你。」夏岩璞說。汪景威被判五年，因為只是「知情不報」，又因為「認罪態度較好」，被「監外執行」，直到一年半，即一九七二年和蘇聯關係緊張，為防止反革命份子趁機破壞，又被收了監到扎賚特旗保安沼監獄。

「老婆可以。老丈人仗義！丈人丈人，仗義之人，哈哈！」汪景威答道。他的老婆本要跟他離婚，被老丈人老爺子阻止了，說你敢？咱可不能做那不仁不義的事。據說他老丈人給張作霖的秘書當過秘書，那時錢多得用麻袋裝。這話不知是真是假，只知道他刑滿了五年後出獄，老婆居然還在等著他。

「咱還得感謝咱當官的老同學啊！」汪景威轉向了陳秉智，他出獄後就在塔子城中學當了語文老師。不久後中心校的校長死了，四五個副校長都在等著這個空缺要當一把手。結果陳秉智宣布汪景威任校長，引起那幫人的忌恨。陳秉智為了他工作開展得順利，把那幾個副校長全送到了二線，打發走了。

「咱們都把青春獻給了文化大革命啦。」陳秉智感嘆道。

「咱們這一代是被煽動被利用了。沒有價值了，就上山下鄉去接受再教育修理地球了。」汪景威說。

「話說回來了，要是我們自己造反掌權得勢，說不定也一樣和尚打傘，無法無天，折騰起來，也一樣像被打了雞血，禽獸不如吶。」黃承志說。

「完全正確。」陳秉智說：「檢討自我吧。咱們那時候不也是不分青紅皂白，跟著造反跟著大串聯跟著喊打倒劉少奇？」

「不分清，紅皂白。」楊志義插了句嘴。在座的都是「大學漏」，正牌的老三屆高中生。「七〇屆初中生」楊志義實際上並沒有真正讀過幾天書。不過今天的「不分清」卻是個調侃。眾人笑了。

「正是。不分清，紅皂白。胡折騰了這麼多年。哈哈哈哈。」汪景威也點了顆恆大，抽了一口說：

「正是。這豈不令人分不出是非對錯青紅皂白？真是折騰苦了苦折騰，罪過啊。」

朴書正說：「我不明白那時我父母怎麼就跑到這邊來了？」他說的「這邊」就是中國。嘆了口氣，又說：「我看咱們還得接著喝。誰來提一把？」

楊志義站了起來，對旁邊的白藝風說：「白大……哥，為你那八個字，我替三哥敬你。」遂舉起洋灰墩子。八個字就是刻在楊志顯墓碑上的「真理永在　正義長存」。白藝風用四號油畫筆寫的這八個新魏碑不計工拙，信手率爾，卻點畫放逸，結體奇肆，剛勁有力。

「好吧，我們為志顯兄的在天之靈。」白藝風舉起了洋灰墩子喝了一大口。

「當年老白不是差點也捲進去了嗎？」一旁的夏岩璞說。

「可惜沒捲進去，錯過了拿兩千元撫卹金的機會。」白藝風說，大笑了起來。

「老白也給耽擱了。」夏岩璞說。白藝風本該是北影美術設計專業的畢業生，此刻，本該已經成了有十幾年經驗的美術設計師，不料，文化大革命開始，大學停辦，接著就上山下鄉去了托力河，從此他的人生也被徹底地改寫了。十幾年前，他與這些「現行反革命們」常有往來，差一點就被抓了進去。

見白藝風在注視著屏風上的《墨竹》，夏岩璞說：「萬家賓這竹子畫得沒治了。」「沒治了」就是登峰造極了。畫家萬家賓的這四聯墨竹確實是無可比擬的精品之作。萬家賓是有名的「萬家園子」地主出身。白藝風道：「絕對，家賓是名副其實的大才啊！」又端詳了一陣，脫口說出：「凌雲勁竹，臨風不折，遇雨不濁，經霜不凋，清幽淡雅，筆直挺立，堅韌專注，高風亮節。」轉回身來，夾上一大筷子土豆絲，吃得有滋有味。旁邊的朴書正就乾脆把土豆絲搬他的面前，說：「大眾菜。還是咱老白好招待。」老白說：「哪裡，是生命菜啊！」

手抓肉上來了。這道菜裝在一隻大茶盤裡，冒著熱氣，泛著肉香。只見盤中帶骨的羊肉已經按骨節拆開，不加鹽和任何調料，用原汁煮熟。因為座上並無蒙古人，就免去了蒙古刀，也不必真地用手抓，食用時可蘸上用蔥末、蒜末、香菜、醬油、味精、胡椒粉、芝麻油、辣椒油兌成的調料汁，用筷子夾著吃。

「好！肉味鮮美，不膩不羶，色香俱全。諸位，咱們就向前看，開闢新生活吧。」承志說著，夾了一大塊羊肉，說：「吃肉。」他喝酒吃肉就像他寫字一樣，毫無矯揉造作之態。他舉起筷子，如同毛筆在空中劃了幾條線，再指向這道最奢華的手抓羊肉，招呼說：「來，土豆燒熟了，再加羊肉，比共產主義大餐更勝一籌。」

「三哥一輩……子……也沒吃過這樣的飯菜……啊。」楊志義說。他去夾花生米，竟一下子夾起來兩顆。他屏住呼吸，手中的筷子停在空中。十年前那個迷人的晚上，汪景威也無意間一次夾起了兩顆。接著，彥先讓的筷子順勢分開，雙手各握一隻，空中對稱地畫出了萬能如意寶葫蘆，變化出了「共產主義盛宴大餐」。

楊老伯楊伯母上了年紀，家人帶他們回家休息了。

幾張鄰桌的同學丁振聲、韓慶午、沙尚均、裴懋績、申幗巾、宇文傑、匡成、傅振鏞都喝高了，他們紛紛站起身，趺趺絆絆地走過來敬酒。

「老……黃來，咱們乾一杯。」向黃承志走過來的是王國立。不久前，黃承志被無罪釋放後的第一頓飯就是在他家吃的。他這次也是特地從肇東新肇趕來參加「69.5.10反標案件」的平反大會。他愛喝酒，是個酒鬼，白酒一頓能喝一瓶：「老黃……你那紗窗紗門做得夠可以……還……是老家朋友多。我得想……法子……轉回……來。」

「老王，轉回來吧。我更得……敬你一……杯，感謝那天的招待。」黃承志的舌頭這時有些發硬了。

「區區小事，何……足掛齒……來，乾……」王國立說著，抓起桌上那碗蘸掛漿土豆的白開水挨個給這桌的人敬酒。敬到了楊志義，喝了一大口：「這……這……塔子城老窖發……甜……」說著，一屁股坐在旁邊的椅子上，頭一偏，呼呼大睡起來。

「我……我說，先讓，你那寶葫……葫蘆今可安在，呀？」汪景威想起了十年前，那不可思議的「寶葫蘆」曾變化出了妙不可言的漬菜粉、尖椒乾豆腐、溜肉段和土豆燒牛肉，為他們迷人的晚上供應了美妙絕倫的「共產主義盛宴大餐」。

「報告政府，寶葫……蘆安在。」彥先讓的舌頭也有點發硬。他習慣性地向「政府」報告起來。寶葫蘆令他興奮，他像孫悟空那樣，虛擬地從耳朵裡取出了一顆豆子般大小的「寶葫蘆」，托在手中，對著光亮，吹口「仙氣」，說了聲「長」，遂站了起來，彷彿眼見著那寶葫蘆就長長長，長成了牛犢子般大小。他搖晃著那寶葫蘆，唸了「咒語」，邊問：「諸……位，萬能如……意寶葫，蘆在此。要些……甚麼吶？」他看了一眼黃承志，記得他的「封號」，道：「你是理田鄉紳，你先……來。」

「好。萬能如，意……寶葫蘆。給我來個尖椒……乾豆，腐？」黃承志道，他喝多了，舌頭有點打滑。轉念一想，又搖了搖頭道，「嗯，不要了。我看算……了。」

彥先讓像列寧那樣聳了聳肩，表示遺憾，轉向汪景威：「販……豬行者，你，吶？」

「還是我那……溜肉……段吧。」汪景威道，他的舌頭有點發木。他又想了一下，搖了搖頭說，「我看得……了吧。我飽，了。」汪景威說著，打了個飽嗝。

黃承志已經有些睡意，他禁不住向椅子靠背仰去。

彥先讓像瓦西里那樣咧了咧嘴，表示惋惜，嘆道，「二位實在客……氣。我沒喝……透。我，捆葦技師，再來個土豆燒牛……肉再來……點酒。來滿……上。」他晃動著那虛擬的寶葫蘆，示意加酒，一邊拿了虛擬的刀叉。他把那虛擬的牛肉切成小塊，放入口中，用虛擬的餐巾布擦了擦嘴巴，忽然想起十年前楊志顯寶葫蘆裡索要的「漬菜粉」，便轉向楊志義：

「六……弟你，來點甚……甚麼？」

六弟也喝醉了。他高大的身軀僵直著，臉紅得跟熟透的大蝦一般。他的舌頭有點發麻：「各位兄……長，漬……菜粉我，替三哥，織茓少將，取……消罷。」

彥先讓像電影《列寧在一九一八》中的高爾基那樣晃了晃頭，神色黯然，無言以對。他看了看那虛擬的寶葫蘆，沉思了片刻，忽然心頭一震，突發奇想，說：「諸……位，我這寶葫……蘆可……是萬能如……意攻……無不克戰……無不勝，無所不……能無所不為哩，史無前……例，空……前絕……後。」

「好！可……否給咱安排……個正式工作？」黃承志給寶葫蘆出了個難題。他眼下是西下窪子「五七大學」的臨時工木匠。

「是……地。」彥先讓說著，模仿了寶葫蘆的語氣，是一種有點發瓮有點發沉有點優雅的悶葫蘆聲：「同……志們，你們要繼續改命……繼續打……草捆子，販……豬羔子，刨……壠溝子，編……葦茓子，繼續……脫土坯子。」他數了數手指，一連說了五個「子」：「哦，是五……子登科！」那時和黃承志合夥脫坯賣錢，一塊坯三分錢，每人脫了五百塊，各賺了十五元。六九年秋天他和黃承志去白城子，趕上商店裡推銷軍用處理品，每人花十元買了雙坦克兵穿的皮靴子，高靿，處理品。十年前被捕的前一天晚上，就像有預感似的，彥先讓把自己收拾利索，登上了那雙大皮靴子。

他站立起來，雙腿併攏，腳跟分開，本要撞一回鞋跟，發一個聲響，行一個軍禮，卻發現並沒穿著那雙大皮靴。他有些尷尬，但立即把左手插在腰上，右手有力地在空中一揮，轉化成湖南腔：「你們千萬不要……忘記……該級鬥爭！要把無產該級文……化大改命，進……行到底！」

「萬能如意……之寶葫蘆，可……會出生入……死，死而復……生，生生……不息吶？」汪景威雖然也大有睡意，卻還是把話說清楚了。

「報告政府，死而復……生，」彥先讓遲疑了一下，心想，反正也是虛擬的「太虛幻境」，變化一回又有何妨？於是說：「萬……能如意，如意萬……能。死……而復生，不……在話……下。」

楊志義本已昏昏欲睡，聽這話忽心生一念：何不「為難」這寶葫蘆一次？便說：「那……就讓三哥死而復生？」遂向楊志顯的遺照望去。

拍這張合影的時候，楊志顯一定是在看著照相機的鏡頭。他沒有戴眼鏡，目光有些模糊和迷離。前面的鏡頭深不可測，攝影機上的黑布蒙頭裡一定躲著攝影師傅柳詩源的眼睛。那鏡頭彷彿是一扇敞開著的窗，透過窗，他彷彿看到了他屋子裡那個簡陋的書架。書架上的書多半沒有了。擺著的是雜七雜八的雜物和幾本電工書，是楊志義的。還有他的兩屜桌，鎖頭被公安局撬開，書籍筆記以及原來擺著的上海「美多」五管晶體收音機都被悉數拿走。

他彷彿看到了他家的廚房「外屋地」。那裡靠牆角堆放著他編出來的葦穴子。那盞洋油燈還掛在從檩子吊下的鐵絲上。洋油燈發著幽暗的光，卻永遠都是這樣地照著，既不明朗，也不混濁，既不溫暖，也不冷清，像太陽還沒有從東鹼泡子升起之前的天空一樣。他彷彿看到外面下起了雨。不一刻，屋頂就開始漏水了。水先滴在紙棚上，濕透了棚紙，滴滴答答落在地面上。這時，家中的鍋碗瓢盆就全用來接水，家裡的人也都七手八腳地淘起地上的水來。窗戶紙糊在窗框外，打了麻筋，抹了豆油，繃得像鼓一樣緊。雨打在窗戶紙上，發出劈劈啪啪的聲響。

一箱塔子城老窖共二十四瓶，此刻已經喝盡了二十三瓶，剩下的一瓶仍擺放在楊志顯的遺像前。近四十個老三屆「大學漏」，被這個時代所遺忘了的一代，半數以上都不勝酒力，已經喝高喝透喝多喝得爛醉如泥。

大雪還在簌簌不斷地下落著，外面已是一個銀裝素裹瓊鋪玉砌的白雪世界。天和地連在了一起，白茫茫一片。大團大團的雪花漫天飛舞，像柳絮，似楊花，如鵝毛，輕輕柔柔，紛紛揚揚地飄灑下來，緩緩地飄落在街巷上。

街巷蕭索而空寂，在大雪的煙霧裡，變成了灰色。再遠的，就漸漸地溶入到迷濛的空際，自己也變得迷濛了。路上行人稀疏，他們深一腳淺一腳地走著，任憑雪片落在頭上、肩上、身上，再融化成一滴滴水。

馬路兩旁被北風吹得光禿禿的榆樹楊樹，如今都掛滿了銀花，天也變成了銀色。寂靜中偶爾有風湧來，將枝頭的雪像煙霧似地抖落下來。偶爾「咯吱」一聲響，是樹木的枯枝被積雪壓斷了。

遠處偶爾傳來一兩聲狗吠和火車的笛鳴，那聲音低沉而悠邈，顯得不很真切。那個手裡有「一團火」的孩子，「踢倩兒」的孩子，還有他們的同夥們早就回家睡覺去了，門口的兩個大紅幌子也已經被店家撤掉。二黑子趴在窗前停著的一輛膠皮輪子大車下，已經入睡了。

這座城又迎來了一個漫長的冬天。

三　總有一線星光能穿越黑暗 A Starry, Starry Night

公元一九七〇年

他的眼鏡早就被「專政機構」沒收，他眼中看到的景物都很模糊。然而，他的神智仍舊清醒。

他清楚地感覺到他的腦後傳來「嗖」的一聲呼哨，急促而篤定，與其說是子彈在飛揚，倒更像是他編葦穴子破葦迷子時發出的聲響。他覺得他的頭顱就像是一根葦子被破迷子刀輕盈地劃過而已。也許他的頭顱並不是他的頭顱，而只是一根普通的葦子，一根從冰封的「東鹼泡子」上割下來的葦子。他感覺不到一絲疼痛。

原來，他在這一瞬間就脫離了他自己，脫離了那個父母給予他的軀殼，那個他住了二十六年的身體。

他看到他自己倒了下去，沒有聲音，像是一根破好了的葦迷子，被扔在地面上，在空中柔軟而自然地飄出一條弧線，最後便無聲無息地落下。

他感到一種從未有過的輕鬆和解脫。他想，他和他的同學們製造的這起「69.5.10反標案件」從此就因了這「嗖」的一聲槍響，而被「劃了個句號」。

他就是楊志顯，著名的「69.5.10反標案件」的主犯。

一年前，公元一九六九年五月九日深夜，他和他的同學們把對文化大革命和時政的不滿書寫在紙上，散落在城裡的主要街道，又於一年後被逮捕，被宣判。他的同學們分別被判有期徒刑二十年，十五年和五年，而他自己，則被判死刑，立即執行。

可是，他不是已經被那顆子彈射中、被殺死了嗎？

他想起來了，就在這一瞬間，他被一隻手拉了過去，躲過了那顆邪惡的子彈。而倒下來的，也是他自己，僅剩了一副軀殼並不足為惜的自己。

他擡起頭，順著拉他的那隻手向上看去。他看到一位年近六旬的長者，神情雖然嚴肅，面目卻非常和善，也似曾相識。他努力在記憶中搜索，但徒勞無益。

長者拉著他，走到一座高臺。那高臺晶瑩剔透，一塵不染，像是水晶築成。拾級而上，長者把他讓到一張木椅，自己坐在對面的藤椅上。長者遞給他一杯茶，自己呷了口深棕色的飲品，飄著一股有些苦澀的香醇，他知道那是咖啡。

「我們其實已經認識了。」長者明白了他的意思，先開了口，帶了濃重的上海口音：「在書裡。」

「我們已經認識了？在書裡？」這令楊志顯十分詫異。

「是的。」長者答道。停了一下，又接著說：「流光慢慢地消逝，晝夜遞嬗，好似汪洋大海中的潮汐……」

這再熟悉不過的語句當然是出自《約翰・克里斯朵夫》。楊志顯和他的同學們曾傳閱過這本書。書是從學校圖書館偷傳出來的禁書，豎排版，黑色的紙殼封面已經殘破，書中一些精彩的段落被畫了紅線。他把這一段話抄寫在本子上，溶記在了腦海裡。他本能地接了下去：「幾個星期過去了，幾個月過去了，週而復始。循環不止的歲月仍好似一日。」

他擡頭望了望長者，看到他瘦高的身軀挑著的一顆稜角分明的頭，彷彿是一隻昂首天外的仙鶴。他的臉也同樣稜角分明，顴骨和嘴巴有些凸，眼睛有些小，短髮一絲不苟地向後梳理過去。他穿了一件對襟布褂，圍了一條有格子的圍脖。他的通身彷彿散發了奇異的光芒，使人辨認不出他衣服和圍脖的顏色。他在講話時揮動著他的煙斗，彷彿在揮動著一隻美術家的油畫筆或是音樂家的指揮棒。他肯定是一位學者，但絕不是《約翰・克里斯朵夫》的作者羅曼・羅蘭。楊志顯在這本書的扉頁上見到過羅曼・羅蘭的茶色照片和簽名。

「不經過戰鬥的捨棄是虛偽的——」長者似乎在提醒他，雖然是濃重的上海口音，卻完全聽得明白。長者一邊遞給他一個舊的眼鏡盒，正是他那副被專政機構強行摘掉的眼鏡。

「不經劫難磨煉的超脫是輕佻的，逃避現實的明哲是卑怯的；中庸，苟且，小智小慧，是我們的致命傷……」楊志顯又跟著詠誦道。

「這是我十五年來與日俱增的信念。而這一切都由於貝多芬的啟示。」楊志顯和長者同時說完了下半句，一面戴上眼鏡。五個月來，沒有了眼鏡，他連獄中的「政府」，也就是管教的面目也看不清楚了。

「是傅雷先生！」他想起來了，是《約翰・克里斯朵夫》和《貝多芬傳》的譯者傅雷先生。他知道傅雷先生還譯了《米開朗基羅傳》和《托爾斯泰傳》，但是城裡的藏書太有限，他還無緣讀到。

他和他的同學們所熱愛的傅雷先生早在四年前就「自絕於人民」了。在那個紅色陰霾遮蔽整個天空的時代，傅雷先生本要籍著偉人們諸如貝多芬，托爾斯泰和米開朗基羅的壯烈精神，去點燃希望之光和信念之火，以承擔命運，戰勝苦難，卻終沒敵得過愚昧、瘋狂、褊狹和仇恨所孕育的黑暗，他和他的夫人被殘暴的浪潮沖倒淹沒。然而，他堅持，士可殺不可辱，他不能忍受自己的思想被閹割，更不能忍受自己的靈魂被踐踏。

楊志顯聽說過，傅雷先生在受到抄家、批鬥、罰跪、戴高帽等種種淩辱之後，花園被搗毀，地板被掀翻，房屋四周被貼滿了大字報，紅衛兵又在他家的閣樓裡搜出一面小鏡子和一本舊畫刊。鏡子後嵌有一幅蔣介石的畫像，畫刊裡印有一幅蔣夫人的相片。而這隻箱子則是傅雷先生的妻姐於四九年前寄存在傅家的。就像五八年被虛構成「右派」一樣，面對這樣的反黨反社會主義罪證，造反派虛構了一個「反革命分子」。傅雷先生知道他已經有口難辯，在劫難逃，等待他的只能是更猛烈的批鬥和更瘋狂的凌辱。他決心以死來捍衛尊嚴。於是，在寫好遺書，將未盡事宜一一叮囑停當後，毅然與夫人朱梅馥——Margarete雙雙自盡。面對死神，像蘇格拉底一樣，他們顯出了驚人的冷靜。既然死亡是神的召喚，他們便毫不猶豫地向前走去，帶走了一個時代最後的優雅，留下了知識分子最後的體面。他們的離去化成了一個符號，不僅把傅雷的名字永遠鐫刻在這個民族的靈魂之上，也為這場紅色風暴寫下了一個醒目的注腳。

原來傅雷先生仍然活著。一瞬之前，是傅雷先生拉了他的手，使他逃離了那顆魔鬼的子彈。「是的」，他重複著這句已經牢記在心裡的句子：「唯有抱著我不入地獄誰入地獄的精神，才能挽救一個萎靡而自私的民族。」

楊志顯向上推了推眼鏡，再次擡頭望了傅雷先生。先生清癯的臉上不乏透出紅潤，簡陋的眼鏡架在他有些闊大的鼻子上。他的嘴角略微上翹，不苟言笑間流露出幾分幽默。

「先生！」楊志顯的眼睛有些濕潤，喉嚨有些哽咽。他身子上脖子上的繩子都不見了，他被扼制了的喉嚨重又發出聲音，上刑時被夾扁的手指也恢復了正常。他記起了自己的腿疾，遂踢了踢右腳，他已經不可思議地回到了他行走自如無疾無痛的時代。

「可是，我不是已經剛剛死去了嗎？」他看了看自己，發現自己也罩在奇異的光芒中。

「是的，死去了，卻沒有真正地死亡。我，我的夫人Margarete，你，和所有追求真理死於非命的人都沒有真正地死亡。」傅雷先生的眼鏡閃爍了一片光亮，又指向遠處，說：「你看，是誰來了？」

遠處傳來了狗吠，像是橫空出世一樣，一隻狗箭似的衝到他的面前，努著嘴，搖著尾巴，是他的大黑狗「黑子」，通身也彷彿散發了奇異的光芒。黑子曾忠實地守護過他的菜園子和最後的世外桃源，卻沒有逃過專案組的魔掌，他們為了逮捕狗的主人，提前把牠下毒謀害。他問：「黑子也沒有死亡？」

像是在回應他，黑子「汪汪」地叫了起來，擡起頭來吻他的手。

「當然沒有。」傅雷先生肯定地說：「真的、善的、美的，即便是一隻狗，也會永恆。死亡只屬於假的、醜的、惡的。」

「那麼，我剛才經歷的……」他撫摸著黑子，回過頭去，看到他剛剛經歷過的刑場，死蔭的幽谷、通往東方紅林場路上的大泥坑，不禁驚駭不已。

呈現在眼前的完全是一幅夢幻般奇異錯亂的景象：

好像是在黎明時分。大泥坑像一塊黑色的盤子，異常地平坦而平靜。它和遠處一抹淺色的湖水，清冷的天空和沒有樹木的山岩形成了鮮明的對比。

剛剛還活動在這裡的武裝警察和圍觀民眾都沒有了蹤影。死寂、貧瘠和荒蕪的空間中，各種物體以不固定的形式聯繫起來，透出一種不可名狀的詭譎和不安。地平線把眼前的景物打斷，世界彷彿被分為陰陽兩重天。

他看到這塊「黑色的盤子」中有四隻怪誕的鐘錶，其中的三隻像是麵餅一樣軟塌塌的。「黑色的盤子」左側，有一個像是木頭做的桌子狀的物體，上面有兩隻鐘錶和一棵不完整的樹，伸出一根沒有葉子的枝椏。最大的鐘錶也是軟塌塌的，像麵餅一樣半攤半掛在「桌子」的邊沿，指針停留在近七點的地方。有一隻蒼蠅從上面跌落，停在大錶上。小的那隻錶，像是一隻懷錶，呈橘紅色，閉合著，招引了一群螞蟻在上面爬來爬去。樹椏上掛著第三隻錶，指針停留在大約六點的地方，也是軟塌塌的。

黑色的盤子中央，有一個類似軟軟的頭顱狀的物體，它的脖子沒入了黑暗，沒入了這塊黑色的盤子。它的鼻子巨大，舌頭向外吐出，閉著的眼睛長著長睫毛。這一切都非常引人注意。它的上面掛了第四隻錶，也是同樣軟塌塌的，也像是在融化在流失一樣，彷彿在沙灘上睡著了。眼前看到的這些物體都透著一種說不清道不明的奢華、精緻、孤寂、怪誕、曖昧、偏執和冷漠，在這荒涼的背景上，伴著遠處靜止的湖水，被土色的懸崖環抱，伸向天際，無邊無垠。湖畔上擱置著一塊平整光滑的板子，彷彿在匪夷所思地等待著遠航的浪子歸來……

這些景物也似曾相識：盤子像是西門外的西下窪子，卻沒有滿山遍野的大豆高粱；湖水像是東門外的東鹼泡子，卻沒有搖曳的蘆葦和飛翔的大雁；山岩像是王老道屯後面的乾德門山，卻沒有被綠草綠樹所覆蓋；樹椏像是挑羊草用的洋叉，卻沒有高高的穀草垛；鐘錶像是軟麵的攤餅，卻沒有絲毫的麥香；人臉像是睡得不知今夕是何年的醉漢，卻沒有醒來回顧一下這個世界的跡象……

「這景致如何？」傅雷先生問道。沒等楊志顯回話，又說，「這景致叫《記憶的永恆》，是西班牙畫家薩爾瓦多・達利所作。」

楊志顯是第一次聽說薩爾瓦多・達利和他《記憶的永恆》。原來達利從遙遠的西班牙來到了中國北方這座偏僻的城，在刑場大泥坑裡畫下了這樣奇異的一幅圖畫。

「也是羅曼・羅蘭先生對於記憶的描繪和對於時間的詮釋。」楊志顯說。

「正是。」傅雷先生說。

「晝夜遞嬗，週而復始。循環不止的歲月仍好似一日。」楊志顯又背誦出了傅雷先生絕美的譯文。他說：「先生，這文字就好像是作者直接用中文寫成！」

「噢，將一種語言翻譯成另一種語言，絕不是簡單的文字轉換，而是要神似，即所翻譯過來的，也就是作者自己要真正說出來的，其實質乃是形似與神似的、內在與外在的、美與善的絕美統一。」傅雷先生說，「每一種語言每一種文字都是美好的，只要找到最恰當的文字。」

「哦，明白了。難怪先生的翻譯就如同作者自己的原文！」楊志顯不禁讚嘆不已。學校的外語課只授俄語，他的成績很好。他還嘗試過翻譯普希金的《假如生活欺騙了你》，體會到了翻譯過程中語言的微妙。

傅雷先生說：「《約翰・克里斯朵夫》這部書是在多年前翻譯的，如今看來已經不盡人意。我還要重譯。」他揮了揮手中的煙斗，接著說了下去：「文學家如巴爾扎克、羅曼・羅蘭、伏爾泰、梅里美、莫羅阿、蘇卜、杜哈曼、丹納、羅素，音樂家如貝多芬、莫扎特、巴赫、舒伯特、蕭邦、亨德爾、斯特勞斯、柴可夫斯基，美術家如米開朗基羅、達・芬奇、拉斐爾、波提切利、委拉斯開茲、米勒、羅丹、達利、畢加索，等等等等……他們的作品其實並不完全出自一己之手，他們的創作都有上帝的參與，他們是在把上帝的旨意表達出來而已。」說起了這些偉大的藝術家，傅雷先生的剛烈立刻變得柔軟起來。

楊志顯有些尷尬：「我住的城太小，文化太閉塞，先生所說的文學家和畫家倒是知道一些，至於音樂家，雖然聽說過幾個名字，他們的音樂卻聽過極少。我們聽音樂的唯一渠道，就是敵臺，但是干擾臺放出的噪音極大，吱吱嘎嘎的干擾，令無論甚麼聲音都像殺豬般地無法忍受。」

楊志顯的家裡安了有線廣播，就是牆上掛了個廣播匣子，一根線通往廣播站，一根鐵絲插進地面，要不時地澆水，然而聽到的要麼是千篇一律的「戰鬥檄文」，要麼是如出一轍的「戰地新歌」。

「但不可思議的是，有一次我在馬路上，曾破天荒地聽到一段音樂，是從電影院的廣播喇叭裡傳過來的。那音樂雷霆萬鈞、排山倒海，像是從天上傾瀉下來一般。那時我站在那兒，一動也不動，直到全曲結束，還沉浸在莫名的感動中。廣播喇叭裡說，剛才播送的是貝多芬的第三交響曲《英雄》。」楊志顯把這件事告訴了傅雷先生。

傅雷先生也覺得詫異。他說：「這事是有點奇了。除了《國際歌》，西方音樂可都是被禁止的。不過，美好的聲音會穿越國界，穿越時空，直擊人的心靈。」停了一下，又說：「雖然這部交響曲是為拿破侖而作，但其中處處洋溢著作者對自由的嚮往和對勝利的信念。」

一縷陽光穿透雲層，穿越黑暗，從遙遠的天邊掠過，他們不覺向前方望去。

楊志顯驚訝得睜大了眼睛。

說話間，《記憶的永恆》中的景物開始慢慢地交錯變幻起來，繼而，好像經不住這陽光的照射一般，開始像冰雪一樣地消融了。

傅雷先生說了下去：「那些景物，還有世間的一切，它們是註定要消亡的。至於鐘錶這種東西，它們原本就不曾存在過，是人類自作多情，硬是把這抽象的概念規劃切分。於是，畫家把對時間的記憶凝固了，而那記憶就成為了永恆。」傅雷先生說著，握著煙斗的手向遠處揮了揮，接著說：「人需要不時地跳出自我的牢籠。走，去看看他們！」

「他們？」楊志顯更加驚訝。

「是的，你那城裡的他們。」說著，傅雷先生帶著他走下高臺，向《記憶的永恆》深處走去。

楊志顯覺得腳下雖然是虛空，踏上去卻十分堅實，就像走在一條透明的大道上。走著走著，他驚奇地發現：這條大道慢慢地變成了一條老街，正是他再熟悉不過的五里長街「正陽街」！

四年前，一中的「東方紅造反團」把這條街改名叫了「東風路」。一九六九年五月九日那個月黑風高的夜晚，他們書寫的三百餘張「反標」就從這條街道開始，撒遍了全城。

此刻，這條街上正鑼鼓喧天，熱鬧非凡……

這場面似曾相識：像是十幾年前慶祝黨的九大勝利閉幕，像是喜迎毛主席贈送工宣隊芒果，像是歡呼革命委員會成立向毛主席報喜……可是，他分明看見人群中舉起的大字標語上寫著：「打倒王張江姚反黨集團！」、「熱烈慶祝英明領袖華主席一舉粉碎四人幫！」

「王張江姚又是何許人也？」楊志顯問道。

「我們是在公元一九七六年。」傅雷先生並不正面作答。

「公元一九七六年？」楊志顯十分詫異。

傅雷先生仍不做解釋，他帶著楊志顯，走近隊伍中一幅巨大的宣傳畫前。畫中一隻巨大的拳頭正狠命地砸在「四人幫」的頭上。他們人頭蟹身，脖子上掛了牌子，標了名姓，原來他們竟是王洪文、張春橋、江青、姚文元。至於這大變革大動盪的一九七六年中發生的一系列事件，諸如唐山地震、偉人隕歿、中南海事變，以及英明領袖華國鋒的名字，他卻聞所未聞，這不禁令他更加驚詫。

「怎麼？有點吃驚嗎？」傅雷先生說。沒等楊志顯回答，又說道：「你們在反標上不是詛咒了他們嗎？曾經堅不可摧的一塊鐵板，不也終毀於一旦了嗎？」

「哦，是的！但我們那時並不肯定他們真會有這麼一天！」楊志顯說。

「這一天來得晚了一些！可是它終於來了。」傅雷先生說：「我們多少人為此付出了生命的代價！」

「也就是最高的代價！」楊志顯不無感慨地說，聲音中不無幾分悽楚：「我現在其實不敢肯定這代價是否真地值得。」

「代價確是太高了。可不是說唯有抱著我不入地獄誰入地獄的精神才能挽救一個萎靡而自私的民族嗎？」

「可是先生，看那隊伍裡的人！不正是同樣的這些人，當年亦步亦趨地跟在他們後面，為文化大革命推波助瀾嗎？」在遊行隊伍中，楊志顯辨認出當年叱吒風雲、不可一世的造反派們，他們此刻竟然調轉槍頭，反戈一擊，搖身一變，從加害者變成了「受害者」，而他們當年「緊跟」和「捍衛」的，如今已被他們踩在了腳下。

「喂！你們難道忘記了你們的昨天嗎？你們！你們！！你們！！！」楊志顯忍不住大聲地提醒他們，卻沒有絲毫的回應。他和傅雷先生看得見聽得到他們，他們卻看不見聽不到楊志顯和傅雷先生。他們像昨天一樣，狂熱地、興奮地呼喊著，彷彿像達利畫中的地平線把景物打斷一樣，他們和他們也被分為陰陽兩重天。

「這正是我們這個民族的悲劇。千百年來，我們背負了劣根性的重軛，綑綁著我們自己的雙腳。對此，魯迅先生早就有過深刻的批判。」傅雷先生說。

「旁觀心理、過客心理、官位心理、狗苟心理、從眾心理、例外心理、奴性心理、勢利心理、美言心理、懷舊心理。」楊志顯一口氣說出了魯迅先生總結出來的國人「十大劣根性」。魯迅先生的著作他很熟。那時的書店裡，除了「馬恩列斯毛」的書，就只剩下魯迅的書了。

「正是。這十大劣根性中，尤以旁觀心裡和奴性心裡為最烈。」傅雷先生說。

這時，街心的大喇叭響了起來，是中央人民廣播電臺夏青的聲音，他用「中國的聲音」朗誦了郭沫若的《水調歌頭・粉碎四人幫》。

「郭老可真會見風使舵啊。」楊志顯清楚地記得，郭老曾寫了不少馬屁詩。那首《親愛的江青同志》，寫得實在連廁所牆上的打油詩都不如。如今，江青垮了臺，倒了運，竟立即殺了個回馬槍。」他鄙夷地搖了搖頭。

遊行的行列仍然載歌載舞，鑼鼓喧天。人們無比興奮無比熱烈地慶祝「四人幫」的覆滅……

楊志顯努力在人群中尋找他的同學們，他想見到彥先讓、黃承志、汪景威以及許多，卻一個都找不到。他更想見到他年邁的父母和兄弟姐妹們，他們一定因為自己而經歷了許多的苦難。

「他們都不在這個行列。即使在，你也不會認識他們了。即使你認識他們，他們也不會認識你了。」傅雷先生說。

見到楊志顯一臉茫然，傅雷先生便又接著說了下去：「我們只能給他們以祝福，不要讓他們陷入誘惑，但救他們免於兇惡。」話題一轉，又說：「還有，你們的69.5.10反標案件已經平反了，他們，包括你自己和我自己，也都被平反了。」

「可是，如果是那樣，豈不是在說文化大革命是一場徹頭徹尾的錯誤，或者說，是一場史無前例的胡鬧嗎？那麼大躍進吶？反右吶？以及一次次一波波的運動吶？這些都該如何解釋？」楊志顯越發難以想像難以理解了。

「時間終將說話。按現在的說法，實踐是檢驗真理的唯一標準」。傅雷先生告訴他，這十年期間，在中國的大地上已經發生了天翻地覆的變化。

「在我們這個善於虛構英雄的時代，我們需要真正的英雄。」楊志顯喃喃自語道。

「但是，我們需要的是一個怎樣的英雄吶？」傅雷先生問。

「先生，我們需要不止一個這樣的英雄吧！」楊志顯像是在問，也像是在答：「我們的血液中流淌著太多綿羊式的軟弱和保守，骨子裡儲存了太多阿Q式的麻木和奴性。我們幾千年來處於君主專制的封建社會，習慣寄希望於君主的英明和世道的太平，民主傳統近乎於零。是這樣嗎，先生？」

「孩子，你說得精闢。」傅雷先生肯定地說。

「我們以家為單位的小農經濟使人產生了安於現狀的性格，於是焚書坑儒、鍛鍊罪名、捕風捉影、望文生義、任意誇大、對號入座、文字獄、莫須有，幾千年來殘害知識分子的手段層出不窮。百姓最大的願望就是自己有飯吃有屋睡有衣穿，在國家機構的嚴酷統治下，為國獻身的英勇之氣被一次次抹殺。我們的民族需要檢討和自省。我們民族的苦難深重啊。」楊志顯感嘆道。

「唯有真實的苦難，才能驅除羅曼蒂克的幻想的苦難；唯有看到克服苦難的壯烈的悲劇，才能夠幫助我們承擔殘酷的命運……這是我四十年前初次翻譯《貝多芬傳》時所得的教訓。那時，我比現在的你還年少啊。」傅雷先生說。

「先生，於是，我們就承擔殘酷的命運，就下了一次地獄，是嗎？」楊志顯像是在問自己。

傅雷先生點了點頭，他若有所思地轉向前方，楊志顯也隨著向前方看去。

大地蒼茫，雲層凝重，淼淼的河水在濃厚的烏雲下緩緩流淌，映照著變幻莫測的蒼穹，無遠弗屆。地面上孤獨的頭顱伴陪著鐘錶。頭顱漸漸地融化了，變成了零零落落的荒冢。樹幹在風中顫抖著奏起哀歌，唯有那四個鐘錶，它們不顧這個世界的風雲變幻，仍然軟塌塌地懸掛在空中。

「記憶如果真地凝固了，也是好的！」楊志顯希望鐘錶上時間的記憶就永遠停止在這一刻。

傅雷先生說：「畫家把鐘錶停止在六點和七點，是在說飄風不終朝，驟雨不終日，飄風驟雨和黑暗終是要過去的。早晨六點的太陽會透過疾風迅雨樓的窗，照亮書案，照亮滿院盛開的玫瑰和月季。而晚上七點，人們結束了一天的勞作，吃過晚飯，仍會有一個燈下的長夜，用以讀書寫字，繪畫彈琴。」

楊志顯說：「明白，先生。我家過於貧困，沒有玫瑰月季和畫案鋼琴，卻有滿園的黃瓜豆角和詩詞歌賦。」他想起傅雷先生被扣的罪名。先生沒有工作單位，被打成右派，被野蠻地剝奪了稿酬，雖然生活困頓，卻仍然抽煙斗喝咖啡用西式餐具彈鋼琴。按當局的說法，那是腐朽的資產階級生活方式，所以，都在必須被抄家被橫掃被砸爛之列。

「不過，有一句話他們說對了，他們的確是砸爛了一個舊世界，卻無能建立起一個新世界，就等於砸爛了世界，毀滅了自己，我們的文化和文明，就這樣斷送在他們的手裡了。」傅雷先生說。他頸上的圍脖像一穗蘆花一樣被微風吹起。

眼前的《記憶的永恆》遂完全退去，取而代之的是一片無限淒涼的悲愴和頹唐。永恆的蒼穹，永恆的大地，永恆的大水，永恆的時空，人類計算時間的鐘錶已經不復存在。

一個遙遠的聲音，如滾滾的洪水，似隆隆的春雷，從遙不可及的天邊外傳來，由遠而近，由弱漸強。楊志顯記起了，這就是貝多芬的《英雄交響曲》。

在這幅鋪天蓋地浩瀚無疆的畫卷中，楊志顯看到一個音樂家的背影在指揮著這場壯麗的演奏。他的體態短小結實，兩肩寬闊得足以擔負起整個人類命運的重擔。他亂蓬蓬的長髮異常濃密，幾乎雄獅鬃毛般地直立了起來。他有力的大手揮舞在空中，動作中燃燒著一股奇異的力量，令人不禁為之震懾。

他就是貝多芬。

演奏音樂的不是交響樂隊，而是畫卷中陰暗淒涼的大地、滯重磅礴的天空和莊嚴肅穆的雨雲。在這裡，英雄的戰場鋪向天際，天使與魔鬼的爭戰如同一篇壯麗的史詩，此起彼伏，波瀾壯闊。被擊敗的撒旦像史前的大蜥蜴一樣重又長出臂膀，意志的旋律重又投進烈火中冶煉，在鐵砧上錘打，被擊成無數個碎片，散向坦蕩無垠的蒼穹……

輝煌燦爛的主題旋律在這漫無邊界的原野上匯成千軍萬馬，無限廣闊地擴展開來。洪水的激流洶湧澎湃，一瀉千里……

琴弦在靜寂中低沉地顫抖，像是脈搏在跳動。被擊倒的戰士試圖爬起，卻任憑怎樣的努力和掙扎也無濟於事。生命的韻律已經中斷，靈魂似乎已瀕近隕滅……

突然，命運之天使吹起了號角，透過濃烈的霧幔，喚起墮入死亡深淵中的英雄，遂像伯大尼的拉撒路一樣，英雄復活了，英雄的生命浴火重生了……

如同在觀賞盛大的煙火，楊志顯發現這浴火重生後的世界是如此地純淨而明朗。滿天的群星瞬間被點亮，像一顆顆明珠似地在深藍色的夜幕中閃爍，遠遠近近，高高低低，大大小小，璀璨奪目，把世界浸泡在金碧輝煌的光的海洋裡。

他自己和傅雷先生，還有他的黑子，以及成千上萬他並不認識的人，他們都站立在群星之巔，他們的臉都被星光照亮。

「總有一線星光能穿越黑暗！」他說。他不知道自己究竟身在何處，只覺得這裡的夜晚美好而迷人。

「孩子，現在，你已經得到了真正的自由！你可以安下心來，繼續做你喜愛做的事了。」傅雷先生告訴他，揮了揮手中的煙斗，又說：「你會認識許多新的朋友，你不會感到寂寞的！」

「是的先生。我等待著再讀先生重譯的《約翰・克里斯朵夫》！」

不覺間，群星深處不約而同地響起了鐘聲，是一片重金屬的音樂，透過雲層，透過光影，透過喧囂，穿越了生命的疆界，充塞於天地之間，宇宙之間，虛無之間……

這鐘聲清純而明淨，肅穆而悠遠，像是來自蒼穹，又像是走向大海，鋪天蓋地，漸行漸遠，與一波未平一波又起的餘韻互為映襯，長久地、長久地迴盪。

第十七章 憲兵花園 The MP's Garden

公元一九六六至一九九六年

1

蘇小國的家在西南崗子一座圍了牆的院子裡。這附近曾有過城裡無人不知無人不曉最顯赫的「石家油坊」。

雖常聽人說「石家油坊如何如何」，這一帶卻見不到那「油」和那「坊」，見不到那傳說中的油缸豆餅大鐵鍋和墩著的大豆花生芝麻，聞不到那飄散的油香。解放後，這裡就不再有私人的油坊了。

巷子深處，倒是有一座破舊的四合院，院子裡有幾間第一完小的教室，是二年級的四個班，那裡時常傳出朗朗的讀書聲。這院牆的牆角有四座土炮樓子，已經殘缺不全搖搖欲墜了。這裡應該就是傳說中的石家油坊。聽說那時常常有鬍子綹子土匪在城裡出沒，這炮樓子一定就是當年的防範設施了。

蘇家的院子，據說原本叫「憲兵花園」，卻不知其緣由，大抵那院子裡曾真地住過「憲兵」，真地有過「花園」罷。

就算它曾是「憲兵花園」，也並看不出它有過「花園」的跡象。它的院牆很高，院門朝東，面臨的巷子叫「福臨胡同」，但這是「滿洲國」時的舊稱了。

這兩扇厚重的木頭門終日緊閉著，即便間或開了，走出個人來，也就只是開了一下而已。路人經過了，還沒來得及向院中略微一瞥，就「嗖」地一下躥出條大黃狗來，凶神惡煞地狂吠不已。而那出來的人也來不及看清其面貌，就匆匆地走遠了。大門雖然已經關閉，大狗卻還要吠上一大陣子，直到確保牠所捍衛的主人和領地安全了，才肯平息下來。

這院落似乎比「蒙古王大院」甚至「張監督的房子」還要顯得神秘。

「蒙古王大院」在城東正陽街路東的背街，院門也是緊閉著的，院牆卻不高。據說這戶「王」姓蒙古人家是貴族出身，是「白蒙」，而且很是有些家底。這家的男人王老爺在「帽社」上班，屋子裡的兩位「額吉」長年穿著蒙古袍子，深居簡出，偶爾走到院子裡來，講的卻是蒙古話，「哇哩哇啦」一陣，聽得人一頭霧水。鄰家的孩子們常騎在這院子的圍牆上，聽王家的長子王書聲在院子裡拉胡琴，或看院牆外栓著的大馬大口地咀嚼著草料，一面拉下大堆的糞蛋子。

而「張監督的房子」，現在則只是一座住滿了「城市貧民」的大雜院而已，從前的院牆和影壁還有榮華富貴早已不知所終。這房子青磚青瓦，「前出廊牙後出廈」，而那大名鼎鼎大富大貴的張監督雖曾有過萬貫家財，最後卻因吸食鴉片不能自拔而傾家蕩產，不名一文，臨了連口棺材也沒混上，就被一張草蓆裹著擡了，「大跑大顛」地扔到東崗子埋了。

在夏天的傍晚時分，從「蒙古王」的院子裡常常飄出胡琴的樂聲，與遠處「西下窪子」傳來的洋號聲呼應交織在一起，在橘紅色的火燒雲背景下，顯得神秘而悠邈，不禁喚起人對於往事的遙遠而莫名的記憶。「張監督的房子」卻沒有了張氏族人的蹤影，張監督和他同時代人們的故事都像是蒸發了的晨霧一樣，已經成了逝去的傳奇。

蘇小國家的神秘卻仍然緊鎖在兩扇厚重的木頭門後，緊圍在高高的院牆裡。

從蘇小國家院子走出走進的人看起來就與眾不同。他們的衣著舉止，令他們看起來像是從巴金的《霧》、《雨》、《電》中走出來的一般。

「憲兵花園」裡的一棟三間寬敞青磚大屋，像城裡大多數的房屋一樣，不是瓦頂，而是曼圓形的土頂，是鹼土抹頂。大屋裡住了兩戶人家：王家和蘇家。王家的老太是第三完小的李校長，丈夫的身份不明。蘇家的老太是企業小學的崔校長，丈夫的身份也是不明。王家的先生那瘦長的身軀時常在院裡院外晃來晃去，蘇家的先生卻從沒有人見過蹤影。

蘇家常常見得到蹤影的是蘇家的老太崔校長和她的兩個兒子蘇三國和蘇小國。崔校長說她蘇家的兒子都叫了「國」，也就是蘇大國蘇二國蘇三國蘇小國，若還有就是蘇國國了。不過，在這憲兵花園裡進進出出的，也就只有蘇三國和蘇小國。

崔校長的名字中也有個「國」，叫崔治國。「齊家治國」，校長治理的大抵就是這樣的「三人之國」了。據說，崔校長還有「字」，叫「化平」。這不禁令人疑問：崔校長要「化平」甚麼吶？還有，蘇家的先生也叫蘇甚麼「國」嗎？這時並沒有人知道。

也沒有人知道蘇家的先生究竟是誰和到底現在哪裡。有人說他是從黃埔軍校畢業，於是人們的眼前就浮現出一個挺拔傲然的黃埔青年；有人說他是國民黨的大官，於是人們的眼前就浮現出一個身披將校呢斗篷傲慢的國軍少校；有人說他是深山老林裡的鬍子綹子，於是人們的眼前就浮現出一個滿面鬍鬚手握雙槍的大盜；有人說他是國民黨潛伏下來的特務，於是人們的眼前就浮現出一個形容鬼祟的漢子，嘴裡叼著藏了袖珍照相機的煙斗；有人說他是被鎮壓被判刑的勞改犯，於是人們的眼前就浮現出一個口服心不服剃了光頭的壞蛋……不過，人們的這些猜測毫無根據。在這條「福臨胡同」的前後左右，大概就只有崔校長一個人能說得清楚了。

「憲兵花園」在這大時代的城中靜靜地緊鎖在這座院牆和大門的後面。

2

「這才是一本了不起的書啊。」崔校長的花鏡已經滑落到鼻子尖上。她越過眼鏡框的上沿向前面望了一眼。

前面的蘇小國正趴在地桌上看小人書，他穿了件白短袖衫，亮閃閃的金黃色銅釦，藍短褲。他被這小人書吸引，對崔校長的感嘆應付地「嗯」了一聲，就又埋下頭去。

「這才是一本真正了不起的書。」崔校長又加了一句。崔校長五十歲出頭，「滿洲國」時曾在「國高」教書，現在是企業小學的校長兼大楷老師。她大鼻子，高顴骨，花白的短髮整齊地梳向後去。此刻，她正盤腿坐在炕沿邊，帶了老花眼鏡，一手拿著煙，一手舉著《紅樓夢》，一面連聲說道：「了不起啊，了不起。」

「有甚麼了不起啊？」蘇小國煩了。他看的小人書是《十里洋場鬥敵記》，正看到緊張之處：劉嘯塵設法接近機要員阿紀，套出了鑰匙和密碼，順利竊取了「暗香浮動」的所有檔案……

學校停課了，這本小人書由同學中傳閱到了他的手裡。母親的《紅樓夢》令他不勝其煩，他索性轉過身去，不想答話了。

「甄士隱，真事隱去，賈雨村，假語村言。」崔校長鍥而不捨，繼續她的「紅學」講座：「假作真時真亦假，無為有處有還無。真真假假，假假真真，說不清啊。」

「說不清甚麼？」蘇小國忍不住質問了一句，還是把頭埋在「十里洋場」的「暗香浮動」檔案裡。

「甚麼也說不清了。說不清真假，說不清是非，說不清對錯。」崔校長見蘇小國搭了腔，便受了鼓勵似地說：「運動，運動，一個接一個的運動。運動的妙處，就在於它居然能把一個七億人口的大國改造成一個說假話的大國。」說完，又警惕地瞥了一眼門口和窗外，加了一句：「毛主席說了要實事求是。」

「媽，我看是說不清你在說甚麼。」蘇小國無奈地應了。他赤著腳，把地板踩出一片腳印。

「怎麼不穿拖鞋呀？多沒規矩。」崔校長皺了皺眉頭。她自己的一雙繡花拖鞋整齊地擺在炕邊的地板上。崔校長家的臥室鋪了地板，而且那暗紅色的油漆仍然保持完好。在這座城裡，鋪得上地板的人家是屈指可數甚至絕無僅有了。

「我同學在家就沒有一個穿拖鞋的。」蘇小國覺得穿拖鞋實在是多此一舉。

「這地板我早晨剛剛擦過。」崔校長見小國不理會她，就換了個話題：「好在吃上了正兒八經的糧食嘍。」崔校長答非所問，話題似乎轉移到了吃飯上。

「半年也吃不上一頓餃子！」蘇小國沒好氣地回了一句。「炒菜放幾滴油，也叫炒菜。」小國又說。

「你也不想想，陳三兩給每人每月供給的油和肉是各三兩，還能包甚麼餃子？塞滿牙縫倒還綽綽有餘。」崔校長說。

「陳三兩」指的是東北局主持陳錫聯，諢號得自於每月供應百姓三兩油三兩肉。

「我太想吃油炸餜子了。」小國說，一邊使勁嚥了下口水。

「油炸餜子，做夢吧！見著油星肉末就不錯了。」崔校長說，「這就像一個人吶。摔了一跤損了筋骨，傷了元氣，得恢復上一大陣子啊。」崔校長說的「摔了一角」指的是五六年前的「大躍進」。崔校長用年輕時的首飾衣物一次次地和鄉下的遠親換糧食，才勉強渡過難關。又說：「總算是能吃上飽飯了。」

「小國，給媽斟杯水來。」崔校長管倒水叫斟水，仍然保持著過去的矜持和優雅，她在骨子裡還是不與這時代的渾濁同流合汙。

小國倒了一碗開水，托了一個瓷盤，放在炕桌上，說，「媽，斟來水啦。」

「斟的可真是水啊。」崔校長瞥了一眼那白水，又說，「你大哥帶回來的咖啡都讓你三哥給喝了。就著窩窩頭鹹菜喝，都給糟蹋了。」

「那玩意兒苦啦吧唧，沒啥意思。」小國不屑地說。

「那是你沒有加糖和牛奶。」崔校長說。

「糖和牛奶是甚麼味兒我都忘了。媽我倒想斟一斤豬油，一口氣飲下去。」小國故意說「斟」和「飲」。一次崔校長花五毛錢買了半盆豬油改善伙食，三國和小國每人舀了滿滿兩勺，拌在高粱米飯裡，澆上些醬油，吃得滿頭大汗。他們滋潤了腸道，憋了幾天的屎也終於拉出來了。

這幾樣東西勾起了小國對「改善伙食」的嚮往：「我大哥啥時候回來呀？」他又聯想到那美妙的餃子。蘇大國每次從省城哈爾濱回來，都會捎回兩個蘇聯黑麵包「大列巴」和一袋子白麵，家裡就會像樣地吃上兩天大列巴配咖啡，再包上一頓餃子。

「哪兒知道吶？三個月沒來信了。」崔校長雖然回答了，卻還是沒有回答問題。接著，又把眼睛瞥向那《人民日報》說：「又要出事了。」

旁邊的《人民日報》上頭條大字標題赫然在目：《橫掃一切牛鬼蛇神》，這彷彿讓人聞到了一股濃烈的火藥味。

「出甚麼事了？」蘇小國提高了聲音。「出事了」這三個字令他打了個寒戰，這些年家裡就不斷地出事。

「恐怕要出大事了。」崔校長歷經了解放後十七年的大小運動，預感到今年的火藥味道不同以往。又說：「亂烘烘，甚荒唐呀。要來大運動了。」

掛在牆上的廣播匣子響了起來，是新近常常播放的合唱《大海航行靠舵手》。這首歌曲歌詞簡短，曲調明快，輕鬆活潑，琅琅上口。它驅走了蘇家的不快，只是在說，魚啊，水啊，瓜啊，秧啊，這「憲兵花園」，也同外面的世界一樣，在雨露滋潤下風和日麗，欣欣向榮……

福臨胡同各家的燈亮了，是到了吃下晚飯的時候。各家的炕桌上擺放的飯菜大抵千篇一律，白菜蘿蔔，小葱蘸醬，苞米碴子。

崔校長家的燈也亮了。

院子裡的狗叫了起來，門開了，是蘇三國回來了。蘇三國今年二十二歲，戴了近視鏡，肩揹了個沉甸甸的大書包，是剛剛從一中補習功課回來。

「三國？」崔校長問。她摘下了花鏡。

三國並不答話。

「有甚麼消息？」崔校長又問，一面把手裡的煙頭按在一個灰色的煙灰缸裡。

「消息倒是有，卻不是好消息！」三國沒有好氣地說，鞋子也不脫就踩了進來：「這回算是徹底完蛋了。」

三國掏出一張皺巴巴的紙，展開來讀道：「中央已經發了通知，說高校招生要推遲半年。」又讀到：「高等學校招生工作座談會召開，座談會明確提出：要採用新的辦法，高等學校取消考試，採取推薦與選拔相結合的辦法。」

牆角。

「推薦與選拔？也就是說不考試了？」崔校長問：「這豈不是有點滑天下之大稽了嗎？」

「不考試好啊。我最討厭考試了。」小國插嘴道。

「好糟糕吧好。」三國沮喪至極：「你們知道這意味著甚麼？意味著我們，包括你，從今天起，就永遠別再想進大學的門！」三國的聲音不高，卻相當憤怒。他把那張紙抓起來揉成一團，用力扔在牆角。

「怪不得我這兩天眼皮子跳吶。」崔校長說著，摸了摸右眼，那上面貼了黃豆大的一小塊紙，是用來避禍的，接著說：「右眼跳，禍來到。唉！」

「我現在才知道，攤上我們這樣的家庭，就永遠別想翻身。」三國又撿起牆角的那團紙，攤開來：「這說的是永遠！」三國說的「家庭」，是指像他家這樣的黑五類家庭。

崔校長也聽人說起這「教育改革」的事，說是某地已經搞過試點，廢止了高考，要將大學轉變為「培養社會主義接班人的陣地」。說他們的教學要照顧班上最差的學員，「不讓一個階級兄弟掉隊」，而推薦學員的最低文化要求僅僅是初小，也就是剛剛達到脫盲水平。便說：「胡鬧。這麼一來，大學豈不變成了小學？」

「胡鬧胡鬧，完全是胡鬧。推薦選拔，說穿了就是營私舞弊走後門！」三國氣得手都有些發抖，把那張紙撿了起來，展開，瞥了一眼，最後撕得粉碎，丟進了外屋地廚房的灶坑裡。

「沒希望了。這些書，這些習題，現在也就是廢紙一堆了。」他把書包摔在地板上。

「世界真是變了，日新月異，目不暇給。世界上唯一不變的就是一切都在變。」崔校長感嘆道：「我是跟不上趟了。」

「就算你掙著命考上了大學，再跟那些初小文化的工農兵在一起，學個甚麼勁吶？」三國嘆了口氣：「咱家可真倒霉啊。」轉念一想，又說：「災難啊，無遠弗屆。抗戰八年，西南聯大再怎麼艱難，也還能讓教授們教書，學生們讀書。可是，這場文化大革命，舉國卻容不下一張平靜的書桌，這就真地是史無前例了。」

早在三年前，三國就高中畢業，連續考了三年大學，回回考得好，回回考不中，直到聽教育局局長王群傳過話來，說別讓孩子考了，考得再好也沒用，並向他透露了內情，他才如夢初醒。

原來是他的「政審」就是「政治審查」出了問題，也就是說「報名隨你報，報了也白報，考試隨你考，考了也白考」。又聽說，他的成績已經超過了清華北大的錄取分數線，即使如此也絕不會被錄取。他在省城的一個親戚，高考成績雖然達到了一般院校的錄取分數，但因其外祖父曾擔任過「國軍」的團長，解放初被鎮壓處死，因此甚麼院校也沒有錄取他。他還有一個同學，其高考成績也完全達到了清華北大等名牌大學的分數，但因他有一個舅舅是被判處死刑的「現行反革命犯」，便只能進省內的一所普通師範大學。

曾經因為犯罪被關押或正在被關押的，以及在地方接受管制的「黑五類」即家庭出身是地主、富農、反革命、壞分子、右派的子女，三代之內在清末北洋軍閥和國民政府期間擔任過黨政軍職務的子女，都被拒之於大學門外。所謂「家庭成員」一欄，不僅包括父母，兄弟姐妹，而且包括祖父母。「社會關係」一欄包括得更廣，比如父親這一邊的兄弟姐妹以及他們的成年子女，母親這一邊的父母，兄弟姐妹以及他們的成年子女，如此等等。換言之，也就是參加高考的高中畢業生，連他們的祖父母、伯叔姑、成年堂兄弟姐妹外祖父母舅姨甚至成年的表兄弟姐妹等，全都在政審範圍之列。如此，大學的大門就只開向「紅五類」即革命幹部、革命軍人、工人、貧農、下中農這五類人員的子女了。問題是，這樣的「政審不合格」雖是唯一的原因，卻是絕對不明說的。

「我爸他怎麼就不精明點？」說著，三國又把一肚子的火發在父親身上。

「生不逢時，樂天知命吧。你爸爸也不容易。」崔校長說：「唉，人吶，要是無慾無求，也就沒煩惱了不是？」又瞥了一眼旁邊的《紅樓夢》說：「世人都曉神仙好，惟有功名忘不了啊。」

三國抓起了《人民日報》，看了眼那社論標題，是一字千鈞的八個字：《橫掃一切牛鬼蛇神》。三國說：「橫掃橫掃，又要橫掃到我們的頭上了。」

「那我也別想上大學了？」小國也意識到眼下的情勢與自己有關。他和他的同學們剛剛參加了升初中的考試。按他的計算，讀完初中讀高中，十七歲不到就該讀上了大學。到了一九七五年，他就該大學畢業了。

幾天後，教育局下發了通知，要求學校停課一週，學習有關文化大革命的文件，主要是五月十六日中央下發的《關於開展文化大革命的決定》和有關打倒三家村，批判教育和文藝黑線的報道。

學校的老師和學生們卻顯得遲鈍。他們竟然沒有意識到厄運的來臨，而還在專心於複習和初中升學考試，直到停課一週，還在認為是暫時的。豈料一週之後，又接到上面通知，說得繼續停課一週，學習文件，大家還是不以為然，學生們還是偷偷地複習功課，老師們也在抽空輔導。沒想到，兩週過後又接到上面通知，說要繼續停課，而且沒有說要停課多久。他們的小學課程就這樣懵懵懂懂地結束了。

看來，以他的家庭出身，作為被「橫掃」的對象，大抵是毫無希望毫無期盼了。他和班上幾個家庭成份不好的同學的命運，就是最多讀完高中，甚至初中都讀不完，就服從國家分配，「上山下鄉」，「接受貧下中農的再教育」，然後成家生子，了此一生，除此之外，別無選擇。

「安於現狀吧。人的要求不可太高啊。」崔校長又叮囑了：「嘆人間，美中不足今方信。天下禍多從口出。無論如何，你們在外面講話要注意，可千萬不能亂說話。記住了嗎？」

崔校長用一湯匙豬油炒了道土豆絲，還加了蔥花。蘇家三口人圍坐著圓桌，在不甚明朗的光照下，顯得有些黯然。他們都不多說話了。他們都習慣了這樣靜靜地等著應該發生的事情發生。他們習慣了聽之任之，習慣了隨著這時代，跟著這人流，就這樣無可無不可地走下去。

不知甚麼時候起，窗外響起了一陣低沉冗長的火警警報。那聲音是從「塔樓子」防火瞭望臺發出來的。塔樓子在正陽街老銀行「滿洲中央銀行」的後面。它架在三十多米高的木頭架子上，上面一層層地迴旋著木頭樓梯。城裡甚麼地方失了火，塔樓子就發出這樣的警報。那聲音忽遠忽近，忽起忽落，忽弱忽強，忽高忽低，從莫名的既遙遠又鄰近地方傳來。漸漸地，那聲音中就流露出了一種悠邈悽楚和沒著沒落的神傷，像是餓狼的嗚咽，悲哀得撕心裂肺，肝腸寸斷。

大約過了兩個時辰，那聲音在不經意間消失了，應該是那火情得到了控制，福臨胡同遂恢復了平靜，這城也恢復了平靜，像是東皦泡子的水，被一陣暴風雨猛烈地敲打了一陣之後，停息了，水面上就連一絲的漣漪也沒有了一樣。

3

崔校長預感到的「出大事了」果然發生了。毛主席發動的無產階級文化大革命如火如荼般地在神州大地在這城裡的各個角落燃燒起來……

大學的校門終了還是永遠地在蘇三國蘇小國面前關閉了。那輛「學而優則仕」的火車每年載著無以數計的幸運兒義無反顧，轟轟烈烈地向前開去，把那些望穿秋水，翹足而待，卻上不去這列火車的青年學子們永遠地拋棄在他們等車的地方。

蘇三國找了份臨時工，是在草葦站打草綑子，是一份賣力氣的苦工，是他能找到的唯一一份工作。

這期間城裡發生了一件驚世駭俗的「反革命標語事件」。

公元一九六九年五月十日絕早，一個睡眼惺忪的漢子，去小十街「孟香久茶館」打開水，忽地在馬路上看到一張白紙，手掌大小。他撿起湊近燈光一看，不禁嚇得魂飛魄散。那是一張駭人聽聞的「反標」即「反動標語」。那漢子如同見到一件沾了血跡的兇器般地恐懼，他嚇得手腳發抖，不能自已，遂失手把灌滿開水的暖壺跌落在地，「砰」地一聲，摔得粉碎。

繼而，在城裡的幾條街道上，路人們先後發現了三百多張這樣的「反標」。這次反標的數量之大，內容之廣，言辭之犀利，觀點之尖銳，可謂見所未見，聞所未聞，史無前例了。

這些「反標」書寫在巴掌般大小的紙片上，分別用多種字體清一色地攻擊批判時政，矛頭直指毛主席林副主席江青張春橋姚文元等同志和中央文革小組，攻擊無產階級文化大革命，攻擊教育改革，招生改革和知識青年上山下鄉……

城裡的「革委會」旋即成立了「69.5.10反動標語案件專案組」，抽調了洋洋七十人，由「革命委員會黨的核心組組長」英樹全親自掛帥，由武裝部所派軍代表陶大松親自指揮。

城裡一時間風聲鶴唳，草木皆兵，各個劍拔弩張，驚慌失措，人人要講清行蹤，各個要查對筆跡。一次次的「學習班」，「動員會」，一場場的「全民戰爭」，「地毯式排查」，把這城的東南西北，上上下下，裡裡外外，從機關工廠學校到街道居民小組甚至上山下鄉知青點翻了個底朝天。

「69.5.10」這幾個字，一時間竟成了一個符咒，讓人聽了就發毛，見了就發怵，讀了就發抖，想了就發呆，不聽不見不讀不想時卻不知所措、不知所從、寢食難安、坐臥不寧，成了噩夢般攪人心撕人肺的數字了。別人都在懷疑是不是你幹的，你也在懷疑是不是別人幹的，人人都在懷疑「是不是我幹的」，也就是說，指不定是我夢遊了仙境，撒放了傳單，又回去美美地睡了個回籠覺，醒來時卻抹去了記憶，忘得一乾二淨，完全徹底。

城裡所有的「非無產階級司令部」的人，特別是出身於「黑五類」家庭的高中畢業生待業青年們都被劃為可疑和排查之列。

不知怎地，蘇三國打草綑子的草葦站被視為重點審查對象，而他蘇三國又成為了重點懷疑的重點對象。於是，他受到了嚴密的監視和控制。

蘇三國也和無數的嫌疑人一樣，上交了專案組一份自己手寫的文字，用以核對傳單的筆體取證。對面屋的王家搬走了。新搬進來的一對夫婦就是專案組派來的奸細：女的叫萬里，男的叫張喜洲。他們是退了休的教師，出身「紅五類」，所謂「根紅苗壯」。他們原本就無所事事，正閒得五脊六獸，這回組織上交代的任務便恰好填補了他們的百無聊賴，滿足了他們的好奇心切。他們甚至像反特電影裡的偵查員或地下黨那樣，有些亢奮，有些激動，有些一發不可收拾了。

於是，蘇家的，特別是蘇三國的一舉一動，包括打個噴嚏、去趟茅樓、吃個餅子、喝口涼水、趕個蒼蠅、拍隻蚊子，都逃不過他們的眼睛。

三國戴著眼鏡，留著分頭，穿著白襯衫，下擺掖在西褲裡，六夾吊帶夾著褲腰，看起來就像是特務。他的那些書，那把三弦，那一次次不屈不撓的高考，那「在壓父親」的家庭背景，令人越看越生疑。他一定是對現實不滿，對文化大革命懷恨在心，對知識青年上山下鄉充滿抵觸，對取消高考極度仇視而向無產階級專政惡毒進攻吶。

他那眼鏡片後面定是躲藏了一雙深不可測的眼睛。他那梳理整齊的分頭，一塵不染的白襯衫吊帶褲，宣告了他那資產階級的清高和驕傲。他那鼓鼓囊囊的大書包裡，或許裝的就是那駭人聽聞的反動標語。他那三弦叮叮咚咚彈出的曲子絕不是《北京有個金太陽》，卻充滿了落寞和神傷。他的一次次高考，不就是對無產階級專政抗爭的百折不撓？他那在壓父親向他交代了甚麼樣的使命？他那曾在「滿洲國國高」教書的母親說不定就是日本特務，她那鑲了金邊的牙齒裡說不定就裝了發報機吶。

還有，他家裡的「美多」收音機，何以在夜半時分還在播放？那樣板戲的鑼鼓聲中，何以隱約夾雜了微弱的「滴滴」聲響？他全家每人的名字中都有一個「國」字，這豈不是「國民黨」的「國」？

資產階級、反動標語、落寞情懷、瘋狂反撲、在壓勞改、日本特務、敵臺發報、國軍間諜，把這一切串連起來，就出現了一個清晰的畫面，令對面屋的奸細萬里張喜洲和專案組對蘇家和蘇三國越發懷疑，越發注意，越看越覺得「就是他了」。

蘇三國幾乎相信了自己就是那「作案份子」，他知道自己不是卻「本可能是的」。大學的大門永遠地向他關閉了。與其去「上山下鄉，接受貧下中農的再教育」，他不如去接受政府的再教育吧。他準備好了，他甚至連坐牢的牙刷牙膏都隨身帶了，彷彿隨時都可以一無牽掛地跟著公安去天涯海角流放，或去北門外的「新生監獄」，和他的父輩們一起「把這牢底坐穿」，彷彿那戰國時代的「孟子」曾拍過他的肩膀，鼓勵了他，說：「如欲平治天下，當今之世，捨我其誰也？」

然而，在幾近要拘捕蘇三國的這一刻，案情卻有了突破性的進展。

專案組鎖定了也是在草葦站打草綑子的彥先讓。

公元一九七〇年三月二十九日，一個寒冷的雪夜，蘇三國親眼目睹了這一幕。

那天夜裡，按慣例，「69.5.10專案組」處心積慮地組織全體員工辦「毛澤東思想學習班」。在談思想談認識談體會等一系列節目進行了一遍之後，白經理組織全體學習毛主席詩詞《七律・人民解放軍佔領南京》，要彥先讓來朗讀。

這時已近深夜十一點，勞作了一天的苦力們都已饑腸轆轆，精疲力竭。這多日以來的疲勞轟炸和攻心戰術，使得他們每個人都相信了自己就理所當然地是那該死的反革命份子。

沒待彥先讓讀完最後兩句，院子裡就突然傳來汽車的動靜。旋即，「咔」地一聲，車燈把窗照得雪亮。一群穿藍制服的公安旋風般地湧了進來，為首的一位滿臉殺氣，徑直走向彥先讓，沒有任何聲響，就麻利地把手銬銬在他的手上。

與此同時，走來了專案組組長「秦犢子」。他叼了大重九，牢牢地盯住彥先讓說：「扯犢子就是你幹的。你就是反革命份子。」

十分鐘後，在北門裡「楊家菜園」，「69.5.10」的主犯楊志顯被捕。

四天後，從犯黃承志，汪景威也分別在塔子城被捕。

楊志顯是老六五屆高中畢業生，彥先讓、黃承志和汪景威都是應屆高中畢業生。他們的大學夢都因為這場莫名其妙的文化大革命而破滅了，他們的未來，又終將因他們該詛咒的出身，去繼續承受這樣的詛咒。

楊志顯的父親曾在奉天讀過偽滿的大學，日本人曾動員他參政。彥先讓的父親曾被政府鎮壓，黃承志的父親曾任國民黨區委書記，汪景威的父親曾是偽滿塔子城商會會長。他們是貨真價實的「黑五類」，他們的出身同樣是「壞到了極點」。

他們的造反組織「神州春社」與其說是造反派或保皇派，還不如說是「小資產階級文化俱樂部」，或者是「裴多菲俱樂部」，他們也就是吟吟詩、喝喝酒、吹吹牛、發發牢騷，糊裡糊塗，馬馬虎虎地聚了不多久就自消自滅了。他們都成了「逍遙派」。

他們的「神州春社」更像是「友誼社」。他們時常聚集在楊志顯家的「楊家菜園」，一邊「指點江山，激揚文字」，一邊偷聽敵臺，偷聽那「美國之音發出的一個聲音，消息可能是好的，也可能是壞的，但是我們將告訴您一個真實的聲音。」他們並沒有要「輓狂瀾於既倒，扶大廈之將傾」，而只是要憑藉自己一點兒微薄的力量，為這個時代的大眾做點甚麼，要發出一線不同的聲音，面析廷爭，為這個時代留存了一抹睿智的目光，一根挺直的脊梁，一絲天地間的正氣而已。

他們把他們的意見寫在紙上，撒在街道上。他們的意見甚至還沒有被城裡的人見到聽到，就像三年前「捍聯總」總司令韓東彪殺死「吃大字報的豬玀」那樣地被殺滅了，被踢到了洋溝裡。歸根結底，他們這些微弱的聲音，無非是兩岸的猿聲，是秋後的蟬鳴，是毛主席所說的「幾聲淒厲，幾聲抽泣」罷了。

一年後，公元一九七〇年七月二十八日，駭人聽聞的「69.5.10反標案件」終於破案。「現行反革命分子」——四個青年學子被分別宣判：

主犯楊志顯判處死刑，立即執行；
主犯彥先讓判處有期徒刑二十年；
從犯黃成志判處有期徒刑十五年；
從犯汪景威判處有期徒刑五年。

對於他們的判處，沒有辯護，辯護就是犯罪。沒有審判，審判就是言出法隨。這時，公檢法合署辦公，按照「公安六條」行事，沾上這六條的邊，就能下獄乃至殺頭。望文生義，深文周納，凡是兩千年來發明的構陷都派上了用場，且有所發明，有所創造，達於極致。

隨著刑場大泥坑「嗖」的一聲槍響，二十六歲的楊志顯倒在了「無產階級專政」的槍口下，其他的三個青年被押送到監獄，對外叫「機械廠」，開始了他們的改造生涯。

城裡又恢復了以往的平靜。

在被宣布拒之於大學大門後的不久，蘇三國和蘇小國被分配了工作。還是由於政審和出身的關係，蘇三國被分到了農具廠，做了最髒最累最底層的翻砂工，蘇小國則去了蔬菜公司做了賣菜的營業員。

這之後的一場場運動如同一幕幕鬧劇一般在這神州大地在這座城上演……

轉眼間到了公元一九七六年。

這一年的中國大地經歷了歷史上最災難深重最不可思議最嚴酷最慘烈的事件：

一月八日，周恩來逝世；

三月八日，吉林省天降石頭，下了場人們聞所未聞見所未見的「隕石雨」；

七月六日，朱德逝世；

七月二十八日絕早，河北唐山還在熟睡，一聲天崩地裂的巨響中，二十四萬餘人在震驚世界的大地震中喪生，十六萬餘人重傷，隨之而來的餘震不斷；

九月九日，毛澤東逝世；

十月六日，「四人幫」被捕；

十月二十一日，中國大地億萬民眾遊行慶祝「華主席一舉粉碎四人幫」，慶祝無產階級文化大革命終於取得了最後的徹底的全面性的勝利……

「四人幫」垮臺的消息從街心那個高音喇叭中傳來，如同自天而降，如同晴空霹靂，像五年前「林彪出事」時一樣，令人猝不及防，人們花了很大的功夫很大的氣力才從驚愕中緩過神來轉過勁來。這消息在神州大地傳播著，在城裡街頭巷尾傳播著，如同黃河決口，如同雪山消融，如同玉皇大帝打了個大大的噴嚏……

街心那個高音廣播喇叭裡說：「大快人心事，揪出四人幫……」

遊手好閒的「預言家」梅老三說：「噢，我早就算出這改朝換代的一天……」

百貨公司的商品維修員「抖音」老楊楊冬生高昂地唱起了《國際歌》，那歌聲顫抖著，飄揚著……

犯「自由主義」和「黨性不強」錯誤的老盧惡狠狠地罵了句：「四個大雞巴，王八犢子他媽的坑人不淺！」……

梅老三的相好「小老人兒」無可無不可地喊著：「沒有糧票……」

撿瘟豬頭的「徹底的無產者」小王發一如既往地揹著他的花筐子，只是「嘿嘿嘻嘻」地傻笑著……

人們紛紛調轉槍頭，反戈一擊，口誅筆伐起禍國殃民的「四人幫」，就像他們昨天口誅筆伐劉少奇鄧小平林彪孔老二……人們熱烈歡呼著英明領袖華主席，並排擡了毛主席和華主席的畫像，敲響鑼鼓，燃放鞭炮，就像當年迎接毛主席派下的芒果，如同又一次「天亮了，解放了」一樣……

4

不知從哪天起，蘇家的老宅院子，昔日的「憲兵花園」裡，出現了一位老者，是這一帶先前沒有見過的。

透過大門的縫隙，看得到這老者佝僂著身子，不出聲響地在這院子裡轉來轉去。他打掃院子，喂雞喂鴨，伺候著菜地和花圃。

菜地不大，只種了茄子豆角黃瓜和洋柿子。「花圃」其實就只是盆栽，只不過老者喜歡把它們擺在一起，這使他的花圃看起來還是像個花園。他給菜地和花圃澆水，上肥，看著它們，臉上似乎露出了一絲笑意。

掃帚梅、玻璃翠、月月紅、洋繡球和君子蘭，他花圃裡的花也就是這幾樣。這些花先前也有，只不過養得不好，開得不盛就是了。

其實，老者的出現並沒有引起人們的注意。那院子的圍牆雖已經久失修，卻仍然是圍牆，那木門雖已油漆剝落，卻仍然是木門。蘇家仍被緊鎖在這昔日的「憲兵花園」之中。

在這一帶住得年頭多的幾個老人還是認出了他：他就是消失多年的蘇家老爺子，崔校長的丈夫蘇國璋。他的名字中果然也有一個「國」字。

蘇老先生蘇國璋已經七十有八，看上去卻要蒼老得多，他像是已經活過了一個多世紀。他的臉上佈滿了縱橫交錯的皺紋，他的手像冰雪中的枯枝一般乾裂粗糙，他的牙齒完全脫落了，戴著的假牙不時地打著顫，只有他的眼睛，還偶爾會閃出一些光亮，令人想起寒夜中遠處閃爍著的燈火。

他深居簡出，閉門謝客，在這條「福臨胡同」的前後左右，幾乎見不到他的身影。他生命中的最後十一個歲月，就是在這座院子裡度過的。

從門縫裡看到的院子幾乎就沒有變化。即使有，那變化也總是悄然無聲的，就像是電影院放的電影斷了音響，只見人動，不聞人聲。

蘇國璋不再有恐懼了。他把所有的恐懼和劫難都徹底地經歷過了。那是四十幾年間的經歷：抗戰的艱苦卓絕，「維持會」的風譎雲詭，黃范剛的居心叵測，八路軍的窮追不捨，以及隨之而來的歷次運動，一次次一遍遍一場場夢魘般的「嚴冬一樣殘酷無情」，如今劫數已盡，都已經過去，他像唐三藏歷經了九九八十一難後終於得見佛祖一樣，他抵達了這個遙遠的「彼岸」，取得了「真經」，他已經像廣播電臺裡常說的那樣，是「久經考驗的無產階級革命家」了。

他的「彼岸」和「真經」就是這座簡陋的「憲兵花園」，這個有過粗茶淡飯和平安寧日子的家。他還保留著對當年「憲兵花園」的記憶，眼前這盆栽的花圃也就是從前那「花園」的縮影。他從蘇小國剛剛記事時起就被抓去「勞動改造」，他的大半年華都獻給了「新生監獄」。突然間，他被「平反」了，在平白無故地被鎮壓了二十五年後，給「無罪釋放」了，獲得「新生」了，他還在名譽上成了「副團級」。

原來他不是黃埔軍生，不是國民黨大官，不是鬍子綹子，卻是被鎮壓被判刑被勞改又被平反了的「抗聯叛徒」。他在東北抗聯冰天雪地出生入死與日本人和「滿洲國軍」交惡的傳奇和噩夢已經被那白山黑水的無數次風雪吹散覆蓋了，不見了蹤影。

蘇國璋終於回來了。然而時光寂靜，流水蹁躚，物是人非，青絲已成白髮，生命也逼近尾聲，餘下的只是無大希望無多意義的殘生餘歲罷了。

這座「憲兵花園」的第一個主人，國民政府時代的憲兵將官，據說已經客死他鄉了。

兩年前的一個早晨，一個耄耋老者，曾轉輾來到這座偏遠的北方的城，被一個孫子模樣的青年攙扶著，徘徊在這條曾經的「福臨胡同」。他們的衣著簡樸，卻絕對與本地人不同。老者還撫摸了那斑剝的木門和土牆。燦爛的陽光照在他的臉上，他好像說了句甚麼，卻沒有人聽到。他抓了一把門前的黃土，包在一塊手絹裡。不一刻，他們就消失在巷子的深處。

後來人們說，這就是「憲兵花園」的第一個主人。

院子裡的大黃狗早已經不在，牠在人們不察覺的時候死了，老死了。

蘇國璋提著噴壺，給君子蘭澆水，他的孫子，蘇小國的四歲兒子蘇陽跟在他的後面。蘇陽的左胳膊上貼了塊粘膏，是被鄰家的孩子抓了。蘇國璋雖佝僂著身子，卻仍記得年輕時在冰天雪地間與日本人和「滿洲國軍」周旋交惡時的嚴酷。他對著那孩子比劃著說：「如果有人打你，你就要自衛和還擊，不要挨欺負！」他和他抗聯的弟兄們就曾這樣地自衛還擊和抗爭過，直至最後一刻。

他的孫子蘇陽在不知不覺中長大。蘇陽卻沒有歷經他所歷經的那些苦難，而像這院子裡的花兒一樣無拘無束地開著。

夕陽照進了院子，把院牆和房子的大片影子鋪了下來。菜地和花圃被金色的光塗抹了，亮燦燦的，暖洋洋的。蘇國璋的眼睛給晃得眯縫起來。他享受著這絢麗的陽光，感覺他又看到了四十年前的那個「憲兵花園」。那個花園很大，差不多佔據了整個院子，在陽光下紅的黃的藍的綠的紫的花兒都在盡情地開放著。有幾隻蝴蝶，幾隻蜜蜂在花兒的周圍飛著，鳴著，陽光透著牠們的翅膀，閃爍著剔透晶瑩的光。

他擡起頭，向遠方夕陽西下的方向望去。火燒雲把半邊天燒得通紅。在那些變幻莫測的雲朵間他看到了一片平靜如鏡面似的湖水，原來那是「鏡泊湖」。他看到了浮動的人群，聽到了激烈的槍聲，無疑是那場慘烈的「鏡泊湖連環戰」了。

他看到了他那些出生入死的抗聯弟兄們。他們大半出身綠林隊伍和民間團體。「滿洲國」成立後，他們紛紛掉轉槍頭，舉旗抗日，但兵未訓、武器差、彈藥缺、無糧草，冰天雪地之間，面對十數倍於已，擁有飛機坦克大炮和給養充足的日本人和「滿洲國軍」的圍剿，他們以區區幾萬人的武裝，簡陋的裝備，在條件無比艱苦的深山密林中與敵人迂迴作戰，其處境之嚴苛，生存之艱難，戰鬥之殘酷，都夢魔般地不堪回首。他們全年至少有三分之一的時間無斤米粒糧，而時常以樹皮，棉絮和草根果腹。吃樹皮得先把老皮刮掉，把那層泛綠的嫩皮一片片削下來，放在嘴裡嚼，卻實在難以下嚥。就是勉強吃下去了，肚子裡也很不好受。難以想像的饑餓和寒冷，導致變節投敵之事時有發生。他們屢遭打散，隊伍最少時甚至僅存不足兩千人，到了民國三十九年，已經幾近全軍覆沒。但無論如何，他們之中不屈不撓堅持下來的，可謂對得起「義勇」二字，對得起自己身上流淌著的祖宗的鮮血了。

那紅彤彤的火燒雲在變幻追逐著……恍惚中，他看到了他的軍長李延祿，他正騎著戰馬，馳騁在疆場上。軍長本是個三十幾歲的小夥子。

軍長已經死了，就在幾天前。軍長度過了九十個漫長的人生歲月，在六月十八號駕鶴西去了。這消息令他唏噓不已。

他已經好久沒有聽到軍長的消息了。他只記得抗聯潰散，軍長去了蘇聯，後來，在牢獄中聽說軍長當了副省長。他的弟兄們在新中國當了大官的不多，被誣告陷害入獄的倒不少。

他為之差不多獻出了生命的東北抗日聯軍，實際上是在蘇俄和共產國際領導下的武裝力量。在抗戰勝利共產黨軍隊進駐東北後，抗聯戰士甚至遭到了壓迫和排擠，而在六十年代中蘇關係破裂，掀起「打倒蘇修」及「打倒社會帝國主義」的浪潮後，在抗戰中倖存的抗聯將士更是被貼上了「內奸」和「蘇修特務」的標籤，並受到了無情的折磨。

火燒雲的餘暉漸漸地失去了它那火一般的熾熱。

是的，他終於回來了。像鼓詞中唱的那樣，「倒像是時來運轉」，他的處境還真地發生了一百八十度的大轉彎大變化。他被政協邀請去參加座談會，被學校邀請去做抗日事蹟報告，被組織上邀請去解決組織問題，卻都被他統統地一口回絕了。他是個倔強的老頭子，他說：得了吧，我可得謝謝你們了。座談會？座談個甚麼？座談我是怎麼被弟兄出賣？報告？報告個甚麼？報告我是怎樣坐了自己人的牢？入黨？晚了。你們不是說我是國民黨嗎？我已經為共產主義奮鬥終生了。坐牢也不錯，比抗聯時吃西北風的日子強上百倍了。我知足了，還是等著進煉人爐吧。

倒是他的兒子蘇三國被急速地從農具廠的翻砂車間調到了二輕局，當了秘書股股長。蘇小國也從蔬菜公司調到了石油公司，他們被落實了政策。不過，那扇他們嚮往過詛咒過的大學之門，卻永遠向他們關閉了。他們都早已成家立業生子，早已過了「世界是我們的」那個「早晨八九點鐘的太陽」的年齡。還是由於政審和出身的原因，三國娶了個塔子城的鄉下老婆。小國的老婆倒是屈身下嫁，表示「出身不由己，道路任選擇」，婚後卻無法與婆婆崔校長相處，三天兩頭吵鬧。從此，這院子時不時地傳出吵鬧聲，把這個優雅的「憲兵花園」變成了另一個戰場和另一座牢獄。

他聽到了老伴崔校長喚他吃下晚飯的聲音。一絲莫名的悲哀不禁在心中掠過。

5

蘇國璋吃了十個餃子，啃了一個豬蹄，喝了二兩塔子城老窖。他的老伴崔校長也吃了十個餃子，啃了半個豬蹄，喝了一兩塔子城老窖，飲了一杯咖啡。他們都抽出顆煙，點燃了，深深地吸了一口。兒子們，大國三國小國都不在身邊。二國早在小時候就夭折了。餃子咖啡乃至油炸餜子都已經不再是稀罕短缺之物。對面屋的一家幾年前就搬了出去，這院子顯得寂寥和清冷了。

蘇國璋不和老伴看電視中的《霍元甲》。他的眼前再次浮現出那冰天雪地艱苦卓絕的歲月。「鐵嶺絕岩，林木叢生，暴雨狂風，荒原水畔……」這首《露營之歌》，正是他們在「密營」中生活的寫照。

在渺無人煙的原始森林中，他們不僅糧草斷絕，禦寒無衣，就是生火取暖也可能被敵人發現，他們中不少被活活凍死。為了生存，他們只能在深山老林中不停地轉戰，根本沒有足夠的時間和空間去發動群眾，去開闢根據地。沒有根據地，最大的困難就是部隊的後勤給養得不到最基本的保障。他們成了無根之木，失水之魚，而經常要在衣食無著的情況下，在冰天雪地中同強大而殘暴的敵人進行殊死的搏鬥。

他們在山深林密、懸崖絕壁等無人出入處建立了後方基地——抗聯秘密營地，稱之為「密營」。這些密營用於儲備軍需、醫治傷員、修理槍械、蒐集敵情、縫製冬衣。在中華民族面臨生死存亡嚴重危機的時刻，這些東北抗日聯軍的兄弟們奮起反抗，揭開了中國抗日戰爭的序幕。他們孤懸敵後，在極其殘酷的鬥爭環境中，在敵我力量對比懸殊的情況下，與優勢裝備之敵浴血奮戰，周旋苦鬥，即使在鼎盛時期，面對的也幾乎是時時處處的絕境。他們的戰鬥規模和影響雖然有限，他們的槍聲雖然單調孤寂，他們的火種雖然忽明忽暗，卻從來未曾間斷。他們進行了長達十四年不屈不撓的鬥爭，開闢了全國最早，堅持時間最長的抗日戰場。他們始終以他們堅定的槍聲，在東北大地宣告著抗日力量的存在。

時任副營長的蘇國璋性格桀驁不馴，寧折不彎。相形之下，團長黃範剛則剛愎自用，小肚雞腸。兩人打游擊時就貌合心離，心存芥蒂。這時的抗聯已經被日本人打散，幾近名存實亡。黃範剛和一些弟兄跑去蘇聯，餘下的就各奔東西，分道揚鑣了。

「滿洲國」終於垮了臺……

在一個黑得伸手不見五指的秋夜，蘇國璋這個百戰餘生，絕境求生的鐵血老兵終於跌跌絆絆，輾轉跑回到了老家。

雖然是偷偷摸摸，卻還是被「維持會」發現，並暗中監視。「維持會」把「蘇國璋」這三個字紀錄在冊，每個字的旁邊都用朱紅畫了個圈兒，意思是值得策反和發展的「合作對象」。

不料，還沒等國民政府的接收大員站穩腳跟，「八路軍」就打了進來。這名冊被共產黨繳獲，便展開調查，見畫了紅圈的名字，便展開深挖，深挖到了蘇國璋頭上，便展開了外調，外調到了黃範剛那裡，便聽到他「哼」地一聲，說：「這小子在深山老林打游擊那陣子餓了個半死，凍了個半死，合起來是個全死。這小子他媽的哇哩哇啦罵王八犢子，大兔崽子，小癟羔子，說這哪是人過的日子，這是消極情緒。說起老婆孩子就眉開眼笑，一看就是個叛徒相。」

於是，黃範剛叫手下的秘書寫了洋洋三大張紙的揭發檢舉材料，添油加醋，大做文章。秘書給他唸了一遍，他又「哼」了一聲，說「不錯。就是結尾不夠份量。要有個定論。」秘書的文筆流暢，就加了一句說：「綜上所述，該人為叛徒無疑。」黃範剛又「哼」了一聲，說：「綜上所述四個字用得好」，又加了一句：「好，就這麼辦了。」

這時的公安廳廳長是黃範剛的朋友，看了這檢舉揭發材料上的內容，就加了句批示：「依法懲辦」，也「哼」了一聲，說「好，就這麼定了。」便一錘定了音。

儘管蘇國璋百般辯解，卻被指定是「白紙黑字」且畫了「紅圈」，是鐵證如山證據確鑿，說不要狡猾抵賴，坦白從寬，抗拒從嚴，說與人民為敵就只有死路一條了。

於是，蘇國璋被人民政府「依法判處」有期徒刑二十五年。

他知道這是黃範剛對他的誣陷。

他聽說黃範剛是當了大官，掌了大權，但是究竟多大的官，多大的權，在哪裡當官，在哪裡掌權，當的是甚麼官，掌的是甚麼權，就不知道了。

直到幾年後，他在獄中間或聽到一些有關黃範剛的傳聞，說是他「攤了事」了，是作風問題和搞腐化，於是便要求政府重新審理這被誣陷的案子，卻被駁回，仍然說是「證據確鑿，不予審理」。

6

黃範剛本來有著光榮的過去。不過，像不少的抗聯戰士一樣，黃範剛也當過鬍子，就是搶有錢的老百姓，待日本人進來後不久，才歸順了抗聯打起了鬼子。

黃家是「闖關東」來到這廣袤無垠的大東北的。晚清道光年間，他們一家從山東濟南府齊東出發，歷盡艱辛，千輾萬轉，終於在大山溝安了家，立了業。那時候人少，誰住了山口，背後的山就算是誰家的。於是，原本的「黑瞎子山」就成了「老黃家房後那黑瞎子山」。過不多久，人們覺得這叫法拗口，就把它叫作「黃家黑瞎子山」。再過些時候，就再次簡化了，叫「黃家瞎子山」。到了最後，人們想到這黃家各個耳聰目明，歷代先人並沒出過一個「瞎子」，就乾脆把這山叫作「黃家山」了。

不過，這樣的叫法並沒叫上幾年，人們就把這「黃家山」和「黃家」都漸漸地忘在了腦後。

這年春天的一天傍晚，黃範剛在家伺候園子。他的大哥比他大兩歲，在一旁收拾豬圈。他的爹在屋裡搓麻繩，娘和兩個媳婦在灶臺做飯。

這時從山口進來兩個漢子，農民模樣。他們走進院子，說討口水喝。山東人實在，就把他倆讓到了屋裡。娘給這兩人舀了水，爹陪這兩人說著話。不料，這兩人卻賊眉鼠眼地暗使眼色，他們瞥見了掛在被閣子旁的獵槍。

說著說著，這兩人就變了臉，一個上炕就摘下獵槍，熟練地撥弄了一下，發現裡面裝著子彈，便當即把槍口對準了爹。另一個抽出一把尖刀，跑出屋門抓住蹲著幹活的哥。他們不容分說地押著爹娘和媳婦們走進院子，說要活命就拿馬拿錢換。

黃範剛眼見著那矮壯的漢子用刀緊逼了哥，那瘦高的漢子用自己家的獵槍逼押著爹娘和兩個媳婦，當即怒火攻心，不知哪兒來的一股子蠻勁，輪起了手中的鋤頭，照準那矮壯漢子的後腦，狠命地輪上了一鋤頭。只聽「咔嚓」一聲響，這漢子當即頭骨粉碎，鮮血四濺，腦漿橫流，一命嗚呼了。另一個漢子見狀，不由嚇得屁滾尿流，驚呼一聲：「殺人了！」忙丟了獵槍倉皇逃命。

家裡的人也驚呆了，他們半晌裡說不出一句話來。老爹嚇得瑟瑟發抖，老娘嚇得腿肚子攥筋，媳婦們嚇得尿了褲子。倒是兄弟兩個出奇地鎮定。他們把屍體埋在地窖裡，決定連夜搬家，三十六計，走為上計。

他們趕了馬車，帶上家當，長途跋涉，來到嫩江平原一帶落腳。漸漸地，黃家屋後的山，就又叫回了「黑瞎子山」。

雖然搬了家，逃得遠遠地，當爹娘的還是怕兒子被官府抓去。躲了一年，不得安寧，終了還是讓兒子上山，入了綠林，當了鬍子。

一晃快十年過去了，小日本侵佔了東北，東北的綠林們立刻調轉槍口，一致朝向了鬼子。黃範剛所在的綹子「金山好」也歸順了抗聯李延祿的部隊。

民國二十一年三月，李延祿的隊伍在東北吉東鏡泊湖周圍的多場激戰中，重創了日軍，繳獲了不少戰利品，黃範剛還繳獲了一把手槍。

黃範剛立了功，當了團長。

民國三十四年，「滿洲國」垮臺，人民政府坐了天下。一些打下了江山的有功之臣們「被勝利衝昏了頭腦」，他們取得了政權，便紛紛迫不及待地做起了一件事：換老婆，或者把話說得光明和進步些，就是「換愛人」，而實際上是甩掉糠糟之妻，找城裡年輕漂亮女子做「愛人」，還美其名曰是「革命工作需要」。這些女子雖並不情願，但抗不住組織的動員禁不住特權的誘惑，最終還是服從了這樣的「革命工作需要」。

城裡還真有些年輕貌美的女子，長得頎長勻稱，皮膚白皙，甚至還有些文化。很快地，她們中的小莊成了王書記的「愛人」，小陶成了張部長的「愛人」，小錢很快被調到外地，成了某縣黃副縣長的「愛人」。

這個某縣的黃副縣長就是黃範剛。

這時的黃範剛幾經組織上的提拔，由區長提拔到政委，由政委提拔到部長，最後由部長提拔到副縣長，享受起了縣團級幹部的「小灶」待遇，折合小米二百二十斤。

這樣的逐步升級，令黃範剛有些得意忘形，或者按報紙上說的，是「被勝利沖昏了頭腦」，他在進行社會主義建設的同時，還不忘盡情地享受「勝利果實」。他做的第一件事正是「換老婆」，而且一發不可收拾。短短的五年中，他竟先後換了五次老婆。

黃範剛和他的媳婦原配趙氏是經屯中媒婆定的親。趙氏大他三歲，連個名字也沒有。趙氏確實是一個有些糟糠有些無知裹著小腳抽著煙袋沒有覺悟沒有文化的鄉下女人，這令黃副縣長十分尷尬。他決定，他再也不能就這樣對他的上級和下屬介紹說：「這是我的老娘們兒」，而要像一個真正的革命幹部那樣，一本正經地說「這是我的愛人」。於是，他便和趙氏離婚，經組織介紹，娶了小他十歲的婦聯主任小錢為妻。又過了一年，他看上了小他十五歲的護士小孫，便與小錢離婚，與小孫結婚。又過了一年，他看上了小他二十歲的小學老師小李，經組織同意，又與小孫離婚，與小李結婚。

黃範剛的四次婚姻都以「性格不合」和「革命需要」為由而草草告終。有人注意到了他先後的四個老婆，她們的姓氏依次排列下來，恰是百家姓中的前四位：「趙錢孫李」。

人們議論說，下面的老婆們，如果還有的話，按百家姓的排列，就該是「小周」無疑了：「趙錢孫李，周吳鄭王。馮陳褚衛，蔣瀋韓楊……」

說來也奇了，到了第五年，黃範剛果真看上了文工團的小周，黃範剛便想到要第五次換老婆，或者按他自己的話來說，是再次「採取革命行動」。

「革命行動」是由婦聯的張大姐和文工團的李團長做的。他們很會做這樣的工作，他們的工作做得非常細緻，非常耐心，他們的革命行動終於取得了進展和成功。

這時，黃副縣長比小周大出整整三十歲。

婚禮定在「七一」，地點在「人民俱樂部」，儘管是第五次婚姻，大廳裡還是擠滿了貴賓。

小周的爹看著女婿比自己還大十二歲，這個「岳父大人」越想越窩囊，越想越沒面子。他接連地抽煙，不斷地咳嗽，不斷地吐痰。他瞥見牆角桌上的酒瓶子，趁全體向前面的毛主席像三鞠躬低頭的當兒，抓過那酒，咕嚕咕嚕喝了個底朝天，遠遠超過他原本的二兩酒量。他頓時被這六十度的「富裕老窖」撂倒了，卻壯了膽量，嘴裡開始罵罵咧咧起來，說「扯王八犢子，扯臭兔羔子，你這小賤貨嫁給個土埋半截子的老棺材瓤子，我是倒了八輩子血霉了，我是沒臉見人了。他這惡毒的詛咒，令那年近半百的新郎倌和年輕的新娘十分不悅，十分下不來臺，遂叫賓客們七手八腳把他擡走。

婚禮繼續舉行，領導講話，新郎講話，賓客們出幺蛾子，房樑上的線繩吊下了一個蘋果，要新郎新娘同時咬那蘋果，之後便分喜糖，嗑瓜子，吃花生。新娘鬱鬱不樂。婚禮後的第二天，新娘越牆逃走，新郎派大批公安幹警搜查。

這種換老婆的行為，甚至是有組織地進行。因為這時的革命隊伍中男幹部多，女幹部少，組織就再次發揮了作用。組織上領導出面，做政治思想工作，安排誰與誰戀愛婚配。有人說這叫「政治戀愛」，有人說這是組織上「發老婆」。這時的年輕人不准談戀愛，要直等到老幹部的婚姻問題都解決了，說這是「提倡晚婚」。

就如革命導師列寧和毛主席說的那樣，「榜樣的力量是無窮的」。黃副市長「榜樣的力量」，便在這一帶興起了一股潮流，一般幹部也紛紛離婚後旋即再婚。

然而，黃範剛的好景不長，他終因過度的享樂主義乃至貪汙腐化和喪失黨性而被審查被批評被降職。

7

蘇小國入了黨。

他並沒有任何「思想準備」，甚至做了一百個夢也夢不到有這麼一天，他一個鯉魚翻身，竟然從一個「黑五類」變成了「紅五類」。他被組織上動員了，說：「想解決組織問題嗎？」他先是一怔，但很快就跟上了形勢：喔？莫不是雨過天晴，否極泰來？莫不是又一次天亮了，解放了？他匆匆寫了申請書，找了介紹人。不多久，連「組織上的考驗」都省略了，就舉了手宣了誓解決了「組織問題」。

然而，這一切來得太過突然，太不可思議，太不可置信，就好像太陽突然間從西下窪子升起在東鹼泡子落下，就好像三伏天突然間刮起了西北風，下起了鵝毛雪，就好像臘八天正晌午時起了火燒雲，就好像南天門突然開了個口，王母娘娘呼啦啦扔下幾個熱氣騰騰的大餡餅，不偏不倚正正好好地掉落在他面前的盤子上。

外面的世界也生出了千種變化、萬種改觀。這世界五光十色、光怪陸離、天翻地覆、史無前例，令人眼花撩亂、目不暇給……

十幾二十年前被砸爛被粉碎的「舊世界」又被重新建立了起來，那場惡夢般的文化大革命被徹底否定了，「地富反壞右牛鬼蛇神臭老九走資派」被全部平反昭雪，就連全國近五十萬的「右派」，除了一百人外，都被「改正」和平反，就連那曾是「一大二公」的人民公社，走過了雨後春筍百草爭奇捉襟見肘風雨飄搖的二十七年，也終於鳴金收兵，偃旗息鼓，頃刻間土崩瓦解了……

蘇小國的人生也跟著這時代的步伐邁進著，隨著這改革的脈搏跳動著。然而，他做了一千個夢也想不到，有一天他蘇小國竟會成了一個億萬富翁，成了一個貨真價實的紅色資本家。

他從蔬菜公司轉到石油公司不久後，就任了經理，幾年後又調到了齊齊哈爾的石油公司，繼而當上了駐大慶辦事處主任。他被告了一次，卻也無傷筋骨，索性離開了這座城到大慶下海單幹，從此便風生水起，一發不可收拾。

到了公元二〇一〇年，他手下已經有了兩個加油站，一個車隊，員工近一百人，他成了城裡數一數二的億萬富翁了。他是一個成功的企業家。「成功企業家」的基本寫照是「啤酒肚，小平頭，大金鏈子黃鶴樓」。蘇小國除了不戴「大金鏈子」外，其他三樣都已經接近這謠兒中的描繪。他的應酬天天有，業務時時談。酒桌上，他把白酒當作啤酒飲，啤酒當成白水喝。他發了福，體重大增，直達二百斤。他的頭髮雖然不是完全的小平頭，卻同他少年時的短髮頭式一樣。至於那黃鶴樓臨江軒紅風車上井料理大旺燒烤攬香火鍋就不但是常常去，甚至是年年去月月去天天去頓頓去了。

「憲兵花園」在「福臨胡同」中消失了，「福臨胡同」在城中消失了，這座城的過去在這熱烈浮躁的變革中也消失了。這座城南北長五華里，東西長兩華里，曾經被城牆和城壕嚴嚴實實地圍了，如今卻被這商業城美食城娛樂中心洗浴中心高樓大廈羅馬柱霓虹燈和林立的麻辣燙所蕩滌了覆蓋了埋葬了。

崔校長和她的丈夫蘇國璋早已跟不上這瞬息萬變的時代這日新月異的世界了。他們住在有電梯有煤氣有熱水有空調的高層公寓，憑窗看得到遠處的東鹼泡子西下窪子和這花花綠綠五光十色的城。

這公寓是蘇小國「蘇總」給他們買的。這件事他並沒費甚麼氣力就辦到了。他的交際很廣，朋友很多，他唯需要叮囑的是整套公寓的地板「一定要選暗紅色」。還有就是在陽臺上，要開闢一個「花園」。他原本要在客廳最顯眼的牆上掛一塊堂皇的匾額，上刻「憲兵花園」四字，又覺有些不妥，因為那畢竟是民國時的舊稱，「花園」尚可，「憲兵」卻早就不在了。於是，他就諧了一下音，叫了「仙冰花園」。這匾額不大，是職業高中書法家黃承志的書法，木禪齋木刻家田老根的刻字，用的是香樟木本色，凹刻的大字貼了金箔。黃承志的行楷飽滿渾厚，田老根的雕刻精確工致，而這諧音後的四個字又超凡脫俗，亦禪亦道，還帶出了一股童話般的意境。

而「花園」裡的花儘管是盆栽，蘇小國指定要了掃帚梅、玻璃翠、月月紅、洋繡球和君子蘭，和原本「憲兵花園」裡的一模一樣。

他們的地板果然是暗紅色，卻是最好的進口品牌。他們每人都有自己的拖鞋，皮革的、亞麻的、籐篾的、塑料的。他們的地板由保姆來擦，擦得一塵不染。他們的餃子由保姆來包，三鮮的、韭菜的、全素的。他們的咖啡由保姆來煮，福爵的、麥斯威爾的、星巴克的。如果願意，他們可以年年月月天天吃餃子。如果願意，他們可以把咖啡當水來飲。

電視常常開著響著，卻因為有太多的節目和太離譜的戲文而變成了一臺催眠的機器。他們手裡握了遙控器，看著看著就打起了呼嚕。

崔校長的《紅樓夢》已經看了不知多少遍。書櫥上的就有不下二十個版本，崔校長卻只看她原有的豎排版程高本，如今已經快散了架子了。

澆花這件事，蘇國璋堅持要自己做。蘇陽不在身邊，澆花就成了他唯一的樂趣。這些花開得很好，只是缺少了蝴蝶的圍繞和蜜蜂的嗡鳴。

然而，面對著只有「共產主義」才可望可及的日子，崔校長和蘇國璋卻極度尷尬極度寂寞極度無所事事無所適從。他們無論如何也不能習慣於這隔窗觀天的世界。他們想著那簡陋的「憲兵花園」，記著那青磚老屋裡的紅漆地板，想著那忠實地捍衛著主人的大黃狗，惦著那有過「石家油坊」的「福臨胡同」，甚至對面屋專案組派來的奸細萬里張喜洲，他們其實都不乏些微的可愛。有時，他們會突然記起一些聲音，那時塔樓子裡發出的火警，像是野狼的哀鳴，忽強忽弱，忽高忽低，還有那胡同裡偶爾傳出的叫賣聲，那「喚頭」發出的聲響，帶著幾分神秘幾分玄幻幾分淒涼……像是有一個世紀沒有聽到了。

大國退休了，住在哈爾濱。三國住佳木斯，已經過了知天命之年。他們掙了命也進不去的大學，如今只要交了錢，他們的兒女都能輕鬆地進去。小國常年奔走於齊齊哈爾大慶和哈爾濱之間。他的兒子蘇陽已經唸完了初中，那是昂貴的「國際學校」。他們這一代絕不會再為「政審」和「成分」而擔憂，甚至連這幾字都沒聽說過。他們是趕上了好時候了，崔校長和蘇國璋這樣說。

崔校長說：「過去的張監督八小姐怕也沒有如今的享受。」

蘇國璋說：「諒張軍長黃範剛也沒有現在的排場。」

崔校長說：「這享受和排場要是能分給過去的三十年一些該有多好！」

蘇國璋說：「給我們深山老林時候的弟兄們均上十萬分之一就不錯了。」

崔校長說：「我們老了。」

蘇國璋說：「我們的花園沒有了。」

崔校長讀了一輩子《紅樓夢》，許多的句子都背得出來。她的保姆為她斟了一碗茶，她飲了一口，吟出了下面的一段，是對「元、迎、探、惜」四春中大姐元春的判詞：

二十年來辨是非
榴花開處照宮闈
三春爭及初春景
虎兕相逢大夢歸

保姆拿來了血壓計，對兩位老人說：「該量血壓啦。」窗外響起了「劈劈啪啪」鞭炮聲，此起彼伏，經久不息，是又一批麻辣燙火鍋城開張了。

這年冬天，蘇國璋摔了一跤，從此就再也沒有起來。一年後，公元一九九六年，他度過了漫長的八十五個歲月，告別了這個世界。這個世界寒冷而嚴酷，就像當年那冰天雪地呵氣成冰的抗聯密營一樣。

三年後，公元一九九九年，崔校長度過了她漫長的八十三個歲月，她沒有去追趕「千禧年」的慶祝，也告別了這個世界。這個世界陸離而紛亂，就像《紅樓夢》中甄士隱解的「好了歌」一樣：「亂哄哄，你方唱罷我登場，反認他鄉是故鄉。」

崔校長也像《紅樓夢》中的甄士隱那樣，是個有「宿慧」之人，她早已在漫長的人生中有了大徹大悟。如今她也可以輕鬆地說一聲「走罷」，便飄然而去，重回到她那優雅的、恬靜的年輕歲月和那「憲兵花園」之中。

釀小說102　PG2177

晚風像火燒雲一樣掠過：
大時代的小城故事 1940-2015

作　　者　馬文海
責任編輯　洪仕翰
圖文排版　林宛榆
封面設計　蔡瑋筠

出版策劃　釀出版
製作發行　秀威資訊科技股份有限公司
114 台北市內湖區瑞光路76巷65號1樓
電話：+886-2-2796-3638　傳真：+886-2-2796-1377
服務信箱：service@showwe.com.tw
http://www.showwe.com.tw
郵政劃撥　19563868　戶名：秀威資訊科技股份有限公司
展售門市　國家書店【松江門市】
104 台北市中山區松江路209號1樓
電話：+886-2-2518-0207　傳真：+886-2-2518-0778
網路訂購　秀威網路書店：https://store.showwe.tw
國家網路書店：https://www.govbooks.com.tw
法律顧問　毛國樑　律師
總 經 銷　聯合發行股份有限公司
231新北市新店區寶橋路235巷6弄6號4F
電話：+886-2-2917-8022　傳真：+886-2-2915-6275

出版日期　2018年12月　BOD一版
定　　價　450元

Printed in Taiwan

國家圖書館出版品預行編目

晚風像火燒雲一樣掠過：大時代的小城故事
1940-2015 / 馬文海著. -- 一版. -- 臺北市：
釀出版, 2018.12
面； 公分. -- (釀小說；102)
BOD版
ISBN 978-986-445-299-6(平裝)

857.7 107019386

讀者回函卡

感謝您購買本書，為提升服務品質，請填妥以下資料，將讀者回函卡直接寄回或傳真本公司，收到您的寶貴意見後，我們會收藏記錄及檢討，謝謝！如您需要了解本公司最新出版書目、購書優惠或企劃活動，歡迎您上網查詢或下載相關資料：http:// www.showwe.com.tw

您購買的書名：____________________

出生日期：________年________月________日

學歷：□高中（含）以下　□大專　□研究所（含）以上

職業：□製造業　□金融業　□資訊業　□軍警　□傳播業　□自由業

□服務業　□公務員　□教職　□學生　□家管　□其它_____

購書地點：□網路書店　□實體書店　□書展　□郵購　□贈閱　□其他

您從何得知本書的消息？

□網路書店　□實體書店　□網路搜尋　□電子報　□書訊　□雜誌

□傳播媒體　□親友推薦　□網站推薦　□部落格　□其他__________

您對本書的評價：（請填代號　1.非常滿意　2.滿意　3.尚可　4.再改進）

封面設計____　版面編排____　內容____　文／譯筆____　價格____

讀完書後您覺得：

□很有收穫　□有收穫　□收穫不多　□沒收穫

對我們的建議：____________________

____

____

____

請貼
郵票

11466
台北市內湖區瑞光路 76 巷 65 號 1 樓
秀威資訊科技股份有限公司 收
BOD 數位出版事業部

（請沿線對折寄回，謝謝！）

姓　名：__________ 年齡：________ 性別：□女 □男

郵遞區號：□□□□□

地　址：____________________

聯絡電話：(日) __________ (夜) __________

E-mail：____________________